PAVILLON

MARY HIGGINS CLARK

Das Haus auf den Klippen

Roman

Aus dem Amerikanischen
von Regina Hilbertz

PAVILLON VERLAG
MÜNCHEN

Titel der Originalausgabe
REMEMBER ME

Umwelthinweis:
Dieses Buch wurde auf
chlor- und säurefreiem Papier gedruckt.

Taschenbuchausgabe 10/2004
Copyright © 1994 by Mary Higgins Clark
Copyright © der deutschsprachigen Ausgabe 1995 by
Wilhelm Heyne Verlag GmbH & Co. KG, München
Copyright © dieser Ausgabe 2004 by Wilhelm Heyne Verlag, München,
in der Verlagsgruppe Random House GmbH
Printed in Germany 2004
Umschlagillustration: Getty Images/Chad Ehlers
Umschlaggestaltung: Nele Schütz Design, München
Druck und Bindung: GGP Media GmbH, Pößneck
http://www.heyne.de

ISBN: 3-453-77001-3

In freudiger Erinnerung an
Maureen Higgins Dowling, »Mo«,
Schwägerin und Freundin
in Liebe

17. August

Der Sturm war bis neun Uhr abends mit voller Wucht ausgebrochen, und eine steife Bö trieb mächtige Wellen krachend gegen die Ostküste von Cape Cod. Wir werden den Nordostwind mehr als nur am Rand abbekommen, dachte Menley, während sie sich über das Spülbecken reckte, um das Fenster zu schließen. Es könnte ja sogar Spaß machen, überlegte sie, um sich selbst zu beruhigen. Die Flughäfen auf dem Cape waren außer Betrieb, und deshalb hatte Adam für die Fahrt von Boston her einen Wagen gemietet. Er müßte bald dasein. Es standen reichlich Lebensmittel zur Verfügung. Sie hatte Kerzenvorräte angelegt, nur für den Fall, daß der Strom ausfiel, obwohl die Vorstellung, nur mit Kerzenlicht hier im Haus zu sein, erschreckend war – falls sie mit ihrem neuerlichen Verdacht recht hatte.

Sie machte das Radio an, suchte einen Sender und fand die Station von Chatham, wo gerade Musik aus den vierziger Jahren gespielt wurde. Sie hob erstaunt eine Augenbraue, als das Benny Goodman Orchester den Auftakt von Remember zu spielen begann.

Ein besonders passender Song, wenn man in einem Haus wohnt, das Remember House heißt, dachte sie. Sie widerstand der Versuchung, auf einen anderen Sender umzuschalten, griff nach einem gezackten Messer und fing an, Tomaten für einen Salat in Scheiben zu schneiden. Bei seinem Anruf hatte Adam gesagt, er habe keine Zeit zum Essen gehabt. »But you forgot to remember – Du hast vergessen, dran zu denken«, trällerte der Sänger.

Das einzigartige Geräusch, das der Wind machte, wenn er am Haus vorbeibrauste, begann wieder zu ertönen. Das Haus, das hoch oben über dem brodelnden Wasser auf dem Uferdamm saß, wurde im Sturm zu einer Art Blasebalg, und der rauschende Sington, den es erzeugte, wirkte wie eine ferne Stimme, die ausrief: »Remember, remember ... Erinner dich, denk daran ... « Nach allgemeiner Überlieferung hatte diese Besonderheit im Lauf der Jahrzehnte dem Haus seinen Namen gegeben.

Menley durchlief ein Schauer, als sie nach den Selleriestangen griff. Adam wird bald hier sein, hielt sie sich vor Augen. Er würde ein Glas Wein trinken, während sie etwas Pasta machte.

Plötzlich war ein Geräusch zu hören. Was war das? War eine Tür aufgeschlagen? Oder ein Fenster? Da stimmte etwas nicht.

Sie stellte das Radio aus. Das Baby! Schrie die Kleine? War das ein Aufschrei oder ein unterdrücktes, würgendes Geräusch? Menley rannte zur Anrichte, packte das Babyphon und hielt es sich ans Ohr. Wieder ein ersticktes Luftholen – und dann nichts. Das Baby war im Begriff zu ersticken!

Sie hastete aus der Küche in die Eingangshalle, auf die Treppe zu. Von dem filigranen fächerförmigen Fenster über dem Vordereingang her fielen graue und purpurfarbene Schatten auf die breiten Bodendielen.

Ihre bloßen Füße berührten kaum die Stufen, als sie nach oben in den ersten Stock und den Gang entlang raste. Gleich darauf hatte sie die Tür zum Kinderzimmer erreicht. Vom Kinderbett her war kein Ton zu hören. »Hannah, Hannah«, rief sie.

Hannah lag mit ausgestreckten Armen auf dem Bauch, völlig reglos. Voller Panik beugte sich Menley hinunter, hob das Baby auf und drehte es gleichzeitig herum. Vor Entsetzen weiteten sich ihr die Augen.

Der Porzellankopf einer antiken Puppe lag an ihre Hand gelehnt da. Ein aufgemaltes Gesicht starrte ihr entgegen.

Menley versuchte zu schreien, aber sie brachte keinen Ton heraus. Und dann hörte sie hinter ihrem Rücken eine Stimme flüstern: »Tut mir leid, Menley. Es ist alles vorbei.«

15. Juli

I

Danach versuchte Scott Covey während des ganzen Verhörs allen Anwesenden begreiflich zu machen, wie die Sache eigentlich vor sich gegangen war.

Er und Vivian hätten auf einer Steppdecke auf dem Bootsdeck ein Schläfchen gemacht, wobei die dunstverhangene Sonne und das sanfte Plätschern des Wassers sie in einen angenehm schläfrigen Zustand versetzt hätten.

Er hatte dann ein Auge geöffnet und gegähnt. »Mir ist heiß«, sagte er. »Willst du dir mal den Meeresboden anschauen?«

Vivian streifte daraufhin mit den Lippen über sein Kinn. »Ich bin, glaub ich, nicht in der Stimmung dazu.« Ihre leise Stimme war träge, ein zufriedenes Murmeln.

»Ich aber.« Er sprang entschlossen auf und blickte über den Bootsrand. »Es ist perfekt da drunten. Das Wasser ist glasklar.«

Beinahe vier Uhr sei es gewesen. Sie waren ungefähr eine Meile von Monomoy Island entfernt. Der Schleier hoher Luftfeuchtigkeit lag wie schimmernder Chiffon da, aber allmählich begann sich eine schwache Brise zu regen.

»Ich hol eben mein Tauchzeug«, sagte Scott zu ihr. Er überquerte das Deck und griff nach unten in die kleine Kajüte, die sie als Lagerraum benützten.

Vivian hatte sich erhoben und schüttelte sich, um ihre Benommenheit zu überwinden. »Hol mein Zeug auch gleich.«

Er hatte sich umgedreht. »Bist du sicher, Schatz? Ich geh bloß für ein paar Minuten rein. Warum ruhst du dich nicht einfach aus?«

»Kommt nicht in Frage.« Sie war zu ihm geeilt und legte ihm die Arme um den Hals. »Wenn wir nächsten Monat nach Hawaii fahren, dann will ich mir doch diese Korallenriffe mit dir anschauen. Also üb ich jetzt mal lieber.«

Später beteuerte er mit Tränen in den Augen, er habe nicht

bemerkt, daß alle anderen Boote während ihrer Ruhepause verschwunden seien. Nein, das Radio habe er nicht angestellt, um den Wetterbericht abzuhören.

Zwanzig Minuten seien sie unten gewesen, als das Unwetter einsetzte. Das Wasser fing an zu toben. Sie mühten sich ab, das verankerte Boot zu erreichen. Gerade, als sie sich nach oben schwangen, traf sie eine fast zwei Meter hohe Welle. Vivian war plötzlich weg. Er habe gesucht und gesucht, sei wieder und wieder ins Wasser getaucht, bis ihm selbst die Luft ausgegangen sei.

Den Rest wüßten sie ja. Den Notruf hatte die Küstenwache erhalten, als die volle Wucht der schnell weiterrollenden Sturmbö auf ihrem Höhepunkt war. »Meine Frau ist verschwunden!« hatte Scott Covey geschrien. »Meine Frau ist verschwunden!«

28. Juli

2

Elaine Atkins saß Adam Nichols am Tisch gegenüber. Sie waren im *Chillingsworth,* dem Restaurant in Brewster, wohin Elaine all ihre wichtigen Kunden für Immobilien einlud. Jetzt, zur Zeit der Hauptsaison auf Cape Cod, waren alle Tische besetzt.

»Ich glaube, man braucht die Leute hier gar nicht zu belauschen, um zu wissen, worüber sie reden«, sagte sie ruhig. Ihre Hand umschrieb mit einer knappen Geste den Raum. »Vor kurzem ist eine junge Frau namens Vivian Carpenter beim Tiefseetauchen verschwunden. Sie hat ihr Haus in Chatham von mir gekauft, und wir hatten uns sehr gut angefreundet. Als du gerade am Telefon warst, habe ich erfahren, daß ihre Leiche vor einer Stunde ans Ufer geschwemmt worden ist.«

»Ich war mal auf einem Boot beim Fischen, als jemand eine Leiche barg, die schon seit ein paar Wochen im Wasser war«, sagte Adam ruhig. »Es war kein schöner Anblick. Wie ist es denn passiert?«

»Vivian war eine gute Schwimmerin, hatte aber wenig Erfahrung im Tauchen. Scott brachte es ihr bei. Die beiden hatten die Sturmwarnung im Radio nicht gehört. Der arme Kerl ist am Boden zerstört. Sie waren erst seit drei Monaten verheiratet.«

»Klingt aber so, als ob es ziemlich unvernünftig war, direkt vor einem Sturm tauchen zu gehen.«

»Ziemlich tragisch«, erwiderte Elaine resolut. »Viv und Scott waren sehr glücklich miteinander. Sie war diejenige, die sich mit der Meeresgegend hier auskannte. Sie hat genau wie du jeden Sommer hier am Cape verbracht, als sie aufwuchs. Es ist wirklich ein verfluchter Jammer. Bevor sie Scott kennenlernte, war Viv eine Art verlorenes Geschöpf. Sie ist eine von den Carpenters aus Boston. Die Jüngste aus einer Familie von lauter Erfolgstypen. Hat das College aufgegeben. War so ziemlich mit ihrer Familie entzweit. Hat alle möglichen Jobs gemacht. Dann, vor drei Jahren, als sie einundzwanzig wurde, bekam sie den Treuhandfonds, den ihre Großmutter ihr vermacht hatte. Damals hat sie auch das Haus gekauft. Sie hat Scott angebetet, wollte immer alles mit ihm zusammen machen.«

»Inklusive Tiefseetauchen bei schlechtem Wetter? Was macht dieser Mensch denn?«

»Scott? Er war stellvertretender Geschäftsführer beim Cape-Schauspielhaus. Damals hat Viv ihn kennengelernt. Ich nehme an, daß sie ihn den Winter über besucht hat. Im Mai ist er dann für ganz zurückgekehrt, und als nächstes hieß es dann plötzlich, daß sie geheiratet haben.«

»Wie heißt er mit Nachnamen?«

»Covey. Scott Covey. Er stammt von irgendwo aus dem mittleren Westen.«

»Ein Fremder, der ein reiches Mädchen heiratet, und das reiche Mädchen kommt drei Monate später um. Wenn ich an Stelle der Polizei wär, würde ich schnellstens ihr Testament sehen wollen.«

»Hör schon auf«, protestierte Elaine. »Du sollst doch ein Verteidiger sein, kein Staatsanwalt. Ich hab die beiden oft mitgekriegt. Hab ihnen Häuser vorgeführt. Sie waren auf der Suche nach was Größerem. Sie hatten vor, eine Familie zu gründen, und wollten mehr Platz haben. Glaub's mir. Es war ein entsetzlicher Unfall.«

»Wahrscheinlich.« Adam zuckte mit den Achseln. »Vielleicht werde ich allmählich zu sehr zum Skeptiker.«

Sie nippten an ihrem Wein. Elaine seufzte. »Laß uns das Thema wechseln«, sagte sie. »Das hier soll doch eine festliche Angelegenheit sein. Du siehst wirklich großartig aus, Adam. Mehr noch – du siehst glücklich aus, ausgeglichen, mit deinem Leben zufrieden. Es ist doch wirklich alles in Ordnung, oder? Mit Menley, meine ich. Ich freue mich schon so darauf, sie kennenzulernen.«

»Menley ist eine Kämpfernatur. Sie schafft es schon. Übrigens, erwähn bitte nicht, wenn sie herkommt, daß ich dir etwas von diesen Angstanfällen erzählt hab. Sie redet nicht gern drüber.«

»Das kann ich verstehen.« Elaine musterte ihn. Adams dunkelbraunes Haar fing an ein paar Stellen an grau zu werden. An seinem nächsten Geburtstag würde er genauso wie sie selbst neununddreißig werden. Hoch aufgeschossen und schlank, hatte er etwas Quecksilbriges an sich. Sie kannte ihn schon seit der Zeit, als sie beide sechzehn waren und seine Familie sich für den Sommer eine Haushälterin über das Stellenvermittlungsbüro besorgte, das ihre Mutter leitete.

Im Grunde ändert sich doch nichts, dachte Elaine. Sie hatte die Blicke mitbekommen, die ihm andere Frauen zuwarfen, als er zu ihr an den Tisch kam.

Der Kellner brachte die Speisekarten herbei. Adam schaute sich das Angebot an. »Tatarbeefsteak, gut durchgebraten«, schlug er lachend vor.

Sie machte eine Grimasse. »Sei nicht gemein. Ich war noch 'n halbes Kind, als ich das gebracht hab.«

»Ich werde dich's nie vergessen lassen. 'Laine, ich bin

12

schrecklich froh, daß du mich dazu überredet hast, herzukommen und mit mir Remember House anzuschauen. Als es mit dem anderen Haus schiefging, dachte ich schon, wir kriegen nichts Anständiges mehr für den August zum Mieten.«

Sie zuckte mit den Achseln. »Das kann vorkommen. Ich bin bloß froh, daß es jetzt klappt. Ich kann kaum glauben, daß sich bei diesem Ferienhaus, das ich für dich in Eastham gefunden hatte, dann so viele Installationsprobleme gezeigt haben. Aber das hier ist ein wahres Juwel. Wie ich dir schon sagte, stand es fünfunddreißig Jahre lang leer. Die Paleys sahen das Haus, begriffen, welche Möglichkeiten es hat, und haben es sich vor ein paar Jahren für einen Apfel und ein Ei geschnappt. Sie hatten gerade das Schlimmste der Renovierung hinter sich, als Tom den Herzinfarkt bekam. Er hat damals, als es passiert ist, zwölf Stunden an einem heißen Tag geschuftet. Jan Paley hat schließlich entschieden, daß es ihr zuviel Haus für eine einzige Person ist, und deshalb ist es jetzt wieder auf dem Markt. Es gibt nicht gerade viele authentische Kapitänshäuser, die zu haben sind, also wird es nicht lange dauern, bis es weg ist, weißt du. Ich hoffe, daß ihr beiden euch zum Kauf entschließt.«

»Wir werden sehen. Ich hätte gern wieder was Eigenes hier. Falls wir weiterhin in Manhattan wohnen, wäre es auch sinnvoll. Diese alten Seeleute verstanden was davon, sich ein Haus zu bauen.«

»Dieses hat sogar seine eigene Legende, die dazugehört. Anscheinend hat es Kapitän Andrew Freeman siebzehnhundertdrei für seine Braut errichtet, sie dann aber letzten Endes verlassen, als er rausfand, daß sie mit irgendeinem Kerl am Ort ein Techtelmechtel gehabt hatte, während er auf See war.«

Adam grinste. »Meine Großmutter hat mir erzählt, daß die frühen Siedler Puritaner waren. Ich werde sowieso nichts daran renovieren. Das sind Ferien für uns, auch wenn es unvermeidlich ist, daß ich für ein paar Tage in die Stadt rüber muß. Ich muß mich um einige Dinge in dem Wiederaufnahmeverfahren im Fall Potter kümmern. Vielleicht hast du was drüber gelesen. Der Ehefrau ist übel mitgespielt worden. Ich wünschte, ich hätte sie von Anfang an verteidigt.«

»Ich würde dich zu gern einmal vor Gericht in Aktion sehen.«

»Komm nach New York. Sag John, er soll mit dir rüberkommen. Wann heiratet ihr eigentlich?«

»Wir haben das Datum noch nicht genau festgelegt, aber irgendwann im Herbst. Wie nicht anders zu erwarten, ist Johns Tochter nicht gerade begeistert über die Verlobung. Sie hat John lange Zeit für sich allein gehabt. Amy fängt im September mit dem College an, also schätzen wir, daß ein Termin um Thanksgiving herum ungefähr richtig wäre.«

»Du siehst richtig glücklich aus, 'Laine. Und außerdem schaust du blendend aus. Sehr attraktiv und sehr erfolgreich. Du bist schlanker, als ich dich je gesehen hab. Und dein Haar ist auch blonder, was mir gefällt.«

»Komplimente von dir? Verdirb nicht unsere Freundschaft.« Elaine lachte. »Aber danke. Ich bin wirklich sehr glücklich. John ist der Mann, auf den ich schon immer gewartet habe. Und ich bin schrecklich froh, daß du wieder der alte bist. Glaub mir, Adam, als du letztes Jahr hier warst, nach deiner Trennung von Menley, da hab ich mir Sorgen um dich gemacht.«

»Es war eine ziemlich harte Zeit.«

Elaine schaute sich die Speisekarte an. »Das hier geht auf Atkins-Immobilien. Keine Diskussion, bitte. Remember House steht zum Verkauf, und falls du, nachdem du es gemietet hast, zu dem Entschluß kommst, daß es eine tolle Anschaffung wäre, dann bekomme ich die Provision.«

Nachdem sie bestellt hatten, sagte Adam: »Das Telefon war besetzt, als ich es vorhin bei Menley versucht hab. Ich ruf eben schnell an.«

Eine Minute später kam er mit besorgter Miene zurück. »Immer noch besetzt.«

»Kannst du dich nicht dazwischenschalten?«

»Menley kann dieses System nicht ausstehen. Sie findet,

daß es so taktlos ist, ständig den Leuten zu verklickern ›Warte mal 'nen Moment‹ und das laufende Gespräch zu unterbrechen.«

»Da hat sie schon recht, aber es ist doch ungeheuer praktisch.« Elaine zögerte. »Du kommst mir plötzlich ganz beunruhigt vor. Geht's ihr denn jetzt wirklich gut?«

»Sie scheint okay zu sein«, erwiderte Adam langsam. »Wenn aber diese Angstattacken kommen, dann ist es wirklich schlimm. Sie ist völlig im Eimer, wenn ihr der Unfall wieder durch den Kopf geht. Ich versuch's gleich noch mal, aber inzwischen – hab ich dir eigentlich schon ein Bild vom Baby gezeigt?«

»Hast du denn eins dabei?«

»Ist der Papst katholisch?« Er griff in seine Brusttasche. »Hier ist das allerneueste. Sie heißt Hannah. Letzte Woche ist sie drei Monate geworden. Ist sie nicht umwerfend?«

Elaine betrachtete das Foto ausführlich. »Sie ist absolut wunderschön«, sagte sie aufrichtig.

»Sie sieht wie Menley aus, also wird sie auch hinreißend bleiben«, erklärte Adam voller Überzeugung. Er steckte den Schnappschuß wieder in seine Brieftasche und schob seinen Stuhl zurück. »Falls es noch immer besetzt ist, werde ich die Vermittlung bitten, dazwischenzugehen.«

Elaines Blick folgte ihm, während er sich seinen Weg durch den Raum bahnte. Es macht ihn nervös, daß sie mit dem Baby allein ist, dachte sie.

»Elaine.«

Sie schaute auf. Es war Carolyn March, eine New Yorker Werbemanagerin in den Fünfzigern, der sie ein Haus verkauft hatte. March wartete nicht erst eine Begrüßung ab. »Haben Sie schon gehört, wie groß Vivian Carpenters Treuhandvermögen war? *Fünf Millionen Dollar!* Die Carpenters reden nie über Geld, aber eine der Frauen aus der Verwandtschaft hat das rausrutschen lassen. Und Viv hat rumerzählt, daß sie alles ihrem Mann vermacht hat. Glauben Sie nicht, daß solch ein Haufen Geld Scott Coveys Tränen trocknen sollte?«

3

Das muß Adam sein. Er hat doch gesagt, daß er um die Zeit anruft. Menley jonglierte die Kleine auf der Schulter, während sie nach dem Hörer griff. »Komm schon, Hannah«, murmelte sie. »Du hast schon die zweite Flasche halb ausgetrunken. Wenn du so weitermachst, wirst du noch das einzige drei Monate alte Mitglied bei den Weight Watchers.«

Sie hielt den Hörer zwischen Ohr und Schulter und klopfte gleichzeitig dem Baby auf den Rücken. Statt Adam war Jane Pierce am Apparat, Chefredakteurin bei der Reisezeitschrift *Travel Times*. Wie stets kam Jane gleich zur Sache. »Menley, du fährst doch im August zum Cape, oder?«

»Halt mir mal den Daumen, daß es klappt«, sagte Menley. »Gestern abend haben wir erfahren, daß bei dem Haus, das wir mieten wollten, mit den Rohrleitungen was nicht stimmt. Ich habe Nachttöpfe noch nie besonders niedlich gefunden, deshalb ist Adam heute früh hingefahren, um sich nach was anderem für uns umzuschauen.«

»Ist aber ziemlich spät, was anderes aufzutreiben, oder?«

»Wir haben noch eine Trumpfkarte in Reserve. Eine alte Bekannte von Adam besitzt eine Immobilienfirma. Elaine hat uns das erste Haus angeboten und schwört darauf, sie hätte einen fantastischen Ersatz parat. Hoffentlich ist Adam der gleichen Meinung.«

»Wenn du also in diesem Fall hinfährst ...«

»Jane, falls wir wirklich fahren, recherchiere ich für ein neues Buch in der David-Serie. Ich hab schon so viel von Adam über das Cape gehört, daß ich die nächste Geschichte vielleicht dort spielen lasse.« David war die zehnjährige Hauptfigur in einer Romanreihe, die Menley zu einer bekannten Kinderbuchautorin gemacht hatte.

»Ich weiß, daß ich dich damit um einen Gefallen bitte, Menley, aber die besondere Art, wie du den historischen Hintergrund einarbeitest, ist das, was ich für eine Story brauche«, plädierte die Redakteurin.

Als Menley eine Viertelstunde später auflegte, hatte sie sich dazu überreden lassen, einen Artikel über Cape Cod für die *Travel Times* zu verfassen.

»Ach ja, Hannah«, sagte sie, während sie der Kleinen einen letzten sanften Klaps auf den Rücken gab, »Jane hat mir nun mal vor zehn Jahren meine erste Chance gegeben. Richtig? Es ist das Mindeste, was ich tun kann.«

Hannah aber schlief bereits zufrieden auf ihrer Schulter. Menley ging gemächlich zum Fenster hinüber. Die Wohnung im siebenundzwanzigsten Stock an der East End Avenue gewährte einen spektakulären Blick auf den East River und die Brücken, die ihn überspannen.

Daß sie nach dem Verlust von Bobby aus Rye wieder nach Manhattan zurückgezogen waren, hatte ihr geholfen, nicht völlig durchzudrehen. Aber es würde guttun, für den August wegzukommen. Nach dem ersten schrecklichen Angstanfall hatte ihre Frauenärztin sie ermutigt, sich in psychiatrische Behandlung zu begeben. »Sie haben das, was man ein verzögertes posttraumatisches Streßsyndrom nennt, und das ist nach einer erschreckenden Erfahrung nicht ungewöhnlich, aber es gibt eine Behandlung dafür, und ich würde sie Ihnen empfehlen.«

Sie suchte seither einmal pro Woche die Psychiaterin Dr. Kaufman auf, und Kaufman unterstützte die Idee, Urlaub zu machen, voll und ganz.

»Diese Angstphasen sind verständlich und auf lange Sicht von Nutzen«, erklärte sie. »Fast zwei Jahre lang seit Bobbys Tod waren Sie in einem Zustand der Verdrängung. Jetzt, da Sie Hannah haben, setzen Sie sich endlich damit auseinander. Machen Sie den Urlaub. Fahren Sie weg. Machen Sie sich eine gute Zeit. Aber nehmen Sie Ihr Mittel ein. Und rufen Sie mich natürlich jederzeit an, wenn Sie mich brauchen. Ansonsten sehe ich Sie dann im September wieder.«

Wir werden uns eine schöne Zeit machen, dachte Menley. Sie trug den schlummernden Säugling in das Kinderzimmer, legte die Kleine hin und wechselte ihr schnell die Windeln und deckte sie zu. »So, jetzt sei schön lieb und mach ein nettes langes Nickerchen«, flüsterte sie mit einem Blick in das Kinderbett.

Schultern und Nackenbereich fühlten sich verkrampft an, und Menley streckte die Arme aus und machte Drehbewegungen mit dem Kopf. Die braunen Haare, denen Adam die Farbe von Ahornsirup zuschrieb, tanzten um den Kragen ihres Trainingsanzugs. Solange sie zurückdenken konnte, hatte Menley sich gewünscht, noch größer zu werden. Doch im Alter von einunddreißig hatte sie sich schließlich mit einer dauerhaften Körpergröße von einem Meter zweiundsechzig abgefunden. Wenigstens kann ich stark sein, hatte sie sich getröstet, und ihr fester, schlanker Körper war Zeugnis für ihre täglichen Besuche im Gymnastikraum im ersten Stock des Gebäudes.

Bevor sie das Licht ausmachte, betrachtete sie das Baby. Ein Wunder, ein Wunder, dachte sie. Sie war mit einem älteren Bruder aufgewachsen, der sie zum Wildfang gemacht hatte. Als Folge davon hatte sie Puppen stets verachtet und lieber mit einem Football geworfen, als »Mutter, Vater, Kind« zu spielen. Sie fühlte sich immer in der Gesellschaft von Jungen wohl und wurde in ihren Teenager-Jahren zur Lieblingsvertrauten und bereitwilligen Babysitterin ihrer zwei Neffen.

Nichts aber hatte sie auf die stürmische Liebe vorbereitet, die sie nach Bobbys Geburt überkam und die nun wieder von dieser vollkommen gestalteten, rundgesichtigen und gelegentlich grantigen Kleinen hervorgerufen wurde.

Das Telefon klingelte, als sie ins Wohnzimmer kam. Das ist garantiert Adam, und er hat bestimmt versucht, mich zu erreichen, während ich mit Jane gesprochen habe, dachte sie, als sie zum Apparat eilte.

Es war Adam. »Hallo, mein Lieber«, sagte sie fröhlich. »Hast du ein Haus für uns gefunden?«

Er überging die Frage. »Hallo, Schätzchen. Wie fühlst du dich? Wie geht's dem Baby?«

Menley hielt einen Moment inne. Sie wußte, daß sie ihm seine Besorgtheit eigentlich nicht übelnehmen konnte, trotzdem konnte sie es sich nicht verkneifen, ihn ein wenig zu frotzeln. »Mir geht's bestens, aber nach Hannah hab ich ehrlich nicht mehr geschaut, seit du heute morgen weg bist«, erzählte sie ihm. »Warte einen Moment, und ich schau mal nach.«

»Menley!«

»Tut mir leid«, sagte sie, »aber, Adam, es liegt daran, wie du fragst; es klingt schon so, als wartest du geradezu auf schlechte Neuigkeiten.«

»*Mea culpa*«, erwiderte er reumütig. »Ich liebe euch einfach beide so. Ich will, daß alles in Ordnung ist. Ich bin mit Elaine zusammen. Wir haben ein tolles Haus bekommen: ein beinahe dreihundert Jahre altes Kapitänshaus auf Morris Island in Chatham. Die Lage ist herrlich, ein Steilufer mit Blick aufs Meer. Es wird dir unwahrscheinlich gut gefallen. Es hat sogar einen Namen, Remember House. Ich erzähl dir dann alles drüber, wenn ich wieder da bin. Ich mach mich nach dem Abendessen auf die Heimfahrt.«

»Das ist eine Fahrt von fünf Stunden«, warf Menley ein, »und du hast sie heute schon einmal gemacht. Warum übernachtest du nicht dort und fährst ganz in der Früh los?«

»Ist mir egal, wie spät es ist. Ich will heute nacht mit dir und Hannah zusammensein. Ich liebe dich.«

»Ich liebe dich auch«, sagte Menley inbrünstig.

Nachdem sie sich verabschiedet hatten, legte sie den Hörer auf und flüsterte vor sich hin: »Ich hoffe bloß, daß der wahre Grund für die eilige Heimfahrt nicht der ist, daß du Angst hast, mich mit der Kleinen allein zu lassen.«

31. Juli

4

Henry Sprague hielt seine Frau an der Hand, als sie gemeinsam am Strand entlanggingen. Die späte Nachmittagssonne verschwand immer wieder hinter Wolken, und er war froh, daß er Phoebe den warmen Schal gut um den Kopf gebunden hatte. Er sann darüber nach, wie der herannahende Abend die Landschaft völlig anders erscheinen ließ. Ohne die Badebesucher schien das Panorama von Sand und kühler werdender Brandung wieder zu einer Urharmonie mit der Natur zurückzufinden.

Er schaute Seemöwen zu, die am Rand des Wassers herumhüpften. Muschelschalen in zarten Tönen von Grau und Rosa und Weiß lagen auf dem feuchten Sand in Haufen beieinander. Hier und da fiel sein Blick auf ein Stück Treibgut. Jahre zuvor hatte er einen Rettungsring der *Andrea Doria* entdeckt, der an dieser Stelle an Land gespült worden war.

Es war die Tageszeit, die er und Phoebe schon immer am meisten genossen. Genau hier am Strand hatte er vor vier Jahren zum erstenmal die Symptome von Vergeßlichkeit an ihr bemerkt. Jetzt aber mußte er, so schwer es ihm fiel, einsehen, daß er nicht mehr lange in der Lage sein würde, sie zu Hause zu behalten. Man hatte ihr das Medikament Tacrine verschrieben, und manchmal schien sie echte Fortschritte zu machen, doch neuerdings war sie mehrere Male aus dem Haus geschlüpft, während er ihr gerade den Rücken zukehrte. Neulich erst hatte er sie in der Dämmerung am Strand gefunden, bis zur Taille im Meer. Gerade, als er auf sie zulief, hatte eine Welle sie umgeworfen. Völlig orientierungslos, wie sie war, wäre sie innerhalb von Sekunden ertrunken.

Wir haben sechsundvierzig gute Jahre gehabt, sagte er sich. Ich kann sie in dem Pflegeheim jeden Tag besuchen. Es wird so zum Besten sein. Er wußte, daß dies alles stimmte, und doch war es so schwer. Sie stapfte neben ihm her, ruhig und in ihre eigene Welt versunken. Dr. Phoebe Cummings Sprague, ordentliche Professorin für Geschichte an der Harvard University – und sie konnte sich nicht mehr daran erinnern, wie man sich ein Halstuch umbindet oder ob sie gerade gefrühstückt hatte.

Er begriff, wo sie waren, und schaute auf. Hinter der Düne auf der Anhöhe oben zeichnete sich das Haus gegen den Horizont ab. Es hatte ihn immer an einen Adler erinnert, wie es da auf dem Hochufer saß, losgelöst und wachsam. »Phoebe«, sagte er.

Sie wandte sich um und starrte ihn mit gerunzelter Stirn an. Das Stirnrunzeln geschah inzwischen automatisch. Es hatte seinen Anfang genommen, als sie noch verzweifelt versuchte, nicht den Eindruck aufkommen zu lassen, sie sei vergeßlich.

Er zeigte auf das Haus über ihnen. »Ich hab dir erzählt, daß Adam Nichols sich hier mit seiner Frau Menley und ihrem neuen Baby für den August einmietet. Ich werde ihnen sagen, sie sollen uns doch bald besuchen. Du hast Adam immer gut leiden können.«

Adam Nichols. Für einen kurzen Moment schwand der düstere Nebel, der in Phoebes Geist eingedrungen war und sie zwang, nach irgendeinem Verständnis herumzutappen. Das Haus da, dachte sie. Ursprünglich hieß es Nickquenum.

Nickquenum, das feierliche indianische Wort, das die Bedeutung hatte: »Ich bin auf dem Heimweg.« Ich bin da herumgelaufen, sagte sich Phoebe. Ich war in dem Haus da oben. Jemand, den ich kenne – wer war es nur? –, wie er was Komisches macht ... Adams Frau darf nicht da wohnen ... Der Nebel überfiel wieder ihr Gehirn und nahm es in Besitz. Sie blickte ihren Mann an. »Adam Nichols«, murmelte sie langsam. »Wer ist das?«

1. August

5

Scott Covey war erst um Mitternacht zu Bett gegangen. Trotzdem lag er noch immer wach, als die ersten Anzeichen der Morgendämmerung Schatten in das Schlafzimmer zu werfen begannen. Danach döste er ein, schlief unruhig und wachte mit einem Gefühl von Spannung hinter der Stirn auf, dem Vorboten von Kopfschmerzen.

Mit einer Grimasse warf er die Bettdecke zurück. In der Nacht war es entschieden kälter geworden, doch er wußte, daß der Temperatursturz nur vorübergehend war. Bis zum Mittag würde es wieder ein schöner Tag am Cape sein, sonnig und mit einer Mittsommerhitze, die von salzangereicherten Ozeanbrisen gemildert wurde. Doch jetzt war es noch kühl, und wäre Vivian dagewesen, dann hätte er die Fenster geschlossen, bevor sie aufstand.

Heute würde man Vivian beerdigen.

Während er aufstand, warf Scott einen Blick auf das Bett und dachte daran, wie oft er ihr in den drei Monaten ihrer Ehe, sobald sie aufwachte, den Kaffee gebracht hatte. Danach machten sie es sich dann im Bett gemütlich und tranken ihn gemeinsam.

Er konnte sie noch vor sich sehen, wie sie, den Rücken an einen Haufen Kissen gelehnt, auf den angezogenen Knien die Untertasse balancierte, und er dachte wieder daran, wie sie ihre Witze über das Kopfteil des Betts aus Messing gemacht hatte.

»Mutter hat mir mein Zimmer neu hergerichtet, als ich sechzehn war«, hatte sie ihm mit ihrer typischen atemdurchdrungenen Stimme erzählt. »Ich wollte unbedingt eins von diesen Dingern haben, aber Mutter fand, ich hätte kein Gefühl für Inneneinrichtung und daß Messingbetten mittlerweile zu abgeschmackt wären. Als ich dann an mein eigenes Geld rankonnte, hab ich als erstes das am dollsten geschnörkelte gekauft, das ich auftreiben konnte.« Dann hatte sie gelacht. »Ich muß zugeben, daß ein gepolstertes Kopfende sehr viel bequemer zum Anlehnen ist.«

Er hatte ihr an jenem Morgen die Tasse und Untertasse aus der Hand genommen und auf dem Boden abgestellt. »Lehn dich an mich an«, hatte er vorgeschlagen.

Merkwürdig, daß ihm gerade diese Szene jetzt wieder in den Sinn kam. Scott ging in die Küche, machte Kaffee und Toast und setzte sich ans Buffet. Die Vorderseite des Hauses war zur Straße hinaus gelegen, während man hinten einen

Blick auf den Oyster Pond hatte. Vom Seitenfenster aus konnte er durch das Laub draußen die Ecke vom Anwesen der Spragues sehen.

Vivian hatte ihm erzählt, daß Mrs. Sprague bald in ein Pflegeheim kommen würde. »Henry will nicht mehr, daß ich sie besuche, aber wir müssen ihn unbedingt zum Abendessen einladen, wenn er dann allein ist«, hatte sie gesagt.

»Es macht Spaß, Gäste zu haben, wenn wir's zusammen machen«, hatte sie hinzugefügt. Danach hatte sie ihm die Arme um den Hals geschlungen und ihn heftig umarmt. »Du liebst mich doch wirklich, oder, Scott?«

Wie oft hatte er ihr gut zugesprochen, sie gehalten, ihr übers Haar gestrichelt, sie in den Armen gewiegt, bis sie, wieder aufgemuntert, dazu übergegangen war, die Gründe aufzuzählen, weshalb sie ihn liebte. »Ich hab immer gehofft, mein Mann würde einmal über eins achtzig groß sein, und du bist es. Ich hab immer gehofft, daß er blond und attraktiv ist, damit mich alle beneiden. Nun, das bist du auch, und sie beneiden mich auch. Am meisten aber wollte ich immer, daß er total verknallt in mich ist.«

»Und das bin ich auch.« Wieder und wieder hatte er ihr das versichert.

Scott starrte aus dem Fenster hinaus und dachte über die vergangenen zwei Wochen nach; dabei rief er sich ins Gedächtnis zurück, daß einige aus der Carpenter-Verwandtschaft und viele von Vivs Freunden sich gleich von der Minute an, nachdem sie vermißt gemeldet war, gerührt hatten, um ihm Trost zuzusprechen. Aber eine beträchtliche Anzahl von Leuten hatte es unterlassen. Ihre Eltern blieben ganz besonders im Hintergrund. Ihm war bewußt, daß er in den Augen vieler nichts als ein Mitgiftjäger war, ein Opportunist. Einige der Artikel in den Zeitungen von Boston und Cape Cod hatten Interviews mit Leuten gebracht, die ganz offen ihre Skepsis über die Umstände des Unfalls äußerten.

Die Carpenters gehörten schon seit Generationen zu den berühmten Familien in Massachusetts. Im Lauf der Zeit hatten sie Senatoren und Gouverneure hervorgebracht. Was immer ihnen zustieß, war von öffentlichem Interesse.

Er stand auf und ging zum Herd hinüber, um sich Kaffee nachzuschenken. Mit einemmal überwältigte ihn der Gedanke an die bevorstehenden Stunden, an den Trauergottesdienst und die Beerdigung, an die unvermeidliche Anwesenheit der Medien. Alle würden sie ihn im Auge behalten.

»Zum Teufel mit euch allen, wir haben uns geliebt!« sagte er heftig und knallte den Kaffeekocher auf den Herd.

Er trank hastig einen Schluck Kaffee. Der war kochend heiß. Der Mund brannte ihm, und er rannte zum Spülbecken und spuckte die Flüssigkeit aus.

6

Sie hielten in Buzzards Bay lange genug an, um Kaffee, Brötchen und eine Zeitung, den *Boston Globe*, zu besorgen. Als sie in dem schwerbeladenen Kombiwagen über die Sagamore Bridge fuhren, seufzte Menley: »Meinst du, daß es im Himmel Kaffee gibt?«

»Das hoff ich aber schwer. Sonst bleibst du nicht lange genug wach, um deine ewige Belohnung zu genießen.« Adam sah sie mit einem Schmunzeln in den Augen von der Seite an.

Sie waren früh aufgebrochen und bereits um sieben unterwegs. Jetzt um halb zwölf überquerten sie gerade den Cape Cod Canal. Nach einer Viertelstunde Protestgeschrei hatte eine ungewöhnlich entgegenkommende Hannah während der restlichen Fahrt bisher geschlafen.

Die Vormittagssonne verlieh der Metallstruktur der Brücke einen silbernen Glanz. Im Kanal unten dampfte ein Lastschiff langsam durch das sanft bewegte Wasser. Dann waren sie auf der Route 6.

»Genau hier hat mein Dad immer jeden Sommer ausgerufen: ›Wir sind wieder am Cape!‹« sagte Adam. »Es war schon immer sein eigentliches Zuhause.«

»Glaubst du, daß der Verkauf deiner Mutter leid tut?«

»Nein. Das Cape war nach Dads Tod nicht mehr dasselbe für sie. Sie fühlt sich in North Carolina wohler, in der Nähe ihrer Schwestern. Aber ich bin wie Dad. Dieser Platz steckt mir im Blut; unsere Familie verbringt schon seit drei Jahrhunderten den Sommer hier.«

Menley setzte sich etwas anders hin, damit sie ihren Mann im Blickfeld hatte. Sie war glücklich, endlich mit ihm hier zu sein. Sie hatten im Sommer von Bobbys Geburt vorgehabt, herzukommen, aber der Arzt wollte nicht, daß sie im Zustand der Hochschwangerschaft so weit wegfuhr. Im Jahr darauf hatten sie gerade das Haus in Rye gekauft und waren dabei, sich einzugewöhnen, weshalb es keinen Sinn hatte, zum Cape zu kommen.

Wieder einen Sommer später hatten sie Bobby verloren. Und danach, dachte Menley, gab es nichts mehr für mich als diese schreckliche Taubheit, das Gefühl völliger Entfremdung von jedem anderen menschlichen Wesen, die Unfähigkeit, auf Adam einzugehen.

Letztes Jahr war Adam dann allein hierhergekommen. Sie hatte ihn um eine Trennung auf Probe gebeten. Resigniert hatte er eingewilligt. »Auf keinen Fall können wir so weitermachen, Men«, hatte er zugegeben, »und nur so tun, als wären wir verheiratet.«

Drei Wochen war er schon weg, als ihr damals klar wurde, daß sie schwanger war. Während der ganzen Zeit hatte er kein einziges Mal angerufen. Tagelang hatte sie sich mit der Frage gequält, ob sie es ihm sagen sollte, und hin und her überlegt, wie er wohl reagieren würde. Endlich rief sie doch an. Seine unpersönliche Begrüßung versetzte ihr einen Schlag, doch als sie sagte: »Adam, vielleicht ist es nicht gerade das, was du hören willst, aber ich bin schwanger, und ich bin sehr glücklich darüber«, da hatte sie sein Jubelschrei in Hochstimmung versetzt.

»Ich komm sofort nach Hause«, hatte er gesagt.

Jetzt spürte sie Adams Hand in ihrer eigenen. »Ich frage

mich, ob wir gerade an dasselbe denken«, sagte er. »Ich war hier am Cape, als ich erfahren hab, daß Ihre Hoheit unterwegs ist.«

Eine Weile lang schwiegen sie; dann blinzelte Menley Tränen zurück und fing an zu lachen. »Und weißt du noch, wie sich nach ihrer Geburt Phyllis darüber ausgelassen hat, daß wir sie Menley Hannah taufen wollten?« Sie äffte den schrillen Tonfall ihrer Schwägerin nach: »Ich fände es wirklich nett, die Familientradition aufrechtzuerhalten und die erste Tochter Menley zu nennen, aber bitte tauft sie nicht Hannah. Das ist so altmodisch. Warum nennt ihr sie denn nicht Menley Kimberley, und dann kann sie Kim heißen? Wäre das nicht goldig?«

Ihre Stimme kehrte zu ihrer normalen Höhe zurück. »Also ehrlich!«

»Nimm's mir bloß nicht übel, Schatz«, gluckste Adam. »Aber ich hoffe, daß Phyllis deine Mutter nicht völlig fertigmacht.« Menleys Mutter war derzeit mit ihrem Sohn und ihrer Schwiegertochter in Irland unterwegs.

»Phyl hat es sich in den Kopf gesetzt, beide Seiten des Familienstammbaums zu erforschen. Du kannst drauf wetten, wenn sie unter ihren Vorfahren auf Pferdediebe stößt, dann erfahren wir bestimmt nie was davon.«

Vom Rücksitz her hörten sie, wie sich etwas regte. Menley warf einen Blick über die Schulter. »Nun, es sieht ganz so aus, als ob sich Ihre Ladyschaft bald zu uns gesellt, und sie wird garantiert ganz schön hungrig sein.« Sie beugte sich nach hinten und steckte Hannah den Schnuller in den Mund. »Bete mal lieber, daß sie brav bleibt, bis wir beim Haus ankommen.«

Sie verstaute den leeren Kaffeebehälter in einer Tüte und griff nach der Zeitung. »Schau mal, Adam. Da ist ein Bild von dem Ehepaar, von dem du mir erzählt hast. Sie ist die Frau, die beim Tiefseetauchen mit ihrem Mann ertrunken ist. Die Beerdigung ist heute. Der arme Kerl. Was für ein tragischer Unfall.«

Tragischer Unfall. Wie oft schon hatte sie diese Worte gehört. Sie lösten solch schreckliche Erinnerungen aus. Sie überfluteten ihr Bewußtsein. *Am Steuer auf jener Landstraße unterwegs, die ihr nicht vertraut war, mit Bobby auf dem Rücksitz. Ein wunderbarer sonniger Tag. Und sie schmettert für Bobby ein Lied heraus. Bobby singt mit. Der unbewachte Bahnübergang. Und dann die Vibrationen. Ein Blick aus dem Fenster. Das schreckverzerrte Gesicht des Lokführers. Das Aufheulen und Quietschen von Metall, als der bremsende Zug sich auf sie zuwälzt. Bobbys gellendes: »Mommy, Mommy.« Das Gaspedal durchgetreten. Das Krachen, als der Zug die Hintertür bei Bobby erfaßt. Der Zug, wie er den Wagen mit sich schleift. Bobbys Wimmern: »Mommy, Mommy.« Dann seine Augen, wie sie sich schließen. Die Erkenntnis, daß er tot ist. Sie wiegt ihn in den Armen. Und schreit wieder und wieder: »Bobby, ich will Bobby. Bobbbbbyyyyyyy.«*

Wieder einmal spürte Menley, wie ihr am ganzen Körper der Schweiß ausbrach. Sie begann zu schlottern. Sie preßte die Hände gegen die Beine, um die Beherrschung über ihre krampfhaft zitternden Glieder wiederzugewinnen.

Adam warf ihr einen Blick zu. »O mein Gott.« Sie näherten sich gerade einem Parkplatz. »Ist schon gut, Liebste. Ist schon gut.«

Auf dem Rücksitz fing Hannah zu jammern an.

Bobbys jämmerliches »Mommy, Mommy«.

Hannahs Jammern ...

»Bring sie zur Ruhe!« schrie Menley. »Sie soll aufhören!«

7

Es war Viertel vor zwölf, stellte Elaine mit einem Blick auf die Wagenuhr fest. Adam und Menley müßten jeden Moment eintreffen, und sie wollte noch das Haus vor ihrer Ankunft überprüfen, um sicherzugehen, daß alles in Ordnung war. Eine der Dienstleistungen, die sie ihren Kunden anbot, bestand in der gründlichen Reinigung des Mietobjekts vor und nach dem jeweiligen Aufenthalt dort. Sie drückte mit dem Fuß energischer auf das Gaspedal. Sie war spät dran, weil sie dem Trauergottesdienst für Vivian Carpenter Covey beigewohnt hatte.

Auf eine Eingebung hin hielt sie beim Supermarkt an.

Ich hol eben noch etwas von dem geräucherten Lachs, den Adam so gern hat, dachte sie. Er würde gut zu der Flasche gekühlten Champagners passen, den sie stets für hochkarätige Kunden bereitstellte. Dann konnte sie einfach eine Willkommensnotiz kritzeln, bevor sie ankamen.

Der verhangene Morgen hatte sich zu einem prächtigen Sonnentag von etwa vierundzwanzig Grad und funkelnder Klarheit entwickelt. Elaine langte nach oben und machte das Sonnendach auf, während ihr durch den Kopf ging, was sie dem Fernsehreporter berichtet hatte. Als die Leichenprozession sich anschickte, die Kirche zu verlassen, hatte sie ihn bemerkt, wie er nach dem Zufallsprinzip Leute anhielt und um Äußerungen bat. Sie war absichtlich zu ihm hinübergegangen. »Darf ich etwas sagen?«

Sie hatte geraden Blicks in die Kamera geschaut. »Ich bin Elaine Atkins. Ich habe Vivian Carpenter vor drei Jahren ihr Haus in Chatham verkauft, und am Tag vor ihrem Tod zeigte ich ihr und ihrem Mann noch einige größere Anwesen. Die beiden waren sehr glücklich miteinander und wollten eine Familie gründen. Was passiert ist, ist eine Tragödie, kein Fall, der Rätsel aufgibt. Diejenigen, die häßliche Gerüchte über Mr. Covey verbreiten, sollten, finde ich, nur einmal nachprüfen, wie viele Leute damals in Booten unterwegs waren und die Sturmwarnung der Küstenwache nicht mitbekommen hatten und fast gekentert sind, als das Unwetter hereinbrach.«

Die Erinnerung daran rief ein befriedigtes Lächeln hervor. Sie war überzeugt, daß Scott Covey vom Inneren der Limousine aus zugeschaut hatte.

Sie fuhr am Leuchtturm vorbei zum Viertel Quitnesset auf Morris Island, dann weiter am nationalen Naturschutzpark von Monomoy vorbei; sie bog auf den Awarks Trail ein und steuerte dann auf die Privatstraße hinauf, die zum Remember House führte. Als sie um die Kurve kam und sich ihr das Anwesen darbot, versuchte sie sich Menleys Reaktion, wenn sie es zum erstenmal sah, vorzustellen.

Größer und anmutiger als ein Großteil der Architektur aus dem frühen achtzehnten Jahrhundert, repräsentierte das Haus einen Tribut der Liebe, die Kapitän Andrew Freeman zu Anfang für seine junge Braut empfunden hatte. Mit seinen herausragend schönen Linien und seiner Hochlage auf den Klippen bildete es eine majestätische Silhouette gegen den Hintergrund von Himmel und Meer. Purpurwinden und Stechpalmenbeeren verstreuten um die Wette mit wilden Rosen Farbe über das ganze Grundstück. Vom Alter schwere Robinien und Eichen boten Schattenoasen zum Schutz vor dem gleißenden Sonnenlicht.

Die gepflasterte Einfahrt führte von der Seite des Hauses zum Parkplatz hinter der Küche. Elaine machte ein mißvergnügtes Gesicht, als sie Carrie Bells kleinen Lieferwagen sah. Carrie war eine ausgezeichnete Putzfrau, aber sie kam immer zu spät. Sie hätte jetzt längst verschwunden sein sollen.

Elaine fand Carrie in der Küche, die Handtasche unter den Arm geklemmt. Ihr schmales Gesicht mit den kräftigen Gesichtszügen war blaß. Als sie sprach, klang ihre normalerweise stets etwas zu laute Stimme gehetzt und bedrückt. »O Miss Atkins. Ich weiß, daß ich ein bißchen spät dran bin, aber ich mußte Tommy noch bei meiner Mutter absetzen. Alles ist tipptopp, aber ich kann Ihnen sagen, ich bin heilfroh, daß ich gleich weg von hier bin.«

»Was stimmt denn nicht?« fragte Elaine rasch.

»Ich hab mich zu Tode erschreckt«, sagte Carrie mit noch immer zitternder Stimme. »Ich war im Eßzimmer, als ich oben ganz deutlich Schritte gehört hab. Ich dachte, daß Sie vielleicht reingekommen sind, und so hab ich nach Ihnen gerufen. Als niemand geantwortet hat, bin ich rauf nachschauen gegangen. Miss Atkins, Sie kennen doch diese alte Wiege, die in dem Schlafzimmer mit dem schmalen Bett und dem Kinderbett steht?«

»Natürlich kenn ich die.«

Carries Gesicht wurde noch etwas blasser. Sie packte Elaine am Arm. »Miss Atkins, die Fenster waren zu. Es gab absolut keinen Luftzug. Aber die Bettdecke war ein bißchen zerknittert, so wie es aussehen würde, wenn einer drauf sitzt. Und die Wiege hat sich bewegt. *Jemand, den ich nicht sehen konnte, saß da am Bettrand und hat die Wiege geschaukelt!*«

»Also wirklich, Carrie, Sie haben bloß von diesen albernen Geschichten gehört, die sich die Leute über dieses Haus ausgedacht haben, als es damals leer stand«, wies Elaine sie zurecht. »Diese alten Böden sind uneben. Wenn die Wiege sich bewegt hat, dann bloß deshalb, weil Sie so einen schweren Gang haben und wahrscheinlich auf eine lose Diele getreten sind.«

Von hinten hörte sie jetzt das Geräusch eines Wagens, der die Einfahrt heraufkam. Adam und seine Familie waren da. »Die ganze Sache ist lächerlich«, sagte sie streng. »Wagen Sie ja nicht, den Nichols' ein Sterbenswörtchen davon zu erzählen«, warnte sie, während sie sich umdrehte, um Adam und Menley aus dem Kombiwagen steigen zu sehen. Ihr war jedoch klar, daß ihre Warnung zwecklos war – Carrie Bell würde jedem, den sie traf, davon erzählen.

8

Nathaniel Coogan war seit achtzehn Jahren bei der Polizei von Chatham. In Brooklyn geboren, war Nat aufs John Jay College in Manhattan gegangen, um einen Abschluß in Strafrecht zu machen, als er seine spätere Frau kennenlernte, die zeit ihres Lebens in Hyannis gelebt hatte. Deb war nicht daran interessiert, in New York zu wohnen, weshalb er sich nach seinem Diplom bereitwillig um eine Stelle bei der Polizei auf dem Cape bewarb. Jetzt, mit vierzig, stand er im Rang eines Detective, war Vater zweier halbwüchsiger Söhne und ein Exemplar jener seltenen Spezies Mensch: ein gelassener, heiterer Mann, der mit seiner Familie und seiner Arbeit zufrieden war und dessen einzige Hauptsorge seinen dreizehn, vierzehn unerwünschten Pfund Gewicht galt, welche die hervorragende Kochkunst seiner Frau seiner ohnehin kräftigen Statur hinzugefügt hatte.

Heute morgen jedoch war ein weiteres Problem hinzugekommen. Eigentlich hatte es ihm schon seit geraumer Zeit zugesetzt. Nat wußte, daß sein Boß, Polizeichef Frank Shea, fest davon überzeugt war, Vivian Carpenter Coveys Tod sei die Folge eines Unfalls. »An dem Tag hatten wir zwei weitere Fälle von Beinahe-Ertrunkenen«, erklärte Frank. »Es war Vivian Carpenters Boot. Sie kannte sich in diesen Gewässern besser als ihr Mann aus. Wenn einer hätte dran denken sollen, das Radio anzudrehen, dann war sie es.« Trotzdem ließ die Sache Nat nicht los, und wie ein auf seinen Knochen versessener Hund war er nicht willens, davon abzulassen, bis sein Verdacht entweder bestätigt oder aber ausgeräumt war.

Heute morgen war Nat früh in der Polizeiwache erschienen und hatte die Obduktionsbilder unter die Lupe genommen, die der Gerichtsmediziner aus Boston geschickt hatte. Obwohl er sich schon vor langer Zeit beigebracht hatte, den Fotos von Opfern gegenüber klinisch objektiv zu sein, traf ihn der Anblick des schlanken, vom Wasser aufgedunsenen und von Fischbissen verstümmelten Körpers – oder dessen, was davon übrig war – so, als träfe der Bohrer eines Zahnarztes einen bloßgelegten Nerv. Mordopfer oder Unfallopfer – was traf zu?

Um neun Uhr ging er in Franks Büro und bat darum, den Fall übernehmen zu dürfen. »Ich will wirklich dran bleiben. Es ist wichtig.«

»Eine Ihrer Eingebungen?« fragte Shea.

»Exakt.«

»Ich glaube, Sie täuschen sich, aber es schadet nichts, gründlich zu sein. Machen Sie mal.«

Um zehn war Nat bei dem Trauergottesdienst. Keine Lobrede auf das arme Kind. Was verbarg sich hinter den steinernen

Gesichtern von Vivian Carpenters Eltern und Schwestern? Trauer, die man, wie es sich für vornehme Leute gehörte, vor neugierigen Augen zu verheimlichen hatte? Zorn über eine sinnlose Tragödie? Schuldgefühle? Die Medien hatten reichlich über Vivian Carpenters unglückliche Entwicklung berichtet. Ihr Leben unterschied sich in allem von dem ihrer älteren Schwestern, von denen die eine Chirurgin, die andere Diplomatin war und beide angemessen verheiratet waren, während Vivian nach einem Rausschmiß aus dem Internat, weil sie Gras geraucht hatte, später auch das College abbrach. Obwohl sie das Geld nicht brauchte, übernahm sie einen Job, als sie zum Cape zog, und gab ihn dann wieder auf – ein Verhaltensmuster, das sich noch mehrfach wiederholen sollte.

Scott Covey saß allein in der ersten Reihe und weinte während des gesamten Gottesdienstes. Er sieht so aus, wie ich mich fühlen würde, wenn Deb etwas zugestoßen wäre, dachte Nat Coogan. Fast schon überzeugt, daß er sich in etwas verrannt hatte, verließ er mit dem Ende der Trauerfeier die Kirche und hielt sich dann draußen auf, um die Bemerkungen der verschiedenen Leute aufzuschnappen.

Es war interessant, was sie von sich gaben. »Arme Vivian. Sie tut mir so leid, aber sie war ganz schön anstrengend, findest du nicht?«

Die Gesprächspartnerin mittleren Alters seufzte. »Ich weiß. Sie konnte sich nie einfach mal gehenlassen.«

Nat fiel wieder ein, daß Covey geäußert hatte, er habe seiner Frau ohne Erfolg dringend angeraten, doch weiterzudösen, während er tauchen ging.

Ein Fernsehreporter rief verschiedene Leute vor die Kamera. Nat sah, wie eine attraktive Blondine von selbst auf den Reporter zuging. Er erkannte sie: Elaine Atkins, die Immobilienmaklerin. Er schlenderte beiläufig hinüber, um ihren Kommentar mitzubekommen.

Als sie fertig war, machte Nat sich eine Notiz. Elaine Atkins sagte, die Coveys hätten sich nach einem größeren Haus umgesehen und vorgehabt, eine Familie zu gründen. Sie schien das Ehepaar ziemlich gut zu kennen. Er nahm sich vor, selbst mit Miss Atkins zu sprechen.

Als er ins Büro zurückkehrte, holte er wiederum die Obduktionsbilder hervor und versuchte herauszufinden, was genau ihm eigentlich daran merkwürdig vorkam.

9

Menley wand sich unter Adams Arm heraus und rutschte sachte auf ihre Seite des Betts hinüber. Er murmelte halb ihren Namen, wachte aber nicht auf. Sie erhob sich, schlüpfte in ihren Morgenrock und schaute mit einem leisen Lächeln auf ihn hinab.

Der dynamische Strafverteidiger, der ganze Jurys mit seiner Redekunst umstimmen konnte, sah im Schlaf völlig wehrlos aus. Er lag auf der Seite und hatte den Kopf auf einen Arm gebettet. Sein Haar war zerzaust, wodurch die grauen Stellen stärker zum Vorschein kamen und die erste Andeutung von Haarausfall auf dem Schädel deutlich sichtbar wurde.

Es war kühl im Zimmer, deshalb beugte sich Menley hinunter und zog ihm die Bettdecke über die Schultern, streifte dabei mit den Lippen über seine Stirn. An ihrem fünfundzwanzigsten Geburtstag war sie zu dem Schluß gekommen, daß sie wahrscheinlich nie jemanden finden würde, den sie gern heiraten wollte. Zwei Wochen später traf sie Adam auf einem Kreuzfahrschiff, der *Sagafjord*. Das Schiff machte eine Tour rund um die Welt, und weil Menley ausführlich über den Fernen Osten geschrieben hatte, war sie eingeladen worden, über den Reiseabschnitt zwischen Bali und Singapur einen Vortrag zu halten.

Am zweiten Tag der Schiffsreise war Adam bei ihrem Liegestuhl stehengeblieben, um mit ihr zu plaudern. Er hatte eidesstattliche Aussagen in Australien eingeholt und spontan denselben Reiseabschnitt gebucht. »Herrliche Stationen unterwegs, und ich kann eine Woche Urlaub gebrauchen«, hatte er erklärt. Am Ende jenes Tages war ihr klargeworden, daß Adam der Grund war, weshalb sie drei Jahre zuvor ihre Verlobung aufgekündigt hatte.

Bei ihm war es anders gewesen. Er hatte sich erst allmählich in sie verliebt, im Verlauf des darauffolgenden Jahres. Menley fragte sich manchmal, ob sie wohl je wieder etwas von ihm gehört hätte, wenn sie nicht drei Straßen voneinander entfernt in Manhattan gewohnt hätten.

Es half, daß sie von Anfang an einiges gemeinsam hatten. Beide waren aktive New Yorker und leidenschaftlich von Manhattan eingenommen, obwohl sie in ausgesprochen unterschiedlichen Welten aufgewachsen waren. Adams Familie besaß eine Doppelwohnung an der Park Avenue, und er war zur Eliteschule Collegiate gegangen. Sie war in Stuyvesant Town aufgewachsen, an der Vierzehnten Straße, wo ihre Mutter auch jetzt noch wohnte, und sie hatte die öffentlichen Schulen dort besucht. Zufällig aber hatten sie beide ihren Abschluß bei der Georgetown University gemacht, wenn auch im Abstand von acht Jahren. Sie liebten beide das Meer, und Adam hatte seine Sommerferien auf Cape Cod verbracht, während sie für tägliche Badeausflüge am Strand zum Jones Beach hinausgefahren war.

Als sie regelmäßig miteinander auszugehen begannen, war es Menley klar, daß der zweiunddreißigjährige Adam mit seinem Junggesellenleben sehr zufrieden war. Und warum auch nicht? Er war ein erfolgreicher Rechtsanwalt. Er hatte ein schönes Apartment, eine Serie von Freundinnen. Manchmal verstrichen Wochen, bevor er wieder anrief.

Als er dann um ihre Hand anhielt, vermutete Menley, daß es etwas mit seinem näherrückenden dreiunddreißigsten Geburtstag zu tun hatte. Es war ihr egal. Als sie verheiratet waren, klang ihr wieder etwas im Ohr, was ihr ihre Großmutter viele Jahre zuvor gesagt hatte: »In der Ehe ist häufig der eine stärker verliebt als der andere. Es ist besser, wenn die Frau diejenige ist, die nicht so intensiv liebt.«

Weshalb ist es besser? hatte Menley überlegt, und sie fragte sich jetzt dasselbe, während sie ihn betrachtete, wie er so friedlich schlief. Was ist verkehrt, wenn man diejenige ist, die am meisten liebt?

Es war sieben Uhr. Das starke Sonnenlicht drang neben den Rändern der heruntergezogenen Rollos ins Zimmer hinein. Der weitläufige Raum war einfach ausgestattet mit einem Himmelbett, einer mittelgroßen Kommode, einem Kleiderschrank, einem Nachttisch und einem Stuhl mit gerader Lehne. Alle Möbel waren offenbar echt. Elaine hatte ihr erzählt, daß Mr. Paley und seine Frau noch kurz vor seinem Tod zu verschiedenen Auktionen gegangen waren, um Möbel aus dem frühen achtzehnten Jahrhundert zusammenzustellen.

Menley war glücklich über die Tatsache, daß jedes Schlafzimmer einen offenen Kamin hatte, obwohl sie die Feuerstellen jetzt im August sicher nicht nötig hatten. Das Zimmer neben ihrem eigenen war klein, aber es schien gerade richtig für das Baby. Menley zog sich den Morgenrock enger um und schritt in den Gang hinaus.

Als sie die Tür zu Hannahs Zimmer öffnete, kam ihr ein frostiger Luftzug entgegen. Ich hätte sie mit einer Steppdecke zudecken sollen, dachte Menley, ganz bestürzt darüber, wie sie das hatte vergessen können. Um elf Uhr, bevor sie zu Bett gingen, hatten sie noch nach der Kleinen geschaut und über die Decke debattiert, dann aber entschieden, daß sie nicht nötig war. Offensichtlich war es in der Nacht viel stärker abgekühlt als erwartet.

Menley rannte zum Bettchen. Hannah schlief fest; die Steppdecke war sicher um sie herum festgesteckt. Ich kann doch unmöglich vergessen haben, daß ich nachts hierhergekommen bin, dachte Menley. Wer hat sie nur zugedeckt?

Dann kam sie sich töricht vor. Adam mußte aufgestanden sein und nach dem Baby geschaut haben, obwohl das etwas war, was kaum je geschah, da er gewöhnlich sehr tief schlief. Oder ich bin doch selbst reingekommen, überlegte sie. Die

Ärzte hatten ihr ein Schlafmittel verschrieben, das sie schrecklich benommen machte.

Sie wollte Hannah küssen, wußte jedoch, daß sie damit das Risiko einging, die Kleine sofort zu wecken. »Bis später, Babe«, flüsterte sie. »Ich brauche erst eine Tasse Kaffee in Frieden.«

Am unteren Treppenabsatz zögerte sie, da ihr plötzlich bewußt wurde, wie schnell ihr Herz schlug und wie überwältigend traurig sie mit einemmal war. Der Gedanke überfiel sie urplötzlich: *Ich werde Hannah auch noch verlieren*. Nein! Nein! Das ist lächerlich, sagte sie sich heftig. Warum überhaupt an so etwas denken?

Sie ging in die Küche und stellte den Kaffeekocher an. Zehn Minuten später stand sie mit der dampfenden Tasse in der Hand im vorderen Wohnzimmer und schaute auf den Atlantik hinaus, während die Sonne den Himmel hinanstieg.

Das Haus war zum Monomoy Strip hin gelegen, dem schmalen Sandstreifen zwischen Ozean und Bucht, der, wie Menley gehört hatte, Schauplatz zahlloser Fälle von Schiffbruch war. Vor wenigen Jahren war das Meer durch die Sandbank hereingebrochen; Adam hatte ihr gezeigt, wo ganze Häuser in die See gestürzt waren. Remember House aber, versicherte er ihr, war weit genug zurückgesetzt, daß es immer in Sicherheit sein würde.

Menley blickte auf den Ozean, wie er gegen die Sandbank anrannte und Fontänen salzigen Sprühnebels in die Luft spritzen ließ. Sonnenstrahlen tanzten auf den Schaumkronen. Der Horizont war bereits mit Fischerbooten gesprenkelt. Sie öffnete das Fenster und lauschte dem Jagdgeschrei der Möwen, dem hohen, geschäftigen Zwitschern der Spatzen.

Mit einem Lächeln wandte sie sich vom Fenster ab. Nach drei Tagen hatte sie sich eingewöhnt und fühlte sich wohl hier. Sie ging von Zimmer zu Zimmer und stellte sich vor, was sie tun würde, wenn sie die Räume neu herrichten würde. Das Elternschlafzimmer enthielt die einzigen echten alten Möbel. Die meisten Gegenstände in den anderen Zimmern waren von der Art, wie man sie in einem Mietobjekt aufstellen mochte: billige Sofas, Tische mit Kunststoffbelag, Lampen, die nach irgendeinem Trödelmarkt aussahen. Die lange Holzbank allerdings, die jetzt grellgrün gestrichen war, konnte man abziehen und neu wiederherstellen. Sie strich mit der Hand darüber und stellte sich die samtene Nußholzmaserung vor.

Die Paleys hatten massive bauliche Reparaturen am Gebäude durchgeführt. Es gab ein neues Dach, die Installation war neu, das Elektrosystem war neu, ebenso die Heizung. Eine Menge an Ausbesserungsarbeiten war noch zu tun – vergilbte Tapeten mit einem schrillen modernen Muster verunzierten das Eßzimmer; nachträglich abgehängte Decken zerstörten die vornehme Höhe der Wohnräume und der Bibliothek –, doch nichts davon war von Bedeutung. Entscheidend war das Haus selbst. Es war bestimmt eine Freude, die Restaurierung zu vollenden. Es gab zum Beispiel zwei ineinander übergehende Empfangszimmer – hätte das Haus ihr gehört, so würde sie eines davon als Hobbyraum benützen. Hannah und ihre Freunde würden dann später Freude an einem Raum für sich haben.

Sie ließ die Finger über das Pfarrersschränkchen gleiten, das neben dem Kamin in die Wand eingebaut war. Ihr waren die Geschichten von den frühen Siedlern zu Ohren gekommen, wie sie dem Geistlichen, wenn er sie aufsuchte, ein Gläschen bereithielten. Der arme Mann hatte es wahrscheinlich nötig gehabt, dachte sie. Damals machte man selten Feuer in der guten Stube. Die Gottesdiener mußten blau vor Kälte gewesen sein.

Die frühen Familien auf dem Cape wohnten im *keeping room* oder Familienzimmer, wie sie die Küche nannten, dem Raum, wo die große Feuerstelle Wärme spendete, wo es einladend nach leckerem Essen roch, wo die Kinder bei Kerzenlicht auf dem langen Eßtisch ihre Hausaufgaben machten und die Familie gemeinsam die langen Winterabende verbrachte.

Sie versuchte sich die Generationenfolge von Familien vorzustellen, die an die Stelle der ursprünglichen unglückseligen Besitzer getreten war.

Sie hörte Schritte auf der Treppe und ging in die Eingangshalle. Adam kam herunter, mit Hannah in den Armen. »Wer behauptet hier, daß ich sie nicht höre, wenn sie schreit?« Er schien sehr zufrieden mit sich selbst zu sein. »Sie ist frisch gewickelt und hat Hunger.«

Menley griff nach der Kleinen. »Gib sie mir. Ist es nicht herrlich, sie ganz für uns alleine zu haben, nur mit einer Teilzeit-Babysitterin? Wenn Elaines zuzünftige Stieftochter auch nur halb so gut mit Kindern ist, wie sie es sein soll, wird unser Sommer ungeheuer gut.«

»Wann kommt sie denn?«

»Gegen zehn, glaub ich.«

Um genau zehn Uhr fuhr ein kleines blaues Auto in der Einfahrt vor. Menley beobachtete Amy, wie sie den Weg heraufkam, bemerkte ihre schlanke Erscheinung, ihre langen aschblonden Haare, die zu einem Pferdeschwanz zusammengesteckt waren. Menley fiel etwas Aggressives an der Haltung des Mädchens auf, an der Art, wie sie die Hände in die Taschen ihrer Fransenshorts geschoben hatte und trotzig die Schultern herausreckte.

»Ich weiß nicht«, murmelte Menley, als sie die Tür öffnen ging.

Adam schaute von seinen Arbeitspapieren auf, die er auf dem Tisch ausgebreitet hatte. »Du weißt was nicht?«

»Scht«, mahnte Menley.

Als sie im Haus war, machte das Mädchen jedoch einen ganz anderen Eindruck. Sie stellte sich vor und ging unverzüglich zum Baby hin, das in dem kleinen Tagesbett lag, das sie in der Küche aufgestellt hatten. »Hallo, Hannah.« Sie bewegte sanft ihre Hand hin und her, bis Hannah nach einem Finger griff. »Gutes Mädchen. Du kannst ja kräftig zupacken. Willst du mein kleiner Kumpel sein?«

Menley und Adam warfen sich einen Blick zu. Die Zuneigung schien echt zu sein. Nach ein paar Minuten Unterhaltung mit Amy hatte Menley das Gefühl, daß Elaine allenfalls die Kompetenz des Mädchens noch untertrieben hatte. Sie hatte seit ihrem dreizehnten Lebensjahr verschiedene Jobs als Babysitterin übernommen und war kürzlich erst bei einer Familie mit einjährigen Zwillingen gewesen. Sie hatte vor, Kindergärtnerin zu werden.

Sie kamen überein, daß sie mehrere Nachmittage pro Woche kommen würde, um auszuhelfen, während Menley für ihre schriftstellerischen Projekte recherchierte, und daß sie gelegentlich auch abends dableiben würde, wenn die Nichols' zum Essen ausgehen wollten.

Als das Mädchen sich verabschiedete, sagte Menley: »Ich bin so froh, daß Elaine Sie vorgeschlagen hat, Amy. Haben Sie denn noch irgendwelche Fragen an mich?«

»Ja ... ich ... nein, ist nicht wichtig.«

»Worum geht's denn?«

»Nichts, ganz ehrlich, nichts.«

Als sie außer Hörweite war, sagte Adam ruhig: »Das Mädchen hat Angst vor irgendwas.«

10

Henry Sprague saß auf der Couch in der Glasveranda, ein Fotoalbum auf dem Schoß. Phoebe war neben ihm und schien aufmerksam zu sein. Er wies sie auf verschiedene Bilder hin. »Das war damals, als wir zum erstenmal mit den Kindern zum Plymouth Rock gefahren sind. Bei dem Felsen hast du ihnen die Geschichte von der Landung der Pilgerväter erzählt. Sie waren damals erst sechs und acht, aber sie waren ganz fasziniert. Du hast immer Historisches wie eine Abenteuergeschichte vermittelt.«

Er warf ihr einen Blick zu. Ihren Augen war keinerlei Wiedererkennen abzulesen, aber in ihrem Bemühen, ihm

Freude zu machen, nickte sie. Es war eine schlimme Nacht gewesen. Um zwei war er aufgewacht, nur um Phoebes Seite des Betts leer vorzufinden. Obwohl er extra Schlösser an den Türen angebracht hatte, war es ihr letzte Woche irgendwie gelungen, durch das Küchenfenster nach draußen zu gelangen. Er hatte sie gerade noch eingeholt, als sie dabei war, den Wagen anzulassen.

Letzte Nacht war sie dann in der Küche gewesen, mit dem Wasserkessel auf dem Herd, und eine der Gasstellen war angestellt.

Gestern hatte sich das Pflegeheim bei ihm gemeldet. Am 1. September werde ein Platz frei. »Bitte, reservieren Sie ihn für meine Frau«, hatte er unglücklich zu ihnen gesagt.

»Was für nette Kinder«, sagte Phoebe. »Wie heißen sie denn?«

»Richard und Joan.«

»Sind sie schon ganz erwachsen?«

»Ja. Richard ist dreiundvierzig. Er lebt in Seattle mit seiner Frau und seinen Jungs. Joan ist einundvierzig, und sie lebt in Maine mit ihrem Mann und ihrer Tochter. Du hast drei Enkelkinder, mein Liebes.«

»Ich will keine Bilder mehr anschaun. Ich hab Hunger.«

Eine der Folgen der Krankheit war, daß ihr Gehirn falsche Signale aussandte. »Du hast erst vor ein paar Minuten gefrühstückt, Phoebe.«

»Nein, stimmt gar nicht.« Ihr Tonfall wurde eigensinnig.

»Also schön. Dann gehen wir rein und machen dir was.« Als sie aufstanden, legte er den Arm um sie. Er war immer stolz auf ihren großen, eleganten Körper gewesen, ihre Art, den Kopf zu halten, die Anmut und Wärme, die von ihr ausgingen. Ich wünschte, wir hätten nur noch einen einzigen Tag so wie früher, dachte er.

Als Phoebe voller Heißhunger ein Brötchen verzehrte und Milch hinunterschluckte, sagte er ihr, daß sie Besuch erwarteten. »Ein Mann, der Nat Coogan heißt. Was Geschäftliches.« Es war sinnlos, Phoebe erklären zu wollen, daß Coogan ein

40

Kriminalbeamter war, der vorhatte, mit ihm über Vivian Carpenter Covey zu reden.

Als Nat an Vivian Carpenters Haus vorbeifuhr, musterte er es genau. Es war typisch für das Cape: ein Haus, das im Lauf der Jahre ständig Anbauten und Erweiterungen erfahren hatte, so daß es sich jetzt auf angenehme Weise über das Grundstück erstreckte. Umgeben von blauen und lilafarbenen Hortensien, mit üppigem Springkraut in den Fensterkästen, war es ein bildschöner Wohnsitz, obwohl Nat bewußt war, daß die einzelnen Zimmer höchstwahrscheinlich ziemlich klein waren. Laut Elaine Atkins, der Immobilienmaklerin, hatten Vivian und Scott Covey nach einem größeren Heim Ausschau gehalten, weil sie bald Kinder haben wollten.

Für wieviel war das Anwesen wohl zu haben? überlegte Nat. Am Oyster Pond gelegen, etwa ein Morgen Land? Eine halbe Million? Da Vivians Testament alles ihrem Mann übereignete, war dies ein weiteres Vermögensstück, das Scott Covey geerbt hatte.

Das Haus der Spragues kam als nächstes, ebenfalls ein sehr einladendes Gebäude. Es war ein echtes *saltbox* – ein vorne zwei-, hinten einstöckiges Haus mit steilem Giebeldach – vermutlich aus dem späten achtzehnten Jahrhundert. Nat hatte die Spragues nie kennengelernt, aber die Artikel, die Professor Phoebe Sprague für die *Cape Cod Times* schrieb, stets gern gelesen. Sie hatten alle mit Legenden aus der frühen Zeit auf dem Cape zu tun. Er hatte allerdings in den letzten Jahren keine neuen mehr gesehen.

Als Henry Sprague die Tür aufmachte, ihn hereinbat und seiner Frau vorstellte, begriff Nat sofort, weshalb Phoebe Sprague keine Artikel mehr verfaßte. Die Alzheimersche Krankheit, dachte er und bemerkte voller Mitgefühl die Zeichen der Erschöpfung, die sich um Henry Spragues Mund eingegraben hatten, den verhaltenen Schmerz in seinen Augen.

Er lehnte das Angebot einer Tasse Kaffee ab. »Ich bleibe

nicht lange. Nur ein paar Fragen, Sir. Wie gut kannten Sie Vivian Carpenter Covey?«

Henry Sprague wollte freundlich sein. Als zutiefst ehrlicher Mensch wollte er aber auch nichts bemänteln. »Wie Sie vermutlich wissen, kaufte Vivian das Haus vor drei Jahren. Wir haben uns mit ihr bekannt gemacht. Sie sehen ja, daß es meiner Frau nicht gutgeht. Ihr Problem fing damals gerade an, deutlich in Erscheinung zu treten. Leider machte Vivian es sich zur Gewohnheit, ständig bei uns vorbeizuschauen. Sie besuchte damals einen Kochkurs und brachte ständig Proben von dem Essen rüber, das sie zubereitet hatte. Es ging schließlich so weit, daß meine Frau sehr nervös wurde. Vivian meinte es gut, aber ich mußte sie dann doch bitten, mit den Besuchen aufzuhören, es sei denn, daß wir uns ausdrücklich mit ihr treffen wollten.«

Er schwieg und fügte dann hinzu: »Emotional hatte Vivian einen ungeheuren Nachholbedarf.«

Nat nickte. Es paßte zu dem, was er von anderen Leuten gehört hatte. »Wie gut kennen Sie Scott Covey?«

»Ich hab ihn natürlich kennengelernt. Er und die arme Vivian haben ganz in der Stille geheiratet, aber sie gab doch bei sich zu Hause einen Empfang, zu dem wir auch hin sind. Das war Anfang Mai. Ihre Verwandten waren da und auch eine Reihe Freunde und weitere Nachbarn.«

»Was für einen Eindruck hatten Sie von Scott Covey?«

Henry Sprague vermied eine direkte Antwort. »Vivian strahlte vor Glück. Ich hab mich für sie gefreut. Scott schien ihr sehr zugetan zu sein.«

»Haben Sie die beiden seither noch öfter zu Gesicht bekommen?«

»Nur aus der Ferne. Sie sind offenbar ziemlich viel mit dem Boot rausgefahren. Manchmal, wenn wir alle draußen gegrillt haben, entstand die eine oder andere Unterhaltung.«

»Ich verstehe.« Nat spürte, daß Henry Sprague etwas für sich behielt. »Mr. Sprague, Sie sagten doch, daß Covey seiner

Frau sehr zugetan schien. Hatten Sie das Gefühl, daß er ernsthaft in sie verliebt war?«

Sprague fiel es nicht schwer, diese Frage zu beantworten. »Er verhielt sich zumindest so, als ob er's wäre.«

Aber da war noch mehr, und abermals zögerte Henry Sprague. Er hatte das Gefühl, sich schlichter Tratscherei schuldig zu machen, wenn er dem Kriminalbeamten erzählte, was Ende Juni vorgefallen war. Er hatte Phoebe beim Friseur abgesetzt, und Vivian war damals ebenfalls dort, um sich die Haare herrichten zu lassen. Zum Zeitvertreib war er über die Straße in die Kneipe *Cheshire Pub* gegangen, ein Bier zu trinken und das Spiel der Red Sox und Yankees im Fernsehen anzuschauen.

Scott Covey hatte auf einem Hocker an der Bar gesessen. Ihre Blicke trafen sich, und Henry ging hinüber, ihn zu begrüßen. Er wußte nicht, weshalb, aber Covey kam ihm irgendwie nervös vor. Kurz darauf kam eine auffallend herausgeputzte Brünette von Ende Zwanzig herein. Covey war aufgesprungen. »Du liebe Zeit, Tina, was treiben Sie denn hier?« hatte er gefragt. »Ich dachte, Dienstag nachmittags haben Sie immer Proben.«

Sie hatte ihn völlig verblüfft angestarrt, sich aber rasch wieder gefaßt. »Scott, wie schön, Ihnen über den Weg zu laufen. Keine Probe heute. Ich sollte ein paar von den anderen Typen aus dem Stück entweder hier oder in der *Impudent Oyster* treffen. Ich bin spät dran, also sause ich gleich rüber, wenn sie nicht hier sind.«

Als sie ging, erzählte Scott Covey Henry, Tina sei im Chor von dem Musical, das zur Zeit im Cape Playhouse aufgeführt werde. »Vivian und ich sind zur Premiere gegangen, und dort auf der Party der Truppe im Playhouse Restaurant sind wir mit ihr ins Gespräch gekommen«, hatte er sorgsam erläutert.

Henry hatte dann noch ein Sandwich und ein Bier mit Scott zu sich genommen, während sie das Baseballspiel anschauten. Um halb drei ging Covey. »Viv müßte jetzt fertig sein«, hatte er erklärt.

Doch als Henry eine halbe Stunde später Phoebe abholte,

saß Covey noch immer im Eingangsbereich des Salons und wartete auf seine Frau. Als sie endlich erschien, voller Stolz auf die blond aufgehellten Strähnen in ihrem Haar, da bekam er mit, wie Covey ihr versicherte, es habe ihm nicht das geringste ausgemacht zu warten und daß er und Henry Sprague sich zusammen beim Lunch das Spiel angeschaut hätten. Damals fragte sich Henry noch, ob Scott die Begegnung mit Tina absichtlich nicht erwähnt hatte.

Vielleicht ja nicht, dachte Henry jetzt. Vielleicht hat er es vergessen, weil es ihm einfach nicht wichtig war. Vielleicht war es einfach nur seine Einbildung, daß Covey ihm damals nervös erschien. Sei kein Schwätzer, der sich überall einmischt, sagte er sich jetzt, während er dem Polizisten gegenübersaß. Es ist sinnlos, das zu erwähnen.

Was verheimlichen Sie mir? überlegte Nat, während er Henry seine Visitenkarte reichte.

11

Menley fuhr Adam zum Barnstable Airport. »Du bist schrecklich schlecht gelaunt«, zog sie ihn auf, als sie am Eingang zum Flugplatz anhielt.

Ein Lächeln hellte rasch sein Gesicht auf. »Ich geb's ja zu. Ich mag es nicht, daß ich ständig nach New York muß. Ich mag nicht von dir und Hannah weg. Ich mag nicht vom Cape weg.« Er hielt inne. »Warte mal, was sonst?«

»Armes Baby«, sagte Menley im Spaß und nahm sein Gesicht in die Hände. »Du wirst uns fehlen.« Sie zögerte und fügte hinzu: »Es waren wirklich ein paar tolle Tage, findest du nicht?«

»Fantastisch.«

Sie rückte ihm die Krawatte zurecht. »Ich glaube, ich mag dich lieber in kurzen Hosen und Sandalen.«

»Ich mich auch. Men, bist du sicher, daß du Amy nicht über Nacht bei dir behalten willst?«

»Definitiv. Adam, bitte ... «

»Okay, mein Liebes. Ich ruf dich heute abend an.« Er lehnte sich nach hinten und berührte Hannah am Fuß. »Mach keinen Unfug, Spätzchen«, sagte er zu ihr.

Hannahs sonniges, wenn auch zahnloses Lächeln folgte ihm, während er mit einem letzten Winken im Terminal verschwand.

Nach dem Mittagessen hatte Adam einen dringenden Anruf aus seiner Kanzlei erhalten. Eine Sofortanhörung vor Gericht war angesetzt worden, um die Freilassung der Potter auf Kaution zu widerrufen. Die Anklage behauptete, seine Klientin habe Drohungen gegen ihre Schwiegermutter ausgesprochen. Adam hatte damit gerechnet, mindestens zehn Tage auf dem Cape zu haben, bevor er wieder über Nacht nach New York mußte, doch es schien sich hier um einen echten Notfall zu handeln, und er entschied, daß es nötig war, die Sache selbst in die Hand zu nehmen.

Menley steuerte den Wagen aus dem Flughafen hinaus, bog in das Rondell ein und folgte den Schildern zur Route 28. Sie kam an den Bahnübergang und spürte, wie sich eiskalter Schweiß auf ihrer Stirn zu bilden begann. Sie hielt an, warf dann einen ängstlichen Blick nach beiden Seiten. Ein Güterzug war weit in der Ferne auf den Schienen zu sehen. Er bewegte sich nicht. Die Warnlichter blinkten nicht. Die Schranken waren offen. Und trotzdem saß sie eine Weile lang wie gelähmt da, unfähig sich zu rühren.

Das ungeduldige Hupen von Autos hinter ihr zwang sie, aktiv zu werden. Sie trat mit dem Fuß aufs Gaspedal. Der Wagen schoß über das Gleis hinweg. O Gott, dachte sie, hilf mir bitte! Hannah hüpfte in dem Autositz auf und ab und fing an zu schreien.

Menley bog in den Parkplatz eines nahe gelegenen Restaurants ein und fuhr soweit wie möglich nach hinten. Dort hielt sie an, kroch auf den Rücksitz und holte Hannah heraus. Sie wiegte das Baby eng an ihrem Körper, und sie weinten gemeinsam.

12

Graham Carpenter konnte nicht schlafen. Er versuchte ruhig in dem breiten Einzelbett dazuliegen, das schon vor langer Zeit das Doppelbett ersetzt hatte, das er und Anne zu Anfang ihrer Ehe miteinander geteilt hatten. Als dann ihr zwanzigster Hochzeitstag näherrückte, gestanden sie einander, daß sie lieber mehr Platz hätten, und führten so die Änderung ein. Mehr Platz, um sich auszustrecken, mehr freie Zeit, mehr Reisen. Mit ihrer zweiten Tochter im College war es alles möglich.

Am Abend, nachdem dieses Bett geliefert worden war, prosteten sie sich mit Champagner zu. Kurz darauf wurde Vivian gezeugt. Manchmal fragte er sich, ob sie womöglich von Anfang an wußte, daß sie ein unerwünschtes Kind war. War ihre lebenslange Feindseligkeit ihnen gegenüber und ihre Unsicherheit gegenüber anderen Menschen schon im Mutterleib hervorgerufen worden?

Eine ausgefallene Vorstellung. Vivian war ein anspruchsvolles, unzufriedenes Kind gewesen, aus dem ein problematischer Teenager und eine schwierige Erwachsene wurde. Ihr Motto bei ihren schlechten Leistungen in der Schule war, wie sie voller Selbstmitleid sagte: »Ich tu doch, was ich kann.«

Worauf er dann wütend versetzte: »Nein, verflucht noch mal, du tust eben *nicht*, was du kannst. Du weißt gar nicht, was das überhaupt heißt.«

In dem Internat, wo die älteren Töchter sich hervorgetan hatten, wurde Vivian zweimal zeitweilig und schließlich völlig der Schule verwiesen. Eine Zeitlang hatte sie mit Drogen herumgespielt, was sie jedoch glücklicherweise nicht fortsetzte. Und dann gab es dieses unübersehbare ständige Bedürfnis, Anne vor den Kopf zu stoßen. So bat sie etwa ihre Mutter, mit ihr Kleider einkaufen zu gehen, und weigerte sich dann, irgendeinem von Annes Vorschlägen zu folgen.

Sie zog das College nicht durch, blieb nie länger als ein halbes Jahr bei einem Job. Vor vielen Jahren hatte er seine Mutter angefleht, Vivian keinen Zugang zu dem Treuhandfonds, den sie für sie angelegt hatte, zu verschaffen, bis sie dreißig sein würde. Doch es fiel ihr alles in den Schoß, als sie einundzwanzig war; sie kaufte das Haus und meldete sich danach nur noch selten bei ihnen. Es war ein echter Schock, als sie im Mai plötzlich anrief und sie in ihr Haus zu einem Empfang einlud. Sie habe geheiratet.

Was konnte er über Scott Covey sagen? Gutaussehend, wohlerzogen, intelligent genug, zweifellos Vivian zugetan. Sie hatte vor Glück förmlich gestrahlt. Der Eindruck wurde erst getrübt, als eine ihrer Freundinnen über den sicher schon arrangierten Ehevertrag witzelte. Daraufhin war sie aufgebraust: »Nein, wir haben gar keinen. Im Gegenteil, wir vermachen uns alles gegenseitig im Testament.«

Graham fragte sich damals, was Scott Covey wohl irgend jemandem hätte vermachen können. Vivian hatte zu verstehen gegeben, er habe ein Privateinkommen. Vielleicht. Über eine Sache allerdings hatte Vivian ausnahmsweise die uneingeschränkte Wahrheit gesagt. Sie hatte ihr Testament noch am selben Tag geändert, an dem sie die Ehe schloß, und jetzt würde Scott Covey ihr ganzes Geld aus dem Fonds und dazu noch ihr Haus in Chatham erben. Und sie waren ganze zwölf Wochen verheiratet gewesen. *Zwölf Wochen.*

»Graham.« Annes Stimme war leise.

Er griff nach ihrer Hand. »Ich bin wach.«

»Graham, ich weiß, daß Vivs Körper in einem wirklich schlimmen Zustand war. Wie sah's mit ihrer rechten Hand aus?«

»Ich weiß nicht, Schatz. Weshalb?«

»Weil niemand etwas über ihren Smaragdring gesagt hat. Vielleicht war ihre Hand weg. Falls aber nicht, dann hat vielleicht Scott den Ring, und ich möchte ihn wiederhaben. Er war schon immer in unsrer Familie, und ich kann mir nicht vorstellen, daß ihn irgendeine andere Frau trägt.«

»Ich werd's rausfinden, Schatz.«

»Graham, warum konnte ich eigentlich nie an Vivian rankommen? Was hab ich falsch gemacht?«

Er faßte sie fester an der Hand. Er wußte nicht, welche Antwort er ihr hätte geben können.

Später spielte er Golf mit Anne. Es war körperliche und emotionale Therapie für beide. Gegen fünf kamen sie nach Hause, duschten sich, und er bereitete einen Cocktail zu. Dann sagte er: »Anne, während du dich angezogen hast, hab ich versucht, Scott zu erreichen. Er hat etwas auf dem Anrufbeantworter hinterlassen. Er ist auf dem Boot und wird gegen sechs zurück sein. Laß uns doch rüberfahren und ihn nach dem Ring fragen. Danach gehen wir zum Essen aus.« Er hielt inne. »Ich meine, wir beide gehen dann essen.«

»Wenn er den Ring hat, muß er ihn nicht hergeben. Es war Vivians gutes Recht, ihn ihm zu vermachen.«

»Wenn er den Ring hat, bieten wir ihm an, ihn zu einem fairen Marktpreis zu kaufen. Wenn das nicht funktioniert, zahlen wir ihm, was er dafür haben will.«

Graham Carpenters Mund bildete eine rigoros knappe Linie. Scotts Reaktion auf diese Bitte hin würde den Verdacht und die Zweifel, die seine Seele im Würgegriff hatten, beseitigen oder erhärten.

13

Es war halb sechs, als Menley und Hannah endlich nach Chatham zurückkamen. Nachdem sie den Parkplatz verlassen hatten, hatte sie sich gezwungen, noch einmal das Bahngleis zu überqueren. Dann war sie ganz ums Rondell herum und erneut über die Schienen gefahren. Keine Panikanfälle beim Autofahren mehr, schwor sie sich. Nicht, wenn es heißt, daß ich Hannah in Gefahr bringe.

Die Sonne stand noch hoch über der See, und es erschien Menley, als strahle das Haus eine zufriedene Stimmung aus, wie es sich so in den warmen Strahlen, die es einhüllten, badete. Im Inneren warf die Sonne, die durch das farbige

Glas des fächerförmigen Fensters über der Eingangstür strömte, einen Regenbogen von Farben auf den bloßen Eichenholzboden.

Mit Hannah in den Armen ging Menley zum Vorderfenster und blickte auf den Ozean hinaus. Sie überlegte, ob damals, als das Haus ganz neu war, die junge Braut wohl je Ausschau nach dem Mast vom Schiff ihres Mannes gehalten hatte, wenn er von einer Fahrt heimkehrte. Oder war sie viel zu beschäftigt damit, mit ihrem Liebhaber herumzutändeln?

Hannah wurde unruhig. »Gut, Zeit zum Füttern«, sagte Menley und wünschte sich wieder einmal, sie hätte Hannah stillen können. Als die posttraumatischen Streßsymptome einsetzten, hatte der Arzt ihr Beruhigungsmittel verschrieben und das Stillen unterbunden. »Sie brauchen Beruhigungspillen, aber das Baby braucht sie nicht«, hatte er erklärt.

Nun ja, du gedeihst auch so bestens, dachte Menley, während sie die Säuglingsnahrung in die Flasche schüttete und in einem Topf aufwärmte.

Um sieben Uhr verstaute sie Hannah im Bettchen, diesmal ganz fest in einem Schlafsack. Mit einem Blick durch den Raum vergewisserte sie sich, daß die Steppdecke gefaltet auf dem Bett lag, wo sie hingehörte. Menley starrte sie mit Unbehagen an. Sie hatte Adam beiläufig gefragt, ob er die Kleine in der Nacht zugedeckt habe. Nein, war seine Antwort gewesen, zweifellos verwundert darüber, daß sie gefragt hatte.

Sie hatte rasch nachgedacht und gesagt: »Dann strampelt sie hier nicht soviel herum wie zu Hause immer. Wahrscheinlich sorgt die Meerluft dafür, daß sie ruhig schläft.«

Sie zögerte außerhalb des Kinderzimmers. Es war albern, das Licht im Korridor anzulassen. Es war viel zu hell. Aber aus unerfindlichen Gründen war die Aussicht, später mit nur einem kleinen Nachtlämpchen als Wegweiser nach oben zu gehen, Menley nicht ganz geheuer.

Sie hatte ihren Abend schon vorausgeplant. Es gab frische Tomaten im Kühlschrank. Sie würde schnell *linguine al pomodoro* und dazu einen Salat aus Brunnenkresse machen. Im Kühlfach war auch ein halber Laib italienisches Brot.

Das wird genau das richtige sein, dachte Menley. Und während ich esse, mache ich mir dann ein paar Notizen für das Buch.

Die paar Tage in Chatham hatten sie bereits auf einige Ideen gebracht, wie sie mit der Handlung umgehen würde. Jetzt, da Adam weg war, würde sie den langen, ruhigen Abend dafür verwenden, die Geschichte genauer auszuarbeiten.

14

Er hatte den ganzen Tag auf *Viv's Toy* verbracht. Das knapp sieben Meter lange Boot mit Innen- und Außenbordmotor war in hervorragendem Zustand. Vivian hatte darüber gesprochen, es durch ein Segelboot zu ersetzen. »Jetzt, wo ich einen Kapitän dafür habe, sollten wir uns da nicht eins anschaffen, das groß genug für ernsthafte Segeltörns ist?«

So viele Pläne! So viele Träume! Scott war seit jenem letzten Tag mit Vivian nicht mehr tauchen gegangen. Heute fischte er eine Weile, überprüfte seine Hummerkörbe und wurde mit vier Zwei-Pfund-Exemplaren belohnt, zog dann die Tauchausrüstung an und ging für eine Weile in die Tiefe.

Er vertäute das Boot am Anlegeplatz und kam um halb sechs zu Hause an, ging dann unmittelbar mit zwei Hummern nach nebenan zu den Spragues. Henry Sprague machte ihm auf.

»Mr. Sprague, ich weiß noch, daß Ihre Frau bei unserem Empfang offenbar den Hummer genossen hat. Ich hab heute welche gefangen und dachte, Sie hätten vielleicht gern ein paar.«

»Das ist wirklich lieb«, meinte Henry aufrichtig. »Warum kommen Sie nicht rein?«

»Nein, ist schon gut. Lassen Sie sich's einfach schmecken. Wie geht's Mrs. Sprague?«

»Ungefähr wie sonst auch. Würden Sie ihr gern hallo sagen? Moment mal, da ist sie.«

Er drehte sich um, als seine Frau den Gang entlangkam. »Phoebe, mein Liebes, Scott hat dir Hummer mitgebracht. Ist das nicht nett von ihm?«

Phoebe schaute Scott Covey mit großen Augen an. »Warum hat sie so schrecklich geweint?« fragte sie. »Geht's ihr jetzt wieder gut?«

»Niemand hat geweint, Liebling«, sagte Henry Sprague besänftigend. Er legte ihr den Arm um die Schultern.

Phoebe Sprague wich vor ihm zurück. »Hör mir zu«, kreischte sie auf. »Ich sag dir die ganze Zeit, daß da eine Frau bei mir im Haus wohnt, und du glaubst mir einfach nicht. Hier, Sie da!« Sie packte Scott am Arm und zeigte auf den Spiegel über dem Foyertisch. Sie spiegelten sich alle drei darin. »Hier, die Frau da.« Sie beugte sich vor und berührte ihr eigenes Spiegelbild. »Sie wohnt in meinem Haus, und er glaubt's mir einfach nicht.«

Etwas beunruhigt über Phoebes Gefasel, ging Scott tief in Gedanken versunken nach Hause. Er hatte vorgehabt, einen der übrigen Hummer für sich zu kochen, merkte jetzt jedoch, daß er keinen Appetit hatte. Er machte sich einen Drink und hörte den Anrufbeantworter ab. Es gab zwei Botschaften: Elaine Atkins hatte angerufen. Ob er das Haus weiterhin verkaufen wolle? Sie habe einen potentiellen Kunden. Der andere Anruf stammte von Vivians Vater. Er und seine Frau hätten eine dringende Angelegenheit mit ihm zu besprechen. Sie würden so um halb sieben vorbeikommen. Es werde nur ein paar Minuten in Anspruch nehmen.

Was soll das denn? fragte sich Scott. Er schaute auf seine Armbanduhr; es war schon zehn nach sechs. Er stellte den Drink ab und ging hastig davon, sich schnell zu duschen. Er zog ein dunkelblaues Sporthemd an, dazu Drillichhosen und Segelschuhe. Er kämmte sich gerade die Haare, als es klingelte.

Es war das erste Mal, daß Anne Carpenter im Haus ihrer Tochter war, seit man die Leiche gefunden hatte. Ohne zu wissen, wonach sie eigentlich Ausschau hielt, suchte sie das Wohnzimmer mit den Augen ab. In den drei Jahren, seit Vivian das Haus besaß, war Anne nur wenige Male hiergewesen, und es sah noch ziemlich genauso aus, wie sie es in Erinnerung hatte. Vivian hatte die Schlafzimmereinrichtung erneuert, das Zimmer hier jedoch einigermaßen wie vorher gelassen. Bei ihrem ersten Besuch hatte Anne ihrer Tochter vorgeschlagen, das schmale Sofa und einige der billigen Posters rauszuschmeißen, aber Vivian war aufgebraust, obwohl sie doch selbst um Vorschläge gebeten hatte.

Scott drängte die beiden, einen Drink anzunehmen. »Ich hab mir gerade was zu trinken gemacht. Bitte nehmen Sie doch auch was. Ich wollte bisher niemand um mich haben, aber es ist ungeheuer gut, Sie beide hierzuhaben.«

Widerstrebend gestand sich Anne ein, daß sein Verhalten für echte Trauer sprach. Er sah so ausnehmend gut aus mit seinem blonden Haar, dem braunen Teint und den haselnußbraunen Augen, daß es leicht zu verstehen war, weshalb Vivian sich in ihn verliebt hatte. Doch was sah er in ihr, wenn man von ihrem Geld absah? fragte sich Anne und schreckte dann vor ihrer eigenen Frage zurück. Was für ein fürchterlicher Gedanke für eine Mutter, warf sie sich vor.

»Was haben Sie jetzt vor, Scott?« fragte Graham Carpenter.

»Ich hab keine Ahnung. Ich hab noch immer das Gefühl, daß alles nur ein böser Traum ist. Ich glaube nicht, daß ich mich schon mit der Wirklichkeit abgefunden habe. Wissen Sie, Viv und ich hatten uns nach einem größeren Haus umgesehen. Die Schlafzimmer oben sind schrecklich klein, und wenn wir ein Kind bekommen hätten, hätten wir lieber ein Haus mit genug Platz für Hausangestellte gehabt, ohne daß sie uns ständig in die Quere kommen. Wir hatten uns sogar schon Namen ausgedacht. Graham für einen Jungen, Anne für ein Mädchen. Sie hat mir gesagt, daß sie immer das Gefühl hatte, eine große Enttäuschung für Sie beide zu sein, und sie wollte es wiedergutmachen. Sie fand, daß es ihre eigene Schuld war, nicht die Ihre.«

Anne spürte einen Kloß in der Kehle. Sie bemerkte, wie sich die Lippen ihres Mannes krampfhaft zusammenzogen. »Wir waren irgendwie immer konträr miteinander«, sagte sie ruhig. »Manchmal kommt es einfach so, und Eltern hoffen stets, daß es sich ändert. Ich bin froh, wenn Vivy ehrlich wollte, daß es anders wird. Wir wollten es auf jeden Fall.«

Das Telefon läutete. Scott sprang auf. »Wer immer dran ist, ich ruf zurück.« Er eilte in die Küche.

Einen Augenblick später sah Anne voller Neugier, wie ihr Mann nach seinem Glas griff und den Gang hinunter zum Bad ging. Er kehrte gerade, als Scott zurückkam, wieder.

»Ich wollte mir nur noch einen Spritzer Wasser in den Scotch tun«, erklärte Graham.

»Sie hätten sich gekühltes Wasser aus der Küche holen sollen. Bei dem Anruf ging es um kein Privatgeheimnis. Es war die Immobilienmaklerin dran, die wissen wollte, ob es okay ist, wenn sie morgen einen Kaufinteressenten herbringt«, sagte Scott. »Ich hab ihr gesagt, sie soll das Haus vom Markt nehmen.«

»Scott, es gibt etwas, was wir fragen müssen.« Graham Carpenter versuchte deutlich, seine Gefühle zu beherrschen. »Der Smaragdring, den Vivian immer trug. Er ist schon seit Generationen in der Familie ihrer Mutter. Haben Sie ihn?«

»Nein, den hab ich nicht.«

»Sie haben doch die Leiche identifiziert. Viv nahm ihn nie vom Finger. Sie hat ihn also nicht getragen, als man sie fand?«

Scott wandte den Blick ab. »Mr. Carpenter, ich bin nur froh, daß Sie und Mrs. Carpenter die Leiche nicht gesehen haben. Sie war so schlimm von Meerestieren zugerichtet, daß nur sehr wenig übrig war, was man hätte identifizieren können. Doch wenn ich den Ring hätte, hätte ich ihn sofort an Sie zurückgegeben. Ich weiß, daß er ein Familienkleinod war. Gibt es denn sonst etwas von Vivian, was Sie gerne hätten? Würden ihre Kleider vielleicht ihren Schwestern passen?«

Anne zuckte zusammen. »Nein ... nein.«

Die Carpenters erhoben sich gleichzeitig. »Wir werden Sie bald einmal zum Abendessen einladen, Scott«, sagte Anne.

»Ja, bitte. Ich wünschte nur, wir hätten einander besser kennenlernen können.«

»Vielleicht könnten Sie uns ein paar Fotos von Vivian zusammenstellen, außer Sie können sich nicht davon trennen«, sagte Graham Carpenter.

»Selbstverständlich.«

Als sie wieder in ihrem Wagen saßen und losfuhren, wandte sich Anne an ihren Mann: »Graham, du tust doch nie Wasser in deinen Scotch. Was hast du denn gemacht?«

»Ich wollte mal das Schlafzimmer in Augenschein nehmen. Anne, ist dir nicht aufgefallen, daß kein einziges Bild von Vivian im Wohnzimmer war? Nun, ich hab Neuigkeiten. Im Schlafzimmer ist ebenfalls kein Bild von ihr. Ich wette, daß es nirgendwo in diesem Haus auch nur eine Spur von unsrer Tochter gibt. Ich mag Covey nicht, und ich trau ihm nicht. Er ist ein falscher Hund. Er weiß mehr, als er zugibt, und ich werde der Sache noch auf den Grund kommen.«

15

Sie hatten einen Computer, einen Drucker und ein Faxgerät auf dem Schreibtisch in der Bibliothek installiert. Computer und Drucker nahmen zwar fast die ganze Oberfläche ein, aber der Platz würde schon ausreichen, besonders da Menley nicht die Absicht hatte, ihrer Arbeit übermäßig viel Zeit zu widmen. Adam hatte seine Reiseschreibmaschine, von der Menley ständig fand, er solle sie abschaffen, die man aber überall aufstellen konnte.

Adam hatte sich bisher erfolgreich gegen Menleys Bemühungen zur Wehr gesetzt, ihn dazu zu bringen, sich am Computer einzuarbeiten. Aber Menley war schließlich genauso stur gewesen, als es darum ging, Golfspielen zu lernen.

»Du hast eine gute Koordination. Du würdest es gut können«, hatte Adam sich ins Zeug gelegt.

Die Erinnerung daran brachte Menley zum Lächeln, als sie an dem langen Eßtisch in der Küche arbeitete. Nein, nicht in der Küche, im Familienzimmer, berichtigte sie sich. Lieber gleich den richtigen Tonfall treffen, besonders, wenn ich ein Buch hier ansiedle. Nur mit der Kleinen allein im Haus, erschien es ihr gemütlicher, in diesem herrlich schäbigen Raum zu arbeiten, mit seinem riesigen offenen Kamin und dem Beistellherd und der von Knoblauchbrotduft geschwängerten Luft. Außerdem wollte sie heute abend nur Notizen machen. Sie machte sie immer in einem Spiralblock. »Also, jetzt geht's wieder los«, murmelte sie hörbar, während sie *Davids Abenteuer auf dem Engen Land* niederschrieb. Es ist wirklich verrückt, wie es zu all dem gekommen ist, dachte sie.

Nach dem College war es ihr gelungen, die Stelle bei der *Travel Times* zu ergattern. Sie wußte, daß sie schreiben wollte, aber genau in welcher Funktion war ihr nicht klar gewesen. Ihre Mutter hatte stets gehofft, sie werde sich auf bildende Kunst konzentrieren, aber Menley wußte, daß das nicht das richtige für sie war.

Ihr Durchbruch bei der Zeitschrift kam, als die Chefredakteurin sie aufforderte, über die Eröffnung eines neuen Hotels in Hongkong zu berichten. Der Artikel wurde fast ohne Korrekturen übernommen. Daraufhin hatte sie etwas zögernd die Aquarelle hergezeigt, die sie von dem Hotel und der Umgebung dort gemacht hatte. Die Zeitschrift brachte den Artikel mit den Bildern als Illustrationen heraus, und so wurde Menley mit zweiundzwanzig Jahren die für Reisen zuständige Redakteurin.

Die Idee für eine Kinderbuchreihe, in der David, ein Kind der Gegenwart, in die Vergangenheit reist und das Leben eines Kindes aus einem anderen Jahrhundert miterlebt, entstand allmählich. Inzwischen aber hatte sie vier der Bände vollendet, wobei sie sowohl den Text verfaßte als auch die Illustrationen anfertigte. Eines der Bücher hatte New York als Schauplatz, eines London, eines Paris und ein weiteres San Francisco. Sie hatten sich sofort großer Beliebtheit erfreut.

Durch all die Geschichten, die Adam ihr vom Cape erzählte, hatte sie Lust bekommen, den nächsten Band hier spielen zu lassen. Er würde von einem Jungen handeln, der zur Zeit der Pilgerväter auf dem Cape aufwuchs, auf dem Engen Land, wie die Indianer die Landzunge nannten.

Wie all die anderen Ideen, aus denen zu guter Letzt ein Buch entstand, ließ sie auch der neue Einfall, kaum war er geboren, nicht mehr los. Neulich waren sie zu der Bücherei von Chatham gegangen, und sie hatte sich Bücher über die frühe Geschichte auf dem Cape ausgeliehen. Danach war sie auf ein paar verstaubte alte Bände in einem Wandschrank der Bibliothek im Remember House gestoßen. So setzte sie sich an diesem Abend zum Lesen hin; bald war sie gutgelaunt in ihre Recherchen versunken.

Um acht Uhr ging das Telefon. »Mrs. Nichols?«

Sie erkannte die Stimme nicht. »Ja«, sagte sie mit Vorbehalt.

»Mrs. Nichols, ich bin Scott Covey. Elaine Atkins hat mir Ihre Nummer gegeben. Ist Mr. Nichols da?«

Scott Covey! Menley erkannte den Namen wieder. »Mein Mann ist leider nicht da«, sagte sie. »Er kommt morgen wieder. Sie können ihn dann am Spätnachmittag erreichen.«

»Danke. Tut mir leid, daß ich Sie gestört habe.«

»Macht nichts. Und es tut mir so leid mit Ihrer Frau.«

»Es ist ziemlich schrecklich zur Zeit. Ich bete darum, daß Ihr Mann mir helfen kann. Es ist schon schlimm genug, daß ich Viv verloren habe, aber jetzt tut die Polizei auch noch so, als glaubten sie nicht, daß es ein Unfall war.«

Adam rief wenige Minuten darauf an und klang erschöpft. »Kurt Potters Familie ist absolut drauf aus, Susan wieder ins

Gefängnis zu kriegen. Sie wissen, daß sie ihn aus Notwehr getötet hat, aber das zuzugeben hieße auch zuzugeben, daß sie die Warnzeichen nicht beachtet haben.«

Menley merkte, daß er fix und fertig war. Nach gerade drei Tagen Urlaub war er schon wieder in der Kanzlei. Sie brachte es nicht über sich, jetzt Scott Coveys Anfrage zur Sprache zu bringen. Nach seiner Rückkehr am nächsten Tag würde sie ihn bitten, mit Covey zu reden. Sie verstand weiß Gott, was es hieß, von der Polizei wegen eines tragischen Unfalls verhört zu werden.

Sie versicherte Adam, daß es ihr und Hannah bestens gehe, daß er ihnen beiden fehle und daß sie damit beschäftigt sei, für das neue Buch Material zu sammeln.

Das Gespräch mit Scott Covey und das mit Adam hatten aber ihre Konzentrationsfähigkeit beeinträchtigt, und so machte sie um neun Uhr das Licht aus und ging nach oben.

Sie schaute nach der friedlich schlafenden Hannah und stellte fest, daß es merkwürdig muffig in dem Zimmer roch. Woher kam das nur? fragte sie sich. Sie machte das Fenster etwas weiter auf. Eine starke, salzige Brise Seeluft fegte in den Raum. So ist es besser, dachte sie.

Es fiel ihr schwer einzuschlafen. Der Bahnübergang heute hatte ihr wieder intensive Erinnerungen an den entsetzlichen Unfall ins Gedächtnis gerufen. Diesmal mußte sie an das Warnlicht damals denken. Sie war überzeugt davon, daß sie hingesehen hatte – so etwas tat sie immer ganz automatisch –, doch die Sonne hatte so geblendet, daß sie das Blinken nicht wahrgenommen hatte. Das erste Anzeichen dessen, was sich anbahnte, war das Vibrieren, das von dem Zug herrührte, der auf sie zuraste. Dann hörte sie das panische, schrille Pfeifen.

Ihre Kehle wurde trocken, die Lippen fühlten sich blutleer an. Doch diesmal fing sie wenigstens nicht zu schwitzen und zu zittern an. Endlich schlief sie einigermaßen ein.

Um zwei Uhr saß sie kerzengerade im Bett. Das Baby schrie lauthals, und das Geräusch einer heranrasenden Eisenbahn hallte durchs Haus.

5. August

16

Adam Nichols wurde das Gefühl nicht los, daß etwas im argen lag. Er schlief nur sporadisch, und jedesmal, wenn er aufwachte, dann mit dem Bewußtsein, daß er gerade einen vagen, beunruhigenden Traum gehabt hatte und nicht mehr wußte, worum es ging.

Um sechs Uhr, als die Morgendämmerung über dem East River anbrach, warf er die Bettdecke zurück und stand auf. Er machte Kaffee und nahm ihn mit auf die Terrasse hinaus mit dem Wunsch, es wäre schon halb acht und er könnte Menley anrufen. Bis dahin wollte er warten, da die Kleine jetzt schon gewöhnlich bis nach sieben durchschlief.

Ein Lächeln huschte ihm über die Lippen, als er an Menley und Hannah dachte. Seine Familie. Das Wunder von Hannahs Geburt vor drei Monaten. Der Kummer über den Verlust von Bobby, der endlich nachzulassen begann. Ein Jahr zuvor um diese Zeit war er noch allein auf dem Cape gewesen und hätte keinen Pfifferling darauf gesetzt, daß seine Ehe mit Menley zu retten sein könnte. Er hatte mit einem Therapeuten darüber gesprochen und von ihm erfahren, daß der Tod eines Kindes häufig zum Scheitern einer Ehe führt. Der Psychologe hatte gesagt, es entstünden solche seelischen Qualen, daß die Eltern manchmal nicht unter demselben Dach leben könnten.

Adam hatte den Gedanken ins Auge gefaßt, daß es vielleicht für sie beide besser wäre, wenn jeder seines eigenen Weges ginge. Dann hatte Menley angerufen, und Adam erkannte, daß er von dem verzweifelten Wunsch beseelt war, die Ehe zu erhalten.

Menleys Schwangerschaft war ohne Probleme verlaufen. Er war dann auch bei ihr im Kreißsaal dabei. Sie hatte starke Schmerzen, verhielt sich aber großartig. Dann aber hörten sie vom Ende des Ganges her eine Frau schreien. Die Veränderung, die daraufhin mit Menley geschah, war dramatisch.

Ihr Gesicht wurde aschfahl. Diese enormen blauen Augen wurden noch größer, schließlich schlug sie die Hände darüber. »Nein ... nein ... Hilfe, bitte«, hatte sie ausgerufen, zitternd und schluchzend. Die Anspannung in ihrem Körper vermehrte die Stärke ihrer Wehen, erschwerte die Geburt.

Und als Hannah dann schließlich geboren war und der Arzt sie Menley dort im Entbindungsraum in die Arme legte, da schob sie, so unfaßbar es war, die Neugeborene weg. »Ich will Bobby«, heulte sie. »Ich will Bobby.«

Adam hatte daraufhin die Kleine genommen und sich an den Hals gelegt und geflüstert: »Ist schon gut, Hannah. Wir lieben dich, Hannah«, als fürchte er, sie könne Menleys Worte verstehen.

Später hatte Menley ihm erklärt: »In dem Augenblick, als man sie mir gegeben hat, hab ich gerade den Moment wieder erlebt, als ich Bobby nach dem Unfall im Arm hielt. Es war das erstemal, daß ich wirklich wußte, was ich damals empfand.«

Das war der Anfang dessen, was die Ärzte als posttraumatisches Streßsyndrom bezeichneten. Der erste Monat war sehr schwierig gewesen. Hannah hatte als Kolikbaby begonnen und stundenlang geschrien. Sie hatten eine Säuglingsschwester, die auch bei ihnen übernachtete, doch eines Nachmittags, als die Schwester Besorgungen machte, hatte die Kleine lauthals zu schreien begonnen. Adam kam heim und fand Menley auf dem Boden vor, wo sie blaß und bebend neben dem Babykörbchen saß, die Finger in den Ohren. Doch wie durch ein Wunder verwandelte dann eine neue Sorte Babynahrung Hannah in einen heiteren Säugling, und Menleys Angstanfälle hörten weitgehend auf.

Trotzdem hätte ich sie nicht so bald alleine lassen sollen, überlegte Adam. Ich hätte darauf bestehen sollen, daß wenigstens die Babysitterin über Nacht dableibt.

Um sieben Uhr hielt er es nicht länger aus. Er rief Cape Cod an.

Als Menleys Stimme erklang, durchlief ihn eine Welle der

Erleichterung. »Ihre Hoheit hat dich wohl früh geweckt, mein Schatz?«

»Nur ein bißchen. Wir mögen den Morgen.«

Irgend etwas lag in Menleys Stimme. Adam verkniff sich die Frage, die ihm viel zu leicht entschlüpfte. *Bist du okay?* Menley konnte es nicht ausstehen, wenn er sich ständig Sorgen um sie machte.

»Ich komm dann mit der Vier-Uhr-Maschine. Willst du Amy für Hannah kommen lassen, damit wir zum Essen gehen können?«

Ein Zögern. Was stimmte nicht? Doch dann sagte Menley: »Das klingt sehr gut. Adam ...«

»Was ist denn, Schatz?«

»Nichts. Bloß, daß du uns fehlst.«

Nachdem er eingehängt hatte, rief er gleich die Fluglinie an. »Gibt es noch eine frühere Maschine, die ich nehmen kann?« fragte Adam. Er würde mittags mit dem Termin im Gerichtshof fertig sein. Es gab einen Flug um halb zwei, den er vielleicht erwischen konnte.

Irgend etwas stimmte nicht, und das Schlimmste daran war, daß ihm Menley bestimmt nicht sagen würde, was es war.

17

Elaine Atkins' Immobilienagentur lag an der Main Street in Chatham. Lage, Lage, Lage, dachte sie, als ein vorübergehender Fußgänger stehenblieb, um die Fotos, die sie von verfügbaren Häusern gemacht hatte, zu betrachten. Seit sie in die Main Street umgezogen war, hatten die spontanen Kundenbesuche deutlich zugenommen, und mehr und mehr war es ihr gelungen, diese Anzeichen vorläufigen Interesses in einen hervorragenden Anteil an Verkäufen zu verwandeln.

Diesen Sommer hatte sie einen neuen Trick ausprobiert. Sie hatte Luftaufnahmen von besonders günstig gelegenen Häusern machen lassen. Eines davon war das Remember

House. Als sie heute morgen um zehn zur Arbeit erschienen war, hatte Marge Salem, ihre Assistentin, ihr berichtet, daß es bereits zwei Anfragen danach gegeben habe.

»Diese Luftaufnahme erzielt wirklich ihren Zweck. Glauben Sie denn, daß es klug war, das Haus an die Nichols' zu vermieten, ohne sie um die Genehmigung zur Besichtigung zu bitten?«

»Es war nötig«, erwiderte Elaine knapp. »Adam Nichols ist kein Typ, der gern Menschenscharen durch ein Haus laufen läßt, das er gemietet hat, und er hat gutes Geld dafür bezahlt. Aber wir verlieren keinen Abschluß. Ich hab das Gefühl, daß die Nichols' sich dazu entschließen, das Anwesen zu kaufen.«

»Ich hätte eher gedacht, daß er sich in Harwich Port umsieht. Dort stammt doch seine Familie her, und da haben sie immer den Sommer verbracht.«

»Ja, aber Adam hat Chatham schon immer gemocht. Und er hat einen Blick dafür, wenn sich ein gutes Geschäft bietet. Außerdem besitzt er lieber was, als es zu mieten. Ich glaube, es tut ihm leid, daß er das Haus seiner Familie nicht gekauft hat, als es seine Mutter verkaufte. Wenn seine Frau sich hier wohl fühlt, dann haben wir einen Kunden. Warten Sie nur ab.« Sie lächelte Marge an. »Und falls er es doch nicht kauft, nun, Scott Covey liebt dieses Haus. Wenn sich die Lage wieder für ihn beruhigt hat, dann ist er bestimmt interessiert. Er will Vivians Haus sicher nicht behalten.«

Marges freundliches Gesicht wurde ernst. Die fünfzigjährige Hausfrau hatte am Anfang des Sommers für Elaine zu arbeiten begonnen und fand, daß ihr das Maklergeschäft ausgesprochen Spaß machte. Zudem tratschte sie schrecklich gern und konnte, wie Elaine scherzte, den neuesten Klatsch aus der Luft saugen. »Es gehen eine Menge Gerüchte über Scott Covey um.«

Elaine machte eine rasche Geste, stets ein Zeichen, daß sie ungeduldig wurde. »Warum lassen sie denn den armen Kerl nicht in Ruhe? Wäre Vivian nicht an den Treuhandfonds rangekommen, dann würden sie ihn alle bemitleiden. Das ist das Problem mit den Leuten hier in der Gegend. Sie können es aus Prinzip nicht vertragen, wenn Geld aus dem Familienerbe an einen Außenseiter geht.«

Marge nickte. »Das stimmt bei Gott.«

Sie wurden von dem Klingeln der Glocke an der Eingangstür unterbrochen, die einen potentiellen Kunden ankündigte. Danach waren sie den ganzen Vormittag in Anspruch genommen. Um ein Uhr stand Elaine auf, ging ins Bad und kam mit frisch geschminkten Lippen und schicker Frisur wieder heraus.

Marge betrachtete sie. Elaine trug ein weißes Leinenkleid und Sandalen, was einen hübschen Kontrast zu ihren tief gebräunten Armen und Beinen bildete. Ein Band faßte ihr dunkelblondes, mit hellen Strähnen versehenes Haar hinten zusammen. »Falls ich es nicht schon gesagt habe, Sie sehen phantastisch aus«, sagte Marge. »Verlobt zu sein steht Ihnen offenbar gut.«

Elaine wackelte mit ihrem Ringfinger hin und her, und der große Edelstein daran funkelte. »Stimmt. Ich treffe John zum Lunch in der *Impudent Oyster*. Halten Sie die Festung.«

Als sie eine Stunde später zurückkehrte, sagte Marge: »Es gab eine Reihe von Anrufen. Der erste ist am interessantesten.«

Er kam von Detective Nat Coogan. Es sei unabdingbar, daß er mit Miss Atkins so bald wie möglich spreche.

18

Im Lauf des Vormittags hatte Menley sich allmählich davon überzeugt, daß der Horror, der sie geweckt hatte, einfach nur ein intensiver Traum gewesen war. Mit Hannah eng an sich geschmiegt, ging sie hinaus zum Rand des Hochufers. Der Himmel war leuchtend blau und spiegelte sich im Wasser, das sanft gegen die Küste brandete. Es herrschte Ebbe, und der langgestreckte Sandstrand lag ruhig da.

Sogar ohne den Ozean ist dies ein wunderbarer Grundbesitz, dachte Menley, während sie sich umsah. In den vielen Jahren, als das Haus leer gestanden hatte, waren die Robinien und Eichen wild weitergewachsen. Jetzt schwer mit Laub beladen, waren sie in natürlicher Harmonie mit der samtenen Fülle der Kiefern.

Der üppige Anblick des Hochsommers, dachte Menley. Dann bemerkte sie hier und da ein Blatt, das bereits rostfarben verfärbt war. Auch der Herbst würde hier wunderschön sein, überlegte sie.

Ihr Vater war gestorben, als ihr Bruder Jack elf und sie erst drei war. Eine gute Ausbildung sei wichtiger als ein Haus, hatte ihre Mutter entschieden, und hatte daher alles, was sie sich von ihrem Gehalt als Oberschwester am Bellevue Hospital absparen konnte, dafür benützt, beide Kinder zur Georgetown University zu schicken. Sie wohnte noch immer in demselben Vier-Zimmer-Apartment, wo Menley und Jack aufgewachsen waren.

Menley hatte sich schon immer gewünscht, in einem Haus zu wohnen. Als kleines Mädchen malte sie Bilder von dem Haus, das sie eines Tages haben würde. Und es sah ziemlich ähnlich wie das hier aus, dachte sie. Sie hatte soviel mit dem Haus vorgehabt, das sie und Adam in Rye gekauft hatten. Doch nach Bobbys Tod war es mit zu vielen Erinnerungen verbunden. »In Manhattan zu wohnen ist genau richtig für uns«, sagte sie laut zu Hannah. »Daddy kann in zehn Minuten von seiner Arbeit heimkommen. Grandma kümmert sich gern um Kinder, und ich bin eine Stadtpflanze. Aber Daddys Familie war schon immer auf dem Cape. Sie gehörten zu den ersten Siedlern. Es wär wirklich ganz toll, dieses Haus für den Sommer und für Feiertage und lange Wochenenden zu haben. Was findest du?«

Das Baby drehte den Kopf, und gemeinsam blickten sie auf das Anwesen hinter ihnen. »Es gibt noch eine ganze Menge dort zu tun«, sagte Menley. »Aber es würde Spaß machen, es wirklich wieder so herzurichten, wie es früher einmal war. Wahrscheinlich lag es nur daran, daß wir hier beide alleine waren, daß der Traum mir so echt vorkam, als ich aufgewacht bin. Findest du nicht auch?«

Hannah fing an zu zappeln und einen Schmollmund zu machen. »Also gut, du wirst wohl müde«, sagte Menley. »Mein Gott, bist du ein mürrisches Baby.« Sie machte sich auf den Rückweg zum Haus, blieb dann stehen und betrachtete es erneut. »Es strahlt eine wunderbare Geborgenheit aus, oder?« murmelte sie.

Mit einemmal war ihr heiter und hoffnungsvoll zumute. Adam kam heute nachmittag nach Hause, und ihre gemeinsamen Ferien konnten wieder in Gang kommen. Außer ...

Außer wenn Adam beschließt, Scott Covey zu vertreten, dachte sie. Adam macht nie etwas halbherzig. Der Fall würde viel von seiner Zeit beanspruchen. Und trotzdem hoffe ich, daß er den Fall übernimmt. Sie mußte an den schrecklichen Moment denken, als Adam zwei Wochen nach Bobbys Beerdigung einen Anruf erhalten hatte. Der zuständige Staatsanwalt ziehe in Erwägung, Menley wegen fahrlässiger Tötung anzuklagen.

»Er hat gesagt, du hättest ein paar Strafzettel wegen überhöhter Geschwindigkeit bekommen. Er glaubt, er kann beweisen, daß du das Warnsignal an dem Bahnübergang ignoriert hast, weil du um die Wette mit dem Zug rübergerast bist.« Dann war Adams Miene grimmig geworden. »Mach dir keine Sorgen, Schatz. Er wird nicht mal die erste Etappe schaffen.« Der Staatsanwalt hatte nachgegeben, als Adam eine beachtliche Liste von weiteren tödlichen Unfällen an diesem Bahnübergang vorlegte.

Elaine hatte ihr.en erzählt, daß einer der Gründe, weshalb die Leute Scott Covey schroff beurteilten, darin lag, daß manche fanden, er hätte das mit dem Unwetter wissen müssen.

Menley dachte: Es soll mir gleich sein, wenn unser Urlaub darunter leidet. Covey braucht jetzt genauso Hilfe wie ich damals.

19

Das Sommerhaus der Carpenters in Osterville konnte man von der Straße aus nicht sehen. Als Detective Nat Coogan durch das Tor einbog und die breite Zufahrt entlangfuhr, fiel ihm auf, wie sorgsam gepflegt Rasen und Blumenbeete waren. Ich bin angemessen beeindruckt, dachte er. Jede Menge Kohle, aber altes Geld. Nichts Angeberisches.

Er hielt vor dem Haus an. Es war ein alter Herrensitz im viktorianischen Stil mit einer breiten, überdachten Veranda und ornamentreichem Gitterwerk. Die ungestrichenen Schindeln waren zu einem weichen Grau verwittert, doch die Fensterläden und Fensterrahmen leuchteten schneeweiß in der Nachmittagssonne.

Als er am Morgen mit der Bitte um ein Gespräch angerufen hatte, war er etwas überrascht darüber gewesen, wie bereitwillig Vivian Carpenters Vater dem Gespräch zugestimmt hatte.

»Möchten Sie heute kommen, Detective Coogan? Wir wollten eigentlich heute nachmittag Golf spielen, aber dafür ist noch reichlich Zeit.«

Es war nicht die Reaktion, die Nat erwartet hatte. Die Carpenters standen nicht in dem Ruf, besonders zugänglich zu sein. Er war auf eine kühle Erwiderung gefaßt gewesen, auf die Forderung nach einer Erklärung, weshalb er sie zu sprechen wünsche.

Interessant, dachte er.

Eine Hausangestellte führte ihn zu der nach hinten gelegenen Sonnenveranda des Hauses, wo Graham und Anne Carpenter auf Korbsesseln mit bunten Polsterkissen saßen und eisgekühlten Tee tranken. Bei der Beerdigung hatte Nat den Eindruck gewonnen, dies seien kalte Menschen. Die einzigen Tränen, die er jemanden um Vivian Carpenter Covey vergießen sah, waren die ihres Mannes gewesen. Während er jetzt das Paar ihm gegenüber ansah, machte ihn die Erkenntnis, wie sehr er sich getäuscht hatte, ganz verlegen. Die vor-

65

nehmen Gesichter von Vivians Eltern waren sichtlich angespannt, ihre Mienen voller Trauer.

Sie begrüßten ihn ruhig, boten Eistee an oder was immer er haben wolle. Nachdem er dankend abgelehnt hatte, kam Graham Carpenter sofort zur Sache. »Sie sind nicht hier, um Ihr Beileid auszusprechen, Mr. Coogan.«

Nat hatte einen Stuhl mit gerader Lehne gewählt. Er beugte sich mit verschränkten Händen vor, eine Angewohnheit, die seine Kollegen als die Haltung erkannt hätten, die er unbewußt einnahm, wenn er eine Spur witterte. »Ich möchte tatsächlich mein Beileid aussprechen, aber Sie haben recht, Mr. Carpenter. Das ist nicht der Grund, weshalb ich hier bin. Ich werde sehr direkt sein. Es stellt mich nicht zufrieden, daß der Tod Ihrer Tochter ein Unfall gewesen sein soll. Und bis ich zufrieden bin, werde ich eine Menge Leute aufsuchen und eine Menge Fragen stellen.«

Es war, als hätte er die beiden unter Strom gesetzt. Die Lethargie wich aus ihren Gesichtszügen. Graham Carpenter schaute seine Frau an: »Anne, ich hab doch gesagt ...«

Sie nickte. »Ich wollte einfach nicht glauben ...«

»Was wollten Sie einfach nicht glauben, Mrs. Carpenter?« fragte Nat rasch.

Sie legten ihm ihre Gründe dafür dar, weshalb sie ihren Schwiegersohn verdächtigten, aber Coogan fand die Angaben enttäuschend. »Ich kann Ihre Gefühle darüber verstehen, daß Sie kein einziges Bild Ihrer Tochter im ganzen Haus gefunden haben«, sagte er, »aber ich habe die Erfahrung gemacht, daß die Leute nach solch einem tragischen Ereignis unterschiedlich reagieren. Die einen kramen jedes Foto hervor, das sie von dem Menschen, den sie verloren haben, besitzen, während die anderen sofort Bilder und Erinnerungsstücke wegpacken oder sogar vernichten, die Kleider weggeben, das Auto des Verstorbenen verkaufen, ja sogar eigens umziehen. Es scheint fast, als ob sie glauben, es sei leichter, über den Schmerz hinwegzukommen, wenn man alles, was Erinnerungen hervorruft, entfernt.«

Er schlug einen anderen Kurs ein. »Sie lernten doch Scott Covey kennen, als Ihre Tochter schon mit ihm verheiratet war. Da er Ihnen fremd war, müssen Sie sich Sorgen gemacht haben. Haben Sie möglicherweise über seine Herkunft Erkundigungen eingezogen?«

Graham Carpenter nickte. »Ja, in der Tat. Keine sehr umfassende Nachforschung, aber alles, was er uns erzählt hat, stellte sich als richtig heraus. Er wurde in Columbus, Ohio, geboren und wuchs dort auf. Sein Vater und seine Stiefmutter gingen später nach Kalifornien in den Ruhestand. Er besuchte die Universität von Kansas, hat aber keinen Abschluß gemacht. Er versuchte es als Schauspieler, ist aber nicht weit damit gekommen und hat dann als Geschäftsführer für eine Reihe kleiner Theaterunternehmen gearbeitet. So hat ihn Vivian dann letztes Jahr getroffen.« Er lächelte freudlos. »Vivian gab zu verstehen, er hätte ein Privateinkommen. Ich glaube, das war eine Erfindung uns zuliebe.«

»Ich verstehe.« Nat erhob sich. »Ich will ehrlich sein. Bis dato scheint alles zu stimmen, was ich gehört habe. Ihre Tochter war in Covey völlig vernarrt, und er verhielt sich zweifellos so, als sei er in sie verliebt. Die beiden hatten eine Reise nach Hawaii vor, und sie hatte einer Reihe von Leuten erzählt, daß sie entschlossen sei, bis dahin wirklich gut tauchen zu lernen. Sie wollte alles mit ihm machen. Er ist ein hervorragender Schwimmer, war aber noch nie mit einem Boot umgegangen, bevor er sie kennenlernte. Der Sturm wurde eigentlich nicht vor Mitternacht erwartet. Ehrlich gesagt hatte *sie* im Grunde die nötige Erfahrung und hätte daran denken müssen, das Radio anzumachen und den Wetterbericht zu verfolgen.«

»Heißt das, daß Sie die Ermittlungen einstellen?« fragte Carpenter.

»Nein. Aber es heißt, daß es, einmal abgesehen von den offensichtlichen Faktoren, daß Vivian eine reiche junge Frau war und die beiden nur kurze Zeit verheiratet waren, praktisch nichts gibt, von dem man ausgehen könnte.«

»Ah ja. Nun, ich danke Ihnen, daß Sie uns das haben wissen lassen. Ich begleite Sie hinaus.«

Sie waren gerade an der Verandatür angelangt, als Anne Carpenter hinter ihnen herrief. »Mr. Coogan.«

Nat und Graham Carpenter drehten sich beide um.

»Nur eines noch. Ich weiß, daß die Leiche meiner Tochter in schrecklichem Zustand war wegen der langen Zeit, die sie im Wasser war, und wegen der Meerestiere, die sie angegriffen haben ... «

»Ich fürchte, das stimmt«, bestätigte Nat.

»Anne, Liebes, warum quälst du dich denn zusätzlich?« warf ihr Mann ein.

»Nein, laß mich zu Ende reden. Mr. Coogan, waren die Finger der rechten Hand von meiner Tochter intakt, oder haben sie gefehlt?«

Nat zögerte. »Eine Hand war schlimm zugerichtet. Die andere nicht. Ich glaube, es war die rechte, die in bösem Zustand war, aber da möchte ich lieber die Obduktionsbilder überprüfen. Warum fragen Sie?«

»Weil meine Tochter immer einen sehr wertvollen Smaragdring am Ringfinger der rechten Hand getragen hat. Von dem Tag an, als ihn meine Mutter ihr geschenkt hat, nahm Vivian ihn nie ab. Wir haben Scott danach gefragt, weil der Ring ein Familienerbstück war und wir ihn zurückhaben wollten, falls man ihn gefunden hat. Aber er hat uns mehr oder weniger zu verstehen gegeben, ihre Hand sei verstümmelt gewesen und der Ring verschwunden.«

»Ich gebe Ihnen innerhalb einer Stunde Bescheid«, sagte Nat.

Als Nat wieder in seinem Büro war, widmete er sich eingehend den Obduktionsbildern, bevor er die Carpenters anrief.

Alle zehn Fingerspitzen fehlten. An der linken Hand steckte der Ehering am Ringfinger. Der Ringfinger der rechten jedoch war wirklich übel zugerichtet. Zwischen dem obersten Glied und der Handfläche war er bis auf die Knochen abgenagt. Was hatte die Aasfresser daran so angezogen? fragte sich Nat.

Von dem Smaragdring gab es keine Spur.

Als er die Carpenters anrief, vermied Nat es sorgsam, voreilige Schlüsse zu ziehen. Er berichtete Graham Carpenter, die rechte Hand seiner Tochter habe ein massives Trauma erlitten und der Ring fehle.

»Wissen Sie, ob der Ring lose oder eng saß?« fragte er.

»Er war eng geworden«, antwortete Carpenter. Dann schwieg er eine Weile, bevor er fortfuhr: »Was wollen Sie damit sagen?«

»Ich sage damit gar nichts, Mr. Carpenter. Es ist einfach nur ein weiterer Umstand, den es zu bedenken gilt. Ich werde Sie auf dem laufenden halten.«

Als er auflegte, dachte Nat über das nach, was er soeben erfahren hatte. Konnte das die heiße Spur sein? überlegte er. Ich wette, daß Covey den Ring runtergerissen hat und dann von der Armen weggeschwommen ist. Wenn der Finger Quetschstellen hatte, waren subkutane Blutungen möglich, und das hat die Aasfresser angezogen.

6. August

20

»Elaine ist mir was schuldig«, murmelte Adam, als er durch das Fenster der Wohnküche schaute und einen Wagen von der Auffahrt her einbiegen sah. Sie hatten einen Picknickkorb zum Strand mitgenommen, während Hildy, die Putzfrau, die Elaine ihnen geschickt hatte, im Haus saubermachte. Um zwei Uhr gingen sie dann wieder hinauf zu der Verabredung, die Adam mit Scott Covey getroffen hatte.

Adam duschte sich und zog kurze Hosen und ein T-Shirt an. Menley war noch in Badeanzug und Umhang, als sie Coveys Wagen vorfahren hörten.

»Ich bin froh, daß er da ist«, sagte sie zu Adam. »Während du zu tun hast, leg ich mich ein bißchen mit Hannah hin. Ich will gut in Form sein, wenn ich all deine alten Freunde kennenlerne.«

Elaine veranstaltete ein Abendbuffet ihnen beiden zu Ehren, und hatte einige der Leute eingeladen, mit denen Adam während seiner Sommerferien auf dem Cape aufgewachsen war.

Er umfaßte sie an der Taille. »Wenn sie dir erzählen, was für ein Glück du hast, dann gib ihnen bloß recht!«

»Hör auf.«

Es klingelte an der Tür. Menley warf einen Blick auf den Herd. Es war völlig unmöglich, nach Hannahs Flasche zu greifen und aus der Küche zu verschwinden, bevor Scott Covey hereinkam. Sie war gespannt darauf, den Mann kennenzulernen, für den sie soviel Mitgefühl empfand, aber sie wollte sich auch von der Bildfläche fernhalten, falls Adam aus irgendeinem Grund entschied, den Fall nicht zu übernehmen. Die Neugier siegte jedoch; sie beschloß zu warten.

Adam ging zur Tür. Sein Willkommen für Scott Covey war herzlich, aber verhalten.

Menley starrte den Gast an. Kein Wunder, daß Vivian Carpenter auf ihn geflogen ist, dachte sie sofort.

Scott Covey sah auffallend gut aus, mit gleichmäßigen, doch markanten Gesichtszügen, einer tiefen Bräune und dunkelblondem Haar, das wellig gelockt war, obwohl er es kurz trug. Er war zwar schlank, seine breiten Schultern vermittelten aber den Eindruck von Kraft. Als ihn Adam jedoch Menley vorstellte, war sie vor allem von seinen Augen fasziniert. Sie waren von einem üppigen, tiefen Haselnußbraun, doch war es nicht nur die Farbe, die sie frappierte. Sie sah vielmehr darin dieselbe Qual, die sie in ihren eigenen Augen wahrgenommen hatte, wenn sie nach Bobbys Tod in den Spiegel schaute.

Er ist unschuldig, befand sie. Da würde ich mein Leben darauf setzen. Sie hielt Hannah in ihrem rechten Arm. Mit einem Lächeln verschob sie die Kleine und streckte die Hand aus. »Ich freue mich, Sie kennenzulernen ...«, sagte sie und zögerte dann. Er war etwa in ihrem Alter, überlegte sie, und er war jemand aus dem Freundeskreis von Adam. Wie sollte sie ihn also anreden? Mr. Covey klang zu steif. »...Scott« beendete sie den Satz. Sie griff nach der Babyflasche. »Und jetzt werden Hannah und ich euch beide allein lassen, damit ihr in Ruhe reden könnt.«

Wieder zögerte sie. Es war unmöglich, den Grund seines Besuchs einfach zu ignorieren. »Ich weiß, ich hab es schon neulich am Telefon zu Ihnen gesagt, aber das mit Ihrer Frau tut mir wirklich leid.«

»Danke.« Seine Stimme war tief, leise und musikalisch. Die Art von Stimme, der man vertrauen konnte, dachte sie.

Hannah hatte nicht die Absicht einzuschlafen. Als Menley sie hinlegte, brüllte sie los, schob die Flasche weg und strampelte sich von der Decke frei. »Ich melde dich noch bei einer Vermittlungsstelle für Adoptionen an«, drohte Menley mit einem Lächeln. Sie blickte zu der alten Wiege hinüber. »Mal sehen.«

Auf dem schmalen Bett im Zimmer lagen zwei Kissen. Sie steckte eines in die Wiege, legte die noch immer protestierende Hannah darauf und deckte sie mit der leichten Steppdecke zu. Dann setzte sie sich auf den Bettrand und begann die Wiege zu schaukeln. Hannahs Protestgeschrei verebbte. Innerhalb weniger Minuten fielen ihr die Augen zu.

Auch Menley wurden die Augenlider schwer. Ich sollte diesen Badeanzug ausziehen, bevor ich einschlafe, dachte sie. Aber mittlerweile ist er knochentrocken, also was soll's? Sie legte sich hin und zog die Wolldecke, die am Fußende des Bettes zusammengefaltet lag, zu sich herauf. Hannah wimmerte. »Okay, okay«, murmelte Menley, streckte die Hand aus und schaukelte die Wiege wieder sanft hin und her.

Sie wußte nicht, wieviel Zeit vergangen war, als das Geräusch leichter Schritte sie weckte. Als sie die Augen aufschlug, wurde ihr bewußt, daß sie dies geträumt haben mußte, denn es war niemand da. Aber Kühle hatte sich im

Zimmer breitgemacht. Das Fenster war offen, und der Wind mußte zugenommen haben. Sie blinzelte und schaute über den Bettrand. Hannah schlief selig.

Junge, bekommst du einen Service, mein Kind, dachte sie. Sogar im Schlaf bediene ich dich noch!

Die Wiege bewegte sich hin und her.

21

»Das ist ein wunderbares Haus«, sagte Scott Covey, als er Adam in die Bibliothek folgte. »Meine Frau und ich haben es uns noch ein paar Tage vor ihrem Tod angeschaut. Sie wollte ein Angebot dafür machen, aber als waschechte Neuengländerin wollte sie keinesfalls zu interessiert erscheinen.«

»Das hat mir Elaine erzählt.« Adam wies auf einen der ramponierten Klubsessel bei den Fenstern und setzte sich in den anderen. »Ich brauche wohl nicht zu erwähnen, daß die Möbel hier Überreste vom Trödelmarkt sind.«

Covey lächelte kurz. »Viv war ganz versessen darauf, zu Antiquitätenläden zu gehen und die Räume wirklich wieder so auszustaffieren, wie sie Anfang des achtzehnten Jahrhunderts aussahen. Im letzten Sommer hatte sie eine kurze Zeit für eine Innenarchitektin gearbeitet. Sie war wie ein Kind in der Konditorei bei der Aussicht, dieses Haus selbst einzurichten.«

Adam wartete ab.

»Ich komme wohl lieber zur Sache«, sagte Covey. »Zunächst, danke, daß Sie mit mir reden. Ich weiß, Sie haben Urlaub, und ich weiß, daß Sie es nicht getan hätten, wenn Elaine Sie nicht darum gebeten hätte.«

»Das stimmt. Elaine kenne ich schon lange, und sie ist offensichtlich überzeugt, daß Sie Hilfe brauchen.«

Covey hob in einer hilflosen Geste die Hände. »Mr. Nichols – «

»Adam.«

»Adam, ich verstehe ja, warum soviel geredet wird. Ich bin fremd hier. Vivian war reich. Aber ich schwöre auf die Bibel, ich hatte keine Ahnung, daß sie soviel Geld hatte. Viv war ein schrecklich unsicherer Mensch und konnte ziemlich verschlossen sein. Sie hat mich geliebt, aber sie fing gerade erst an zu verstehen, wie sehr ich sie liebte. Ihr Selbstbewußtsein war miserabel. Sie hatte solche Angst, die Leute würden sich bloß wegen ihrer Herkunft und ihres Geldes mit ihr abgeben.«

»Weshalb war ihr Selbstwertgefühl so schlecht?«

Coveys Gesichtsausdruck wurde bitter. »Ihre ganze verdammte Familie. Sie haben sie ständig runtergemacht. Eigentlich wollten ihre Eltern sie gar nicht haben, und als sie auf die Welt kam, haben sie versucht, ein Abziehbild ihrer Schwestern aus ihr zu machen. Ihre Großmutter war die einzige Ausnahme. Sie hat Viv verstanden, war aber leider pflegebedürftig und verbrachte fast die ganze Zeit in Florida. Viv hat mir erzählt, daß ihre Großmutter ihr einen Millionen-Fonds vermacht hat und sie das Geld vor drei Jahren, als sie einundzwanzig wurde, bekommen hat. Sie hat mir gesagt, sechshunderttausend hätte sie für das Haus bezahlt und von dem Rest lebte sie und bis zu ihrem fünfunddreißigsten Geburtstag würde sie keinen weiteren Groschen bekommen. Nach allgemeinen Maßstäben war sie gut situiert, aber ich war der Meinung, daß der Rest aus dem Fonds wieder an das Vermögen ihrer Großmutter zurückgehen würde, falls ihr etwas passiert. Ja, ich habe auf ihren Tod hin das Haus gekriegt, aber ich bin nie auf die Idee gekommen, ihr übriges Vermögen wäre mehr als ein paar hunderttausend Dollar wert. Ich hatte wirklich keine Ahnung, daß sie schon fünf Millionen Dollar bekommen hatte.«

Adam verschränkte die Hände ineinander und blickte zur Zimmerdecke hinauf, während er laut dachte. »Selbst wenn sie so viel wert gewesen wäre, wie sie Ihnen gesagt hat, könnten die Leute zu Recht behaupten, daß Sie für eine Ehe von drei Monaten prächtig dastehen.«

Er schaute Covey wieder an und schoß sofort die nächste

Frage auf ihn ab. »Hat sonst irgend jemand gewußt, daß Ihre Frau Ihnen nicht ihre wahren finanziellen Verhältnisse offenbart hat?«

»Ich weiß nicht.«

»Keine enge Freundin, der sie sich anvertraut hat?«

»Nein. Vivian hatte keine engen Freunde in dem Sinn, wie ich es verstehe.«

»Waren ihr Vater und ihre Mutter mit der Ehe einverstanden?«

»Sie wußten vorher nichts davon. Das war Vivians Entscheidung. Sie wollte eine stille Heirat auf dem Standesamt, Flitterwochen in Kanada und dann einen Empfang daheim nach unsrer Rückkehr. Ich weiß, daß ihre Eltern schockiert waren, und das kann ich ihnen nicht verübeln. Möglicherweise hat sie ihnen erzählt, daß ich nicht über die wahre Höhe des Erbes Bescheid wußte. Sosehr sie sich gegen die beiden aufgelehnt hat, so wollte Vivian doch irgendwie verzweifelt von ihnen anerkannt werden.«

Adam nickte. »Am Telefon haben Sie gesagt, ein Kriminalbeamter hätte Sie über einen Familienring befragt.«

Scott Covey schaute Adam direkt ins Gesicht. »Ja, es war ein Smaragd, ich glaube, ein Familienerbstück. Ich weiß mit absoluter Sicherheit, daß Viv den Ring auf dem Boot anhatte. Das einzige, was einen Sinn ergibt, ist, daß sie ihn damals am Morgen an die linke Hand gesteckt haben muß. Als ich ihre Sachen durchgeschaut hab, hab ich in der Schublade zu Hause ihren Verlobungsring gefunden. Ihr Ehering war ein schmaler Goldring. Sie hat den Verlobungsring und den Ehering immer zusammen getragen.«

Er biß sich auf die Lippen. »Der Smaragdring war so eng geworden, daß er anfing, die Blutzirkulation zu unterbrechen. An dem letzten Morgen damals hat Viv daran gezogen und gezerrt. Als ich was einkaufen ging, hab ich noch zu ihr gesagt, falls sie ihn abkriegen wollte, sollte sie zuerst den Finger einseifen oder eincremen. Sie bekam leicht blaue Flecken. Als ich wieder nach Hause kam, sind wir los zum Boot, und ich dachte nicht mehr daran, sie danach zu fragen, und sie hat nichts davon erwähnt. Aber Viv war abergläubisch, was den Ring anging. Sie ging nie ohne ihn irgendwohin. Ich glaube, als ich ihre Leiche identifiziert habe und den Ring nicht sah, nahm ich an, es lag daran, daß ihre rechte Hand verstümmelt war.«

Seine Miene verzerrte sich mit einemmal. Er preßte die Handknöchel gegen seinen Mund, um das trockene Schluchzen zu unterdrücken, das seine Schultern erbeben ließ. »Sie können das einfach nicht verstehen. Keiner versteht's. Eben noch schwimmen wir da unten Seite an Seite, beobachten einen Schwarm von gestreiften Barschen, die vorbeiziehen, und das Wasser ist so klar und ruhig. Ihre Augen strahlten vor Glück, wie bei einem kleinen Kind auf der Kirmes. Und dann, eine Sekunde später, war alles ganz anders.« Er vergrub das Gesicht in den Händen.

Adam musterte Scott Covey genau. »Reden Sie weiter«, sagte er.

»Das Wasser wurde grau und so turbulent. Ich hab gemerkt, daß Viv in Panik geriet. Ich packte ihre Hand und legte sie mir an den Gürtel. Sie begriff, daß ich meinte, sie sollte sich an mir festhalten. Ich fing an, auf das Boot zuzuschwimmen, aber es war so weit weg. Der Anker muß ins Rutschen geraten sein, weil die Strömung so stark war. Wir kamen nicht voran, also hat Viv meinen Gürtel losgelassen und angefangen, wieder neben mir zu schwimmen. Ich war sicher, daß sie dachte, wir wären schneller, wenn wir beide schwimmen. Dann, gerade als wir auftauchten, kam eine riesige Welle, und sie war weg. Sie war weg.«

Er ließ die Hände vom Gesicht fallen und stieß hervor: »Himmel noch mal, wie kann nur irgendwer glauben, ich würde es bewußt zulassen, daß meine Frau stirbt? Ständig verfolgt mich der Gedanke, daß ich es hätte schaffen müssen, sie zu retten. Es war meine Schuld, daß ich sie nicht finden konnte, aber bei Gott, ich hab's versucht.«

Adam richtete sich auf. Er mußte an den Abend nach Bobbys Tod denken, als Menley fast bewußtlos wieder und wieder schluchzte: »Es war meine Schuld, meine Schuld ...« Er streckte die Hand aus und drückte Scott Coveys Schulter. »Ich werde Sie vertreten, Scott«, sagte er, »und versuchen Sie sich zu entspannen. Sie werden die Sache durchstehen. Es wird alles wieder gut.«

22

Amy kam um sieben Uhr, um auf Hannah aufzupassen. Sie begrüßte Menley und kniete sich dann sofort vor die Babyschaukel, die Adam im Familienzimmer angebracht hatte.

»Grüß dich, Hannah«, sagte Amy leise. »Bist du heute schwimmen gegangen?«

Hannah betrachtete gutgelaunt ihren Besuch.

»Sie hätten sehen sollen, wie sie in einer Pfütze im Sand herumgespritzt hat«, sagte Menley. »Sie hat geplärrt, als ich sie weggeholt habe. Sie werden sehen, daß Hannah einem Bescheid gibt, wenn ihr etwas nicht paßt.«

Amy lächelte kurz. »Genau das hat meine Mutter immer über mich gesagt.«

Menley wußte, daß Elaine mit Amys Vater verlobt war, aber ihr war nicht klar, ob er geschieden oder verwitwet war. Sie hatte den Eindruck, daß Amy sie zu der Frage danach ermutigte. »Erzählen Sie mir was über Ihre Mutter«, schlug sie vor. »Ich finde, daß sie eine nette Tochter großgezogen hat.«

»Sie ist gestorben, als ich zwölf war.« Die Stimme des Mädchens klang völlig ausdruckslos.

»Das ist hart.« Menley lag die Bemerkung auf der Zunge, daß es so schön sei für Amy, bald Elaine als neue Mutter zu haben, aber sie hatte den Verdacht, daß Amy dies mit anderen Augen sah. Menley dachte daran, wie ihr Bruder Jack sich Verabredungen ihrer Mutter mit Männern entgegengestellt hatte. Einer, ein Arzt, hatte sie sehr gern gehabt. Wann immer er am Telefon war, rief Jack aus: »Stanley Beamish für dich, Ma.« Stanley Beamish war ein dümmlicher Typ aus einer zum Glück kurzen Fernsehserie, die damals gesendet wurde, als sie Kinder waren.

Ihre Mutter zischte dann: »Er heißt Roger!« Aber ihre Lippen zuckten immer mit einem unterdrückten Lächeln, wenn sie nach dem Hörer griff. Jack schlug dann mit den Armen auf und ab und machte Stanley Beamish nach, der die Fähigkeit zu fliegen hatte.

Roger hatte nicht lange als potentieller Stiefvater überdauert. Er war ein netter Kerl, dachte Menley jetzt, und wer weiß? Womöglich wäre Mutter viel glücklicher geworden, wenn sie hartnäckig geblieben wäre, anstatt Roger beizubringen, die Sache hätte keine Zukunft. Vielleicht habe ich noch in diesem Monat die Gelegenheit, ein bißchen mit Amy ins Gespräch zu kommen. Das könnte es ihr etwas leichter machen.

»Es ist an der Zeit, die Kronprinzessin für die Nacht zu verstauen«, erklärte sie. »Ich habe eine Liste mit den Notrufnummern gemacht: Polizei, Feuerwehr, Rettungswagen. Und Elaines Nummer.«

»Die weiß ich schon.« Amy richtete sich auf. »Ist es okay, wenn ich Hannah nehme?«

»Natürlich. Das ist bestimmt eine gute Idee.«

Mit dem Baby in den Armen schien Amy zuversichtlicher zu sein. »Sie sehen ungeheuer hübsch aus, Mrs. Nichols«, sagte sie.

»Danke.« Menley war außerordentlich erfreut über das Kompliment. Ihr wurde bewußt, daß sie die Aussicht auf das Treffen mit Adams Freunden etwas nervös machte. Sie sah nicht so umwerfend gut aus wie die Fotomodelle, mit denen er früher immer ausging, und sie wußte, daß er einige darunter im Lauf der Jahre auch zum Cape mitgenommen hatte. Viel wichtiger aber war, daß sie mit Sicherheit Anlaß zu Spekulationen gab. Alle kannten ihre Geschichte. Adams Frau, die den Wagen über das Bahngleis fuhr und seinen Sohn verlor. Adams Frau, die im Jahr zuvor nicht bei ihm war, als er einen Monat auf dem Cape verbrachte.

77

Nun, sie werden mich also unter die Lupe nehmen, dachte sie. Nach mehreren vergeblichen Versuchen hatte sie sich für einen pfauenblauen Hosenanzug aus Rohseide entschieden, mit einer blauweißen Kordel als Gürtel und weißen Sandalen dazu.

»Warum versuchen wir nicht, Hannah für die Nacht fertigzumachen, bevor ich gehe?« Sie ging zur Treppe voran. »Der Fernseher ist hier im Wohnzimmer. Aber ich hätte gern, daß Sie das Babyphon laut stellen und etwa jede halbe Stunde nach Hannah schauen. Sie ist ganz groß darin, die Decken wegzustoßen, und die Putzfrau hat beide Strampelhosen in die Wäsche gesteckt. Der Trockner ist noch nicht angeschlossen.«

»Carrie Bell. Sie war also hier?« Amys Stimme klang ungläubig.

»Eh, nein, diese Frau heißt Hildy. Sie kommt einmal die Woche. Wieso?«

Sie waren am oberen Treppenabsatz angelangt. Menley blieb stehen und drehte sich nach Amy um.

Amy wurde rot. »Oh, nichts. Entschuldigung. Ich wußte ja, daß Elaine Ihnen jemand anders empfehlen würde.«

Menley nahm Amy Hannah aus dem Arm. »Ihr Dad will ihr sicher noch gute Nacht sagen.« Sie ging in das große Schlafzimmer. Adam zog sich gerade seinen marineblauen Sportsakko aus Leinen an. »Eine deiner jüngeren Verehrerinnen will dir ihre Aufwartung machen«, sagte sie.

Er küßte Hannah. »Keine Herrenbesuche, Spätzchen, und mach Amy nicht das Leben schwer.« Die Zärtlichkeit in seiner Miene strafte seinen flapsigen Tonfall Lügen. Menley spürte einen Stich im Herzen. Adam war völlig vernarrt in Bobby gewesen. Wenn Hannah irgend etwas zustoßen sollte...

Warum denkst du das ständig? fragte sie sich aufgebracht. Sie zwang sich selbst einen frotzelnden Tonfall ab. »Deine Tochter findet, daß du großartig aussiehst. Sie will wissen, ob du dich für all deine früheren Freundinnen so herausputzt?«

»Nichts da.« Adam warf ihr einen lüsternen Blick zu. »Ich hab bloß ein einziges Mädchen. Nein«, verbesserte er sich,

»zwei Mädchen.« Er wandte sich an das Baby. »Hannah, sag deiner Mommy, daß sie sehr sexy aussieht und ich sie für rein niemanden aus dem Bett schmeißen würde.«

Lachend brachte Menley die Kleine ins Kinderzimmer zurück. Amy stand neben dem Säuglingsbett und hielt den Kopf schief, als lausche sie nach etwas. »Kriegen Sie nicht ein komisches Gefühl hier im Zimmer, Mrs. Nichols?« fragte sie.

»Was meinen Sie?«

»Entschuldigung. Ich weiß auch nicht, was ich meine.« Amy sah verlegen aus. »Bitte machen Sie sich nichts draus. Ich bin einfach bloß albern. Viel Spaß heute abend. Ich verspreche Ihnen, daß Hannah bestimmt in guten Händen ist und ich auf der Stelle anrufe, falls irgendein Problem auftaucht. Außerdem ist Elaines Haus gerade mal drei Kilometer weit weg.«

Menley hielt eine Weile inne. Hatte das Kinderzimmer irgend etwas Merkwürdiges an sich? Hatte sie das nicht selbst schon empfunden? Dann aber schüttelte sie den Kopf über ihre eigene Besorgtheit, legte Hannah in dem Kinderbettchen zurecht und steckte ihr den Schnuller in den Mund, bevor sie Protest erheben konnte.

23

Elaine wohnte in der Nähe des *Chatham Bars Inn* in einem kleinen Cape-Haus, das seine Existenz im Jahre 1780 als halbes Haus begonnen hatte. Im Lauf der Zeit war es erweitert und renoviert worden, so daß es sich nun hübsch in die Reihe seiner prächtigeren Nachbarn einfügte.

Um sieben Uhr überprüfte sie rasch noch einmal alles. Das Haus glänzte vor Sauberkeit. Die Gästehandtücher waren im Badezimmer, der Wein war gekühlt, der Tisch festlich gedeckt. Sie hatte den Hummersalat selbst zubereitet, eine langwierige, mühsame Aufgabe; das übrige Buffet hatte der Delikatessenlieferant hergestellt. Sie erwartete alles in allem zwanzig Gäste und hatte einen Mann zur Bedienung und einen für die Bar angeheuert.

John hatte angeboten, sich um die Bar zu kümmern, aber sie hatte abgelehnt. »Du bist doch mein Gastgeber, oder nicht?«

»Wenn du es so willst.«

Was immer Elaine will, bekommt Elaine auch, dachte sie, da sie schon vorher wußte, was er sagen würde.

»Was immer Elaine will, bekommt Elaine auch«, sagte John und lachte herzhaft. Er war ein kräftiger, gestandener Mann von bedächtigem Wesen. Mit seinen dreiundfünfzig Jahren hatte er ganz ergrautes und schon etwas dünnes Haar. Sein rundes Gesicht war offen und freundlich. »Komm her, du Süße.«

»John, bring mir nicht die Haare durcheinander!«

»Ich mag es, wenn sie durcheinander sind, aber ich tu's schon nicht. Ich möchte dir bloß ein kleines Geschenk für die Gastgeberin geben.«

Elaine nahm das kleine Päckchen entgegen. »John, wie lieb von dir. Was ist drin?«

»Eine Flasche Oliven, was denn sonst. Mach's auf.«

Es war ein Olivenfläschchen, schien aber nur einen blauen Wattebausch zu enthalten.

»Was soll das denn sein?« fragte Elaine, während sie den Deckel des Behälters abschraubte und hineinfaßte. Sie begann die Watte herauszuziehen.

»Vorsicht«, mahnte er. »Diese Oliven da sind teuer.«

Sie hielt die Watte in der Hand und zog sie auseinander. Darinnen lagen mondsichelförmige, mit Diamanten besetzte Onyxohrringe. »John!«

»Du hast gesagt, daß du einen schwarzsilbernen Rock anziehst, also fand ich, du solltest dazu passende Ohrringe haben.«

Sie legte ihm die Arme um den Hals. »Du bist zu lieb, um wahr zu sein. Ich bin nicht daran gewöhnt, daß ich verwöhnt werde.«

»Es wird mir ein Vergnügen sein, dich zu verwöhnen. Du

hast schon hart genug gearbeitet, lange genug, und du verdienst es.«

Sie hielt sein Gesicht in den Händen und zog seine Lippen an ihren Mund heran. »Danke dir.«

Es klingelte. Jemand stand am Eingang hinter der Fliegengittertür. »Hört ihr beiden mal auf zu schmusen und laßt euren Besuch rein?«

Die ersten Gäste waren eingetroffen.

Es ist eine sehr nette Party, sagte sich Menley, als sie von der Buffettafel zurückkehrte und sich wieder auf die Couch setzte. Sechs der Paare kamen schon ihr Leben lang im Sommer zum Cape, und einige von ihnen schwelgten jetzt in nostalgischen Erinnerungen. »Adam, weißt du noch, wie wir damals mit dem Boot von deinem Vater nach Nantucket sind? Er war gar nicht einverstanden damit.«

»Ich hatte vergessen, ihm von unseren Plänen zu erzählen«, sagte Adam mit einem Grinsen.

»Meine Mutter war's doch, die sich irrsinnig aufgeregt hat«, sagte Elaine. »Sie hat sich endlos darüber ereifert, daß ich das einzige Mädchen mit fünf jungen Männern war. ›Was sollen denn die Leute denken?‹«

»Und wir andern waren total sauer, daß wir nicht eingeladen worden sind«, sagte die ruhige Brünette aus Eastham gedehnt. »Wir waren alle in Adam verknallt.«

»Was, du warst nicht in mich verknallt?« protestierte ihr Mann.

»Das fing im Jahr drauf an.«

»Damals, als wir die Grube zum Muschelbacken gegraben haben ... Ich hab mir fast das Genick gebrochen vor lauter Suchen nach Seetang ... Dieses blöde Balg, das zum Strand gerannt und beinah in die Grube gefallen ist ... Das Jahr, als wir ...«

Menley lächelte und versuchte zuzuhören, aber in Gedanken war sie woanders.

Elaines Verlobter, John Nelson, saß auf einem Sessel bei

81

der Couch. Er wandte sich an Menley. »Was haben Sie denn als Teenager getrieben, als die Leute hier das Cape unsicher gemacht haben?«

Menley drehte sich erleichtert zu ihm. »Ich hab genau dasselbe gemacht, was Amy jetzt gerade tut: Babysitten. Ich bin drei Jahre hintereinander mit einer Familie mit fünf Kindern an den Strand von Jersey gegangen.«

»Nicht gerade die schönsten Ferien.«

»Es war okay. Das waren nette Kinder. Übrigens möchte ich Ihnen wirklich sagen, daß Amy ein wunderbares Mädchen ist. Sie ist großartig mit dem Baby.«

»Danke. Ich kann Ihnen ja ruhig sagen, daß es gar nicht einfach ist, weil sie Elaine nicht leiden kann.«

»Glauben Sie nicht, daß sich das ändert, wenn sie erst zum College geht und neue Freunde kennenlernt?«

»Hoffentlich. Früher hat sie sich immer Sorgen gemacht, ich könnte einsam sein, wenn sie zum College geht. Jetzt scheint sie Angst zu haben, daß sie kein Zuhause mehr hat, wenn Elaine und ich erst verheiratet sind. Lächerlich, aber mein Fehler, weil ich ihr das Gefühl gegeben hab, sie sei die Dame des Hauses, und jetzt will sie nicht, daß jemand anders an ihre Stelle tritt.« Er zuckte mit den Achseln. »Nun ja. Sie kommt schon darüber hinweg. Jetzt hoffe ich bloß, junge Dame, daß Sie auch so viel Freude am Cape gewinnen wie ich. Wir sind vor zwanzig Jahren für die Ferien hierhergekommen, und meiner Frau hat es so gut gefallen, daß wir Wurzeln geschlagen haben. Zum Glück konnte ich mein Versicherungsunternehmen verkaufen und hier bei einem in Chatham einsteigen. Wenn Sie erst einmal soweit sind, sich ein Haus zu kaufen, werde ich mich gut um Sie kümmern. Viele Leute verstehen wirklich kaum etwas vom Versicherungswesen. Es ist eine faszinierende Branche.«

Zehn Minuten später entschuldigte sich Menley, um eine Tasse Kaffee zu holen. Das Versicherungsgeschäft ist doch nicht *so* faszinierend, dachte sie und bekam dann Gewissensbisse, daß sie so etwas denken konnte. John Nelson war ein sehr netter Mensch, auch wenn er ein bißchen langweilig war.

Adam gesellte sich zu ihr, als sie sich Kaffee einschenkte. »Amüsierst du dich, mein Schatz? Du warst so in ein Gespräch mit John vertieft, daß ich dich gar nicht auf mich aufmerksam machen konnte. Wie gefallen dir meine Freunde?«

»Sie sind großartig.« Sie versuchte ihrer Stimme Begeisterung zu verleihen. In Wirklichkeit allerdings wäre sie viel lieber allein mit Adam zu Hause gewesen. Die erste Woche ihres Urlaubs war fast vorbei, und zwei Tage davon hatte er in New York verbracht. Heute nachmittag dann waren sie für seinen Termin mit Scott Covey vom Strand zurückgekommen, und jetzt am Abend waren sie mit all diesen Leuten zusammen, die ihr völlig fremd waren.

Adam blickte an ihr vorbei. »Ich hatte noch keine Gelegenheit, mit Elaine unter vier Augen zu reden«, sagte er. »Ich möchte ihr von dem Treffen mit Covey erzählen.«

Menley rief sich in Erinnerung zurück, daß sie sich darüber gefreut hatte, als Adam ihr sagte, er werde Scotts Fall übernehmen.

Es klingelte, und ohne eine Reaktion abzuwarten, öffnete eine Frau in den Sechzigern die Gittertür und kam herein. Elaine sprang auf. »Jan, ich freue mich wirklich, daß Sie noch kommen!«

Adam erklärte: »Elaine hat mir gesagt, daß sie Jan Paley einladen will, die Frau, der das Remember House gehört.«

»Oh, das ist interessant. Ich würde mich wirklich gern mit ihr unterhalten.«

Menley musterte Mrs. Paley, während sie Elaine umarmte. Attraktiv, dachte sie. Jan Paley hatte kein Make-up aufgelegt. Ihr grauweißes Haar war von Natur aus gewellt. Ihre Haut hatte feine Falten und vermittelte den Eindruck einer Person, der es gleichgültig war, wenn sie der Sonne ausgesetzt war. Ihr Lächeln war warm und großzügig.

Elaine kam mit ihr heran, um ihr Menley und Adam vorzustellen. »Ihre neuen Mieter, Jan«, sagte sie.

Menley bemerkte den teilnahmsvollen Ausdruck, der aus den Augen der anderen Frau sprach. Elaine hatte ihr ganz offenbar von Bobby erzählt. »Das Haus ist wunderbar, Mrs. Paley«, sagte sie aufrichtig.

»Das freut mich wirklich, daß Sie es mögen.« Paley lehnte Elaines Angebot ab, ihr einen Teller zu bringen. »Nein danke. Ich komm gerade von einem Festessen im Klub. Kaffee wäre genau richtig.«

Es war ein guter Zeitpunkt, um Adam mit Elaine über Scott Covey sprechen zu lassen. Die Leute hatten jetzt angefangen, sich im Raum hin und her zu bewegen. »Mrs. Paley, wie wär's?« Menley nickte in Richtung des schmalen Sofas, das gerade nicht besetzt war.

»Bestens.«

Als sie es sich gerade bequem machten, bekam Menley den Anfang einer weiteren Geschichte über ein lang zurückliegendes Sommerabenteuer mit.

»Ich war vor ein paar Jahren mit meinem Mann auf seinem fünfzigsten Klassentreffen nach der High School«, sagte jetzt Jan Paley. »Am ersten Abend dachte ich, ich werde noch verrückt bei dem ständigen Gerede über die gute alte Zeit. Aber nachdem sie es sich von der Seele geredet hatten, habe ich mich wirklich wohl gefühlt.«

»Ja, so ist es sicher.«

»Ich muß mich entschuldigen«, erklärte Jan Paley. »Die meisten Möbel in dem Haus sind wirklich entsetzlich. Wir waren noch nicht mit der Renovierung fertig und haben einfach benützt, was vorhanden war, als wir das Haus kauften, bis wir dann soweit waren, es neu einzurichten.«

»Die Stücke im großen Schlafzimmer sind herrlich.«

»Ja. Ich hatte sie auf einer Versteigerung gesehen und konnte sie mir nicht entgehen lassen. Die Wiege habe ich unter einem Haufen Kram im Keller gefunden. Es ist ein echtes Exemplar aus dem frühen achtzehnten Jahrhundert, glaube ich. Sie könnte zu der ursprünglichen Einrichtung gehört haben. Das Haus hat ja eine besondere Geschichte, wissen Sie.«

»Nach der Version, die ich gehört habe, hat es ein Schiffskapitän für seine Braut gebaut, die er dann verlassen hat, nachdem er erfuhr, sie hätte was mit einem andern gehabt.«

»Zu der Geschichte gehört noch mehr. Angeblich schwor die Frau, Mehitabel, sie sei unschuldig, und verbürgte sich dann, als sie im Sterben lag, sie würde in dem Haus bleiben, bis sie ihr Baby zurückbekommt. Aber die Hälfte der alten Häuser auf dem Cape sind ja mit Legenden verknüpft. Ein paar durch und durch rationale Menschen behaupten Stein und Bein, daß sie in einem Haus wohnen, wo's spukt.«

»Wo's spukt!«

»Ja. Eine meiner guten Freundinnen hat zum Beispiel ein altes Haus gekauft, das solche Bastler-Typen wirklich zugrunde gewerkelt hatten. Nachdem das Haus völlig wiederhergestellt und authentisch eingerichtet war, wachte sie eines Morgens, als sie und ihr Mann noch schliefen, ganz früh auf und hörte Schritte die Treppe heraufkommen. Dann ging ihre Schlafzimmertür auf, und sie schwört darauf, daß sie sehen konnte, wie sich Fußspuren auf dem Teppich abzeichneten.«

»Ich wär bestimmt vor Schreck gestorben!«

»Nein, Sarah sagt, daß sie ein wunderbar wohltuendes Gefühl empfand, so wie man es als kleines Kind hat, wenn man aufwacht und die Mutter einem gerade die Decke feststeckt. Dann spürte sie, wie jemand sie an der Schulter anfaßte, und in ihrem Kopf konnte sie eine Stimme sagen hören: ›Ich bin so froh darüber, wie gut du dich um mein Haus gekümmert hast.‹ Sie war überzeugt, daß es die Dame war, für die das Haus ursprünglich gebaut worden war und die Sarah jetzt ihre Dankbarkeit dafür ausdrücken wollte, daß sie es wieder restauriert hatte.«

»Hat sie denn je ein Gespenst gesehen?«

»Nein. Sarah ist jetzt Witwe und schon recht alt. Sie sagt, daß sie manchmal eine wohlwollende Präsenz spürt und das Gefühl hat, als wären sie zwei alte Mädchen, die gemeinsam ihr Heim genießen.«

»Glauben Sie das?«

»Ich bezweifle es nicht unbedingt.«

Menley nippte an ihrem Kaffee und fand dann den Mut, eine Frage zu stellen. »Haben Sie in irgendeiner Weise etwas Merkwürdiges im Kinderzimmer im Remember House gespürt, dem kleinen Raum vorne neben dem großen Schlafzimmer?«

»Nein, aber wir haben es nie benützt. Ehrlich gesagt dachte ich, nachdem mein Mann starb, eine Zeitlang wirklich daran, das Haus zu behalten. Doch dann hat mich manchmal eine so überwältigende Trauer gepackt, daß ich wußte, es wäre besser, es sein zu lassen. Ich hätte nie akzeptieren dürfen, daß Tom soviel von der schweren Arbeit bei der Restaurierung selber macht, obwohl er wirklich jede Minute davon gründlich genossen hat.«

Haben wir denn alle Schuldgefühle, wenn wir einen geliebten Menschen verlieren? fragte sich Menley. Sie warf einen Blick durch den Raum. Adam stand in einer Gruppe mit drei weiteren Männern zusammen. Sie lächelte etwas kleinlaut, als sie sah, wie Margaret, die schlanke Brünette von Eastham, sich dazugesellte und strahlend zu Adam hinauflächelte. Noch ein bißchen verknallt? dachte sie. Ich kann's dir eigentlich nicht verübeln.

Jan Paley äußerte: »Ich hab Ihre vier David-Bücher für meinen Enkel gekauft. Sie sind einfach wunderbar. Arbeiten Sie an einem neuen Band?«

»Ich hab beschlossen, den nächsten auf dem Cape gegen Ende des siebzehnten Jahrhunderts spielen zu lassen. Ich fang gerade mit ein paar Recherchen an.«

»Es ist so schade, daß die, mit der Sie vor ein paar Jahren hätten reden müssen, Phoebe Sprague gewesen wäre. Sie war eine großartige Historikerin und war dabei, sich Notizen für ein Buch über das Remember House anzulegen. Vielleicht läßt Henry Sie ja etwas von ihrem Material anschauen.«

Die Party löste sich um halb elf auf. Menley erzählte Adam auf dem Heimweg von Jan Paleys Vorschlag. »Meinst du, daß es zu aufdringlich wäre, wenn ich Mr. Sprague nach den Notizen seiner Frau frage oder zumindest frage, wo sie ihre besten Quellen aufgetrieben hat?«

»Ich kenne die Spragues schon mein ganzes Leben lang«, erwiderte Adam. »Ich wollte sie sowieso anrufen. Wer weiß? Vielleicht macht es Henry Spaß, dich an Phoebes Forschung teilhaben zu lassen.«

Amy saß im Wohnzimmer und sah fern, als sie heimkamen. »Hannah ist überhaupt nicht aufgewacht«, berichtete sie. »Ich hab jede halbe Stunde nach ihr geschaut.«

Als Menley das junge Mädchen zur Tür begleitete, sagte Amy scheu: »Ich komme mir so blöde vor wegen dem, was ich da vorher gesagt hab – daß mit Hannahs Zimmer irgendwas komisch ist. Es kommt wahrscheinlich von dieser Geschichte, die Carrie Bell herumerzählt hat, daß die Wiege von selbst geschaukelt hat und die Bettdecke so verkrumpelt war, als ob jemand auf dem Bett gesessen hätte.«

Menley spürte, wie ihr die Kehle trocken wurde. »Davon hatte ich noch gar nichts gehört, aber es ist lächerlich«, sagte sie.

»Wahrscheinlich. Gute Nacht, Mrs. Nichols.«

Menley ging direkt zum Kinderzimmer. Adam war schon dort. Hannah schlief selig in ihrer Lieblingshaltung, mit den Armen über dem Kopf. »Wir können sie nicht mehr Ihro Ungnaden nennen«, murmelte Adam.

»Wie viele Namen haben wir eigentlich für das arme Kind?« fragte Menley, als sie wenig später ins Bett schlüpfte.

»Ich kann gar nicht so weit zählen. Gute Nacht, mein Schatz.« Adam drückte sie eng an sich. »Ich hoffe, es hat dir Spaß gemacht.«

»Ja sicher.« Später murmelte sie: »Ich kann noch nicht schlafen. Stört es dich, wenn ich noch ein bißchen lese?«

»Du weißt doch, daß ich auch bei einem ganzen Lichtermeer durchschlafen kann.« Er steckte sich das Kissen zurecht. »Hör mal, wenn Hannah aufwacht, dann rüttel mich wach. Ich kümmer mich dann um sie. Du bist schon die ganze Woche über mit ihr aufgestanden.«

87

»Wunderbar.« Menley griff nach ihrer Lesebrille und begann eines der Bücher über die frühe Geschichte des Capes zu lesen, die sie in der Bibliothek gefunden hatte. Es war ein schwerer Band, und der von Wasser aufgeweichte Einband schlug Wellen. Die Seiten im Inneren waren schuppig und verstaubt. Trotzdem gab er eine fesselnde Lektüre ab.

Es faszinierte sie zu erfahren, daß die Jungen schon im Alter von zehn Jahren zur See gingen und daß einige von ihnen Kapitäne ihrer eigenen Schiffe wurden, als sie erst Anfang Zwanzig waren. Sie fand, daß es interessant wäre, in dem neuen David-Band einen Jungen aus dem siebzehnten Jahrhundert auftreten zu lassen, der die Seefahrt zu seiner Karriere machte.

Sie kam zu einem Kapitel, das Kurzbiographien von einigen der prominentesten Seefahrer aufführte. Ein Name fiel ihr auf: Kapitän Andrew Freeman, 1663 in Brewster geboren, ging als Kind zur See und wurde mit dreiundzwanzig Herr seines eigenen Schiffs, der *Godspeed*. Als Lotse und Mannschaftskapitän stand er in dem Ruf, völlig furchtlos zu sein, und sogar Piraten gewöhnten sich daran, einen weiten Bogen um die *Godspeed* zu machen. Er ertrank 1707, als er wider alle bessere Vernunft die Segel hißte, obwohl er wußte, daß sich ein Nordoststurm anbahnte. Die Masten brachen, und das Schiff kenterte und sank mit seiner gesamten Mannschaft. Die Wrackteile wurden meilenweit an der Sandbank von Monomoy angeschwemmt.

Ich muß mehr über ihn herausfinden, dachte Menley. Als sie endlich um zwei Uhr das Buch auf den Nachttisch legte und das Licht ausmachte, hatte sie das prickelnde Gefühl von Belebung, das sie immer empfand, wenn ein Handlungsverlauf sich deutlich in ihrer Vorstellung abzeichnete.

Hannah fing um Viertel vor sieben an sich zu beschweren. Wie sie es versprochen hatte, schüttelte Menley Adam wach und legte sich wieder mit geschlossenen Augen zur Ruhe. In ein paar Minuten kehrte er zurück, den noch halb schlafenden Säugling gegen seine Schulter gelehnt. »Menley, warum hast du Hannah gestern abend zur Wiege rübergetan?«

Menley setzte sich ruckartig auf und starrte ihn an.

Verwirrt und auch bestürzt dachte sie: Ich kann mich gar nicht erinnern, daß ich zu ihr reingegangen bin. Aber wenn ich das sage, denkt Adam bestimmt, daß ich verrückt bin. So gähnte sie statt dessen und murmelte: »Als Hannah aufgewacht ist, wollte sie sich einfach nicht beruhigen, also habe ich sie eine Weile gewiegt.«

»Das dachte ich mir schon«, sagte Adam zu ihr.

Hannah hob den Kopf von seiner Schulter hoch und drehte sich um. Die Jalousien waren unten, und das Licht, das am Rand hereinspitzte, war gedämpft. Hannah gähnte voller Inbrunst und flatterte mit den Augenlidern, lächelte dann und streckte sich.

In dem dämmrigen Raum ähnelten die Konturen ihres Gesichts so sehr Bobbys Gesichtszügen, dachte Menley. Genauso war auch Bobby aufgewacht: Er gähnte und lächelte und streckte sich.

Menley blickte zu Adam auf. Sie wollte nicht, daß er mitbekam, wie nah sie sich einem Panikanfall fühlte. Sie rieb sich die Augen. »Ich hab noch so lange gelesen. Ich bin noch ganz verschlafen.«

»Schlaf so lange, wie du willst. Hier, gib dem Morgenstern einen Kuß, und ich nehme sie mit runter. Ich kümmer mich schon gut um sie.«

Er reichte ihr das Baby. »Das weiß ich doch«, sagte Menley. Sie hielt Hannah so, daß das kleine Gesicht nur Zentimeter von ihrem eigenen entfernt war. »Hallo, mein Engel«, flüsterte sie, während sie gleichzeitig dachte: Dein Daddy kann dich gut versorgen, und soviel kann ich dir versprechen: Wenn je der Tag kommt, an dem ich glaube, daß ich's nicht kann, dann ist das mein Ende.

7. August

24

Henry und Phoebe Sprague saßen draußen an einem Tisch des Restaurants *Wayside Inn*. Zum erstenmal in diesem Sommer hatte Henry sie zu einem Sonntags-Brunch im Freien mitgenommen, und ein erfreutes Lächeln spielte auf Phoebes Lippen. Sie hatte schon immer gern die Leute beobachtet, und heute herrschte viel Betrieb auf der Hauptstraße von Chatham. Touristen und Einwohner schauten sich die Schaufenster an, strömten in die Spezialläden und wieder heraus oder steuerten auf eines der vielen Gasthäuser zu.

Henry warf einen Blick auf die Speisekarte, die ihnen die Empfangsdame gereicht hatte. Wir bestellen Eggs Benedict, Schinkentoast mit pochierten Eiern und Sauce hollandaise, dachte er. Das ißt Phoebe hier immer gern.

»Guten Morgen. Sind Sie soweit, zu bestellen, Sir?«

Henry blickte hoch und starrte dann die fast unverschämt hübsche Serviererin an. Es war Tina, die junge Frau, die er in dem Pub gegenüber vom Friseur Anfang Juli gesehen hatte, dieselbe, von der Scott Covey berichtet hatte, sie sei eine Schauspielerin mit einer Rolle im Cape Playhouse.

Ihre Miene verriet in keiner Weise, daß sie ihn erkannte, aber schließlich hatte sie ihn damals kaum angeschaut, bevor sie wieder aus dem Pub geeilt war. »Ja, wir können bestellen«, sagte er.

Während der ganzen Mahlzeit gab Henry Sprague Kommentare über die Fußgänger, die vorbeikamen, ab. »Schau mal, Phoebe, da sind die Enkelkinder von Jim Snow. Weißt du noch, wie wir früher mit den Snows ins Theater gegangen sind?«

»Hör auf, mich zu fragen, ob ich mich erinnern kann«, sagte Phoebe brüsk. »Natürlich weiß ich das noch.« Sie wandte sich wieder ihrem Kaffee zu. Einen Moment später beugte sie sich geduckt vor und blickte um sich; argwöhnisch wanderte ihr Blick von einem Tisch zum nächsten. »So viele Leute«, murmelte sie. »Ich will hier nicht sein.«

Henry seufzte. Er hatte gehofft, der Gefühlsausbruch könnte ein gutes Zeichen sein. Für manche Menschen war Tacrine ein erstaunlich hilfreiches Medikament, das den Zerfall bei Patienten mit der Alzheimerschen Krankheit vorübergehend unterband, ja rückgängig machte. Seit man es Phoebe verschrieben hatte, meinte er ein gelegentliches Aufflackern von klarem Bewußtsein bemerkt zu haben. Oder griff er nach einem Strohhalm?

Ihre Bedienung kam mit der Rechnung. Als Henry das Geld hinlegte, schaute er zu ihr hoch. Der Gesichtsausdruck der jungen Frau war sorgenvoll und bedrückt, das überschwengliche Lächeln von vorher völlig verschwunden. Sie hat mich erkannt, dachte Henry, und fragt sich nun, ob ich sie mit Scott Covey in Zusammenhang bringe.

Er freute sich über die Erkenntnis und war nicht willens, seine Karten auf den Tisch zu legen. Mit einem unverbindlichen Lächeln erhob er sich und zog Phoebes Stuhl zurück. »Bist du soweit, mein Liebes?«

Phoebe stand auf und betrachtete die Kellnerin. »Wie geht's Ihnen, Tina?« fragte sie.

25

Nat Coogan und seine Frau Debbie besaßen ein 6-Meter-Boot mit Außenbordmotor. Sie hatten es gebraucht gekauft, als die Jungen noch klein waren, doch dank Nats hingebungsvoller Pflege war es noch in hervorragendem Zustand. Da die Jungen den Nachmittag mit Freunden in Fenway Park beim Spiel der Red Sox verbrachten, hatte Nat Debbie vorgeschlagen, zu einem Picknick mit dem Boot auszufahren.

Sie hob eine Augenbraue. »Du magst doch keine Picknicks.«

»Ich sitz nicht gern irgendwo auf dem Feld mit lauter Ameisen, die über alles krabbeln.«

»Ich dachte, daß du nach den Hummerkörben schaust und

dann heimkommst und dir das Baseballspiel ansiehst.« Sie zuckte mit den Achseln. »Da ist doch irgendwas anderes im Busch, was ich nicht mitkriege, aber was soll's. Ich mach eben ein paar Sandwiches.«

Nat schaute seine Frau liebevoll an. Deb kann man nichts weismachen, dachte er. »Nein, ruh du dich mal ein paar Minuten aus. Ich kümmer mich schon um alles.«

Er ging zum Feinkostladen und besorgte Lachs, Leberpastete, Crackers und Trauben. Können wir auch gleich alles so wie die machen, dachte er.

»Ganz schöner Luxus«, sagte Debbie, als sie die Lebensmittel in den Tragekorb packte. »Hatten sie keine Leberwurst mehr?«

»Doch. Ich wollte aber das hier haben.« Aus dem Kühlschrank griff er sich die gekühlte Flasche Wein.

Debbie las das Etikett. »Hast du aus irgendeinem Grund Gewissensbisse? Das ist teures Zeug.«

»Das weiß ich wohl. Komm jetzt. Das Wetter soll später umschlagen.«

Sie gingen genau zweieinhalb Kilometer von Monomoy Island entfernt vor Anker. Nat erzählte seiner Frau nicht, daß dies die Stelle war, wo Vivian Covey ihre letzten Stunden verbracht hatte. Das hätte sie vielleicht beunruhigt.

»Das macht ja wirklich Spaß«, gab Debbie zu. »Aber was hast du mit einemmal gegen die Klappstühle?«

»Hab mir einfach gedacht, öfter mal was Neues wär doch gut.« Er breitete eine alte Stranddecke auf Deck aus und verteilte das Essen darauf. Er hatte Polster mitgenommen, worauf sie sich setzen konnten. Schließlich schenkte er Wein in zwei Gläser.

»He, mach mal langsam«, protestierte Debbie. »Ich will doch keinen Schwips kriegen.«

»Warum denn nicht? Wir können ein Schläfchen machen, wenn wir fertig sind.«

Die Sonne war warm. Das Boot wiegte sich sanft hin und her. Sie nippten an dem Wein, knabberten an dem Käse und der Leberpastete, pflückten sich Trauben ab. Eine Stunde später blickte Debbie ganz benommen auf die leere Flasche. »Ich kann nicht fassen, daß wir das alles getrunken haben sollen«, sagte sie.

Nat wickelte die Essensreste ein und steckte sie in den Picknickkorb. »Willst du dich hinlegen?« fragte er und arrangierte dabei die Polster nebeneinander auf der Decke. Er wußte, daß Debbie normalerweise tagsüber keinen Alkohol trank.

»Sehr gute Idee.« Debbie machte es sich bequem und schloß sofort die Augen.

Nat streckte sich neben ihr aus und ließ sich einige der Dinge durch den Kopf gehen, die er in den letzten paar Tagen erfahren hatte. Am Freitag war er, nachdem er die Obduktionsbilder untersucht hatte, bei Scott Covey aufgetaucht. Coveys Erklärung, seine Frau habe vermutlich den Smaragdring an die andere Hand gesteckt, erschien etwas glatt und vielleicht einstudiert.

Er warf einen Blick auf die leere Weinflasche, die in der Sonne warm wurde. Der Obduktionsbericht stellte fest, daß Vivian Carpenter kurz vor ihrem Tod mehrere Gläser Wein zu sich genommen hatte. Doch als er ihre Eltern über ihre Trinkgewohnheiten befragte, stimmten beide darin überein, daß sie während des Tages normalerweise keinen Alkohol trank. Ein einziges Glas Wein habe sie immer schon schläfrig gemacht, besonders in der Sonne – die gleiche Reaktion, die jetzt Debbie zeigte.

Würde denn irgendeine Frau, die sich vom Wein schläfrig fühlt und die gerade erst dabei ist, tauchen zu lernen, darauf bestehen, mit ihrem Mann mitzukommen, wenn er sagt, daß er eben kurz unter Wasser schwimmen gehen will?

Nat war nicht davon überzeugt.

Um drei Uhr bemerkte er eine kaum merkliche Veränderung in der Bewegung des Boots. Die Wettervorhersage hatte heftige Regenschauer für etwa halb vier gemeldet.

Nat stand auf. Die Stelle hier lag in Blickrichtung des

93

Hafeneingangs, und während er hinschaute, kamen aus allen Richtungen kleine Schiffe landeinwärts gefahren.

Covey behauptete, er sei mit Vivian etwa zwanzig Minuten unten gewesen, als der Sturm hereinbrach. Das hieß, daß er gesehen haben *mußte*, wie kleinere Boote auf die Küste zuhielten, als er sich damals am Nachmittag von seiner Ruhepause erhob. Es mußte spürbar gewesen sein, daß die Strömung zunahm.

Zu diesem Zeitpunkt hätte jeder nur halbwegs vernünftige Mensch das Radio angemacht und den Wetterbericht abgehört, folgerte Nat.

Deb begann sich zu regen und setzte sich auf. »Was machst du denn?«

»Nachdenken.« Er blickte auf sie herab, während sie sich streckte. »Willst du kurz mit mir schwimmen gehen, Schatz?«

Debby legte sich wieder hin und schloß die Augen. »Vergiß es«, murmelte sie. »Ich bin zu müde.«

26

Scott Covey verbrachte den Sonntag zu Hause. Erleichtert darüber, daß Adam Nichols sich bereit erklärt hatte, ihn zu vertreten, war er doch noch über eine der speziellen Warnungen beunruhigt, die Adam ihm gegenüber ausgesprochen hatte. »Wenn eine reiche Frau kurz nach ihrer Heirat mit einem Mann, den niemand sonderlich kennt, bei einem Unfall stirbt, und dieser Mann ist der einzige Zeuge ihres Todes, dann entsteht unweigerlich Gerede. Sie haben mit der Polizei zusammengearbeitet, und das war alles gut so. Aber hören Sie jetzt auf zu kooperieren. Weigern Sie sich, noch irgendwelche Fragen zu beantworten.«

Die Ermahnung war Scott nur recht.

Der zweite Ratschlag von Nichols war ebenfalls leicht zu befolgen. »Ändern Sie nicht Ihren Lebensstil. Fangen Sie nicht an, wie wild Geld auszugeben.«

Er dachte nicht im geringsten daran, sich so schwachsinnig zu benehmen.

Schließlich hatte Adam gesagt: »Und, ganz wichtig – lassen Sie sich nicht mit einer anderen Frau sehen, solange die Polizei Sie eindeutig in Verdacht hat.«

Tina. Sollte er Adam erklären, daß er ein Verhältnis mit ihr hatte, bevor er Vivian traf? Daß die Beziehung im Vorjahr angefangen hatte, als er an dem Theater arbeitete? Ob Adam wohl begriff, daß er nichts mehr mit ihr zu tun hatte, nachdem er Vivian kennengelernt hatte?

Er konnte ja erläutern, daß Tina nichts von seiner Rückkehr zum Cape gewußt hatte. Und dann mußte sie zu allem Überdruß auch noch ihre Stelle in Sandwich aufgeben und beim *Wayside Inn* zu arbeiten anfangen. Nachdem sie ihn mit Vivian dort beim Abendessen gesehen hatte, fing sie an ihn anzurufen. Und das einzige Mal, als er eingewilligt hatte, sich persönlich mit ihr zu treffen, mußte dann ausgerechnet Henry Sprague neben ihm im Pub sitzen! Sprague ließ sich von niemandem zum Narren halten. Sollte er Adam erklären, daß Tina nur einmal, seit Vivian vermißt war, bei ihm zu Hause vorbeischaute, um ihm ihre Anteilnahme auszudrücken?

Um vier Uhr klingelte das Telefon. Mißmutig ging Scott an den Apparat. Daß das nur ja nicht dieser Polizeibeamte ist, dachte er.

Elaine Atkins war am Apparat und lud ihn zu einem Grillessen bei ihrem Verlobten ein. »Einige von Johns Freunden kommen auch«, sagte sie. »Wichtige Leute, solche, mit denen du dich zeigen solltest. Ich hab übrigens gestern abend Adam gesehen. Er sagte, daß er deinen Fall übernehmen wird.«

»Ich kann dir gar nicht genug dafür danken, Elaine. Und natürlich freue ich mich, zu kommen.«

Als er eine Stunde später die Straße hinunterfuhr, bemerkte er, daß der acht Jahre alte Chevy von Nat Coogan vor dem Haus der Spragues geparkt war.

27

Nat Coogan hatte die Spragues aufgesucht, ohne vorher telefonisch Bescheid zu geben. Er tat das jedoch nicht ohne Berechnung. Er wußte, daß es da etwas gab, was Henry Sprague ihm über Scott Covey vorenthalten hatte, und er hoffte, der Überraschungseffekt möge Sprague dazu ermutigen, die Frage zu beantworten, die er ihm zu stellen gedachte.

Spragues kühle Begrüßung ließ Nat wissen, was er schon erwartete. Einen Anruf zuvor hätte man zu schätzen gewußt. Sie erwarteten nämlich Gäste.

»Es dauert nur eine Minute.«

»In diesem Fall kommen Sie bitte herein.«

Henry Sprague ging hastig durch das Haus zur Terrasse voran. Nat wurde klar, was der Grund zu der Eile war. Sprague hatte seine Frau draußen allein gelassen, und kaum war er weg, hatte sie begonnen, über den Rasen zu dem Nachbarhaus, wo Covey wohnte, zu laufen.

Sprague holte sie rasch ein und führte sie zur Terrasse zurück. »Setz dich hin, mein Liebes. Adam und seine Frau kommen zu Besuch zu uns.« Er bot Nat keinen Stuhl an.

Nat beschloß, alle seine Karten auf den Tisch zu legen. »Mr. Sprague, ich glaube, daß Scott Covey absichtlich seine Frau im Stich ließ, als sie tauchen gingen, und ich werde alles, was in meiner Macht steht, tun, um das zu beweisen. Neulich hatte ich sehr stark das Gefühl, daß da etwas war, was Sie beschäftigt hat, weil Sie nicht wußten, ob Sie es mir sagen wollen. Ich weiß, daß Sie ein Mensch sind, der sich lieber nur um Dinge kümmert, die ihn selbst etwas angehen, aber diese Sache *geht* Sie etwas an. Stellen Sie sich doch vor, welche Panik Vivian empfunden haben muß, als sie begriff, daß sie ertrinken würde. Stellen Sie sich vor, wie *Sie* sich fühlen würden, wenn jemand absichtlich Ihre Frau in Gefahr bringen und sie dann ihrem Schicksal überlassen würde.«

Seit geraumer Zeit versuchte Henry Sprague mit aller Kraft, das Rauchen aufzugeben. Jetzt ertappte er sich dabei, wie er in der Brusttasche seines Sporthemds nach seiner Pfeife kramte, die er aber in seiner Schreibtischschublade gelassen hatte. Er nahm sich vor, sie zu holen, sobald er diesen Kriminalbeamten zur Tür brachte. »Ja, Sie haben recht, da war etwas. Drei Wochen vor Vivians Tod war ich zufällig im *Cheshire Pub*, als auch Scott Covey da war«, sagte er widerwillig. »Eine junge Frau, die Tina hieß, kam herein. Ich bin mir sicher, daß sie verabredet waren. Er tat so, als wäre er überrascht, sie zu sehen, und sie hat die Anspielung begriffen und ist schleunigst weg. Sie war niemand, den ich kenne. Doch dann habe ich sie heute vormittag noch mal gesehen. Sie ist Kellnerin im *Wayside Inn*.«

»Danke«, sagte Nat ruhig.

»Da ist noch etwas. Meine Frau kannte sie beim Namen. Ich kann mir nicht vorstellen, wie die beiden sich begegnet sein könnten, außer ... «

Er blickte zu dem Haus von Vivian Carpenter Covey hinüber. »In letzter Zeit ist Phoebe mehrmals, als ich ihr gerade den Rücken zukehrte, zum Carpenter-Haus rübergelaufen. Das Haus hat keine Klimaanlage, und die Fenster sind meistens offen. Vielleicht hat sie Tina dort gesehen. Es ist die einzige Erklärung, die mir einfällt.«

28

»Ich finde, es war eine gute Idee, Amy zu holen, damit sie ein paar Stunden auf Hannah aufpaßt«, sagte Adam, als sie am Leuchtturm vorbei und durch das Zentrum von Chatham fuhren. »Soweit ich weiß, kann Phoebe nicht viel Ablenkung vertragen. Ich schätze auch, daß sie nicht in der Lage sein wird, über ihre Notizen zu reden, aber ich bin wirklich froh, daß Henry auf die Idee einging, sie dir zu zeigen.«

»Ich auch.« Menley bemühte sich, angetan zu klingen, aber es fiel ihr nicht leicht. Es hätte ein perfekter Tag sein sollen, dachte sie. Sie hatten ein paar Stunden am Strand verbracht, dann die Sonntagszeitungen gelesen, während Hannah schlief. Gegen halb vier, als das Gewitter sich entlud, standen sie am Fenster und schauten zu, wie der Regen auf den Ozean niederpeitschte und die Brandung zornig aufschäumte. Ein angenehmer, wohltuender Tag, gemeinsam verbrachte Zeit, Erfahrungsaustausch, ganz so wie die Tage, die sie früher oft erlebt hatten.

Nur, daß jetzt ständig das Schreckgespenst eines Zusammenbruchs Menleys Bewußtsein heimsuchte. Was war nur mit ihr los? grübelte sie. Sie hatte Adam nichts von der Angstattacke am Bahnübergang erzählt, obwohl er das ja verstanden hätte. Wie aber ihm erzählen, daß sie in der Nacht, als er in New York war, von dem Geräusch eines so laut heranrauschenden Zuges aufgewacht war, daß es klang, als rase er durchs Haus? Was würde irgendein vernünftiger Mensch über solch eine Geschichte denken? Und genauso: Konnte sie ihm etwa erzählen, daß sie keinerlei Erinnerung daran hatte, in der letzten Nacht im Kinderzimmer gewesen zu sein? Nein, niemals!

Das wäre genauso, als würde sie ihm vorjammern, wie ausgeschlossen sie sich auf Elaines Party gefühlt hatte angesichts all der kumpelhaften Vertrautheit, an der sie nicht teilnehmen konnte. Ich habe jede Menge Freunde, hielt sich Menley vor Augen. Es ist ja bloß hier, daß ich mich als Außenseiterin fühle. Falls wir uns tatsächlich entschließen, das Remember House zu kaufen, dann lerne ich noch alle wirklich gut kennen. Und dann lade ich auch meine eigenen Freunde hierher ein.

»Du bist plötzlich sehr still«, sagte Adam.

»Ich träume bloß so vor mich hin.«

Es herrschte starker Verkehr an diesem Sonntag nachmittag, und sie zuckelten im Schrittempo die Main Street hinunter. An dem Kreisverkehr bogen sie links ab und fuhren noch anderthalb Kilometer bis zu dem Haus der Spragues am Oyster Pond.

Als Adam vor dem Haus abbremste, fuhr gerade ein

blauer Chevy davon. Henry Sprague stand im Eingang. Er begrüßte sie herzlich, doch es war deutlich zu erkennen, daß er in Gedanken mit etwas anderem beschäftigt war.

»Ich hoffe, daß Phoebe okay ist«, murmelte Adam zu Menley, als sie ihm zur Terrasse folgten.

Henry hatte seiner Frau Bescheid gesagt, daß sie kamen. Mrs. Sprague gab vor, Adam zu erkennen, und lächelte Menley ausdruckslos an.

Die Alzheimersche Krankheit, dachte Menley. Wie schrecklich, den Kontakt mit der Realität zu verlieren. Im Bellevue Hospital hatte ihre Mutter gelegentlich Patienten mit dieser Krankheit auf der Station, für die sie zuständig war, gehabt. Menley versuchte sich einige der Geschichten ins Gedächtnis zurückzurufen, die ihr ihre Mutter darüber berichtet hatte, wie man den Patienten helfen kann, sich besser zu erinnern.

»Sie haben doch viel über die frühe Geschichte auf dem Cape nachgeforscht«, sagte sie. »Ich habe vor, ein Kinderbuch über das Cape im siebzehnten Jahrhundert zu schreiben.«

Mrs. Sprague nickte, schwieg aber.

Henry Sprague beschrieb Adam den Besuch von Nat Coogan. »Ich hatte ein verflucht ungutes Gefühl, daß ich tratsche«, sagte er, »aber dieser Covey-Kerl hat irgendwas an sich, was mir unecht vorkommt. Wenn die geringste Möglichkeit besteht, daß er das arme Mädchen hat ertrinken lassen...«

»Elaine ist da anderer Meinung, Henry. Sie hat letzte Woche Scott Covey zu mir geschickt. Ich hab eingewilligt, den Fall zu übernehmen.«

»Du! Ich dachte, du hättest Urlaub, Adam.«

»Ja, hätte ich auch eigentlich, aber es sieht ganz danach aus, daß Covey gute Gründe hat, sich Sorgen zu machen. Die Polizei sitzt ihm im Nacken. Er braucht einen Anwalt.«

»Dann ist mein Gerede fehl am Platz.«

»Nein. Wenn es zur offiziellen Anklage kommt, dann hat die Verteidigung das Recht zu erfahren, welche Zeugen aufgerufen werden sollen. Ich will dann selbst noch mit dieser Tina reden.«

»Dann fühl ich mich schon besser.« Henry Sprague seufzte erleichtert auf und wandte sich Menley zu. »Heute morgen habe ich alles, was ich von Phoebes Unterlagen über die frühe Zeit auf dem Cape auftreiben konnte, zusammengesucht. Ich hab schon immer zu ihr gesagt, daß ihre ersten Aufzeichnungen ein schreckliches Kuddelmuddel für eine Person sind, die so ausgefeilte Artikel und Essays verfaßt.« Er schmunzelte. »Ihre Antwort war dann, sie arbeite eben in ordentlichem Chaos. Ich hol die Sachen für Sie.«

Er ging ins Haus und kehrte wenig später mit einem Arm voll prallgefüllter hellbrauner Aktendeckel zurück.

»Ich werde sorgfältig damit umgehen und sie Ihnen wiederbringen, bevor wir wieder heimfahren«, versprach Menley. Sie warf einen sehnsüchtigen Blick auf die Unterlagen. »Das wird ein wahres Fest, sich da hineinzuknien.«

»Henry, wir überlegen uns ernsthaft, ob wir das Remember House kaufen sollen«, sagte Adam. »Warst du schon mal drinnen, seit es renoviert wurde?«

Phoebe Spragues Gesichtsausdruck veränderte sich plötzlich, verriet Furcht. »Ich will nicht zum Remember House gehen«, sagte sie. »Die haben mich gezwungen, ins Meer zu gehen. Das ist es auch, was sie mit Adams Frau tun werden.«

»Liebes, du bist durcheinander. Du warst doch gar nicht im Remember House«, erklärte Henry geduldig.

Sie sah verunsichert aus. »Ich dachte doch, ich wär da gewesen.«

»Nein, du warst am Strand dort in der Nähe. Das hier ist Adams Frau, mit der du jetzt zusammen bist.«

»Ach, ja?«

»Ja, Liebes.«

Er dämpfte seine Stimme. »Vor ein paar Wochen ist Phoebe ungefähr um acht Uhr abends davongewandert. Alle haben nach ihr gesucht. Wir sind immer schon gern an eurem Strand entlanggelaufen, und so beschloß ich, hinüberzufahren.

Ich hab sie im Meer nicht weit von eurem Haus gefunden. Noch ein paar Minuten, und es wäre zu spät gewesen.«

»Ich konnte ihre Gesichter nicht sehen, aber ich kenne sie«, sagte Phoebe Sprague traurig. »Sie wollten mir was zuleide tun.«

8. *August*

29

Am Montag morgen rief Adam im *Wayside Inn* an, ließ sich bestätigen, daß eine Kellnerin namens Tina an diesem Tag dort arbeiten werde, rief dann Scott Covey an und verabredete sich mit ihm dort im Gasthaus.

Menley hatte mit Amy ausgemacht, daß sie kommen und Hannah versorgen würde, während sie selbst sich in Phoebe Spragues Unterlagen stürzte, etwas, worauf sie sich eindeutig freute. »Du vermißt mich bestimmt nicht«, sagte Adam lachend. »Du hast einen Ausdruck in den Augen wie ein Pirat, der einem Schiff voller Gold hinterherjagt.«

»Hier in dem Haus zu sein hilft wirklich dabei, ein Gefühl für die alten Zeiten zu bekommen«, sagte Menley voller Eifer. »Hast du schon gewußt, daß die Tür vom großen Wohnzimmer so groß ist, weil man sie extra weit genug gemacht hat, damit ein Sarg durchgeht?«

»Das ist ja heiter«, sagte Adam. »Meine Großmutter hat mir früher immer Geschichten über das alte Haus erzählt, wo sie wohnte. Ich hab die meisten vergessen.« Er hielt eine Weile wehmütig inne. »Also gut, ich geh jetzt, um die Verteidigung meines neuen Klienten aufzunehmen.« Menley fütterte Hannah mit Brei. Adam küßte Menley oben auf den Kopf und gab Hannahs Fuß einen liebevollen Klaps. »Du bist zu verschmiert für einen Kuß, Spätzchen«, sagte er zu ihr.

Er überlegte kurz, ob er Menley von seinem Vorhaben erzählen sollte, bei Elaine vorbeizuschauen und mit ihr zu sprechen, falls sie in der Agentur war. Er beschloß, nichts darüber zu sagen. Er wollte nicht, daß Menley den Grund für diesen Besuch erfuhr.

Adam traf eine Viertelstunde vor dem Termin mit Covey beim *Wayside Inn* ein. Es war einfach, Tina nach Henry Spragues Beschreibung zu erkennen. Als er hereinkam, räumte sie gerade einen kleinen Tisch am Fenster ab. Er bat die Empfangsdame, ihn dort zu plazieren.

Sehr attraktiv auf eine herausfordernde Weise, dachte er, als er die Speisekarte von ihr entgegennahm. Tina hatte glänzendes Haar, lebhafte braune Augen, einen rosigen Teint und perfekte Zähne, die sich bei ihrem strahlenden Lächeln zeigten. Eine unnötig engsitzende Servieruniform präsentierte jede Kontur ihrer wohlgerundeten Figur. Ende Zwanzig, folgerte er, und sie hat sich nichts entgehen lassen.

Auf ihr fröhliches »Guten Morgen, Sir« folgte ein unverhohlen bewundernd starrender Blick. Ein Bruchstück aus dem Song *Paper Doll*, den seine Mutter gerne sang, fiel ihm plötzlich ein: »*Flirty, flirty eyes* ...« Tina hatte unbestreitbar flirtende Augen, fand er.

»Erst mal bloß Kaffee«, sagte er. »Ich warte auf jemanden.«

Scott Covey erschien um Punkt neun. Quer durch den Raum beobachtete Adam, wie sich sein Gesichtsausdruck änderte, als ihm klar wurde, daß Tina sie bedienen würde. Doch als er sich dann setzte und sie mit der Speisekarte kam, nahm er die Karte entgegen, ohne Tina weiter Beachtung zu schenken, und genauso ließ sie sich nichts anmerken, was darauf schließen ließ, daß sie ihn kannte, sondern äußerte bloß: »Guten Morgen, Sir.«

Sie bestellten beide Saft, Kaffee und Blätterteiggebäck. »Ich habe zur Zeit kaum Appetit«, sagte Covey leise.

»Sie werden noch weniger haben, wenn Sie Spielchen mit mir treiben«, warnte ihn Adam.

Covey sah verblüfft aus. »Was soll das denn heißen?«

Tina räumte einen Tisch in der Nähe ab. Adam nickte in ihre Richtung. »Es heißt, daß die Polizei weiß, daß Sie sich mit dieser adretten jungen Dame im *Cheshire Pub* getroffen haben, bevor Ihre Frau starb, und daß sie vielleicht auch bei Ihnen zu Hause war.«

»Henry Sprague.« Coveys Miene spiegelte Abscheu.

»Henry Sprague wußte, daß Sie sie nicht bloß zufällig im Pub getroffen haben. Doch wenn Sie ihm nicht ein Ammenmärchen verzapft hätten, sie gehöre zur Truppe von dem Stück im Cape Playhouse, dann hätte er nichts zu dem Kriminalbeamten gesagt. Und woher kennt Mrs. Sprague Tina?«

»Sie kennt sie gar nicht.«

»Phoebe wußte genug, um sie beim Namen zu nennen. Wie oft war Tina bei Ihnen zu Hause?«

»Einmal. Sie kam vorbei, als Viv vermißt gemeldet war. Diese Sprague weiß doch nicht, was sie tut. Es ist ganz schön gespenstisch, wenn man sie zum Fenster hereinstarren oder plötzlich die Tür aufmachen und hereinkommen sieht. Seit sie so schlecht dran ist, bringt sie die ganzen Häuser durcheinander. Sie muß gerade herumgelungert sein, als Tina das eine Mal kam. Vergessen Sie nicht, Adam, in den Wochen damals sind eine Menge Leute bei mir aufgetaucht.«

»Was für eine Beziehung hatten Sie zu Tina, bevor Ihre Frau starb?«

»Absolut gar keine von der Minute an, als ich Viv kennenlernte. Davor schon. Als ich letztes Jahr im Büro am Playhouse gearbeitet hab, bin ich mit ihr ausgegangen.«

Adam hob eine Augenbraue. »Ausgegangen?«

»Ich hatte ein Verhältnis mit ihr.« Scott Covey sah gequält aus. »Adam, ich war ein Single. Sie ebenfalls. Schaun Sie sie doch an. Tina ist ein Partymädchen. Wir wußten beide, daß aus der Sache nichts weiter wird, daß ich am Ende der Saison wieder weggehen würde. Sie hat früher beim *Daniel Webster Inn* in Sandwich gearbeitet. Es ist einfach Pech, daß sie sich hier einen Job besorgt hat, und Viv und ich auf sie gestoßen sind. Sie hat mich das eine Mal angerufen und gefragt,

103

ob ich sie auf einen Drink treffe. Sie kam zu mir nach Hause, um mir zu sagen, wie leid es ihr täte wegen Viv. Das ist alles.«

Tina kam mit der Kaffeekanne auf sie zu. »Noch eine Tasse, Sir?« fragte sie Scott.

»Tina, das ist mein Anwalt, Adam Nichols«, erklärte Scott. »Er wird mich vertreten. Du kennst ja die Gerüchte.«

Sie machte ein unsicheres Gesicht und schwieg.

»Ist schon gut, Tina«, sagte Scott zu ihr. »Mr. Nichols weiß, daß wir uns schon länger kennen, daß wir früher mal miteinander ausgegangen sind und daß du bei mir vorbeigeschaut hast, um dein Beileid auszudrücken.«

»Weshalb wollten Sie Scott im *Cheshire Pub* treffen, damals an dem Tag, als auch Henry Sprague da war?« fragte Adam.

Sie schaute ihm offen ins Gesicht. »Als Scott letztes Jahr am Ende der Saison vom Cape weg ist, hab ich nie mehr was von ihm gehört. Als er dann mit seiner Frau hier reinkam, war ich total wütend. Ich dachte, daß er was mit ihr hatte, während wir miteinander gingen. Aber das hat nicht gestimmt. Er hat sie erst am Ende des Sommers getroffen. Ich mußte das einfach nur rauskriegen.«

»Ich würde raten, daß Sie der Polizei diese Geschichte sagen«, erwiderte Adam, »weil die Polizei Sie nämlich verhören wird. Ich nehme noch etwas Kaffee, und dann bitte die Rechnung.«

Als sie sich entfernte, beugte sich Adam näher zu Scott. »Hören Sie jetzt so genau hin, wie Sie noch nie hingehört haben. Ich habe mich bereit erklärt, Sie zu vertreten, aber ich muß Ihnen sagen, daß sich da eine Menge negativer Faktoren häufen. Auf Ihre Kosten werde ich einen Detektiv auf den Fall ansetzen.«

»Einen Detektiv! Wieso?«

»Sein Job wird es sein, genau dieselben Ermittlungen durchzuführen, mit denen auch die Polizei von Chatham beschäftigt ist. Wenn es zu einer Anhörung vor dem großen Geschworenengericht kommt, können wir uns keine Überraschungen leisten. Wir müssen die Obduktionsbilder sehen, die Tauchausrüstung, die Ihre Frau trug, müssen über die Strömung damals Bescheid wissen, andere Leute als Zeugen finden, die an dem Tag im Boot unterwegs waren und fast gekentert sind, weil der Sturm so schnell hereinbrach.«

Er schwieg, während Tina die Rechnung hinlegte und wieder verschwand; dann nahm er den Faden wieder auf. »Wir brauchen mehr Zeugen wie Elaine, die bezeugen können, wie hervorragend Ihre Ehe war. Und schließlich wird mein Ermittlungsspezialist auch Sie unter die Lupe nehmen, genauso wie es die Polizei eben jetzt tut. Wenn Sie irgendwelche dunklen Flecken in Ihrer Vergangenheit haben, muß ich sie wissen und in der Lage sein, sie mit guten Argumenten beiseite zu räumen.«

Er warf einen Blick auf die Rechnung und zog seine Brieftasche hervor.

»Hier, lassen Sie mich das machen.«

Adam lächelte. »Keine Sorge. Das geht auf die Spesenabrechnung.«

Als sie die Treppe draußen vor dem Restaurant hinuntergingen, fuhr der blaue Chevy, den Adam das Spraguesche Anwesen hatte verlassen sehen, vor und parkte. »Tina hat Besuch«, bemerkte Adam trocken, während Detective Coogan aus dem Wagen stieg und ins Restaurant ging.

30

Amy kam um halb zehn. Nachdem sie Menley begrüßt hatte, ging sie nicht sofort zu Hannah, sondern blieb bei dem langen Eßtisch stehen, auf dem sich jetzt die Bücher und Unterlagen häuften, die Menley durchschauen wollte.

»Mrs. Nichols, mein Dad und Elaine hatten gestern abend ein paar Leute zum Grillen zu Besuch, und Scott Covey war da. Er ist ja ein toller Typ!«

Deshalb also hat sie heute morgen so leuchtende Augen, dachte Menley. »Ja, finde ich auch«, stimmte sie zu.

»Ich bin froh, daß Mr. Nichols ihn vertreten will. Er ist so nett, und die Polizei macht ihm das Leben schwer.«

»Genauso kommt es uns vor.«

»Es ist schon komisch, wenn man denkt, daß er und seine Frau das Haus hier noch einen oder zwei Tage vor ihrem Tod angeschaut haben.«

»Ja, wirklich.«

»Er hat eine Weile mit mir geredet. Seine Mutter ist gestorben, und er hat eine Stiefmutter. Er hat mir erzählt, daß er sich zuerst dagegen gesträubt hat, sie zu mögen, und daß es ihm dann später leid tat, daß er soviel Zeit damit vergeudet hat, eklig zu ihr zu sein. Sie verstehen sich wirklich gut.«

»Ich bin froh, daß Sie mir das erzählt haben, Amy. Sehen Sie es jetzt mit etwas anderen Augen, daß Ihr Vater heiratet?«

Sie seufzte. »Wahrscheinlich. Was er mir so erzählt hat, gibt mir das Gefühl, daß es schon okay wird.«

Menley stand vom Tisch auf und legte dem jungen Mädchen die Hände auf die Schultern. »Es wird noch besser als nur okay werden. Sie werden sehen.«

»Wahrscheinlich«, sagte Amy. »Es ist bloß ... nein, es wird schon gut. Ich möchte einfach nur, daß Dad glücklich wird.«

Hannah war im Ställchen und untersuchte eine Rassel. Nun schüttelte sie das Spielzeug energisch.

Menley und Amy blickten zu ihr hinunter und lachten.

»Hannah mag es nicht, wenn man sie nicht beachtet«, stellte Menley fest. »Warum tun Sie sie nicht in den Kinderwagen und setzen sich eine Weile mit ihr raus?«

Als die beiden weg waren, schlug sie die Spragueschen Aktenordner auf, stapelte den Inhalt auf dem Tisch und machte sich nun an den Versuch, die Papiere und Bücher und Zeitungsausschnitte in irgendeiner Weise zu ordnen. Es war eine wahre Fundgrube an historischer Forschung. Da gab es Kopien von Briefen, die bis ins siebzehnte Jahrhundert zurückreichten. Es gab Rechnungen und Stammbäume und alte Landkarten und Seiten über Seiten an Aufzeichnungen, in denen Phoebe Sprague die Ergebnisse ihrer Recherchen festgehalten hatte.

Menley fand Unterlagen vor, die mit Dutzenden von Kategorien versehen waren, unter anderem: *Schiffsunglücke; Piraten; Mooncussers; Versammlungsräume; Häuser; Kapitäne.* Wie Henry Sprague schon gewarnt hatte, waren die Schriftstücke innerhalb der Ordner alles andere als ordentlich. Sie waren nur vorhanden – teils gefaltet, teils als abgerissene Zettel, einige mit markierten Absätzen.

Menley beschloß, sich jeden Ordner anzusehen, um ein Gefühl für den jeweiligen Inhalt zu bekommen und sich damit möglichst einen Gesamtüberblick zu verschaffen. Sie wollte außerdem besonders auf jede etwaige Erwähnung von Kapitän Andrew Freeman achten, da sie hoffte, mehr über das Remember House herauszubekommen.

Eine Stunde später stieß sie auf die erste. In dem Ordner mit der Überschrift *Häuser* war ein Hinweis auf ein Haus, das Tobias Knight im Begriff sei für Kapitän Andrew Freeman zu bauen. »Ein haus von statlicher größe, so es das hab & gut aufnehme, das er befördert hat.« Das Jahr war 1703. Das muß sich auf das Haus hier beziehen, dachte Menley.

Weiter hinten in demselben Ordner fand sie die Kopie eines Briefes, den Kapitän Freeman an Tobias Knight mit Anweisungen zum Bau des Hauses gerichtet hatte. Ein Satz fiel ihr auf: »Mehitabel, meine frau, seyn von zartter gestalt und krafft. Lasset die latten dicht aneinander fügen, so kein unziemlich luftzug eindringe und sie der kälte aussetze.«

Mehitabel. Das war die treulose Frau. »Von zartter gestalt und krafft«, dachte Menley. »... so kein unziemlich luftzug eindringe und sie der kälte aussetze.« Warum würde irgendeine Frau einen Mann betrügen, der sich so um sie kümmerte? Sie schob ihren Stuhl zurück, stand auf, ging zum Vorderzimmer und blickte hinaus. Amy hatte den Kinderwagen fast ans Ende der Klippe gestellt, saß daneben und las.

Wie lange hatte Mehitabel wohl hier gewohnt? fragte sich Menley. War sie wohl überhaupt je in Kapitän Freeman verliebt? Wenn er von einer Fahrt zurückerwartet wurde, war sie dann je zum Witwensteg hinaufgegangen, um Ausschau nach ihm zu halten?

Sie hatte Adam über die kleine Plattform mit Geländer befragt, die das Dach vieler alter Cape-Häuser krönte. Er hatte ihr erzählt, daß man das einen Witwensteg nenne, weil in der alten Zeit damals die Frau eines Seefahrers, wenn seine Heimkehr fällig war, dort Wache hielt und sich die Augen nach dem ersten Auftauchen der Masten seines Schiffs am Horizont ausschaute. So viele Schiffe seien nicht zurückgekehrt, daß diese Art Plattform schließlich als Witwensteg bekannt wurde.

Sie stellte sich vor, daß der Steg oben auf dem Haus hier einen mitreißenden Blick über das Meer bieten mußte. Sie konnte sich eine schlanke junge Frau ausmalen, die darauf stand. Das würde sie zum Thema einer ihrer Skizzen als Illustration für das Buch machen.

Dann lächelte sie bei einem Blick hinaus auf den Wagen, in dem Hannah in der Sonne schlief. Plötzlich fühlte sie sich ruhig und gelassen. Bald geht es mir wieder gut, dachte sie. Ich mache mir zu viele Sorgen. Die Arbeit hilft mir immer, das seelische Gleichgewicht wiederzufinden.

Sie kehrte in die Küche zurück und begann, weitere Unterlagen zu sondieren und sich ihre eigenen Listen anzulegen – Namen, die typisch für damals waren; Beschreibungen der Kleidung; Angaben zum Wetter.

Es war Viertel nach zwölf, als sie einen Blick auf die Uhr warf. Ich denke mal lieber ans Mittagessen, entschied sie und ging hinaus, um Amy und Hannah hereinzuholen.

Hannah schlief noch fest. »Die Luft hier ist wie eine Beruhigungspille, Amy«, sagte Menley mit einem Lächeln. »Wenn ich dran denke, wie diese Kleine die ersten sechs Wochen ihres Lebens absolut kein Auge zutun wollte!«

»Sie war eingeschlafen, sobald der Kinderwagen nur zu rollen anfing«, sagte Amy. »Ich sollte bloß das halbe Geld verlangen.«

»Aber das kommt nicht in Frage. Weil Sie gekommen

sind, hatte ich ein paar wundervolle Stunden. Die Ordner, die ich mir angeschaut habe, enthalten großartiges Quellenmaterial.«

Amy musterte sie forschend. »Ach, und ich dachte schon, ich hätte sie kurz da oben stehen sehen.« Sie zeigte auf den Witwensteg.

»Amy, außer in den paar Minuten, als ich unten aus dem Fenster geschaut hab, hab ich mich bis jetzt nicht vom Fleck gerührt.« Sie schirmte die Augen mit der Hand ab und blickte zu der Plattform hinauf. »Da ist ein Metallstreifen an dem linken Schornstein. Sowie die Sonne draufscheint, sieht es aus, als ob sich was bewegt.«

Amy schien das nicht zu überzeugen, aber sie schüttelte den Kopf und sagte: »Na ja, die Sonne hat mich geblendet, als ich hingeschaut hab, und ich mußte die Augen zusammenkneifen. Ich hab mir wahrscheinlich bloß eingebildet, daß ich Sie gesehn hab.«

Später, als Amy Hannah fütterte, huschte Menley nach oben. Eine Klappstiege in einem Einbauschrank im ersten Stock führte zum Witwensteg. Sie öffnete den Schrank, und ein kalter Luftstrom schlug ihr entgegen. Wo kommt denn dieser Luftzug her? wunderte sie sich.

Sie zog die Leiter zu sich herab und kletterte die Sprossen hinauf, entriegelte die Falltür und schob sie hoch, stieg dann hinaus. Vorsichtig testete sie den Boden. Er war tragfähig. Sie ging ein paar Schritte und legte die Hand auf das Geländer. Es reichte ihr fast bis zur Taille. Und auch das Geländer war solide.

Was hat Amy bloß gesehen, als sie dachte, ich wäre hier oben? grübelte sie. Der Steg maß etwa drei mal drei Meter und lag zwischen die beiden massiven Schornsteine eingebettet. Sie überquerte die Plattform und blickte zu der Stelle in über dreißig Meter Entfernung hinüber, wo Amy gesessen hatte. Dann drehte sie sich um und musterte die Fläche hinter ihr.

War der Metallstreifen an der Ecke des linken Kamins das,

109

was Amys Aufmerksamkeit erregt hatte? Die Sonnenstrahlen tanzten auf dem Metall und erzeugten wandernde Schattenbilder.

Trotzdem weiß ich nicht, wie ihr so ein Irrtum unterlaufen konnte, dachte Menley, als sie wieder die Leiter hinunterstieg. Mein Gott, ist das unangenehm feuchtkalt hier drin! Sie fröstelte bei der zunehmenden Kühle in dem engen Wandschrank.

Unten angelangt, war sie plötzlich wie gelähmt, als ihr ein Gedanke einfiel: War es denn möglich, daß Amy doch recht hatte? Als ich mir Mehitabel vorgestellt habe, wie sie nach ihrem Kapitän auf dem Witwensteg Ausschau hält, war da das Bild nur so echt, weil ich selber hier raufgekommen bin? fragte sich Menley.

Könnte ich denn wirklich so die Realität aus den Augen verlieren? Diese Möglichkeit erfüllte sie mit Verzweiflung.

31

Adam ließ seinen Wagen am *Wayside Inn* stehen und ging die zwei Straßen bis zu Elaines Immobilienagentur zu Fuß. Durch das Fenster konnte er sie an ihrem Schreibtisch sitzen sehen. Er hatte Glück. Sie war allein.

Das Schaufenster war mit Bildern von Anwesen, die zum Verkauf standen, gefüllt. Als er sich zur Tür umdrehte, fiel sein Blick auf die Luftaufnahme des Remember House, und er betrachtete sie. Gutes Foto, dachte er. Es hielt das ganze Panorama fest, das man vom Haus aus sehen konnte: Meer, Sandbank, Strand, Steilufer, ein Fischerboot – und alles in bemerkenswerter Schärfe. Er las die Karte, die an dem Bild befestigt war: REMEMBER HOUSE. ZU VERKAUFEN. Auf keinen Fall, dachte er.

Als er zur Tür hereinkam, blickte Elaine auf; sie schob ihren Stuhl zurück und kam zum Kundenbereich geeilt. »Adam, was für eine nette Überraschung!« Sie gab ihm einen Kuß.

110

Er folgte ihr nach hinten zu ihrem Büro und machte es sich in einem Sessel bequem. »Sag mal, was hast du da vor – willst du mir mein Haus unterm Hintern wegverkaufen?«

Sie hob eine Augenbraue. »Ich wußte nicht, daß du's kaufen willst.«

»Nennen wir es mal ein definitives Vielleicht. Ich hab's dir bloß noch nicht gesagt. Menley hat es wirklich gern, aber ich will sie nicht mit der Entscheidung unter Druck setzen. Wir haben doch bis September eine Option, stimmt's?«

»Ja, und ich hab mir schon gedacht, daß ihr es wollt.«

»Warum dann das Foto im Schaufenster?«

Sie lachte. »Es verschafft mir Kunden. Die Leute erkundigen sich danach, und dann erklär ich ihnen, daß schon jemand ein Vorkaufsrecht hat, und lenke ihre Aufmerksamkeit auf was anderes.«

»Du warst schon immer ein schlaues Früchtchen.«

»Das mußte ich sein. Meine arme Mutter hat es nie geschafft, einen Job zu behalten. Sie hat immer mit irgendwem zu streiten angefangen und wurde rausgeworfen.«

Adams Augen bekamen einen weichen Ausdruck. »Du hast es nicht leicht gehabt früher, 'Laine. Ich will dir ja wirklich nicht ständig Komplimente machen, aber ich muß dir sagen, daß du zur Zeit immer blendend aussiehst.«

Elaine schnitt eine Grimasse. »Du wirst bloß milder mit den Jahren.«

»Nein, bestimmt nicht«, sagte Adam ruhig. »Höchstens ein bißchen entspannter. Ich weiß gar nicht, ob ich dir je dafür gedankt habe, daß du so großartig warst, als ich letztes Jahr hier war.«

»Nach Bobbys Tod und dann noch der Trennung von Menley ging's dir ziemlich schlecht. Ich war froh, für dich dazusein.«

»Ich muß dich jetzt noch mal um Hilfe bitten.«

»Ist irgendwas los?« fragte sie rasch.

»Nein, das eigentlich nicht. Es ist bloß, daß ich öfter als

erwartet nach New York rüber muß. Ich hab's gar nicht gern, Menley soviel allein zu lassen. Ich glaube, daß sie häufiger, als sie durchblicken läßt, solche Phasen von posttraumatischem Streß hat. Sie denkt, glaube ich, daß sie sich da selber durchkämpfen muß, und vielleicht stimmt das ja.«

»Wäre es eine Hilfe, wenn Amy über Nacht bleiben würde?«

»Menley will das nicht. Ich hab mir überlegt, daß Amy vielleicht an ein paar Abenden, wenn ich weg bin, bei Hannah bleiben könnte und du, oder du mit John, dann mit Menley zum Essen gehen könntest. Wenn ich da bin, ist es gut für uns, wenn wir die meiste Zeit zusammen verbringen. Wir sind immer noch ... Laß mal, vergiß es.«

»Adam, was ist los?«

»Nichts.«

Elaine war klug genug, Adam nicht weiter zu bedrängen. Statt dessen sagte sie: »Laß es mich wissen, wenn du wieder nach New York mußt.«

»Morgen nachmittag.«

»Ich ruf heute später gegen Abend an, lade euch beide morgen zum Abendessen ein und bestehe dann drauf, daß sie alleine kommt.«

»Und ich besteh dann genauso drauf.« Adam lächelte. »Da bin ich erleichtert. Übrigens hab ich heute mit Scott Covey gefrühstückt.«

»Und?« Elaine machte große Augen.

»Nichts, worüber ich jetzt reden kann. Anwaltsgeheimnis.«

»Ich bleib doch immer draußen vor«, sagte sie mit einem Seufzer. »Oh, das erinnert mich gerade dran: große Neuigkeiten. Mach für den Samstag nach Thanksgiving einen Kringel in deinen Kalender. John und ich heiraten.«

»Wunderbar! Wann habt ihr das Datum denn festgesetzt?«

»Gestern abend. Wir haben gegrillt, und Scott Covey war auch da. Er sprach mit Amy über seine Stiefmutter, und später hat Amy ihrem Vater gesagt, daß sie sich für uns freut. John hat mich um Mitternacht angerufen. Scott hat wirklich den Ausschlag gegeben.«

»Nun, du erzählst mir ja ständig, daß Covey ein netter Kerl ist.« Adam erhob sich. »Bring mich eben zur Tür.«

Vorne am Empfang legte er Elaine den Arm um die Schultern. »Meinst du, daß John sauer wird, wenn ich dann mit einem Problem zu dir gerannt komme, nachdem ihr fest verbandelt seid?«

»Natürlich nicht.«

An der Tür umarmte er sie und gab ihr einen Kuß auf die Wange. »Früher hast du's besser gemacht«, sagte sie lachend. Ganz unvermutet drehte sie seinen Kopf herum und drückte ihm fest ihre Lippen auf den Mund.

Adam wich zurück und schüttelte den Kopf. »So was nennt man Langzeitgedächtnis, 'Laine.«

32

Der Frühstücksandrang war praktisch vorbei. Nur ein paar vereinzelte Gäste saßen noch bei ihrem Kaffee. Der Geschäftsführer hatte Tina angewiesen, sich an einen der Tische hinten im Lokal zu setzen und mit dem Kriminalbeamten zu sprechen. Sie brachte zwei Tassen Kaffee. Dann zündete sie sich eine Zigarette an.

»Ich versuch damit aufzuhören«, erzählte sie Nat nach dem ersten Zug. »Und ich hab nur noch selten einen Rückfall.«

»Etwa, wenn Sie nervös sind?« schlug Nat vor.

Tina kniff die Augen zusammen. »Ich bin nicht nervös«, entgegnete sie scharf. »Weshalb sollte ich auch?«

»Das sagen Sie mir«, köderte sie Nat. »Ein Grund, den ich aufführen könnte, wäre zum Beispiel, wenn Sie sich etwa mit einem frischverheirateten Mann, dessen Frau plötzlich gestorben ist, abgeben. Und falls dieser Tod sich als Mord herausstellen sollte, könnten sich doch eine Menge Leute Gedanken machen, wieviel Sie von den Plänen des beklagenswerten Witwers gewußt haben. Ganz hypothetisch gesehen, natürlich.«

»Hören Sie, Mr. Coogan«, erklärte Tina, »ich bin letztes Jahr mit Scott ausgegangen. Er hat immer gesagt, daß er wieder abhaut, sobald der Sommer vorbei ist. Sie haben doch sicher schon was von Sommerromanzen gehört.«

»Und ich hab von welchen gehört, die eben nicht zu Ende waren, nachdem der Sommer vorbei war«, erwiderte Nat.

»Die aber schon. Erst, als ich ihn dann mit seiner Frau gesehn hab, hier direkt in diesem Lokal, und herumgefragt und rausgefunden hab, daß er sich letzten August mit ihr getroffen hat, bin ich wütend geworden. Ich hatte einen Typen, der verrückt nach mir war und mich sogar heiraten wollte, und ich hab ihm wegen Scott den Laufpaß gegeben.«

»Und deshalb also haben Sie sich mit Scott vor einem Monat in dem Pub getroffen?«

»Wie ich grade Mr. Nichols erzählt –«

»Mr. Nichols?«

»Das ist Scotts Anwalt. Er war heute früh mit Scott hier. Ich hab ihm erklärt, daß ich es war, die Scott angerufen hat, nicht umgekehrt. Er wollte mich nicht sehen. Aber ich hab darauf bestanden. Dann, als ich zum Pub kam, hat irgendein Mann mit Scott geredet, und ich hab gemerkt, daß Scott nicht wollte, daß es so aussieht, als wären wir verabredet, also bin ich nicht geblieben.«

»Aber Sie haben ihn doch noch mal getroffen?«

»Ich hab ihn angerufen. Er sagte, ich sollte das, was ich zu sagen hätte, am Telefon sagen. Da hab ich ihm die Meinung gegeigt.«

»Die Meinung gegeigt?«

»Ich hab ihm gesagt, daß ich wünschte, er wäre nie aufgetaucht, und wenn er mich bloß in Ruhe gelassen hätte, dann wär ich jetzt mit Fred verheiratet und es ginge mir blendend. Fred war wie verrückt hinter mir her, und er hatte Geld.«

»Aber Sie sagten doch, Sie hätten von Anfang an gewußt, daß Scott vorhatte, abzuhauen, sobald die Spielzeit am Playhouse vorbei ist.«

Tina nahm einen langen Zug an ihrer Zigarette und seufzte. »Hören Sie, Mr. Coogan, wenn ein Typ wie Scott hinter einem her ist und behauptet, wie verrückt er nach einem ist, dann denkt man sich doch, vielleicht schaffe ich es ja, ihn herumzukriegen. 'ne Menge Mädchen haben sich schon Kerle gekapert, die geschworen haben, daß sie bestimmt nie heiraten.«

»Das stimmt wahrscheinlich. Was Sie also Scott angekreidet haben, war, daß er vermutlich zur selben Zeit Vivian genau dasselbe verzapft hat.«

»Das hat er aber nicht. Sie hat ihn in der letzten Woche, die er hier war, kennengelernt. Sie hat ihm geschrieben. Sie hat ihn besucht, als er einen Job beim Theater in Boca Raton gekriegt hat. Sie war hinter ihm her. Wenigstens ging's mir daraufhin ein bißchen besser.«

»Das hat Ihnen Scott erzählt?«

»Klar.«

»Und dann haben Sie ihm einen Beileidsbesuch abgestattet, nachdem seine Frau verschwunden war. Vielleicht hatten Sie die Hoffnung, daß er sich Ihnen in seiner Not zuwendet?«

»So war's aber nicht.« Tina schob ihren Stuhl zurück. »Und es hätte ihm auch nicht das geringste genützt. Ich bin wieder mit Fred zusammen, also, wie Sie sehen, haben Sie keinen Grund, mich zu belästigen. Es war nett, Sie kennenzulernen, Mr. Coogan. Meine Kaffeepause ist vorbei.«

Auf seinem Weg hinaus ging Nat noch ins Geschäftsbüro des *Wayside Inn* und ließ sich die Papiere zeigen, die Tina eingereicht hatte, als sie sich um den Servierjob bewarb. Aus den Unterlagen ging hervor, daß sie aus New Bedford stammte, seit fünf Jahren auf dem Cape war und zuletzt im *Daniel Webster Inn* in Sandwich gearbeitet hatte.

Bei den Empfehlungsschreiben, die sie beigefügt hatte,

fand er den Namen, nach dem er gesucht hatte. Fred Hendin, ein Tischler in Barnstable. Barnstable war der nächste Ort von Sandwich aus. Er hätte alles darauf gesetzt, daß Fred Hendin der spendable Mann war, dem Tina im Jahr zuvor den Laufpaß gegeben und den sie dann wieder in Gnaden aufgenommen hatte. Nat hatte es vermieden, Tina zuviel über ihn auszuhorchen. Er wollte verhindern, daß sie Fred vor einer möglichen Befragung warnte.

Es würde sicher interessant sein, mit Tinas geduldigem Verehrer und ihren ehemaligen Kollegen im *Daniel Webster Inn* zu reden.

Eine forsche junge Dame, dachte Nat, als er Tinas Bewerbungsunterlagen zurückgab. Und ganz schön überheblich. Sie glaubt, daß sie mich ganz geschickt abgefertigt hat. Nun, mal sehen.

33

Anne und Graham Carpenter hatten über das Wochenende Gäste im Haus; ihre Töchter Emily und Barbara waren mit ihren Familien gekommen. Sie gingen alle segeln, danach spielten die Erwachsenen Golf, während die drei halbwüchsigen Enkelkinder mit Freunden am Strand waren. Samstag abend aßen sie im Klub. Daß Mißstimmung und Kontroversen ausblieben, die stets mit Vivian bei solchen Familientreffen eingekehrt waren, diente auf paradoxe Weise dazu, ihre Abwesenheit für Anne um so spürbarer zu machen.

Keiner von uns hat sie so geliebt, wie sie es gebraucht hätte, sagte sie sich. Dieser Gedanke und die Frage mit dem Smaragdring ließen sie nie ganz zur Ruhe kommen. Der Ring war das einzige Objekt, das Vivian wahrhaft ans Herz gewachsen war. Hatte ihn ihr der einzige Mensch, der ihr das Gefühl gab, geliebt zu werden, vom Finger gerissen? Diese Vorstellung plagte Anne Carpenter das ganze Wochenende über.

Am Montag morgen beim Frühstück brachte sie das

Thema des Rings zur Sprache. »Graham, ich glaube, Emily hatte einen guten Einfall zu dem Ring.«

»Was denn, meine Liebe?«

»Sie hat darauf hingewiesen, daß er doch noch mit unsern andern Sachen mitversichert ist. Sie findet, wir sollten melden, daß er fehlt. Wären wir denn in so einer Situation nicht zu Leistungen berechtigt?«

»Vielleicht schon. Aber wir würden dann das Geld Scott als Vivians Erbe geben.«

»Ich weiß. Aber dem Ring wurde ein Wert von zweihundertfünfzigtausend Dollar zugeschrieben. Glaubst du nicht, wenn wir der Versicherungsgesellschaft gegenüber andeuten, daß wir Scotts Version, wie der Ring verlorenging, anzweifeln, daß sie dann die Sache untersuchen?«

»Detective Coogan untersucht schon die Angelegenheit. Das weißt du doch, Anne.«

»Würde es denn schaden, wenn die Versicherungsleute auch aktiv werden?«

»Ich denke nicht.«

Anne nickte, als die Haushälterin mit der Kaffeekanne zum Tisch kam. »Ich nehme gern noch ein bißchen, Mrs. Dillon, danke.«

Sie nippte schweigend ein paar Minuten lang an ihrer Tasse und sagte dann: »Emily hat mich daran erinnert, daß Vivy sich beklagt hatte, daß der Ring schwer vom Finger ging, wenn sie ihn abmachte, um ihn zu reinigen. Weißt du noch? Sie hat sich doch den Finger gebrochen, als sie klein war, und der Knöchel war dicker als normal. Aber der Ring saß gut, sobald er an Ort und Stelle war, deshalb ergibt Scotts Geschichte, sie hätte ihn an die andere Hand gesteckt, keinen Sinn.«

Ihre Augen glänzten vor Tränen, als sie sagte: »Ich kann mich noch an die Geschichten erinnern, die mir meine Großmutter über Smaragde erzählt hat. Nach der einen hieß es, daß es großes Unglück bringt, einen Smaragd zu verlieren. Nach der anderen sollen Smaragde dafür bekannt sein, daß sie ihren Weg wieder heimfinden.«

117

34

Jan Paley hatte einen ruhigen Sonntag verbracht. Für sie war es der schwierigste Tag der Woche. Es gab zu viele Erinnerungen an wohltuende Sonntage, wenn sie und ihr Mann Tom Zeitung lasen, gemeinsam ein Kreuzworträtsel lösten oder am Strand spazierengingen.

Sie wohnte an der Lower Road in Brewster, in demselben Haus, das sie dreißig Jahre zuvor gekauft hatten. Ihre Absicht war es gewesen, nach Vollendung der Renovierungsarbeiten das alte Haus zu verkaufen. Nun aber war sie zutiefst dankbar dafür, daß sie noch nicht umgezogen waren, als sie Tom verlor.

Jan war jedesmal erleichtert, wenn der Montag da war und ihre Werktagsaktivitäten wieder in Gang kamen. Neuerdings hatte sie begonnen, ehrenamtlich jeden Montagnachmittag in der Brewster Ladies Library zu arbeiten. Es war eine angenehme und nützliche Tätigkeit, und sie hatte Freude an der Gesellschaft der anderen Frauen.

Als sie heute zu der Bücherei fuhr, dachte sie über Menley Nichols nach. Sie hatte die junge Frau sofort ins Herz geschlossen, was sie befriedigte, da sie auch ihre Bücher außerordentlich bewunderte. Sie war auch froh darüber, daß der nächste Band mit David, dem Haupthelden, Cape Cod als Schauplatz haben würde. Als sie sich am Samstag abend mit Menley über das Remember House unterhalten hatte, sprach Menley davon, sie werde vielleicht Kapitän Andrew Freeman zum Modell für eine Geschichte darüber nehmen, wie ein kleiner Junge heranwächst und zur See geht.

Jan fragte sich, ob Menley wohl ihren Vorschlag aufgegriffen hatte, Henry Sprague nach Phoebes Forschungsunterlagen zu fragen, doch während sie die von Bäumen gesäumte Schnellstraße entlangfuhr, fiel ihr etwas anderes ein. Zu Anfang des achtzehnten Jahrhunderts war es allgemein üblich, daß ein Kapitän seine Frau und sogar seine Kinder auf eine lange Fahrt mitnahm. Einige dieser Ehefrauen hatten Tagebücher verfaßt, die jetzt zu der Sammlung der

Brewster Ladies Library gehörten. Sie hatte selbst noch keine Gelegenheit gehabt, sie zu lesen, doch es müßte Spaß machen, jetzt darin zu schmökern und herauszufinden, ob nicht vielleicht Kapitän Freemans Frau ebenfalls eine der Autorinnen war.

Es war ein herrlicher Tag, und wie nicht anders zu erwarten, gehörte das einzige Auto auf dem Parkplatz Alana Martin, der anderen ehrenamtlichen Mitarbeiterin, die immer montags kam. Heute nachmittag habe ich bestimmt reichlich Zeit zum Lesen, dachte Jan.

»Diese Frauen sind damals ganz schön rumgekommen«, murmelte sie zu Alana eine Stunde später, als sie an einem der langen Tische saß, mit einem Dutzend handgeschriebener Tagebücher ringsum verteilt. »Eine hier hat geschrieben, daß sie ›zwei Jahre an Bord‹ war. Sie ist nach China und Indien gekommen, bekam ein Kind während eines Sturms auf dem Atlantik und fühlte sich ›erfrischt und ruhigen Gemüts trotz manch harter Zeiten unterwegs‹. Jetzt haben wir das Jet-Zeitalter, aber ich war noch nie in China.«

Die Tagebücher waren eine faszinierende Lektüre, aber sie konnte keinen Hinweis auf Kapitän Freemans Frau finden. Schließlich gab sie es auf. »Wahrscheinlich hat Kapitän Freemans Frau nicht zur Feder gegriffen, oder falls doch, haben wir ihre Memoiren nicht hier.«

Alana überprüfte die Regale nach fehlenden Büchern. Sie hielt inne und nahm die Brille ab, eine Angewohnheit, die dafür sprach, daß sie gerade versuchte, sich an etwas zu erinnern. »Kapitän Freeman«, sann sie laut nach. »Ich weiß noch, daß ich vor Jahren einiges Zeug über ihn für Phoebe Sprague aufgetrieben habe. Ich meine doch, daß wir sogar eine Skizze von ihm irgendwo haben. Er ist in Brewster aufgewachsen.«

»Das wußte ich nicht«, sagte Jan. »Ich dachte, er stammte aus Chatham.«

Alana setzte sich wieder die Brille auf. »Lassen Sie mich mal nachschauen.«

Ein paar Minuten später war Jan in die historischen Jahrbücher von Brewster vertieft und machte sich Notizen. Sie entnahm dem Band die Tatsache, daß Andrews Mutter Elizabeth Nickerson war, Tochter von William Nickerson aus Yarmouth, die 1653 Samuel Freeman heiratete, einen Farmer. Als Hochzeitsgeschenk übertrug ihr Vater ihr vierzig Morgen Hochland und zehn Morgen in Monomoit, wie Chatham damals hieß.

Ich frage mich, ob der Grundbesitz in Chatham das Land war, worauf später das Remember House gebaut wurde, dachte Jan.

Samuel und Elizabeth Freeman hatten drei Söhne, Caleb, Samuel und Andrew. Nur Andrew überlebte das Säuglingsalter, und im Alter von zehn Jahren ging er auf der *Mary Lou*, einer Schaluppe unter dem Befehl von Kapitän Nathaniel Baker, zur See.

1702 vermählte sich Andrew, achtunddreißig Jahre alt, inzwischen Kapitän seines eigenen Schiffes, der *Godspeed*, mit Mehitabel Winslow, sechzehn Jahre alt, Tochter des Geistlichen Jonathan Winslow aus Boston.

Ich kann's gar nicht abwarten, Menley Nichols zu erzählen, daß ich das alles gefunden habe, dachte Jan ganz aufgeregt. Kann natürlich sein, daß sie Phoebes Unterlagen hat und das alles schon herausgefunden hat.

»Wollen Sie mal einen Blick auf Kapitän Andrew Freeman werfen?«

Jan blickte auf. Alana stand mit einem triumphierenden Lächeln neben ihr. »Ich wußte doch, daß ich eine Skizze von ihm gesehen hab. Das muß wohl jemand auf seinem Schiff gezeichnet haben. Sieht er nicht beeindruckend aus?«

Die Federzeichnung stellte Kapitän Andrew Freeman am Steuer seines Schiffes dar. Ein stattlicher Mann, breitschultrig und groß, mit einem kurzen dunklen Bart, markanten Gesichtszügen, einem energischen Mund und Augen, die zusammengekniffen waren, als blicke er in die Sonne. Er strahlte Selbstsicherheit und Souveränität aus.

»Er stand in dem Ruf, völlig furchtlos zu sein, und genauso schaut er aus, finden Sie nicht?« sagte Alana. »Also wirklich, ich wäre nicht gern die Ehefrau, die ihn betrogen hat und dabei erwischt wurde.«

»Glauben Sie, ich kann mir eine Kopie davon machen?« fragte Jan. »Ich passe auch gut auf.«

»Selbstverständlich.«

Als sie später am Nachmittag nach Hause kam, rief Jan Menley an und berichtete ihr, sie habe einiges an interessantem Material für sie. »*Ein* Fund ist wirklich was Besonderes«, sagte sie verheißungsvoll. »Ich bring Ihnen morgen alles vorbei. Sind Sie dann so um vier Uhr zu Hause?«

»Das würde mir passen«, bestätigte Menley. »Ich habe heute einige Skizzen für die Illustrationen gemacht, und Mrs. Spragues Unterlagen sind natürlich fantastisch. Vielen Dank, daß Sie mich darauf hingewiesen haben.« Sie zögerte und fragte dann: »Halten Sie es denn für möglich, daß es irgendwo ein Bild von Mehitabel gibt?«

»Das weiß ich nicht«, erwiderte Jan. »Aber ich werde ganz bestimmt danach suchen.«

Als sie auflegte, war Jan in Gedanken versunken. Menley Nichols schien sich wirklich zu freuen, von ihr zu hören, aber in ihrer Stimme lag etwas, was Jan ein ungutes Gefühl gab. Was war es nur? Und dann ging ihr wieder einmal die Frage, auf die es keine Antwort gab, durch den Kopf.

Tom hatte den Herzinfarkt im Remember House erlitten. Er war von der Arbeit draußen hereingekommen, die Hände krampfhaft gegen den Brustkorb gedrückt. Sie bat ihn, sich sofort hinzulegen, und rannte dann, den Arzt anzurufen. Als sie zurückkam, packte er sie an der Hand und deutete auf den offenen Kamin. »Jan, ich hab grad gesehen ...«

Was hatte Tom gesehen? Er lebte nicht mehr lange genug, um den Satz zu vollenden.

121

Menley hatte Amy um zwei Uhr nach Hause geschickt, nachdem Hannah fertig für ihren Nachmittagsschlaf im Bettchen lag. Mehrere Male hatte sie mitbekommen, wie das junge Mädchen sie musterte, und diese prüfenden Blicke brachten sie etwas aus der Fassung. Es war der gleiche Ausdruck, wie sie ihn häufig in Adams Miene sah, und sie fühlte sich nicht wohl dabei. Sie war erleichtert, als sie Amys Wagen losfahren hörte.

Adam kam, wie sie wußte, erst in einer Stunde oder so nach Hause. Nach seinem Treffen mit Scott Covey war er mit dreien der Freunde, die auf Elaines Party gewesen waren, zum Golf verabredet. Nun ja, vielleicht reden sie sich ja all ihre »Weißt-du-nochs« von der Seele, dachte sie, bekam dann aber leichte Gewissensbisse. Adam liebt das Golfspielen und hat so selten Gelegenheit dazu, und es ist gut, daß er Freunde hier hat.

Es liegt bloß daran, daß ich so durcheinander bin, grübelte sie. Da ist dieser Zug, den ich gehört habe; ich kann mich nicht erinnern, daß ich Hannah in die Wiege getan hätte; ich bin mir nicht völlig sicher, ob ich nicht doch auf dem Witwensteg war, als Amy meinte, mich gesehen zu haben. Aber ich drehe durch, falls Adam darauf besteht, daß ich die ganze Zeit über jemanden hier haben soll. Sie konnte es kaum ertragen, an den ersten Monat nach Hannahs Geburt zurückzudenken, diese Zeit, als sie die häufigen Angstanfälle hatte und eine Säuglingsschwester Tag und Nacht da war. Sie konnte noch genau die wohlmeinend besänftigende, aber entsetzlich irritierende Stimme hören, die sie ständig vom Baby wegdrängte: »Aber, Mrs. Nichols, warum legen Sie sich denn nicht richtig schön hin? Ich kümmer mich schon um Hannah.«

Sie würde nicht zulassen, daß das noch einmal passierte. Sie ging zum Waschbecken und spritzte sich kaltes Wasser ins Gesicht. Ich muß diese Flashbacks und Ausfälle überwinden, sagte sie sich.

Menley setzte sich an den langen Eßtisch und widmete sich wieder Phoebe Spragues Unterlagen. Die eine mit dem

Titel *Schiffsunglücke* war besonders interessant. Schaluppen und Postschiffe und Schoner und Walfangschiffe – während des siebzehnten und achtzehnten Jahrhunderts sanken so viele von ihnen in verheerenden Stürmen hier in der Gegend, ja sogar direkt unterhalb dieses Hauses. Die Sandbank hier, den Monomoy Strip, nannten die Leute damals den Weißen Friedhof des Atlantiks.

Da war ein Verweis auf die *Godspeed*, die in einem erbitterten Kampf das »Pack von rohen gesellen auf einem piraten schiff« überwunden hatte und deren Kapitän Andrew Freeman höchstpersönlich die »blutige fahne« herunterholte, die die Piraten am Masttopp gehißt hatten.

Die harte Seite des Kapitäns, dachte Menley. Er muß ein beachtlicher Kerl gewesen sein. Ein Bild seiner Erscheinung begann sich in ihrer Vorstellung herauszukristallisieren. Hageres Gesicht. Eine von Sonne und Wind gezeichnete und gegerbte Haut. Ein kurzgetrimmter Bart. Markante, unregelmäßige Gesichtszüge, dominiert von durchdringenden Augen. Sie griff nach ihrem Skizzenblock und brachte mit raschen, sicheren Strichen ihre Vorstellung zu Papier.

Es war Viertel nach drei, als sie wieder aufblickte. Adam mußte bald dasein, und Hannah konnte jederzeit aufwachen. Sie hatte gerade noch Zeit, sich einen weiteren Ordner anzusehen. Sie wählte den, auf dem *Versammlungsräume* stand. Früher auf dem Cape waren die Kirchen der Ort, wo man sich versammelte.

Phoebe Sprague hatte alte Aufzeichnungen kopiert, die ihr offenbar interessant erschienen. Darunter waren Geschichten über feurige Prediger, die auf der Kanzel standen und von der »Begierde auf Gott« und der »prompten Verwirrung des Satans« kündeten; oder von schüchternen jungen Geistlichen, die dankbar das Gehalt von fünfzig Pfund per annum und »ein Haus und Land und guten Vorrat an Feuerholz, fertig zerkleinert und an die Tür gebracht«, annahmen. Es war offenbar allgemein üblich, Gemeindemitglieder wegen kleiner Zuwiderhandlungen gegen die Sonntagsruhe mit Geldstrafen zu belegen. Da war eine lange Liste unbedeutender Vergehen aufgeführt, wie etwa zu pfeifen oder ein Schwein am Tag des Herrn frei herumlaufen zu lassen.

Dann, als sie den Aktendeckel gerade zuklappen wollte, stieß Menley auf den Namen Mehitabel Freeman.

Bei der Versammlung am 10. Dezember 1704 erhoben sich mehrere ehrbare Bürgerinnen, um zu bezeugen, sie hätten im Monat zuvor, als Kapitän Andrew Freeman auf See war, beobachtet, wie Tobias Knight »zu unziemlichen stunden« Mehitabel Freeman besucht habe.

Dem Bericht zufolge war Mehitabel, zu dem Zeitpunkt im dritten Monat schwanger, aufgesprungen und hatte den Vorwurf bestritten, Tobias Knight jedoch »gestand thatsächlich demütig und bußfertig seinen ehbruch und hieß die gelegenheit willkommen, seine seele von der sünde zu reinigen«.

Das Urteil der Diakone lautete dahingehend, Tobias Knight wegen des frommen Eingeständnisses seiner Sünde zu belobigen und »es abzulehnen, ihn der öffentlichen straf auszusetzen, ihn dagegen für besagtes vergehen zu einer zahlung von fünf pfund zugunsten der armen der gemeinde zu verurteilen«. Mehitabel gab man Gelegenheit, sich reumütig zu ihrer Unzucht zu bekennen. Ihre wütende Weigerung und scharfe Brandmarkung von Tobias Knight und ihren Anklägerinnen besiegelte ihr Schicksal.

Man ordnete an, daß an dem ersten Gemeindetreffen sechs Wochen nach ihrer Niederkunft »die ehbrecherin Mehitabel Freeman vorgeführt werde, um vierzig hiebe weniger einen zu empfangen«.

Mein Gott, dachte Menley. Wie grauenhaft. Sie konnte damals nicht älter als achtzehn gewesen sein und war, um ihren Mann zu zitieren, »von zartter gestalt und krafft«.

In Phoebe Spragues Handschrift war ein Vermerk eingetragen: »Die *Godspeed* kehrte am 1. März von einer Seereise nach England zurück und segelte am 15. März wieder los. War der Kapitän bei der Geburt des Babys zugegen? Da die Geburt am 30. Juni registriert ist, als Kind von Mehitabel und

Andrew Freeman, scheint man nicht in Frage gestellt zu haben, daß er der Vater war. Er kam Mitte August zurück, um die Zeit herum, als man wohl die Strafe an ihr vollzog. Stach umgehend wieder in See und nahm den Säugling mit, war fast zwei Jahre weg. Der nächste Eintrag über die Rückkehr der *Godspeed* ist August 1707.«

Und die ganze Zeit wußte sie nicht, wo ihr Baby war oder ob es überhaupt am Leben war, dachte Menley.

»He, du, du steckst ja wirklich in deinen Sachen da.«

Menley blickte überrascht auf. »Adam!«

»So heiße ich.«

Er war ganz offenbar guter Dinge und lächelte. Der Schirm seiner Mütze überschattete die Augen, aber sein blaues Sporthemd stand am Kragen offen und legte einen Anflug frischen Sonnenbrands bloß, wie er auch an Armen und Beinen zu sehen war. Er beugte sich über Menley und legte die Arme um sie. »Wenn du bis zur Nase in deinen Recherchen steckst, ist es sinnlos zu fragen, ob ich dir gefehlt habe.«

In dem Bemühen, sich wieder in der Gegenwart zurechtzufinden, lehnte Menley ihren Kopf an seinen Arm. »Ich hab jede Minute gezählt, die du weg warst.«

»Also, das klingt nicht schlecht. Wie geht's dem Spatz?«

»Schläft fest.«

Menley schaute auf und bemerkte, wie er auf das Babyphon blickte. Er vergewissert sich, ob der Apparat auch angestellt ist, dachte sie. Ein Aufschrei, leidenschaftlich und herzzerreißend, lief ihr blitzschnell durch den Kopf: »Oh, Liebster, warum kannst du mir nicht vertrauen?«

36

Als Fred Hendin mit seinem Wagen auf die Einfahrt seines bescheidenen Cape-Hauses einbog, erfuhr er schnell, daß der Mann in dem Auto, das gegenüber an der Straße geparkt war, auf ihn wartete.

Mit dem Polizeiabzeichen in der Hand fing ihn Nat Coogan am Eingang ab. »Mr. Hendin?«

Fred warf einen Blick auf den Ausweis. »Ich hab schon was im Büro gespendet.« Sein flüchtiges Lächeln lag im Widerstreit mit der Andeutung von Sarkasmus.

»Ich verkaufe keine Eintrittskarten für den Polizeiball«, sagte Nat geduldig und machte sich ein schnelles Bild des Mannes vor ihm. Ende Dreißig, dachte er. Norwegische oder schwedische Abstammung. Der Mann erreichte kaum Durchschnittsgröße, hatte muskulöse Arme, einen starken Hals und angegrautes blondes Haar, das einen Haarschnitt nötig hatte. Er trug eine Latzhose aus grober Baumwolle und ein verschwitztes T-Shirt.

Hendin steckte seinen Schlüssel in das Türschloß. »Kommen Sie herein.« Seine Bewegungen und Sprache waren bedächtig, so als durchdenke er stets alles, bevor er sprach oder handelte.

Der Raum, den sie nun betraten, erinnerte Nat an das erste Haus, das er zur Zeit der Eheschließung mit Deb gekauft hatte. Es bestand aus im wesentlichen kleinen Zimmern, aber der Grundriß hatte eine solide Gemütlichkeit an sich, die ihm schon immer gefiel.

Fred Hendins Wohnzimmer hätte gut aus einem Katalog bestückt sein können. Kunstledersofa und dazu passender verstellbarer Sessel, Beistelltische aus Nußholz mit entsprechendem Couchtisch, ein Arrangement aus künstlichen Blumen, abgenutzter beigefarbener Teppich und steife Vorhänge in derselben Farbe, die nicht ganz bis zu den Fenstersimsen reichten.

Das offenbar teure elektronische Unterhaltungsset im extra dafür eingerichteten noblen Regalmittelteil aus Kirschholz schien nicht zur übrigen Einrichtung zu passen. Es bestand aus einem Fernsehapparat mit 1-Meter-Bildschirm, einem Videorecorder und einem CD-Player. Es gab Regale voller Videokassetten. Nat musterte sie mit offener Neugier und pfiff dann. »Sie haben ja eine großartige Sammlung klassischer Filme«, sagte er. Dann schaute er sich die Tonkassetten und CDs an.

»Sie mögen wohl die Musik aus den vierziger und fünfziger Jahren. Meine Frau und ich sind auch ganz verrückt drauf.«

»Automatenmusik«, sagte Hendin. »Die sammle ich schon seit Jahren.«

Auf den obersten Regalfächern waren fünf, sechs Modelle aus Holz geschnitzter Segelschiffe. »Wenn ich zu aufdringlich bin, sagen Sie's einfach«, sagte Nat, als er nach oben griff und vorsichtig einen meisterhaft geschnitzten Schoner herunterholte. »Haben Sie das gemacht?«

»A-hmm. Ich schnitze, wenn ich mir die Musik anhöre. Ein gutes Hobby. Und entspannend. Was machen Sie denn, wenn Sie die Musik anhaben?«

Nat stellte das Werk zurück und wandte sich Hendin zu. »Manchmal repariere ich irgendwas im Haus oder bastle am Auto herum. Wenn die Kinder weg sind und wir in Stimmung sind, tanzen meine Frau und ich.«

»Da kann ich nicht mithalten. Ich habe zwei linke Füße. Ich hol mir eben ein Bier. Auch eins? Oder Soda?«

»Nein, danke.«

Nat schaute hinter Hendin her, als er durch die Tür verschwand. Interessanter Kerl, dachte er. Er blickte erneut auf das oberste Fach und bewunderte die geschnitzten Schiffe. Er ist handwerklich ein Könner, dachte er. Irgendwie konnte er sich diesen Mann nicht mit Tina zusammen vorstellen.

Als Hendin zurückkehrte, brachte er Bier und Soda in Dosen mit. »Hier, falls Sie Ihre Meinung ändern«, sagte er, während er das Soda vor Nat auf den Tisch stellte. »Also gut, was wollen Sie?«

»Eine reine Routineangelegenheit. Sie haben doch vielleicht etwas von Vivian Carpenter Coveys Tod gehört oder gelesen?«

Hendins Augen verengten sich. »Und letztes Jahr ist Scott Covey mit meiner Freundin rumgezogen, und Sie wollen wissen, ob da noch was läuft.«

Nat zuckte mit den Achseln. »Sie vergeuden ja keine Zeit, Mr. Hendin.«

»Fred.«

»Okay, Fred.«

»Tina und ich werden heiraten. Wir fingen letztes Jahr im Frühsommer an, miteinander auszugehen, und dann kam Covey daher. Wenn das mal kein Lackaffe ist. Ich hab Tina gewarnt, daß sie ihre Zeit verschwendet, aber hör'n Sie, Sie haben ja den Typ gesehen. Der hat ihr vielleicht was vorgemacht, es ist kaum zu glauben. Leider hat sie's ihm aber geglaubt.«

»Wie war Ihnen da zumute?«

»Ich war sauer. Und komischerweise tat mir Tina auch irgendwie leid. Sie ist nicht so zäh, wie sie aussieht oder redet.«

O doch, dachte Nat.

»Es war genau, wie ich's mir schon gedacht hatte. Covey hat sich aus dem Staub gemacht, als der Sommer vorbei war.«

»Und Tina kam wieder zu Ihnen gerannt.«

Hendin lächelte. »Das war's ja, was mir irgendwie gefallen hat. Sie hat Mumm. Ich hab sie da, wo sie als Serviererin gearbeitet hat, besucht und ihr gesagt, daß ich weiß, daß Covey weg ist, und finde, daß er ein mieser Typ ist. Sie hat gesagt, ich soll mir mein Mitleid schenken.«

»Was heißt, daß sie noch in Verbindung mit ihm stand?« fragte Nat schnell.

»Nie und nimmer. Was heißt, daß sie mir nicht etwa dankbar sein würde. Wir sind im Winter nur von Zeit zu Zeit miteinander ausgegangen. Sie hat sich mit 'ner Menge anderer Männer getroffen. Dann im Frühling hat sie schließlich begriffen, daß ich gar nicht so schlecht bin.«

»Hat sie Ihnen gesagt, daß sie Kontakt mit Covey aufgenommen hat, als er wieder hierher zog?«

Hendins Stirn überzog sich mit Runzeln. »Nicht sofort. Sie hat mir's vor ein paar Wochen gesagt. Sie müssen verstehn, Tina ist kein Mensch, der so leicht aufgibt. Sie war verflucht sauer und mußte das erst mal loswerden.« Er machte eine Geste. »Sehen Sie das Zimmer hier, das Haus? Es gehörte meiner Mutter. Ich bin vor ein paar Jahren eingezogen, nachdem sie starb.« Er nahm einen großen Schluck Bier.

»Als Tina und ich übers Heiraten zu reden anfingen, hat

sie mir gesagt, daß sie auf keinen Fall mit all diesem Kram ringsum wohnen würde. Sie hat recht. Ich hab mir einfach nicht die Mühe gemacht, irgendwas zu ändern, außer daß ich das Regal gebaut hab für meine ganzen Filme und Kassetten. Tina will ein größeres Haus. Wir schauen uns jetzt nach einem günstigen um, das man gut renovieren kann. Was ich aber meine, ist, daß Tina sagt, was sie denkt.«

Nat überprüfte seine Notizen. »Tina wohnt zur Miete in einem Haus mit Eigentumswohnungen in Yarmouth.«

»A-hmm. Direkt außerhalb des Orts, ein paar Kilometer von hier. Ist ganz praktisch für uns beide.«

»Weshalb hat sie ihre Stelle beim *Daniel Webster Inn* aufgegeben und einen Job in Chatham angenommen? Das sind im Sommerverkehr gut vierzig Minuten Fahrzeit von hier.«

»Sie mag das *Wayside Inn*. Die Arbeitszeit ist besser. Das Trinkgeld ist gut. Hör'n Sie, Coogan. Lassen Sie Tina aus der Sache raus.«

Hendin stellte sein Bier ab und erhob sich. Es war unmißverständlich, daß er nicht bereit war, mehr über Tina zu erörtern.

Nat lehnte sich tiefer in den Sessel zurück und spürte dabei die scharfen Kanten von gebrochenem Plastik rings um die abgewetzten Stellen hinter seinem Kopf. »Dann waren Sie damals natürlich auch völlig einverstanden mit Tinas Besuch bei Scott Covey, als seine Frau noch vermißt war.«

Volltreffer, dachte Nat, als er sah, wie sich Hendins Miene verdüsterte. Eine leise Röte überzog sein Gesicht, wodurch die ausgeprägten Wangenknochen noch mehr hervortraten. »Ich finde, wir haben genug geredet«, sagte er lapidar.

37

Es war ein bemerkenswert angenehmer Tag gewesen. Wie es gelegentlich vorkam, hatte Phoebe aus unerfindlichen Gründen kurze Momente von klarem Bewußtsein gezeigt.

Einmal hatte sie sich nach den Kindern erkundigt, und Henry veranlaßte daraufhin rasch ein Konferenzgespräch. Als er auf der einen Leitung mithörte, bekam er die Freude in Richards und Joans Stimme mit, als sie mit ihrer Mutter sprachen. Ein paar Minuten lang hatte ein echter Gedankenaustausch stattgefunden.

Dann fragte sie: »Und wie geht's ...«

Henry verstand die Pause. Phoebe suchte nach den Namen der Enkelkinder. Er beeilte sich, sie beizusteuern.

»Ich weiß.« Jetzt klang Phoebes Stimme ärgerlich. »Wenigstens hast du nicht wieder mit den Worten angefangen: ›Weißt du noch ...‹« Ihr Seufzer war ein zorniger Vorwurf.

»Dad«, sagte Joan, den Tränen nahe.

»Ist alles okay«, warnte er sie.

Ein Klicken sagte ihm, daß Phoebe aufgelegt hatte. Die wunderbaren Augenblicke der Gnadenfrist waren offenbar vorüber. Henry blieb noch lange genug am Telefon, um seinen Kindern mitzuteilen, das Pflegeheim habe ab Anfang September einen Platz zur Verfügung.

»Nimm ihn für sie«, sagte Richard entschieden. »Wir kommen runter und bleiben über das verlängerte Wochenende an Labor Day.«

»Wir auch«, schloß sich Joan an.

»Ihr seid gute Kinder«, erwiderte Henry und bemühte sich, die Heiserkeit, die sich in seiner Kehle bemerkbar machte, zu unterdrücken.

»Ich will mit jemand zusammensein, der in mir noch das Kind sieht«, sagte seine Tochter mit belegter Stimme zu ihm.

»Also dann bis in ein paar Wochen, Dad«, sagte Richard tröstend. »Laß dich nicht unterkriegen.«

Henry war an dem Nebenapparat im Schlafzimmer gewesen, Phoebe bei dem in ihrem alten Arbeitszimmer. Nun hastete Henry, den die Sorge nie losließ, Phoebe könne innerhalb eines Bruchteils von Sekunden wieder weglaufen, in die Eingangshalle. Aber sie war nicht vom Fleck gewichen; er fand sie an ihrem Schreibtisch vor, dort, wo sie so viele produktive Stunden verbracht hatte.

Die unterste Schublade, die so viele Unterlagen enthalten hatte, war herausgezogen und leer. Phoebe starrte hinein. Ihre Haare, die sie früher immer in einem glatten Chignon getragen hatte, lösten sich von den Haarklammern, mit denen Henry versucht hatte, einen Knoten festzustecken.

Sie drehte sich um, als sie ihn hereinkommen hörte. »Meine Notizen.« Sie deutete auf die leere Schublade. »Wo sind sie?«

Selbst jetzt noch enthielt er ihr nicht die Wahrheit vor. »Ich hab sie Adams Frau geliehen. Sie wollte sie für ein Buch einsehen, das sie schreiben will. Sie wird deinen Namen angeben, Phoebe.«

»Adams Frau.« Der irritierte Ausdruck in ihrem Gesicht verwandelte sich zu einem rätselnden Stirnrunzeln.

»Sie war gestern hier. Sie wohnt mit Adam im Remember House. Sie schreibt ein Buch über die Zeit, als das Haus gebaut wurde, und will die Geschichte von Kapitän Freeman benützen.«

Phoebe Spragues Blick bekam etwas Träumerisches. »Jemand sollte Mehitabels Ruf wiederherstellen«, sagte sie. »Das ist es, was ich machen wollte. Jemand sollte sich Tobias Knight genauer ansehen.«

Sie knallte die Schublade zu. »Ich hab Hunger. Ich hab ständig Hunger.«

Als dann Henry auf sie zuging, schaute sie ihm direkt ins Gesicht. »Ich liebe dich, Henry. Bitte, hilf mir.«

38

Als Hannah am Spätnachmittag aufwachte, gingen Menley und Adam kurz schwimmen. Zum Grundbesitz des Remember House gehörten Strandprivilegien, was bedeutete, daß zwar jedermann dort am Strand entlanglaufen, sich aber niemand dort niederlassen durfte.

Die Wärme des Tages war nun schon von Anzeichen des Frühherbstes durchzogen. Der Wind war kühl, und es kamen keine Spaziergänger mehr vorbei.

Adam saß neben Hannah, die bequem abgestützt in dem zusammenklappbaren Kinderwagen saß, während Menley schwamm. »Deine Mama hat das Wasser wirklich gern, Häschen«, sagte er, den Blick auf Menley gerichtet, die in die zunehmend stärkeren Wellen tauchte. Bestürzt stand er auf, als er merkte, daß sie sich noch weiter hinauswagte. Schließlich ging er zum Rand des Wassers und winkte ihr zu, sie möge doch zurückkommen.

Hatte sie ihn nicht gesehen oder nur so getan, als sähe sie ihn nicht? fragte er sich, als sie noch weiter hinausschwamm. Ein enorme Welle bildete sich, schäumte auf und krachte nieder. Sie ließ sich davon tragen und tauchte spuckend und lächelnd, die salzigen Haare im Gesicht, aus der Brandung auf.

»Fantastisch!« jubelte sie.

»Und gefährlich. Menley, das hier ist der Atlantik.«

»Ach nee: Ich dachte schon, das ist ein Planschbecken.«

Zusammen liefen sie dorthin, wo Hannah noch dasaß und friedlich einer Möwe zuschaute, die am Strand entlanghüpfte.

»Men, ich mache keine Witze. Wenn ich nicht da bin, will ich nicht, daß du so weit rausschwimmst.«

Sie blieb stehen. »Und vergiß ja nicht, das Babyphon anzulassen, wenn deine Tochter schläft. Richtig? Und fändest du's denn nicht nett, wenn Amy über Nacht bleibt? Um auf *mich*, nicht auf Hannah aufzupassen, auf *mich*? Richtig? Und ist deine kleine Waffe etwa nicht die stille Drohung, daß wir rund um die Uhr 'ne Haushaltshilfe brauchen, weil ja vielleicht dieses posttraumatische Streßzeugs Ärger macht? Schließlich hab ja ich den Wagen vor die Eisenbahn gefahren, als dein Sohn ums Leben kam.«

Adam packte sie am Arm. »Menley, laß das. Verdammt. Du wirfst mir ständig vor, daß ich dir Bobbys Tod nicht verzeihe, aber hier geht's überhaupt nicht um Schuldzuweisung. Das einzige Problem ist, daß du dir selber nicht verzeihen kannst.«

Erstarrt gingen sie in dem Bewußtsein zum Haus zurück, daß jeder den anderen tief verletzt hatte und sie sich eigentlich aussprechen sollten. Doch als sie die Haustür aufmachten, klingelte gerade das Telefon, und Adam lief hin. Eine Aussprache mußte später stattfinden. Menley warf sich ein Handtuch über den feuchten Badeanzug, hob Hannah aus dem Wagen und lauschte.

»Elaine! Grüß dich.«

Menley beobachtete, wie seine Miene besorgt wurde. Was sagte wohl Elaine zu ihm? überlegte sie. Und dann einen Moment später: Was meinte er damit, als er sagte, »Danke, daß du mir das erzählt hast«?

Dann änderte sich sein Tonfall und wurde wieder unbeschwert. »Morgen abend? Tut mir leid, aber ich muß wieder nach New York. Aber hör mal, vielleicht will ja Menley ...«

Nein, dachte Menley.

Adam deckte die Sprechmuschel mit einer Hand ab. »Men, Elaine und John gehen morgen abend zum *Captain's Table* in Hyannis essen. Sie wollen gern, daß du mitkommst.«

»Vielen Dank, aber ich will einfach daheimbleiben und arbeiten. Ein andermal.« Menley liebkoste Hannah. »Du bist ein tolles Kind«, murmelte sie.

»Men, Elaine möchte wirklich gern, daß du kommst. Ich mag die Vorstellung einfach nicht, daß du hier alleine bist. Warum willst du denn nicht? Du kannst dir doch Amy für ein paar Stunden herholen.«

Die stille Drohung, dachte sie. Geh und zeig, wie gern du unter Menschen gehst, sonst will Adam, daß ständig jemand bei dir ist. Sie zwang sich ein Lächeln ab. »Das klingt wunderbar.«

Adam sprach wieder ins Telefon. »'Laine, Menley würde sehr gern kommen. Sieben Uhr wär in Ordnung.« Er deckte wieder die Sprechmuschel ab und sagte: »Men, sie fänden es eine gute Idee, wenn Amy hier übernachtet. Sie wollen nicht, daß sie noch spät heimfährt.«

Menley musterte Adam. Ihr war bewußt, daß selbst Hannah spürte, wie angespannt sie war. Das Baby hörte auf zu lächeln und begann zu wimmern. »Sag *'Laine*«, erklärte Menley und betonte dabei den Namen und ebenso Adams persönliche Abkürzung, »daß ich bestens in der Lage bin, hier im Haus oder sonstwo allein zu sein, und wenn Amy nicht an einem Sommerabend um zehn Uhr nach Hause fahren kann, dann ist sie zu unreif, um auf mein Kind aufzupassen.«

Beim Abendessen begann die eisige Stimmung aufzutauen. Während Menley Hannah fütterte und badete, fuhr Adam rasch zum Markt und kam mit frischem Hummer, Brunnenkresse, grünen Bohnen und einem knusprigen Laib italienischen Brots zurück.

Sie bereiteten gemeinsam das Essen vor, tranken, solange die Hummer auf dem Herd standen, etwas kalten Chardonnay und nahmen danach ihre Espressotassen mit, schlenderten zur Grenze des Grundstücks und beobachteten, wie die mächtigen Wellen gegen die Küste prallten.

Das Gefühl des salzigen Windes auf ihren Lippen beruhigte Menley. Wenn es Adam wäre, der diese Anfälle von Angst und Niedergeschlagenheit durchmacht, dann würde ich mir genauso Sorgen machen, hielt sie sich vor Augen.

Später dann, als sie schlafen gingen, schauten sie noch ein letztesmal für die Nacht nach Hannah. Sie hatte sich in dem Bettchen herumgeschoben, so daß sie jetzt quer dalag. Adam legte sie richtig hin, deckte sie zu und ließ eine Weile seine Hand auf ihrem Rücken ruhen.

Noch etwas anderes, das Menley den Unterlagen entnommen hatte, fiel ihr plötzlich wieder ein. In den alten Cape-Zeiten hatte man die besondere Liebe zwischen einem Vater und seiner Säuglingstochter erkannt und sogar eigens benannt. Die Tochter war ihres Vaters »*tortience*«.

Als sie dann allmählich einschliefen, stellte Adam die Frage, die er nicht länger unterdrücken konnte. »Men«, flü-

134

sterte er, »warum wolltest du nicht, daß Amy erfährt, daß du auf dem Witwensteg warst?«

39

Als Nat Coogan am Dienstag morgen zur Arbeit kam, fand er eine Nachricht auf seinem Schreibtisch vor. »Muß Sie sprechen.« Die Unterschrift stammte von seinem Boß Frank Shea, dem Polizeichef.

Was gibt's? fragte er sich auf dem Weg zum Chefbüro. Als er eintrat, sprach Frank am Telefon mit dem Bezirksstaatsanwalt. Shea trommelte mit den Fingern auf den Schreibtisch. Sein sonst so verbindlicher Gesichtsausdruck war verschwunden.

Nat setzte sich hin und folgte dem Rest der Unterhaltung, soweit er sie mitbekam; das übrige reimte er sich zusammen.

Die Kiste wurde allmählich heiß. Graham Carpenters Versicherungsgesellschaft hatte sich eingeschaltet. Die Leute dort schlossen sich nur allzugern Carpenters Theorie an, daß seine Tochter einem Mord zum Opfer gefallen war, daß Scott Covey ihr den Smaragdring mit Gewalt vom Finger gerissen und ihn nun im Besitz hatte.

Nat hob erstaunt die Augenbrauen, als ihm klar wurde, daß es als nächstes in dem Gespräch um die Erforschung von Meeresströmungen ging. Er entnahm den Worten, daß die Experten der Küstenwache zu der Aussage bereit seien, daß, falls Vivian Carpenter Covey tatsächlich dort tauchen gegangen war, wo sie laut Aussage ihres Mannes angeblich waren, als er sie aus den Augen verlor, ihre Leiche nicht in Stage Harbor hätte an Land treiben können, sondern nach Martha's Vineyard hinausgeschwemmt worden wäre.

Als Shea den Hörer auflegte, sagte er: »Nat, ich bin froh, daß Sie Ihrem Instinkt nachgegangen sind. Der Bezirksstaatsanwalt war sehr zufrieden, als er erfuhr, daß wir schon aktiv dabei sind, den Fall zu untersuchen. Es ist gut, daß wir einen Vorsprung haben, denn wenn die Medien erst mal Lunte gerochen haben, wird ein Riesenremmidemmi entstehen. Sie wissen ja, was die damals aus dem Fall von Bülow gemacht haben.«

»Ja, sicher. Und wir haben teilweise dieselben Probleme wie die Anklage damals. Ob unschuldig oder schuldig, von Bülow kam frei, weil er einen guten Anwalt hatte. Ich bin überzeugt, daß Covey Dreck am Stecken hat, aber das zu beweisen ist ganz was anderes. Er hat ebenfalls einen verdammt guten Anwalt. Es ist lausiges Pech für uns, daß Adam Nichols den Fall Covey übernommen hat.«

»Wir kriegen vielleicht sehr bald Gelegenheit herauszufinden, wie gut Nichols ist. Ach, übrigens, wir sind dabei, mehr Beweismaterial aufzutreiben. Auf der Basis des fehlenden Smaragdrings und all der anderen Dinge, die wir wissen, besorgt der Bezirksstaatsanwalt einen Haussuchungsbefehl für Coveys Haus und Boot. Ich möchte, daß Sie dabei sind, wenn seine Leute reingehen.«

Nat stand auf. »Ich kann's kaum erwarten.«

Als er wieder an seinem Schreibtisch saß, machte Nat wenigstens teilweise seiner Verärgerung Luft. Jetzt, da es unumgänglich war, daß die Medien die Spur des Falles aufnahmen und jeder Neuigkeit hinterherhechelten, würde der Bezirksstaatsanwalt die Ermittlungen der Staatspolizei übergeben. Es ist ja nicht bloß, daß ich den Fall gern selber knacken will, dachte Nat. Ich halte das auch für ein idiotisches Theater, die Sache so überstürzt vor ein großes Geschworenengericht zu bringen, bevor wir absolut solide Beweise an der Hand haben.

Er zog das Jackett aus, rollte seine Hemdsärmel auf und lockerte die Krawatte. Jetzt fühlte er sich wohler. Deb bedrängte ihn ständig, den Knoten nicht zu lösen, wenn sie abends zum Essen ausgingen. Sie sagte dann: »Nat, du siehst so nett aus, aber wenn du die Krawatte runterziehst und den obersten Hemdknopf aufmachst, verdirbst du alles. Ich könnte schwören, daß du in einem früheren Leben gehenkt worden bist. Das ist ja angeblich der Grund, weshalb man-

136

che Leute nichts irgendwie Enges um den Hals herum ausstehen können.«

Nat saß noch eine Weile an seinem Schreibtisch und dachte über Deb nach, darüber, was für ein Glück er doch hatte, sie zu haben, dachte an ihre Verbundenheit miteinander, ihre Liebe und ihr Vertrauen zueinander.

Er griff nach dem Kaffeebecher, ging zum Automaten im Gang, ließ geistesabwesend Kaffee hineinlaufen und kehrte damit ins Büro zurück.

Vertrauen. Ein gutes Wort. Inwieweit hatte Vivian Carpenter ihrem Mann vertraut? Wollte man Scott Covey Glauben schenken, dann vertraute sie ihm jedenfalls nicht genügend, um ihm das ganze Ausmaß ihres Erbes zu offenbaren.

Nat lehnte sich in seinen Stuhl am Schreibtisch zurück und trank schluckweise Kaffee, während er an die Zimmerdecke starrte. Falls Vivian wirklich so unsicher war, wie alle es darzustellen schienen, hätte sie dann nicht auf Anzeichen dafür geachtet, daß mit Covey etwas nicht ganz stimmte?

Anrufe. Hat Tina wohl je Covey zu Hause angerufen, und, falls ja, bekam Vivian es mit? Vivians Telefonrechnung. Ganz bestimmt hat ja sie die Rechnungen bezahlt. Ob Covey je so blöd war, Tina von daheim aus anzurufen? Das mußte er noch überprüfen, nahm Nat sich vor.

Noch etwas. Vivians Anwalt, derselbe, der das neue Testament nach der Heirat ausstellte. Es lohnte sich bestimmt, mal bei ihm vorbeizuschauen.

Das Telefon klingelte. Deb war dran. »Ich hab grade die Nachrichten gehört«, sagte sie. »Sie haben einen ausführlichen Bericht über Ermittlungen zu Vivian Carpenters Tod gebracht. Hast du das erwartet?«

»Ich hab's gerade erfahren.« In Kürze informierte Nat seine Frau über sein Gespräch mit Frank Shea und das, was er jetzt zu tun gedachte. Er hatte schon vor langer Zeit begriffen, daß Deb ein hervorragender Resonanzboden für ihn war.

»Die Telefonrechnungen sind eine gute Idee«, sagte jetzt Debbie. »Ich wette alles drauf, daß er nicht so dumm war, von zu Hause aus in der Wohnung einer Freundin anzurufen, aber du sagst doch, daß diese Tina im *Wayside Inn* als Kellnerin arbeitet. Anrufe von ihm daheim zu dem Gasthaus wären zwar als Ortsgespräche nicht eigens aufgeführt, aber du kannst ja fragen, ob Tina dort viele Privatanrufe bekommt und ob irgendwer weiß, von wem die stammen.«

»Sehr schlau«, sagte Nat voller Bewunderung. »Ich hab dich ja wirklich dazu erzogen, daß du wie ein Cop denkst.«

»Geschenkt. Aber was anderes. Geh zu Vivians Friseur. Das sind doch die reinen Gerüchteküchen. Oder, besser noch, vielleicht sollte ich anfangen dort hinzugehen. Vielleicht erfahre ich ja was. Du hast mir doch erzählt, daß sie zu Tresses ging, oder?«

»Ja.«

»Dann mach ich einen Termin für heute nachmittag.«

»Bist du dir sicher, daß es dabei nur um Geschäftliches geht?« fragte Nat.

»Nein, gebe ich zu. Ich will mir schon die ganze Zeit schrecklich gern Strähnen machen lassen. Die versteh'n was davon, sind aber teuer. Jetzt brauche ich kein schlechtes Gewissen zu haben. Tschüß, mein Schatz.«

40

Nachdem Adam Menley gefragt hatte, weshalb sie Amy nicht wissen lassen wollte, daß sie auf dem Witwensteg gewesen war, hatten sie nicht mehr miteinander geredet, sondern lagen unglücklich nebeneinander, ohne sich zu berühren, und jeder in dem Bewußtsein, daß der andere noch wach war. Kurz vor Morgengrauen war Menley aufgestanden, um nach dem Baby zu sehen. Sie fand eine Hannah vor, die friedlich und sicher in die Decken eingekuschelt schlief.

In dem schwachen Schein des Nachtlämpchens stand Menley über das Bett gebeugt da, vertieft in die erlesenen kleinen Gesichtszüge, die winzige Nase, den weichen Mund, die Wimpern, die auf die runden Wangen Schatten warfen, den goldenen Haarflaum, der sich nun schon um das Gesicht lockte.

Ich kann nicht *beschwören*, daß ich nicht doch auf dem Witwensteg war, als Amy mich zu sehen meinte, aber ganz bestimmt weiß ich, daß ich Hannah niemals vernachlässigen oder vergessen oder zu Schaden kommen lassen würde, dachte sie. Ich muß Adams Besorgnis verstehen, aber er muß seinerseits begreifen, daß es *nicht* in Frage kommt, daß eine Babysitterin seiner alten Jugendfreundin Elaine über mich Bericht abstattet.

Mit diesem festen Entschluß fiel es ihr leichter, wieder ins Bett zu kriechen, und als Adams Arm sie langsam umfaßte, entzog sie sich nicht.

Um acht Uhr zog Adam los, frische Bagels – ringförmige Brötchen – und die Zeitungen zu besorgen. Als sie aßen und ihren Kaffee tranken, bemerkte Menley, daß sie beide versuchten, die letzten Überreste der Anspannung zwischen ihnen aus dem Weg zu räumen. Sie wollten beide nicht, daß der Nachklang des Streits noch zwischen ihnen stand, wenn Adam am Nachmittag nach New York aufbrach.

Er bot ihr an, sich auszusuchen, welche Zeitung sie zuerst lesen wollte.

Sie lächelte. »Du willst ja doch mit der *New York Times* anfangen.«

»Na ja, vielleicht.«

»Ist gut so.« Sie schlug den ersten Teil der *Cape Cod Times* auf und rief wenig später aus: »Mensch, schau dir das an!« Sie schob die Zeitung über den Tisch.

Adam überflog den Bericht, auf den sie deutete, und sprang auf. »Verdammt! Jetzt sind sie wirklich hinter Scott her. Die Staatsanwaltschaft steht jetzt garantiert unter einem wahnsinnigen Druck, die Sache vor ein großes Geschworenengericht zu bringen.«

»Armer Scott. Hältst du's denn für möglich, daß sie ihn tatsächlich anklagen?«

»Ich glaube, daß die Carpenter-Familie auf Blut aus ist, und die können jede Menge Fäden ziehen. Ich muß mit ihm reden.«

Hannah war jetzt des Ställchens überdrüssig. Menley hob sie heraus, setzte sie sich auf den Schoß und gab ihr ein Stückchen Bagel zu beißen. »Tut gut, was?« sagte sie. »Ich glaube, daß du bald ein paar Zähne kriegst.«

Adam hielt den Telefonhörer in der Hand. »Covey ist nicht daheim und hat den Anrufbeantworter nicht an. Er sollte eigentlich wissen, daß er in Kontakt mit mir bleiben muß. Er hat doch bestimmt den Artikel gesehen.«

»Außer wenn er schon früh angeln gegangen ist«, wandte Menley ein.

»Falls ja, dann kann ich nur hoffen, daß nichts bei ihm im Haus ist, das der Polizei interessant vorkommen könnte. Du kannst Gift drauf nehmen, daß irgendein Richter noch heute einen Haussuchungsbefehl abzeichnet.« Er knallte den Hörer auf. »Verdammt!«

Dann schüttelte er den Kopf und ging zu ihr hinüber. »Hör mal, schlimm genug, daß ich nach New York muß. Ich kann sowieso nichts unternehmen, bis Covey mich anruft, also laß uns keine Zeit verschwenden. Seid ihr beiden Mädchen für den Strand zu haben?«

»Klar. Wir machen uns fertig.«

Menley trug einen geblümten Bademantel. Adam lächelte auf sie herunter. »Du siehst ungefähr wie achtzehn aus«, fand er. Er strich ihr über die Haare und legte dann die Hand auf ihre Wange. »Du bist eine unglaublich hübsche junge Dame, Menley McCarthy Nichols.«

Menley hatte das Gefühl, dahinzuschmelzen. Einer der guten Augenblicke, dachte sie – früher fand ich sie ganz selbstverständlich. Ich liebe ihn so sehr.

Doch dann fragte Adam: »Wann, hast du gesagt, kommt noch mal Amy?«

Sie hatte eigentlich vorgehabt, ihm noch heute morgen mitzuteilen, das dies Amys letzter Tag sein würde, aber sie wollte keinen Streit entfachen. Nicht gerade jetzt. »Ich hab sie gebeten, gegen zwei dazusein«, erwiderte sie so beiläufig wie möglich. »Ich will heute nachmittag an dem Buch arbeiten, nachdem ich vom Flugplatz zurück bin. Ach, das hab ich noch vergessen, dir zu erzählen. Jan Paley hat ein paar interessante Fakten über Kapitän Andrew Freeman rausgefunden. Sie will ungefähr um vier vorbeischaun.«

»Das ist ja großartig«, meinte er und streichelte ihr über den Kopf. Ihr war klar, daß seine begeisterte Reaktion eine Folge seines Wunsches war, sie von Menschen umgeben zu wissen.

Schlag bloß nicht vor, daß ich Jan bitte, hier zu übernachten, dachte sie voller Bitterkeit und zog das Baby krampfhaft an sich, während sie seine Hand wegschob und aufstand.

41

Scott Covey wurde sich erst bewußt, wie sehr ihn das Gespräch mit Adam am Tag zuvor verstört hatte, als er frühmorgens am Dienstag mit dem Boot hinausfuhr. Es hieß, die blauen Fische seien vor der Küste von Sandy Point gesichtet worden. Als um sechs Uhr die Sonne aufging, lag er dort vor Anker, wo man sie angeblich gesehen hatte.

Als er geduldig dasaß, die Angel in der Hand, zwang Scott sich, Adam Nichols' Ermahnungen zu durchdenken. Und Adam hatte auch gesagt, er werde selbst einen Ermittler auf ihn ansetzen, um irgendwelche »dunklen Flecken«, soweit vorhanden, in seiner Vergangenheit aufzuspüren.

Ihm fiel ein, daß er seit fünf Jahren nicht mehr mit seinem Vater und seiner Stiefmutter geredet hatte. Da kann ich nichts dafür, dachte er. Sie sind nach San Mateo umgezogen; sie hat ihre ganze Familie dort bei sich, und wenn ich hinfahre, habe ich keinen Platz zum Übernachten. Aber es könnte zu Fragen kommen, weshalb seine Verwandten weder zu dem Hochzeitsempfang noch zu der Beerdigung gekommen waren.

Es war wieder einmal ein wunderschöner Augusttag in einer ununterbrochenen Folge sonniger Tage mit geringer Luftfeuchtigkeit. Der Horizont war übersät mit Booten jeder Größe von Dingis bis zu Jachten.

Vivian hatte sich ein Segelboot gewünscht. »Ich hab das hier bloß gekauft, damit ich lerne, selbst mit einem Boot umzugehen«, hatte sie erklärt. »Deshalb hab ich's auch *Viv's Toy* getauft.«

Jetzt, da er auf dem Boot schaukelte, das mit diesem Namen an der Seite bemalt war, fühlte er sich bedrückt. Als er in der Früh am Dock entlanggegangen war, hatte Scott mehrere Männer gesehen, die sich das Boot anschauten und miteinander redeten. Zweifellos ging es dabei um den Unfall.

Sobald diese Sache ausgestanden war, würde er den Namen ändern. Nein. Besser noch: Er würde das Boot verkaufen.

Ein starker Ruck an seiner Angel brachte ihn in die Gegenwart zurück. Er hatte einen dicken Fang am Haken.

Zwanzig Minuten später schlug ein Streifenbarrel von fast dreißig Pfund wie wild auf Deck um sich.

Während ihm der Schweiß über die Stirn rann, beobachtete Scott den Todeskampf des Tiers. Dann stieg Ekel in ihm auf. Er durchschnitt die Angelschnur, schaffte es, den zappelnden Fisch in den Griff zu bekommen, und warf ihn ins Meer zurück. Heute war ihm das Angeln zuwider, stellte er fest und machte sich auf den Heimweg.

Spontan kehrte Scott bei *Clancy's* in Dennisport zum Lunch ein. Das Lokal war immer gut besucht, das Publikum gemischt und lebhaft, und er hatte das Bedürfnis nach der Gesellschaft vieler Menschen. Er setzte sich an die Bar und bestellte ein Bier und einen Hamburger. Mehrmals fiel ihm auf, wie Leute in seine Richtung schauten.

Als die Barhocker neben ihm nicht mehr besetzt waren, griffen zwei attraktive junge Frauen danach. Sie verwickelten ihn schnell in eine Unterhaltung, indem sie ihm erzählten, sie seien zum erstenmal auf Cape Cod zu Besuch, und ihn fragten, ob er Lokale kenne, wo man sich gut amüsieren würde.

Scott aß den Rest seines Hamburgers auf. »Das hier ist schon eines der besten«, entgegnete er freundlich und machte ein Zeichen für die Rechnung. Das fehlt mir gerade noch, dachte er. Bei meinem Glück kommt bestimmt Sprague vorbei und sieht, wie ich mit den Mädchen rede.

Heute abend konnte er sich wenigstens entspannen. Elaine Atkins und ihr Freund hatten ihn zum Abendessen im *Captain's Table* in Hyannis eingeladen. Sie brachten auch Menley Nichols mit; sie war wirklich entgegenkommend zu ihm gewesen.

Auf dem Heimweg hielt er noch an, um eine Zeitung zu besorgen. Er warf sie auf den Nebensitz und schlug sie erst auf, als er wieder zu Hause war. Zu diesem Zeitpunkt also sah er die Schlagzeile auf der ersten Seite: FAMILIE CARPENTER VERLANGT AUFKLÄRUNG.

»O Himmel noch mal«, murmelte er und stürzte zum Telefon. Er versuchte Adam Nichols zu erreichen, erhielt aber keine Antwort.

Eine Stunde später läutete es an der Haustür. Er ging zur Tür und machte auf. Ein halbes Dutzend Männer mit grimmigen Mienen standen ihm gegenüber. Scott erkannte nur einen von ihnen, den Kriminalbeamten aus Chatham, der ihn schon einmal vernommen hatte.

Wie betäubt sah er, daß ihm jemand ein Stück Papier vor die Nase hielt, und hörte dann die erschreckenden Worte: »Wir haben einen Haussuchungsbefehl für dieses Anwesen.«

42

Um Viertel vor zwei kam Menley vom Flughafen zurück, wo sie Adam abgesetzt hatte. Das Telefon läutete, als sie gerade die Tür aufmachte, und noch mit Hannah in einem Arm rannte sie zum Apparat.

Es war ihre Mutter, die aus Irland anrief. Nach der fröhlichen Begrüßung merkte Menley, wie sie ihre Mutter davon zu überzeugen versuchte, daß alles in Ordnung sei. »Was meinst du damit, du hast ein Gefühl, irgendwas stimmt nicht, Mom? Das ist doch verrückt. Dem Baby geht's blendend ... Wir haben eine wunderschöne Zeit ... Das Haus, das wir gemietet haben, ist fantastisch ... Wir überlegen uns sogar, ob wir's kaufen sollen ... Das Wetter ist herrlich ... Erzähl mir doch was über Irland. Wie bewährt sich der Reiseplan, den ich dir gemacht habe?«

Sie war schon fünf- oder sechsmal als Journalistin in Irland gewesen und hatte ihrer Mutter bei der Planung der Reise geholfen. Sie freute sich zu hören, daß sich die Vorbereitungen als höchst zufriedenstellend erwiesen. »Und wie gefällt es Phyllis und Jack?«

»Sie haben eine wunderbare Zeit«, antwortete ihre Mutter. Dann sprach sie leiser weiter: »Selbstverständlich ist Phyl völlig versessen darauf, ihren Stammbaum auszugraben. Wir sind zwei Tage lang in Boyle geblieben, während sie alte Aufzeichnungen der Grafschaft dort durchforscht hat. Aber eins muß man ihr lassen: Sie hat tatsächlich die Farm ihres Urgroßvaters in Ballymote ausfindig gemacht.«

»Ich hab auch nie bezweifelt, daß sie das schafft«, sagte Menley lachend und versuchte dann, Hannah dazu zu bewegen, für ihre Grandma zu girren und zu gurgeln.

Bevor das Gespräch zu Ende war, versicherte Menley ihrer Mutter erneut, es gehe ihr gut und es habe sich kaum eine Spur des posttraumatischen Streßsyndroms bei ihr gezeigt.

»Und wäre es nicht schön, wenn das auch stimmen würde?« sagte sie traurig zu Hannah, als sie den Hörer auflegte.

Wenige Minuten später kam Amy. Menley begrüßte sie kühl, und ihr war klar, daß Amy feinfühlig genug war, die Veränderung in ihrer Haltung zu spüren.

Während Amy Hannah in den Kinderwagen setzte und mit ihr nach draußen ging, setzte Menley sich wieder an die Sprague-Unterlagen. Ihre Aufmerksamkeit fiel auf eine Notiz von Phoebe Sprague über das Versammlungshaus, das 1700 erbaut wurde. Nach den Bauangaben – »6m mal 10 und 4m in den

Wänden«, dann die Namen der Männer, die dazu bestimmt wurden, »das Bauholz zu holen und das Haus zusammenzufügen«, »Dielen und Bohlen zu bringen« und »mehr Schlußzierat zu kaufen« – hatte Mrs. Sprague notiert: »Nickquenum (Remember House) war viel größer als das Versammlungshaus, was vermutlich zu erheblicher Unzufriedenheit im Ort führte. Die Leute waren zweifellos bereit, das Schlimmste über Mehitabel Freeman anzunehmen.«

Sicherlich zu einem späteren Zeitpunkt hatte sie mit Bleistift den Namen »Tobias Knight« eingetragen, gefolgt von einem Fragezeichen. Der Baumeister. Was war wohl die Frage im Zusammenhang mit ihm? überlegte Menley.

Kurz vor drei rief ein aufgeregter Scott Covey auf der Suche nach Adam an. Die Polizei sei mit einem Haussuchungsbefehl aufgetaucht. Er wollte wissen, ob es irgend etwas gebe, was er tun könne, um sie aufzuhalten.

»Adam hat heute morgen versucht, Sie zu erreichen«, sagte Menley und gab ihm Adams New Yorker Büronummer. »Eines allerdings weiß ich«, fuhr sie fort, »wenn ein Richter erst mal solch ein Papier ausgestellt hat, kann es kein Anwalt außer Kraft setzen, aber später vor Gericht kann man Einspruch dagegen erheben.« Dann fügte sie leise hinzu: »Es tut mir so leid, Scott.«

Jan Paley traf pünktlich um vier ein. Menley hatte das Gefühl, festen Boden unter den Füßen zu haben, als sie die gutaussehende ältere Frau begrüßte. »Es ist wirklich lieb von Ihnen, für mich nachzuforschen.«

»Überhaupt nicht. Als Tom und ich anfingen, uns für dieses Haus zu interessieren, haben wir oft mit Phoebe Sprague darüber gesprochen. Die Geschichte der armen Mehitabel hatte es ihr wirklich angetan. Ich bin froh, daß Henry Ihnen Phoebes Papiere geliehen hat.« Sie warf einen Blick auf den Tisch. »Ich sehe ja, daß Sie sich schon eingehend damit beschäftigen«, sagte sie mit einem Lächeln angesichts der Stapel von Unterlagen.

Menley schaute nach Amy und dem Baby, stellte Wasser

für Tee auf und richtete dann Tassen, Zucker und Milch am Ende des Tisches her.

»Ob Sie's glauben oder nicht, ich hab im Bibliothekszimmer einen Computer mit Drucker und allem, was dazugehört, aber die Küche hier, oder ich sollte es lieber Familienzimmer nennen, hat so was Anheimelndes, daß ich mich am wohlsten fühle, wenn ich hier arbeite.«

Jan Paley nickte voller Verständnis. Sie strich mit der Hand über einen aus der Oberfläche des massiven offenen Kamins herausragenden Mauerstein. »Ich merke, daß Sie schon ein starkes Gespür für das Haus haben. Ganz früher war der *keeping room* der einzige Raum, in dem die Leute wirklich gewohnt haben. Im Winter war es so bitter kalt. Die Familie hat in den Schlafzimmern unter einem Haufen Steppdecken geschlafen, und dann sind alle hier runtergerannt. Und denken Sie mal dran: Wenn man zu Hause eine Party macht, arbeiten sich die Gäste früher oder später zur Küche vor, egal, wieviel Platz man hat. Dasselbe Prinzip. Wärme und Essen und Leben.«

Sie wies auf die Speisekammertür gegenüber vom Kamin. »Das war früher der *borning room*, der Gebärraum«, sagte sie. »Dort haben die Frauen ihre Kinder zur Welt gebracht, oder man hat Kranke dorthin gelegt, um sie wieder aufzupäppeln oder sterben zu lassen. Ganz offenbar war das vernünftig so. Das Feuer hat auch diesen Raum warm gehalten.«

Für eine Weile bekamen ihre Augen einen hellen Glanz, und sie versuchte, Tränen zu unterdrücken. »Ich hoffe wirklich, daß Sie das Anwesen hier kaufen«, sagte sie. »Es würde ein wunderbares Heim abgeben, und Sie haben das richtige Gefühl dafür.«

»Ja, das glaub ich auch«, stimmte Menley zu. Es lag ihr schon auf der Zunge, dieser intelligenten, einfühlsamen Frau von der unerklärlichen Angelegenheit mit der Gestalt auf dem Witwensteg zu erzählen, davon, daß Hannah nachts in die Wiege gesteckt worden war, und von dem Geräusch eines durch das Haus rasenden Zuges, aber sie brachte es nicht fertig. Sie wollte nicht, daß sie noch jemand mit diesem an ihrem Geisteszustand zweifelnden Ausdruck anschaute.

Also machte sie sich lieber am Herd zu schaffen, wo der Wasserkessel gerade zu pfeifen anfing. Sie goß kochendes Wasser in die Teekanne, um sie vorzuwärmen, und griff nach der Teedose.

»Sie wissen, wie man eine Tasse Tee zubereitet«, bemerkte Jan Paley.

»Das hoffe ich. Meine Großmutter bekam einen Herzanfall, wenn jemand Teebeutel verwendet hat. Sie fand, daß die Iren und die Engländer schon immer was davon verstanden, wie man anständigen Tee macht.«

»Viele der Kapitäne damals hatten auch Tee als Teil ihrer Ladung dabei«, äußerte Jan Paley. Während sie ihren Tee tranken und sich ein paar Kekse zu Gemüte führten, langte sie nach ihrer ausladenden Hängetasche. »Ich sagte Ihnen doch, daß ich einiges Interessante über Kapitän Freeman gefunden habe.« Sie holte einen beigefarbenen Umschlag hervor und reichte ihn Menley. »Was mir übrigens eingefallen ist: Kapitän Freemans Mutter war eine Nickerson. Von Anfang an haben die verschiedenen Zweige der Familie ihren Namen unterschiedlich geschrieben – Nickerson, Nicholson, Nichols. Stammt Ihr Mann von dem ersten William Nickerson ab?«

»Ich hab keine Ahnung. Ich weiß nur, daß sein Vorfahr im frühen siebzehnten Jahrhundert hierherkam«, sagte Menley. »Adam war nie besonders interessiert daran, seine Abstammung zurückzuverfolgen.«

»Nun, wenn Sie dieses Haus tatsächlich kaufen, bekommt er vielleicht Interesse. Kapitän Freeman könnte sich doch als Urgroßonkel fünfunddreißigsten Grades herausstellen.«

Jan beobachtete Menley, wie sie rasch die verschiedenen Unterlagen aus der Brewster Library überflog. »Der versprochene Knüller ist auf der letzten Seite.«

»Wunderbar.« Menley griff nach einem Ordner. »Das sind einige der Fakten, die ich bisher herausgefiltert habe. Ich hätte gern, daß Sie einen Blick drauf werfen.«

Als sie zur letzten Seite der Brewster-Papiere kam, hörte Menley, wie Jan Paley enttäuscht ausrief: »Ach, so was, Sie haben ja schon das Bild vom Kapitän, und ich dachte schon, ich würde Ihnen eine Überraschung damit machen, daß ich es aufgetrieben habe.«

Menley spürte, wie ihre Lippen trocken wurden.

Jan betrachtete die Skizze, die Menley gezeichnet hatte, als sie sich ausmalte, wie sie Kapitän Andrew Freeman als erwachsenen Mann in dem neuen Band über David porträtieren würde.

Sie starrte auf die Kopie hinab, die Jan von der alten Skizze von Kapitän Andrew Freeman am Steuer seines Schoners gemacht hatte.

Die Gesichter glichen sich aufs Haar.

43

Scott Covey nahm ein Bier mit auf die Veranda, während die Polizei- und Ermittlungsbeamten sein Haus durchsuchten. Mit dem Rücken zum Haus der Spragues saß er da und machte ein grimmiges Gesicht. Am allerwenigsten konnte er jetzt den Anblick von Henry Sprague ertragen, wie er beobachtete, was er selbst mit veranlaßt hatte. *Wäre Tinas Name nicht ins Spiel gebracht worden, wären jetzt nicht die Cops da* – diesen Gedanken konnte er nicht loswerden.

Dann versuchte er sich zu beruhigen. Es gab nichts, weshalb er sich Sorgen machen mußte. Was erwarteten sie denn zu finden? Wie lange sie auch suchen mochten: Im Haus gab es nichts, was gegen ihn verwendet werden konnte.

Adam Nichols hatte ihn ermahnt, alles beim alten zu lassen, bis sämtliche Dinge im Zusammenhang mit Vivs Tod und ihrem Testament geregelt waren, aber Scott war klar, daß er das Haus allmählich haßte und ebenso Cape Cod. Er wußte, daß es für ihn stets bedeuten würde, wie in einem Goldfischglas zu leben.

Im vergangenen Winter hatte er im Büro eines um seine Existenz kämpfenden Theaters in Boca Raton, Florida, gearbeitet. Dort hatte es ihm gefallen, weshalb er sich auch dort ein Haus kaufen wollte, wenn das hier alles vorbei war. Vielleicht würde er sich sogar finanziell an dem Theater beteiligen, anstatt hier ein neues zu gründen, wie er es eigentlich mit Viv vorgehabt hatte.

Denk voraus, trieb er sich an. Sie haben nichts in der Hand, was sie mir anhängen können, nichts Stichhaltiges außer Argwohn und Eifersucht und schmutziger Fantasie. Da gibt es nichts, was vor Gericht standhalten würde.

»Die Bude hier ist sauber«, wandte sich ein Ermittlungsbeamter vom Büro des Bezirksstaatsanwalts an Nat Coogan.

»Sie ist zu sauber«, erwiderte Nat barsch, während er fortfuhr, den Schreibtisch zu durchsuchen. Soweit sie überhaupt Privatpost gefunden hatten, so war sie an Vivian adressiert – Briefe von Freunden mit Glückwünschen zur Hochzeit; Postkarten von Verwandten auf Europareise.

Ein kleiner, ordentlicher Stapel Rechnungen war vorhanden, sämtlich mit dem Vermerk »bezahlt« versehen. Keine Hypothek; keine Ratenzahlungen an Kreditkartengesellschaften; keine Automobilfinanzierung: Das vereinfacht die Dinge wahrlich, überlegte Nat. Außerdem bleibt man beweglich, ohne Klotz am Bein.

Die Telefonrechnung war nicht sehr hoch. Er hatte Tinas Telefonnummer im Kopf, aber es gab in den drei Monaten der Ehe keinen einzigen Anruf dorthin.

Er hatte auch die Telefonnummer von Vivians Anwalt. Auch sie war in den letzten drei Monaten nicht auf den Ferngesprächsabrechnungen aufgeführt.

Die Bankbelege waren nicht ganz uninteressant. Vivian unterhielt ein einziges Konto in der Bank am Ort, und zwar nur unter ihrem Namen. Falls Covey über eigenes Geld verfügte, ließ er es nicht in der hiesigen Gegend verwalten. Falls er, was Bargeld anging, von ihr abhängig gewesen war, so hatte sie ihm nur kleine Mengen zugeteilt. Selbstredend konnte ein guter Anwalt geltend machen, daß der Mangel an Bankunterlagen im Haus Coveys Geschichte erhärtete, daß seine Frau ihm nicht die wahre Höhe ihres Vermögens offenbart hatte.

Die Carpenters hatten Nat mitgeteilt, im Haus seien keinerlei Bilder von Vivian zu finden. Nat entdeckte sie im Gästezimmer. Covey hatte auch eine Schachtel hergerichtet, die an die Familie zurückgehen sollte. Er hatte keine Fotos beigefügt, auf denen er selbst mit Vivian zu sehen war. Nat gestand sich widerwillig ein, daß dies immerhin für eine gewisse Sensibilität sprach.

Andererseits waren die Bilder mit Covey und Vivian zusammen auf dem Boden eines Vorratsschranks aufgehäuft. Nicht gerade der Platz, wo man etwas, was einem lieb und teuer ist, aufhebt, dachte er.

Vivians Kleider waren ordentlich in ihre teuren Reisetaschen und Koffer gepackt. Wer war wohl als Empfänger ausersehen? fragte er sich. Nicht Tina. Sie war dafür zu kräftig gebaut. Nat vermutete stark, daß Kleidung wie Reiseutensilien für einen Secondhandladen bestimmt waren.

Er hatte nicht ernsthaft erwartet, daß sie auf den Smaragdring stoßen würden. Falls Covey ihn hatte, wäre er nicht so dumm, ihn dort aufzubewahren, wo man ihn finden konnte. Vivian war anscheinend nicht besonders auf Schmuck aus. Sie hatten ihren Verlobungsring, ein paar Halsketten und Armreife und Ohrringe gefunden, alles in einer kleinen Schmuckschatulle im großen Schlafzimmer. Nichts davon, inklusive des Verlobungsrings, war von speziellem Wert.

Nat beschloß, sich selbst die Garage genauer anzusehen. An das Haus angebaut, war es ein Gebäude von beträchtlicher Größe, das zwei Wagen Platz bot. Auf Regalbrettern hinten waren Tauchausrüstung und Angelzeug, eine Kühlbox, einige Werkzeuge ordentlich verstaut – das übliche Drum und Dran. Die Tauchausrüstung, die Vivian trug, als ihre Leiche an Land geschwemmt wurde, war noch zur Untersuchung im Labor.

Covey und Vivian besaßen nur ein Auto, einen BMW neueren Datums. Nat wußte, daß er Vivian gehörte. Je mehr er an diesem Nachmittag zu sehen bekam, um so mehr mußte er an das Entsetzen seiner Mutter denken, als ihre ältere Schwester vor vielen Jahren heiratete. »Jane hat die ganzen Jahre lang für alles, was sie besitzt, gearbeitet«, hatte seine Mutter geschäumt. »Was hat sie nur in diesem widerlichen Schnorrer gesehen? Er ist mit einem Paar Unterhosen in diese Ehe gegangen.«

Es erschien Nat, als habe Covey etwa genausoviel an weltlicher Habe zu seiner Vereinigung mit Vivian beigesteuert.

Dann leuchteten seine Augen auf. Der BMW stand auf der linken Seite der Garage. Der Boden rechts daneben war mit Öl verschmiert.

Nat ging auf die Knie. Es gab kein Anzeichen dafür, daß der BMW Öl verlor, und er wußte, daß auch auf der Einfahrt keine Ölflecken waren.

Wer hatte hier geparkt, und zwar nicht nur einmal, sondern des öfteren, überlegte er, und weshalb würde man den Wagen eines Besuchers in die Garage fahren? Ein Grund natürlich wäre es, sicherzugehen, daß niemand etwas von der Existenz des Wagens mitbekam.

Nat war sich klar, daß er als nächstes nachsehen würde, ob Tinas Wagen Öl verlor.

44

Deb Coogan hatte ein paar wunderbare Stunden. Normalerweise wusch sie sich selbst ihre kurzen, lockigen Haare, trocknete sie mit einem Handtuch und ging etwa alle sechs Wochen zu dem kleinen Friseur am anderen Ende des Orts, um sich die Haare schneiden zu lassen. Nun war sie zum erstenmal bei Tresses, dem besten Schönheitssalon von Chatham.

Sie war entspannt, genoß die rosagrüne Luxusausstattung des schicken Salons und ließ mit großem Vergnügen die gründliche Haarwäsche inklusive einer Nackenmassage, das Einarbeiten der Strähnchen, die ihrem mittelbraunen Haar Glanzlichter verliehen, die Maniküre mit warmem Öl und die Pediküre, ihre allererste, über sich ergehen. Da es schließlich ihre Bürgerpflicht war, mit möglichst vielen der Angestellten hier ins Gespräch zu kommen, hatte sie sich für all diese Behandlungen entschieden.

Jede Befürchtung ihrerseits, die Mitarbeiter des Salons könnten sich scheuen zu reden, schwand schnell. Alle Anwesenden tuschelten über die große Neuigkeit, daß Scott Covey möglicherweise ein Verdächtiger im Todesfall seiner Frau war.

Deb fiel es leicht, Beth, die ihr die Haare wusch, zum Reden über die verstorbene Vivian Carpenter Covey zu bringen, doch letzten Endes erfuhr sie nur, daß Beth fast in Ohnmacht gefallen sei, als sie las, daß Vivian dermaßen viel Geld hatte. »Nie ein Trinkgeld für mich und gerade mal ein paar Krümel für die Friseuse. Und das können Sie mir glauben: Ein einziger Tropfen Wasser, der auch nur in die Nähe von ihrem Ohr kam, und schon hat sie sich wegen ihrem empfindlichen Trommelfell beschwert. Da frag ich Sie, wie empfindlich konnte die denn sein? Sie hat doch immer damit angegeben, daß sie tauchen lernt.«

Die Friseuse war etwas wohlmeinender. »Oh, wir haben sie alle mal als Kundin gehabt. Sie hat sich ständig Sorgen gemacht, daß sie nicht ganz perfekt aussieht. Und natürlich war immer schuld, wer sie gerade bedient hat, wenn sie nicht zufrieden war. Es ist wirklich ein Jammer. Sie war eine hübsche Frau, schwankte aber ständig hin und her – mal war sie so hochnäsig wie ihre Carpenter-Verwandten, dann wieder hat sie sich über alles und jedes aufgeregt. Die hätte einen Heiligen um den Verstand bringen können.«

Auch die Frau, die ihr die Maniküre machte, tratschte gern, war aber leider nicht besonders hilfreich: »Sie war total auf diesen ihren Ehemann versessen. Ist *der* nicht ein toller Hecht? Einmal ist er über die Straße gekommen, um sie abzuholen, und eins unsrer Mädchen sah ihn durch die Fensterscheibe. Sie sagte: ›Entschuldigung, aber ich renn jetzt raus und werf mich diesem Prachtstück da zu Füßen.‹ Sie hat natürlich nur einen Witz gemacht, aber können Sie sich vorstellen, daß sie dabei grade Vivians Nägel fertigpoliert hat? Die ist vielleicht an die Decke gegangen. Vivian hat sie angeplärrt. ›Warum will jedes Flittchen auf der ganzen Welt meinen Mann anmachen?‹«

Will ihn anmachen, dachte Deb. Das bedeutet wohl, daß er nicht darauf einging. »Wann ist das passiert?« erkundigte sie sich.

»Ach, ungefähr zwei oder drei Wochen, bevor sie ertrank.«

Als sie dann aber ihre Pediküre bekam, wußte Debbie, daß ihr Nachmittag nicht bloß eine extravagante Verschwendung war. Die Fußpflege erhielt man in einem separaten, durch einen Wandschirm abgetrennten Bereich, wo zwei erhöhte Stühle nebeneinander über Fußbädern standen.

»Versuchen Sie bitte, Ihre Zehen stillzuhalten, Mrs. Coogan«, sagte Marie. »Ich will Sie nicht aus Versehen schneiden.«

»Ich kann nichts dafür«, gestand Debbie. »Ich hab schrecklich kitzlige Zehen.«

Marie lachte. »Das geht einer anderen Kundin von mir genauso. Sie läßt sich fast nie eine Pediküre machen, aber als sie heiraten wollte, haben wir ihr alle gesagt, daß sie unbedingt hübsche Füße dafür haben muß.«

Da die Gelegenheit günstig war, brachte Debbie Vivians Namen ins Gespräch. »Wenn man bedenkt, daß Vivian Carpenter nach ihrer Hochzeit nur noch drei Monate gelebt hat ... « Sie seufzte und ließ ihre Stimme verebben.

»Ich weiß. Das war doch grauenhaft! Wissen Sie, Sandra, die Kundin, von der ich Ihnen grad erzählt hab, die Frau, die nie 'ne Pediküre will?«

»Ja.«

»Also, an dem Tag, als sie doch eine hatte, für ihre Hochzeit, da saß sie genau in dem Stuhl hier, und Vivian war daneben. Sie fingen an, miteinander zu reden. Sandra ist so eine, die einem alles von sich erzählt.«

»Worüber hat sie denn damals gesprochen?«

»Sie hat Vivian erzählt, daß sie anschließend zur Kanzlei von ihrem Anwalt gehen wollte, um ihren Verlobten zu treffen und einen hieb- und stichfesten Ehevertrag zu unterzeichnen.«

Debbie setzte sich etwas gerader hin. »Was meinte Vivian dazu?«

»Na ja, sie hat so ungefähr gesagt: ›Ich finde, wenn man eine Ehe nicht damit anfangen kann, daß man sich liebt und vertraut, dann sollte man es gleich bleiben lassen.‹«

Marie verteilte Körpermilch auf Debbies Füße und begann sie zu massieren. »Sandra hatte sich so was nicht einfach gefallen lassen. Sie hat Vivian erklärt, daß sie schon mal verheiratet war und die Ehe nach drei Jahren in die Brüche ging. Sandra hat ein paar Boutiquen. Ihr Ex-Mann hat behauptet, er hätte ihr enorm geholfen, weil sie – ist das zu fassen? – abends eine Menge über ihre Expandierungspläne mit ihm geredet hätte. Er bekam eine Riesenabfindung. Sandra sagte, er hätte, als sie ihn geheiratet hat, nicht mal gewußt, was das Wort Boutique bedeutet, und er hätte es noch immer nicht gewußt, als sie sich getrennt haben. Sie sagte zu Vivian, wenn der eine Ehepartner Geld hat und der andere nicht, dann zahlt der mit Geld bei einer Scheidung unglaublich drauf.«

»Was hat Vivian dazu gemeint?«

»Vivian sah irgendwie verstört aus. Sie sagte, das sei ja sehr interessant und nicht von der Hand zu weisen. Sie hat gesagt: ›Vielleicht ruf ich lieber meinen Anwalt an.‹«

»Hat sie das ironisch gemeint?«

»Das weiß ich nicht. Bei ihr hab ich mich nie ausgekannt.« Marie deutete auf das Tablett mit Nagellack. »Dieselbe Farbe wie Ihre Finger, Erdbeer-Sorbet?«

»Bitte.«

Marie schüttelte die Flasche, schraubte den Deckel ab und

begann mit sorgfältigen Strichen Debbies Zehennägel zu lakkieren. »Ein echter Jammer«, äußerte sie. »Im Grunde war Vivian wirklich ein netter Mensch, nur so schrecklich unsicher. Der Tag, als sie sich damals mit Sandra unterhalten hat, war das letztemal, daß ich sie je gesehen hab. Drei Tage später war sie tot.«

45

Das Restaurant *The Captain's Table*, das zum Hyannis Yacht Club gehört, lag über dem Hafen.

Als langjähriges Klubmitglied und häufiger Gast in dem Restaurant hatte John einen begehrten Tisch in dem Glasanbau beim Speisesaal ergattert. Er bestand darauf, daß Menley am Fenster gegenüber saß, damit sie den Blick auf den Nantucket Sound genießen konnte, auf die anmutigen Segelboote, die eleganten Yachten und die majestätischen Dampfschiffe, die nach Martha's Vineyard und Nantucket Touristen beförderten und wieder zurück.

Als Menley um Viertel vor sieben vom Remember House weggefahren war, lag Hannah bereits für die Nacht versorgt im Bettchen. Als sie jetzt an ihrem Sekt nippte, ließ sie ein Gedanke nicht los. War irgendwo in den Spragueschen Unterlagen eine Abbildung von Kapitän Andrew Freeman, die ihr flüchtig unter die Augen gekommen war, sie aber unbewußt doch beeindruckt hatte, als sie durch den Riesenberg von Papieren ging? In diesem Glauben hatte sie Jan Paley gelassen. Und dann fragte sie sich, wie oft sie wohl in den letzten Tagen die Begriffe »unbewußt« und »im Unterbewußtsein« verwendet hatte. Sie rief sich ins Gedächtnis zurück, daß selbst die nur gelegentlichen Beruhigungspillen, die sie einnahm, sie benommen machen konnten.

Sie schüttelte den Kopf, um ihn wieder freizubekommen. Jetzt, da sie hier im Restaurant saß, war sie froh, daß sie gekommen war. Vielleicht war das ja der Grund, weshalb Adam

155

so darauf aus war, sie in Gesellschaft anderer Menschen zu wissen. Früher hatte sie wirklich viel unternommen, doch seit Bobbys Tod fiel es ihr ausgesprochen schwer, ein fröhliches Gesicht aufzusetzen und sich für irgend jemanden oder irgend etwas zu interessieren.

Während ihrer Schwangerschaft mit Hannah hatte sie das letzte Buch über David geschrieben und war damals froh, völlig in der Arbeit daran aufzugehen. Ihr war aufgefallen, daß sie, sobald sie nicht beschäftigt war, sich Sorgen zu machen begann, irgend etwas könne schiefgehen, sie könne vielleicht eine Fehlgeburt erleiden oder das Baby werde tot geboren.

Und seit Hannahs Geburt kämpfte sie nun mit den quälenden Anfällen des Streßsyndroms – Flashbacks, Angstattacken, Depressionen.

Eine ganz schön trübselige Leier von Beschwerden für einen Mann wie Adam, der mit einem überaus anstrengenden Job leben mußte, überlegte sie. Sie war ja zunächst so aufgebracht gewesen über Adams augenscheinliche Bemühungen, sie zum Ausgehen zu bewegen und Amy im Remember House übernachten zu lassen. Jetzt aber wünschte sie sich verzweifelt, er säße hier bei ihr am Tisch.

Menley war sich bewußt, daß sie endlich wieder wie früher aussah. Ihre Taille war wieder ganz wie sonst, und heute abend hatte sie einen hellgrauen Seidenhosenanzug mit einem Bolerojäckchen und weiten langen Hosen ausgesucht. Dunkelgraue Ärmelaufschläge betonten das ebenfalls dunkelgraue Oberteil. Ihr von der Sonne aufgehelltes Haar hatte sie im Nacken zu einem einfachen Knoten zusammengesteckt. Die schmale Silberhalskette mit den Diamanten und dazu passende Ohrringe – beides ein Verlobungsgeschenk von Adam – ergänzten ihr Erscheinungsbild. Sie erkannte, wie gut es ihr tat, sich wieder nett herzurichten.

Die Entdeckung, daß John und Elaine auch Scott Covey eingeladen hatten, war eine nicht unangenehme Überraschung gewesen. Menley bemerkte seinen anerkennenden Blick, als der Empfangschef sie zum Tisch geleitete. Zu Scotts

Charme gehörte auch, wie sie feststellte, daß er sein eigenes blendendes Aussehen überhaupt nicht zu beachten schien. Sein Verhalten war eher ein wenig scheu, und er hatte die Gabe, jedem, der gerade sprach, genau zuzuhören.

Er erwähnte kurz die Hausdurchsuchung. »Ihre Auskunft war richtig, Menley. Als ich Adam erreicht habe, sagte er mir, daß er in dieser Sache nichts unternehmen kann, und meinte allerdings auch, ich solle besser in Kontakt mit ihm bleiben und immer meinen Anrufbeantworter anlassen.«

»Adam ist ein sehr entschiedener Mensch«, sagte Elaine mit einem Lächeln.

»Ich bin verdammt froh, daß er auf meiner Seite ist«, erwiderte Covey und fügte dann hinzu: »Aber laßt uns nicht den Abend mit dieser Geschichte verderben. Ein Trost ist immerhin, wenn man nichts zu verbergen hat – es ist ein schreckliches Gefühl, wenn einem die Polizei das Haus auseinandernimmt, weil sie beweisen will, daß man ein Verbrecher ist, aber immerhin ist es ein großer Unterschied, ob man aufgebracht ist oder Angst hat.«

Erregt hakte Elaine ein: »Wenn ich bloß daran denke! Die Carpenters hätten sich bloß halb soviel um Vivian kümmern sollen, als sie noch am Leben war, wie sie sich jetzt wohl zu kümmern glauben, wo sie tot ist. Ich kann euch sagen, als die Arme vor drei Jahren ihr Haus gekauft hat, da kam sie mir so einsam vor. Ich hab später eine Flasche Champagner rübergebracht, und es war zum Erbarmen, wie dankbar sie dafür war. Sie hockte einfach völlig alleine da.«

»Elaine«, warnte sie John.

Als sie Tränen in Scotts Augen aufsteigen sah, biß sich Elaine auf die Lippen. »O Gott, Scott, es tut mir so leid. Du hast recht. Wechseln wir besser das Thema.«

»Das tu ich«, ergriff John strahlend das Wort. »Wir machen hier unseren Hochzeitsempfang, und ihr beide seid die ersten, die hiermit offiziell in Kenntnis gesetzt werden, daß er um genau vier Uhr am Samstag, den sechsundzwanzigsten November, stattfindet. Wir haben sogar schon das

Essen ausgesucht: geschmorter Truthahn.« Sein Auflachen klang wie *hä-hä-hä.* »Vergeßt nicht, das ist zwei Tage nach Thanksgiving.« Er drückte Elaines Hand.

Elaine sah wie eine Braut aus, dachte Menley. Eine Halskette aus Gold und Perlen unterstrich ihr weißes Kleid mit dem Kapuzenkragen. Ihr sanft gebürstetes blondes Haar schmeichelte ihrem schmalen, etwas kantigen Gesicht. Der große birnenförmige Diamant an ihrer linken Hand war ein deutlich ins Auge fallendes Zeichen von Johns Großzügigkeit.

Und die andere Seite der Medaille ist, sagte sich Menley beim Nachtisch, daß John in der Tat schrecklich gern über das Versicherungsgeschäft redet und keine Witze erzählen sollte. Sie war an Adams schnellen, scharfen Geist gewöhnt, und es war qualvoll, John wieder einmal damit anfangen zu hören: »Das erinnert mich an eine Geschichte über ... «

Einmal, während einer langwierigen Litanei, blickte Scott Covey mit erhobener Augenbraue zu ihr herüber, und sie spürte, wie ihr die Lippen zuckten. Mitverschwörer, dachte sie.

Aber John war ein verläßlicher, guter Mensch, und eine Menge Frauen würden Elaine sicher beneiden.

Nichtsdestotrotz war Menley, als sie dann vom Tisch aufstanden, mehr als bereit, ja erpicht, wieder heimzukommen. John schlug vor, ihr mit Elaine bis zur Tür zu folgen, um sicherzugehen, daß sie gut nach Hause kam.

»O nein, bitte, ich komm zurecht.« Sie bemühte sich, ihre Gereiztheit zu verbergen. Ich entwickle ja einen regelrechten Reflex gegen jede Andeutung von Beschützerhaltung, dachte sie.

Hannah schlief friedlich, als Menley nach Hause kam. »Sie war großartig«, sagte Amy. »Wollen Sie, daß ich morgen etwa um dieselbe Zeit komme, Mrs. Nichols?«

»Nein, das ist nicht nötig«, entgegnete Menley sachlich. »Ich melde mich dann wieder.« Es tat ihr leid, die Bestürzung in Amys niedergeschlagenem Gesicht wahrzunehmen, aber sie wußte zugleich, daß sie sich darauf freute, mit Hannah allein zu sein, bis Adam am nächsten Tag von New York zurückkam.

Es fiel ihr heute schwerer, einzuschlafen. Nicht, daß sie nervös gewesen wäre. Sie konnte einfach nicht aufhören, in ihrer Vorstellung durch all die Bilder und Skizzen in dem Material von Phoebe Sprague zu gehen. Soweit sie wußte, hatte sie sie doch kaum angeschaut. Es waren zumeist Skizzen von frühen Siedlern, darunter manche ohne Namen, und von historischen Gebäuden, dazu Grundstückspläne, Segelschiffe – eigentlich ein beliebiger Mischmasch.

Konnte es denn sein, daß sie auf eine Zeichnung ohne Namen gestoßen war und sie im Unterbewußtsein kopiert hatte, als sie versuchte, sich Kapitän Andrew Freeman vorzustellen? Er sah ja nicht so ungewöhnlich aus. Viele der Seeleute Anfang des achtzehnten Jahrhunderts hatten kurze dunkle Bärte.

Und dann hab ich wohl rein zufällig genau sein Gesicht gezeichnet? machte sie sich über sich selbst lustig. *Unterbewußt, unbewußt* – schon wieder diese Wörter, dachte sie. Guter Gott, was ist bloß mit mir los?

Dreimal stand sie vor zwei Uhr morgens auf und schaute nach Hannah, doch jedesmal schlief die Kleine fest. In der guten Woche, die wir jetzt hier sind, ist sie schon wieder ein Stück gewachsen, überlegte Menley, während sie die kleine ausgestreckte Hand sacht berührte.

Endlich spürte sie, wie ihr die Augenlider schwer wurden, und wußte, daß sie bald einschlafen konnte. Sie machte es sich wieder im Bett bequem und berührte das Kissen von Adam, nach dem sie sich plötzlich intensiv sehnte. Ob er wohl heute abend angerufen hatte? Wahrscheinlich nicht – Amy hätte ihr Bescheid gegeben. Doch weshalb hatte er es nicht gegen halb elf versucht? Er wußte doch, daß sie bis dahin wieder daheim sein würde.

Oder ich hätte ihn ja auch anrufen können, dachte Menley. Ich hätte ihm sagen sollen, daß mir der Abend Spaß gemacht hat. Vielleicht hatte er Bedenken, mich anzurufen, weil er befürchtete, ich würde mich über die Essenseinladung beklagen.

O Gott, ich möchte einfach wieder ich selbst sein, ich will einfach ganz normal sein.

Um vier Uhr brauste der Lärm eines auf sie zurasenden Zuges durch das Haus.

Sie war an dem Bahnübergang, versuchte ihn rechtzeitig zu überqueren. Der Zug kam näher.

Sie fuhr hoch, stopfte sich die Finger in die Ohren, um das Geräusch abzuwürgen, und stolperte wie wild ins Kinderzimmer. Sie mußte unbedingt Bobby retten.

Hannah schrie lauthals, zappelte mit den Armen und strampelte mit den Füßen die Decken weg.

Der Zug wird sie auch noch töten, dachte Menley und versuchte fieberhaft, in all der Verwirrung einen klaren Gedanken zu fassen und zur Wirklichkeit zurückzufinden.

Doch dann war es vorbei. Die Eisenbahn verschwand, und das Klicketiklack der Räder verlor sich in der Nacht.

Hannah schrie.

»Hör auf«, brüllte Menley das Baby an. »Hör auf! Hör auf!«

Hannah schrie noch gellender.

Menley sank zitternd auf das Bett gegenüber vom Kinderbettchen nieder, schlang die Arme um sich, voller Angst, ob sie es wagen könne, Hannah herauszunehmen.

Und dann hörte sie, wie er sie von unten rief, wie er sie aufgeregt und voller Freude zu sich rief: »Mommy, Mommy.«

Mit ausgestreckten Armen, seinen Namen schluchzend, rannte sie los, Bobby zu finden.

10. August

46

Der Bezirksstaatsanwalt berief für Mittwoch nachmittag eine Zusammenkunft in sein Amtszimmer im Gericht von Barnstable. Vorgesehen war die Anwesenheit der drei Beamten seiner Abteilung, die an der Durchsuchung des Covey-Hauses teilgenommen hatten, dann des Gerichtsmediziners, der die Autopsie durchgeführt hatte, zweier Sachverständiger von der Küstenwache in Woods Hole – einer, um sich zu den Meeresströmungen an dem Tag, als Vivian Carpenter ertrank, zu äußern, der andere, um den Zustand der Tauchausrüstung, die sie getragen hatte, zu erörtern – und von Nat Coogan.

»Das bedeutet, daß ich heute früh weg muß«, sagte Nat zu Debbie am Mittwoch morgen. »Ich möchte mir noch Tinas Auto anschauen und sehen, ob es Öl verliert, und ich will mit Vivians Anwalt reden, um herauszufinden, ob sie ihn kontaktiert hat.«

Deb legte ihrem Mann einen frischen Schub Waffeln auf den Teller. Ihre beiden Söhne hatten schon ihr Frühstück beendet und waren zu ihren Sommerjobs losgezogen.

»Ich sollte dich nicht mit so was füttern«, seufzte sie. »Du mußt doch eigentlich an die neun Kilo loswerden.«

»Heute brauch ich die Energie, Mäuschen.«

»Ja, natürlich.« Debbie schüttelte den Kopf.

Vom Frühstückstisch aus blickte Nat voller Bewunderung auf die schimmernden Stellen in ihrem Haar. »Du siehst wirklich fantastisch aus«, bemerkte er. »Ich geh heute abend mit dir essen, damit ich mit dir angeben kann. Du hast mir übrigens noch gar nicht gesagt, wieviel das alles gekostet hat.«

»Iß deine Waffeln«, erklärte Debbie und reichte ihm den Sirup. »Das willst du lieber gar nicht wissen.«

Nat fuhr als erstes zum *Wayside Inn*. Er steckte den Kopf in den Speiseraum. Wie erhofft, hatte Tina Dienst. Dann ging er zum Büro, wo nur die Sekretärin anwesend war.

»Nur eben eine Frage«, sagte er, »zu Tina.«

Die Sekretärin zuckte mit den Achseln. »Das wird schon in Ordnung sein. Die haben Sie ja neulich auch ihre Unterlagen anschauen lassen.«

»Wer wüßte wohl, ob sie viele private Anrufe hierher bekommen hat?« fragte Nat.

»Die hätte sie gar nicht direkt erhalten. Außer in einem echten Notfall nehmen wir hier die Anrufe entgegen, und die Bedienung ruft dann in der Arbeitspause zurück.«

Vermutlich ist das eine Sackgasse, dachte er. »Wüßten Sie vielleicht, was für einen Wagen Tina fährt?«

Sie zeigte aus dem Fenster zu dem Parkplatz hinter dem Gebäude. »Der grüne Toyota gehört ihr.«

Der Wagen war mindestens zehn Jahre alt. Rostflecken an den Kotflügeln fraßen sich bereits in den Stahl. Mit einem Grunzen hockte Nat sich hin und warf einen Blick auf den Unterboden. Glänzende Ölflecken waren klar zu erkennen. Auch auf den Schotter darunter war Öl getropft.

Genau, wie ich es mir gedacht habe, jubelte er innerlich. Er mühte sich wieder auf die Füße und sah durch die Windschutzscheibe ins Wageninnere. In Tinas Auto herrschte Chaos. Tonkassetten waren auf dem Beifahrersitz verstreut. Leere Sodadosen häuften sich auf dem Boden. Er schaute durch das Hinterfenster. Zeitungen und Zeitschriften lagen auf dem Sitz herum. Und dann entdeckte er, halb von Tüten bedeckt, zwei leere Motoröldosen von je einem halben Liter.

Er eilte zum Büro zurück. »Noch eine letzte Frage – übernimmt Tina zufällig auch mal die Empfangszentrale?«

»Nun, ja, sicher«, erwiderte die Sekretärin. »Sie springt von elf bis halb zwölf ein, wenn Karen Pause macht.«

»Dann hätte sie da persönliche Anrufe erhalten können?«
»Vermutlich.«

»Vielen herzlichen Dank.« Nat schritt beschwingt auf dem Weg zu seinem nächsten Unternehmen dahin, einem kleinen Schwätzchen mit Vivians Anwalt.

Leonard Wells, Esquire, hatte eine Straße von der Main

Street entfernt in Hyannis eine ansehnliche Bürosuite. Er war ein reservierter Herr in den Fünfzigern mit einer randlosen Brille, die seine nachdenklichen braunen Augen vergrößerte, und gab in seinem beigefarbenen leichten Anzug eine gepflegte Erscheinung ab. Nat hatte sofort den Eindruck, daß Wells einer dieser Männer war, die niemals in der Öffentlichkeit ihren Kragen aufmachten oder die Krawatte lockerten.

»Ihnen ist doch klar, daß mich bereits Beamte von der Staatsanwaltschaft, der Anwalt der Familie Carpenter und ein Vertreter der Gesellschaft, die den Smaragdring versichert hat, aufgesucht haben. Mir geht das Verständnis dafür ab, wieviel mehr ich noch zu den Ermittlungen beitragen kann.«

»Vielleicht haben Sie recht, Sir«, sagte Nat freundlich. »Aber es besteht immer die Möglichkeit, daß man etwas übersehen hat. Ich kenne natürlich bereits die Bedingungen des Testaments.«

»Jeden Groschen, den Vivian besaß, ebenso wie ihr Haus, ihr Boot, ihren Wagen und Schmuck hat ihr Ehemann geerbt.« Frostiges Mißfallen durchdrang Wells' Stimme.

»Wer war der Begünstigte in ihrem vorherigen Testament?«

»Es gab zuvor kein Testament. Vivian kam vor drei Jahren zu mir, damals, als sie das Kapital ihres Treuhandfonds erbte, fünf Millionen Dollar.«

»Weshalb ist sie zu Ihnen gekommen? Ich meine, ihre Familie hat doch bestimmt schon Rechtsanwälte.«

»Ich hatte einiges für eine Freundin von ihr bearbeitet, die anscheinend recht zufrieden mit mir war. Und Vivian sagte damals, daß sie sich nicht von den Rechtsberatern ihrer Familie vertreten lassen wollte. Sie holte meinen Rat ein, welche Bank ich vorschlagen würde, damit sie dort ein Depot anlegt. Sie wollte den Namen von einem umsichtigen Anlageberater, um mit ihm ihr beträchtliches Aktienportefeuille zu überprüfen. Sie ließ sich von mir über ihre potentiellen Erben beraten.«

»Sie wollte ein Testament machen?«

»Nein, sie wollte entschieden *keines* machen. Sie wollte wissen, wer im Falle ihres Todes erben würde. Ich sagte ihr, es würde ihre Familie sein.«

»Und damit war sie zufrieden?« erkundigte sich Nat.

»Sie sagte mir, daß sie es ihnen nicht gern zum Geschenk machen würde, weil sie es nicht verdienten, aber weil es niemand auf der ganzen Welt gebe, der sie im geringsten interessiere, könnten sie es auch genausogut de facto haben. Selbstverständlich hat sich das alles geändert, als sie Covey kennenlernte.«

»Haben Sie ihr ans Herz gelegt, einen Ehevertrag aufzusetzen?«

»Es war zu spät. Sie war bereits verheiratet. Ich habe ihr allerdings dringend geraten, ein detailliertes Testament zu unterzeichnen. Ich wies sie darauf hin, daß so, wie das Testament angelegt war, ihr Mann alles erben würde, und daß sie für noch ungeborene Kinder Vorsorge treffen sollte. Sie erklärte, diese Angelegenheit werde sie in Angriff nehmen, wenn sie schwanger würde. Ich habe ihr auch dringend geraten, die Tatsache zu bedenken, daß es, sollte die Ehe doch scheitern, Schritte gäbe, die zum Schutz ihres Vermögens erwägenswert seien.«

Nat sah sich im Zimmer um. Getäfelte Wände mit einer feinen Patina; juristische Fachliteratur, sauber angeordnet in Regalen, die hinter dem Mahagonischreibtisch vom Boden bis zur Decke reichten. Geschmackvoll gerahmte englische Jagdszenen; ein orientalischer Teppich. Der Gesamteindruck sprach für guten Geschmack und bildete ein angemessenes Ambiente für Leonard Wells. Nat fand, daß er den Mann mochte.

»Mr. Wells, hat Vivian sich oft von Ihnen beraten lassen?«

»Nein. Ich gehe allerdings davon aus, daß sie meinen Rat befolgte und nur ein relativ bescheidenes Girokonto bei der hiesigen Bank unterhielt. Sie war mit dem Finanzberater zufrieden, den ich ihr empfohlen habe, und traf sich vierteljährlich mit ihm in Boston. Den Schlüssel zu ihrem Safe hinterlegte sie bei mir hier im Büro. Wenn sie gelegentlich kam, um ihn abzuholen, haben wir uns ein wenig unterhalten.«

»Weshalb hat sie ihren Schlüssel zum Safe hier gelassen?« fragte Nat.

»Vivian war generell etwas achtlos. Letztes Jahr verlor sie den Schlüssel zweimal und mußte eine hohe Gebühr für einen neuen zahlen. Da die Bank gleich nebenan ist, beschloß sie, ihn bei uns in Verwahrung zu geben. Als sie noch am Leben war, hatte nur sie allein Zugang. Nach ihrem Tod wurde natürlich der Inhalt aus dem Safe genommen und aufgelistet, wie Sie ja sicher schon wissen.«

»Hat Vivian Sie drei Tage vor ihrem Tod angerufen?«

»Ja. Der Anruf kam, als ich im Urlaub war.«

»Wissen Sie, weshalb sie mit Ihnen sprechen wollte?«

»Nein, leider nicht. Sie wollte nicht ihren Safeschlüssel abholen und auch partout nicht mit meinem Kollegen reden. Sie hinterließ die Nachricht, ich solle sie sofort nach meiner Rückkehr anrufen. Unglücklicherweise war sie dann aber schon zwei Tage vermißt.«

»Wie verhielt sie sich, als sie mit Ihrer Sekretärin sprach? Schien sie aufgeregt zu sein?«

»Vivian regte sich immer auf, wenn jemand, den sie sehen wollte, nicht gleich zur Stelle war.«

Das bringt mich nicht gerade weiter, dachte Nat. Dann fragte er: »Sind Sie je Scott Covey begegnet, Mr. Wells?«

»Nur einmal. Bei der Testamentseröffnung.«

»Was für einen Eindruck hatten Sie von ihm?«

»Meine Meinung ist selbstverständlich nicht mehr als das. Bevor ich ihn traf, war ich bereits zu der persönlichen Ansicht gekommen, daß er ein Glücksritter ist, der eine verletzliche, höchst gefühlsbetonte junge Frau mit seinem Charme eingewickelt hat. Ich halte es nach wie vor für eine Schande, daß ein Fremder in den Genuß des gesamten Carpenter-Vermögens kommt. Es gibt genug entferntere Verwandte bei den Carpenters, die einen unerwarteten Geldsegen gebrauchen könnten. Ich muß zugeben, daß ich danach ein anderes Gefühl hatte. Ich war höchst positiv von Scott Covey beeindruckt. Er wirkte aufrichtig betrübt über den Tod seiner Frau. Und falls er nicht ein großartiger Schauspieler ist, war er völlig vor den Kopf gestoßen, als er begriff, wie groß das Vermögen ist.«

47

Henry Sprague hatte einen unangenehmen Geschmack im Mund. Dienstag nachmittag hatte er die Streifenwagen gesehen, als sie in Scott Coveys Einfahrt einbogen. Mit dem Gefühl eines Voyeurs hatte er vom Seitenfenster aus beobachtet, wie man Covey ein Stück Papier übergab, vermutlich einen Haussuchungsbefehl. Später dann, als er mit Phoebe auf der Veranda saß, mußte er voller Unbehagen mitansehen, wie Covey auf seiner eigenen Veranda in einer Haltung von Niedergeschlagenheit und Verzweiflung dasaß.

Hätte ich nicht diese Tina da im *Cheshire Pub* mitgekriegt, dann hätte ich keinen einzigen Grund, Scott Covey zu verdächtigen, hatte er sich während einer schlaflosen Nacht vorgeworfen.

Ihm fiel wieder die erste Begegnung mit Phoebe ein. Sie war damals dabei, ihren Doktor an der Yale University zu machen. Er hatte einen Magister in Betriebswirtschaft von der Universität Amos Tuck und arbeitete im Export-Import-Familienunternehmen. Von dem Moment an, als er sie zum erstenmal sah, wurden die anderen Mädchen, mit denen er ausgegangen war, unwichtig. Eine unter ihnen – sie hieß Kay – war wirklich gekränkt und rief noch ständig an.

Wenn ich mich nun bereit erklärt hätte, Kay zu treffen, nachdem ich schon verheiratet war, nur um einer Aussprache willen, und irgend jemand hätte das Treffen fehlinterpretiert? dachte Henry. Könnte das etwa hier auch der Fall sein?

Am Mittwoch morgen wußte er, was er zu tun hatte. Betty, ihre altbewährte Reinemachefrau, war da, und er wußte, daß er sich auf sie verlassen konnte, Phoebe im Auge zu behalten.

Aus dem Gefühl heraus, doch nur einen Korb zu bekommen, rief er Scott nicht vorher an. Statt dessen ging er um zehn Uhr über den Rasen und klingelte am Hintereingang. Durch das Fliegengitter konnte er Scott sehen, wie er am Küchentisch saß, Kaffee trank und Zeitung las.

Henry war klar, daß Covey keinen Grund hatte, erfreut zu sein, als er sah, wer da Einlaß begehrte.

Er kam zur Tür, öffnete sie jedoch nicht. »Was wollen Sie, Mr. Sprague?«

Henry nahm kein Blatt vor den Mund. »Ich finde, ich muß mich bei Ihnen entschuldigen.«

Covey trug ein Sporthemd, khakifarbene Shorts und Riemensandalen. Sein dunkelblondes Haar war feucht, als habe er sich soeben geduscht. Seine Miene hellte sich auf. »Warum kommen Sie nicht rein?«

Ohne zu fragen, holte er einen weiteren Becher aus dem Küchenschrank und schenkte Kaffee ein. »Vivian hat mir erzählt, daß Sie ein Kaffeeholiker sind.«

Es war guter, ja exzellenter Kaffee, bemerkte Henry mit Vergnügen. Er setzte sich auf den Stuhl gegenüber von Covey an den kleinen Tisch und trank eine Weile schweigend. Dann versuchte er mit sorgsam erwogenen Worten Scott sein Bedauern darüber auszudrücken, daß er dem Kriminalbeamten von der Begegnung mit Tina damals an dem Nachmittag im Pub erzählt hatte.

Ihm gefiel die Tatsache, daß Covey keine Einwände machte. »Schauen Sie, Mr. Sprague, ich verstehe, daß Sie getan haben, was Sie für richtig hielten. Ich verstehe genauso, was für eine Einstellung die Polizei hat und was Vivs Verwandte und Freunde denken. Ich muß allerdings darauf hinweisen, daß Viv kaum Freunde hatte, die sie wirklich geschätzt haben. Ich bin nur froh, daß Sie vielleicht allmählich begreifen, daß es einfach die reine Hölle für mich ist, meine Frau so sehr zu vermissen und gleichzeitig von den Leuten wie ein Mörder behandelt zu werden.«

»Ja, ich glaube, ich verstehe das langsam.«

»Wissen Sie, was wirklich erschreckend ist?« fragte Scott. »Die Art und Weise nämlich, wie die Carpenters alle aufhetzen; die Chancen stehen verflucht gut, daß ich wegen Mordes angeklagt werde.«

Henry erhob sich. »Ich muß wieder rüber. Wenn es irgendwas gibt, womit ich Ihnen helfen kann, dann können Sie sich auf mich verlassen. Ich hätte mich nicht dazu überreden lassen dürfen, ins Klatschen zu geraten. Soviel kann ich Ihnen versprechen: Falls ich als Zeuge erscheinen soll, werde ich laut und deutlich aussagen, daß ich von dem Tag an, als Sie und Vivian geheiratet haben, die glückliche Verwandlung einer sehr unglücklichen jungen Frau miterlebt habe.«

»Das ist alles, worum ich Sie bitte«, erwiderte Scott Covey. »Wenn nur alle die bloße Wahrheit sagen würden, dann hätte ich nichts zu befürchten.«

»Henry.«

Beide Männer drehten sich um, als Phoebe die Gittertür aufmachte und hereintrat. Sie blickte mit verschleierten Augen um sich. »Hab ich dir schon von Tobias Knight erzählt?« fragte sie vage.

»Phoebe ... Phoebe ...« Jan Paley war wenige Schritte hinter ihr. »O Henry, es tut mir so leid. Ich kam gerade kurz vorbei und hab Betty gesagt, sie kann ruhig weiterarbeiten, ich kümmer mich schon um Phoebe. Ich hab mich nur umgedreht, und ...«

»Ich verstehe schon«, sagte Henry. »Komm mit, mein Liebes.« Er schüttelte Scott aufmunternd die Hand, legte dann den Arm um seine Frau und führte sie geduldig nach Hause.

48

Menleys hektische Suche in den Räumen des Erdgeschosses hatte nicht enthüllt, woher Bobbys Stimme kam. Endlich aber war Hannahs Wehgeschrei zu ihrem Bewußtsein durchgedrungen, und sie war wieder zum Kinderzimmer zurückgekehrt. Hannahs Schluchzer hatten sich mittlerweile in einen schlimmen Schluckauf verwandelt.

»Oh, meine Süße«, hatte Menley gemurmelt, ganz geschockt bei der Erkenntnis, daß Hannah schon geraume Zeit geschrien hatte. Sie hob ihre Tochter dann hoch, wickelte sie in ihre Bettdecken ein und ließ sich mit ihr auf das Bett gegenüber sinken.

Sie kroch unter die Steppdecke, schob den BH-Träger von der Schulter und legte sich den Säugling an die Brust. Sie hatte ja nicht stillen dürfen, doch jetzt pulsierte es in ihrer Brust, als die winzigen Lippen an der Brustwarze saugten. Endlich hatte der Schluckauf daraufhin nachgelassen, und Hannah war zufrieden in ihren Armen eingeschlafen.

Sie wollte die Kleine bei sich behalten, aber die Erschöpfung umfing Menley wie eine Nebelwolke und versetzte sie in einen Zustand fast völliger Erstarrung. Wie sie es schon neulich gemacht hatte, legte sie ein Kissen in die Wiege, bettete Hannah darauf, steckte die Decken um sie herum fest und versank selbst in einen todesähnlichen Schlaf, während ihre Hand noch auf der Wiege lag und eine winzige Hand ihren Daumen umklammert hielt.

Das Klingeln des Telefons weckte sie um acht Uhr. Hannah schlief noch, stellte sie fest, als sie ins große Schlafzimmer eilte, um den Hörer abzunehmen.

Es war Adam.

»Erzähl mir bloß nicht, daß du und Hannah noch im Bett seid? Wieso schläft sie eigentlich nie für mich so lange?«

Er meinte es nicht ernst. Das wußte Menley. Sein Tonfall klang belustigt und zärtlich. Warum war sie dann so schnell bereit, bei allem, was er sagte, einen Hintersinn zu vermuten?

»Du hast doch immer mit der frischen Seeluft geprahlt«, erwiderte sie. »Sieht ganz so aus, als hätte Hannah angefangen, dir zu glauben.« Das Essen am Vorabend fiel ihr wie-

169

der ein. »Adam, ich hatte gestern einen wirklich schönen Abend.«

»Ach, das freut mich. Ich hab mich nicht getraut, danach zu fragen.«

Genau, wie ich annahm, dachte Menley.

»War sonst noch jemand da, außer dir, Elaine und John?«

»Scott Covey.«

»Das ist ja nett. Ich hab ihn nicht im unklaren darüber gelassen, daß er für mich erreichbar sein muß. Hat er von der Haussuchung gesprochen?«

»Nur, daß es unangenehm, aber nicht furchtbar war.«

»Gut. Und wie geht's dir, Schatz?«

Mir geht's ganz wunderbar, dachte Menley. Ich hab mir eingebildet, eine Eisenbahn durchs Haus rasen zu hören. Ich hab mir eingebildet, mein totes Kind nach mir rufen zu hören. Und ich hab Hannah eine halbe Stunde lang schreien lassen, während ich nach ihm gesucht habe.

»Gut«, sagte sie.

»Wieso hab ich nur das Gefühl, daß du mir nicht die ganze Wahrheit sagst?«

»Weil du als guter Anwalt darauf getrimmt bist, auf versteckte Untertöne zu achten.« Sie zwang sich zu einem Lachen.

»Keine Anfälle?«

»Ich sagte doch, mir geht's gut.« Sie bemühte sich, nicht gereizt oder hektisch zu klingen. Adam durchschaute sie einfach immer. Sie versuchte das Thema zu wechseln. »Das Abendessen war wirklich nett, aber Adam, wenn John je mit den Worten beginnt: ›Das erinnert mich an eine Geschichte ...‹, dann bring dich bloß in Sicherheit. Er findet wirklich kein Ende.«

Adam schmunzelte. »'Laine muß verliebt sein. Sonst würde sie das nicht hinnehmen. Am Flugplatz um fünf?«

»Ich werde dasein.«

Als Hannah gebadet und gefüttert worden war und inzwischen zufrieden im Ställchen in der Küche saß, rief Menley die Psychiaterin in New York an, die sie wegen des Streßsyndroms behandelte. »Ich stecke etwas in Schwierigkeiten«, sagte sie mit möglichst sachlicher Stimme.

»Erzählen Sie mir davon.«

Mit wohlerwogenen Worten berichtete sie Dr. Kaufman davon, wie sie aufgewacht war und sich eingebildet hatte, zunächst das Geräusch einer Eisenbahn und dann Bobby rufen zu hören.

»Und Sie beschlossen, Hannah nicht hochzuheben, als sie schrie?«

Sie versucht herauszufinden, ob ich Angst habe, ich könnte dem Baby was tun, dachte Menley. »Ich hab so stark gezittert, daß ich Angst hatte, ich lasse sie vielleicht fallen, wenn ich sie hochhebe.«

»Hat sie geschrien?«

»Gebrüllt.«

»Hat Sie das sehr aus der Fassung gebracht, Menley?«

Nach einem Zögern flüsterte sie: »Ja, schon. Ich wollte, daß sie aufhört.«

»Ich verstehe. Ich glaube, wir erhöhen lieber die Dosis Ihres Mittels. Letzte Woche habe ich's runtergesetzt, und möglicherweise war das zu früh. Ich muß es Ihnen mit Eilpost schicken. Telefonisch kann ich kein Rezept über die Staatsgrenze weg verschreiben.«

Ich könnte sie bitten, die Verschreibung zu Adams Kanzlei zu schicken, dachte Menley. Er könnte sie dann mitbringen. Aber ich will nicht, daß Adam etwas von meinem Gespräch mit der Ärztin erfährt. »Ich weiß nicht, ob ich Ihnen die Adresse hier schon gegeben habe«, sagte sie ruhig.

Als sie aufgelegt hatte, ging sie zu dem langen Tisch hinüber. Am Tag zuvor hatte sie, nachdem Jan Paley wieder weg war, rasch Phoebe Spragues Ordner mit den Bildern nach einer Darstellung von Kapitän Andrew Freeman durchgeschaut. Jetzt verbrachte sie mehrere Stunden damit, noch einmal alle Ordner durchzugehen, ob ein Bild zu finden war. Aber sie entdeckte keines.

171

Sie verglich ihre eigene Zeichnung mit der, die Jan Paley mitgebracht hatte. Zug um Zug stimmten beide überein. Der einzige Unterschied war, daß die Skizze aus der Brewster Library den Kapitän am Steuer seines Schiffes zeigte. Woher wußte ich nur, wie er aussah? fragte sie sich abermals.

Sie griff nach ihrem Skizzenblock. Ein inneres Bild von Mehitabel stieg in ihrem Bewußtsein auf und wollte festgehalten sein. Vom Wind verwehtes, schulterlanges Haar; ein zartes, herzförmiges Gesicht; große, dunkle Augen; kleine Hände und Füße; lächelnde Lippen; ein blaues Leinengewand mit langen Ärmeln, hohem Kragen und Spitzeneinsatz und mit einem seitlich sich blähenden Rock.

Mit behenden, sicheren Strichen ihrer geübten Hände übertrug sie die Eingebung geschickt auf Papier. Als sie damit fertig war, hielt sie ihre Skizze gegen die Zeichnung, die Jan gebracht hatte, und begriff, was sie getan hatte.

In der Zeichnung aus der Brewster Library bauschte sich eine Spur von Mehitabels wehendem Rock hinter der Gestalt des Kapitäns hervor.

Menley packte ihr Vergrößerungsglas. Die kleinen Striche auf Andrew Freemans Ärmel auf der alten Zeichnung aus der Bücherei waren Fingerspitzen – Mehitabels Finger. Hatte sie hinter ihrem Mann an Bord gestanden, als der unbekannte Künstler ihn vor fast dreihundert Jahren porträtierte? Hat sie auch nur annähernd so ausgesehen, wie ich sie konzipiert habe? überlegte Menley.

Plötzlich verängstigt, versteckte sie die drei Zeichnungen ganz unten in einem der Ordner, nahm Hannah auf den Arm und ging nach draußen in die Sonne.

Hannah machte fröhliche Laute und zog ihre Mutter an den Haaren, und als Menley sanft die kleinen Finger löste, fiel ihr etwas ein: Gestern nacht, als ich von dem dröhnenden Eisenbahnlärm aufgewacht bin, schrie Hannah doch.

»Hat der Zug dich auch aufgeweckt?« rief sie aus. »Hast du deshalb solche Angst gehabt? O Hannah, was passiert nur mit uns? Was für Wahnideen gabelst du da von mir auf?«

49

Bezirksstaatsanwalt Robert Shore leitete die Sitzung in dem Konferenzsaal, der zu seinen Amtsräumen im Bezirksgericht von Barnstable gehörte. Er saß am Kopfende des Tisches, der Gerichtsmediziner, die Ermittlungsbeamten und Sachverständigen waren an den Seiten plaziert. Nat Coogan hatte er das gegenüberliegende Tischende zugewiesen, eine Würdigung der gründlichen Vorarbeit, die der Polizist in dem Fall geleistet hatte.

»Was haben wir vorliegen?« fragte Shore und forderte Nat mit einem Nicken dazu auf, die Fakten darzulegen.

Schritt für Schritt präsentierte Nat, was er bislang an Tatsachen eruiert hatte.

Der Gerichtsmediziner kam als nächster dran. »Die Leiche war von Aasfressern verstümmelt. Bestimmt sind Sie besonders am Zustand ihrer Hände interessiert. Die Fingerspitzen beider Hände fehlten, was zu erwarten steht. Wenn jemand ertrinkt, ist das die erste Stelle, an die sich Krabben heranmachen. Im übrigen sind die Finger der linken Hand intakt. Ein schmaler Goldring, ihr Ehering, steckte am Ringfinger.«

Er hielt ein Foto hoch, das zur Zeit der Autopsie entstanden war. »Die rechte Hand verrät uns ganz was anderes. Außer den fehlenden Fingerspitzen war der gesamte Ringfinger bis auf den Knochen abgefressen. Das legt nahe, daß er vorher ein Trauma erlitten hatte, wodurch das Blut an die Oberfläche kam und die Aasfresser anzog.«

»Der Ehemann hat behauptet, daß Vivian am Morgen das Tages, als sie starb, an dem Smaragdring gedreht und gezerrt hat, um ihn abzukriegen«, erklärte Nat. »Hätte das die Verletzung verursachen können?«

»Ja, aber dann muß sie schon mächtig dran gezogen haben.«

Staatsanwalt Shore nahm das Bild aus der Hand des Gerichtsmediziners. »Der Ehemann gibt zu, daß sie den Smaragd auf dem Boot trug, behauptet aber, sie hätte ihn an den

Ringfinger der Linken gesteckt. Falls der Ring lose saß, hätte er dann ins Wasser rutschen können?«

»Sicherlich. Aber er wäre niemals über den Fingerknöchel ihrer rechten Hand hinweg abgerutscht. Doch da ist noch was anderes.« Der Gerichtsmediziner hielt ein weiteres Obduktionsfoto hoch. »Von ihrem rechten Fußknöchel ist nicht mehr viel übrig, aber da gibt es einige Reibungsspuren, die von einem Seil herrühren könnten. Es ist möglich, daß sie irgendwann gefesselt und sogar ziemlich weit abgeschleppt wurde.«

Shore beugte sich vor. »Absichtlich?«

»Das ist unmöglich festzustellen.«

»Dann sollten wir jetzt über den Alkoholanteil in ihrem Körper reden.«

»Basierend auf dem Kammerwasser des Auges, oder, wie der Laie sagen würde, der Augenflüssigkeit, und dem Blut haben wir erhärtet, daß sie den Vergleichswert von drei Glas Wein getrunken hat. Hätte sie ein Auto gesteuert, so wäre ihr Fahrvermögen beeinträchtigt gewesen.«

»Anders ausgedrückt«, sagte Shore, »hatte sie in diesem Zustand nichts unter Wasser zu suchen, aber es gibt kein Gesetz gegen Tiefseetauchen unter Alkoholeinfluß.«

Die beiden Sachverständigen von der Küstenwachabteilung in Woods Hole waren nun an der Reihe. Einer hatte Seekarten dabei, die er auf einem Ständer zur Schau stellte. Mittels eines Zeigestabs legte er seine Erkenntnisse dar. »Wenn sie hier verschwunden ist« – er wies auf eine Stelle, die eine Meile von Monomoy entfernt lag –, »hätte ihre Leiche zum Vineyard treiben müssen und wäre etwa hier aufgetaucht.« Er richtete den Stab auf eine neue Stelle. »Die andere Alternative ist, wenn man die heftigen, vom Unwetter verursachten Strömungen berücksichtigt, daß sie an die Küste von Monomoy geschwemmt worden wäre. Der eine Platz, wo sie nicht hätte sein können, ist die Stelle, wo sie gefunden wurde, in Stage Harbor. Außer«, schloß er, »außer sie verfing sich in einem Fischnetz und wurde dorthin mitgeschleppt, was ebenfalls möglich ist.«

174

Der Tauchausrüstungsexperte legte die Utensilien auf den Tisch, die Vivian am Tag ihres Todes getragen hatte. »Dieses Zeug war ziemlich abgenutzt«, sagte er dazu. »Soll sie denn nicht reich gewesen sein?«

»Dazu kann ich, glaub ich, was beisteuern«, warf Nat ein. »Vivian schenkte ihrem Mann zur Hochzeit eine neue Ausrüstung. Seine Version ist, daß sie sein altes Gerät benützen wollte, um auszuprobieren, ob ihr das Tauchen Spaß macht. Falls ja, wollte sie sich dann ebenfalls eine erstklassige Ausrüstung anschaffen.«

»Klingt vernünftig.«

Tinas mögliche Verbindung mit Scott wurde erörtert, wobei der Staatsanwalt den Advocatus Diaboli spielte. »Tina ist jetzt verlobt?« fragte er.

»Ja, mit ihrem alten Freund«, erwiderte Nat und berichtete dann, welchen Eindruck Fred Hendin auf ihn gemacht hatte. Als nächstes erzählte er von dem Ölfleck auf dem Boden von Scott Coveys Garage.

»Wohl ziemlich ungenau als Beweismittel«, räumte er ein. »Ein guter Verteidiger – und Adam Nichols ist spitze – könnte das vom Tisch fegen.«

Die aus Coveys Haus sichergestellten Unterlagen wurden ausgebreitet. »Covey hat wahrhaftig seine Hausaufgaben gemacht«, brummte Shore. »Da ist nichts zu finden. Aber was ist mit Vivian? Wo hat sie all ihre privaten Papiere aufbewahrt?«

»In ihrem Banksafe«, antwortete Nat.

»Und der Ehemann hatte keine Zugangsberechtigung?«

»Nein.«

Zum Abschluß der Sitzung kam man, wenn auch widerwillig, überein, daß es auf Grund der vorliegenden Fakten nahezu unmöglich sein würde, ein großes Geschworenengericht dazu zu bringen, gegen Scott Covey Anklage zu erheben.

»Ich werde Richter Marron in Orleans anrufen und bitten, eine Zeugenvernehmung vor Gericht anzusetzen«, beschloß Shore. »Auf diese Weise gelangen alle Tatsachen an die Öffentlichkeit. Wenn wir seiner Meinung nach genug aufzuweisen haben, wird er den Beschluß fassen, daß das Belastungsmaterial den Verdacht auf fahrlässige Tötung oder Mord rechtfertigt, und dann berufen wir das Geschworenengericht ein.«

Er streckte sich. »Meine Herren, inoffizielle Meinungsumfrage. Vergessen Sie, was vor einer Jury als Beweis zulässig oder nicht zulässig ist. Wenn Sie unschuldig oder schuldig stimmen würden, wie lautet Ihr Verdikt?«

Er ging um den Konferenztisch herum. Einer nach dem anderen antwortete ruhig. »Schuldig ... Schuldig ... Schuldig ... Schuldig ... Schuldig ... Schuldig ... Schuldig.«

»Schuldig«, schloß sich Shore energisch an. »Es ist einstimmig. Wir können es vielleicht noch nicht beweisen, aber wir sind alle überzeugt, daß Scott Covey ein Mörder ist.«

50

In Adams Büro bei der Anwaltskanzlei Nichols, Strand & Miller an der Park Avenue saß seine Klientin Susan Potter ihm gegenüber und weinte leise vor sich hin. Mit ihren achtundzwanzig Jahren, der etwas rundlichen Figur, dem kastanienroten Haar und den blaugrünen Augen wäre sie sehr attraktiv gewesen, hätten nicht Angst und Streß ihrem Gesicht zugesetzt.

Sie war des Totschlags an ihrem Mann schuldig gesprochen worden, und dank Adams Revisionsantrag hatte man ihr nun ein neues Verfahren bewilligt. Der Anfang des Prozesses war für September angesetzt.

»Ich hab einfach nicht das Gefühl, daß ich das noch mal durchstehe«, sagte sie. »Ich bin so froh, aus dem Gefängnis raus zu sein, aber die Vorstellung, daß ich womöglich wieder rein muß ...«

»Müssen Sie nicht«, beschwichtigte sie Adam. »Aber, Susan, sind Sie sich über eins klar – Sie dürfen keinerlei Kontakt mit Kurts Familie haben. Knallen Sie den Hörer auf, wenn seine Eltern Sie anrufen. Die bezwecken nur, Sie dazu zu bringen, daß Sie etwas Provokatives sagen, irgend etwas, was sie auch nur im entferntesten als Drohung auslegen können.«

»Ich weiß.« Sie stand auf, um zu gehen. »Sie haben Urlaub, und das ist schon das zweitemal, daß Sie wegen meines Falles hergekommen sind. Sie wissen hoffentlich, wie sehr ich das zu schätzen weiß.«

»Wenn Sie endgültig freigesprochen sind, nehme ich Ihre Dankesworte entgegen.« Adam kam um den Schreibtisch herum und begleitete sie zur Tür.

Als er aufmachte, blickte sie zu ihm hoch. »Ich danke Gott jeden Tag in meinem Leben, daß Sie meine Verteidigung übernommen haben.«

Adam sah die Heldenverehrung in ihren Augen. »Halten Sie die Ohren steif«, sagte er sachlich.

Seine fünfzigjährige Sekretärin Rhoda war im Vorzimmer. Sie folgte ihm in sein eigenes Büro zurück. »Wirklich und wahrhaftig, Adam, Sie wirken ja magnetisch auf all die Damen. All Ihre weiblichen Klienten verlieben sich irgendwann in Sie.«

»Ach was, Rhoda. Ein Anwalt ist doch wie ein Psychotherapeut. Die meisten Patienten verknallen sich zeitweise in ihren Seelenklempner. Es ist das Schulter-zum-Anlehnen-Syndrom.«

Seine eigenen Worte hallten noch in seinem Kopf wider, als ihm Menley einfiel. Sie hatte wieder eine Angstattacke gehabt – er war sich dessen sicher. Er konnte die Anspannung so deutlich aus ihrer Stimme heraushören, wie jemand mit perfektem Gehör einen falschen Ton entdeckt. Das gehörte zu seiner professionellen Erfahrung und war teilweise der Grund für seinen Erfolg als Rechtsanwalt. Doch weshalb wollte sie einfach nicht darüber reden? Wie schlimm war der Anfall – oder waren die Anfälle – wohl gewesen? fragte er sich.

Der Witwensteg. Der einzige Zugang zu dem gefährlich hohen Podest war eine schmale Leiter. Was, wenn sie versuchte, Hannah mit hinaufzunehmen, und ihr dabei schwindlig wurde? *Was, wenn sie das Baby fallen ließ?*

Adam spürte, wie sich ihm die Kehle zuschnürte. Die Erinnerung an Menleys Gesicht, wie sie auf Bobby im Sarg hinabblickte, ließ ihn nicht los. Menley würde es niemals überleben, ohne den Verstand zu verlieren, wenn sie auch noch Hannah verlor.

Er wußte, was er tun mußte. Widerstrebend rief er die Psychiaterin seiner Frau an. Sein Mut sank, als Dr. Kaufman sagte: »Ach, Adam, ich hab mir schon überlegt, ob ich Sie anrufen soll. Ich wußte nicht, daß Sie hier in der Stadt sind. Wann fahren Sie zum Cape zurück?«

»Heute nachmittag.«

»Dann schicke ich Ihnen Menleys neues Rezept rüber, damit Sie es für sie mitnehmen können.«

»Wann haben Sie mit Menley gesprochen?«

»Heute.« Dr. Kaufmans Tonfall änderte sich. »Wußten Sie das nicht? Adam, warum rufen Sie eigentlich an?«

Er erzählte ihr, er befürchte, Menley habe wieder Anfälle von posttraumatischem Streß, die sie ihm gegenüber verschweige. Die Ärztin sagte nichts dazu.

Dann berichtete Adam ihr davon, wie die Babysitterin Menley auf dem Witwensteg gesehen hatte, Menley aber abstritt, oben gewesen zu sein.

»Hatte sie Hannah mit dabei?«

»Nein. Die Kleine war mit dem Mädchen zusammen.«

Es blieb eine Weile still. Dann sagte die Therapeutin vorsichtig: »Adam, ich halte es nicht für gut, wenn Menley mit Hannah alleine ist, und ich glaube wirklich, Sie sollten Menley wieder nach New York zurückbringen. Ich möchte sie für kurze Zeit stationär einweisen. Es ist besser, nichts zu riskieren. Wir brauchen nicht noch mehr Tragödien in Ihrer Familie.«

51

Amy hatte den Tag mit ihren Freunden am Nauset Beach verbracht. Einerseits hatte es Spaß gemacht, mit ihnen am Strand zu sein. Andererseits aber sparte sie ihr Babysitting-Geld auf die Anschaffung eines neuen Autos fürs College hin, und sie hatte noch nicht die ganze Summe, die nötig war, beieinander. Ihr Vater hatte ihr versprochen, sich mit der Hälfte zu beteiligen, aber sie mußte für den Rest aufkommen.

»Natürlich könnte ich dir das Geld einfach geben«, hatte ihr Vater wiederholt zu ihr gesagt, »aber du weißt ja, was Mutter immer sagte: ›Was man selber erarbeitet, schätzt man auch.‹«

Amy war das nur allzu bewußt. Sie konnte sich noch an alles erinnern, was ihre Mutter einst gesagt hatte. Mom war überhaupt nicht wie Elaine, dachte Amy. Sie war, was die meisten Leute wohl als unansehnlich bezeichnen würden: kein Make-up, keine modischen Kleider, kein Getue. Aber sie war echt gewesen. Amy mußte daran denken, wie sie immer, wenn Dad eine dieser umständlichen Geschichten erzählte, liebevoll erklärte: »John, mein Lieber, komm zur Sache.« Sie lachte nicht so komisch wie Elaine, die unbeherrscht drauflos kicherte und so tat, als sei er Robin Williams oder sonst so ein Komiker.

Am Tag zuvor hatte Amy mitbekommen, daß Mrs. Nichols ihr böse war. Jetzt war ihr klar, daß sie ihrem Vater nicht hätte erzählen dürfen, daß sie Mrs. Nichols auf dem Witwensteg gesehen hatte und Mrs. Nichols dann abgestritten hatte, dort oben gewesen zu sein. Natürlich hatte es ihr Vater Elaine weitererzählt, und die wiederum Mr. Nichols; sie war ja gerade im Zimmer, als Elaine ihn anrief.

Eines aber machte Amy zu schaffen. Als sie am Vortag dort bei ihr im Haus gewesen war, trug Mrs. Nichols kurze Hosen und ein weißes Baumwollhemd. Aber auf dem Witwensteg hatte sie irgendeine Art langes Kleid angehabt.

179

Es hatte Amy verblüfft und plötzlich zu der Überlegung veranlaßt, ob Mrs. Nichols womöglich ein bißchen verrückt war. Sie hatte Elaine zu ihrem Vater sagen hören, Mrs. Nichols stecke wahrscheinlich mitten in einem Nervenzusammenbruch.

Was aber, wenn Mrs. Nichols doch recht hatte und das Ganze bloß eine optische Illusion wegen des Metallstreifens auf dem Schornstein war? Als sie darüber nachdachte, fiel Amy wieder ein, daß Mrs. Nichols nur wenige Minuten, nachdem Amy sie meinte gesehen zu haben, in Shorts und T-Shirt aus dem Haus kam.

Die ganze Sache war irgendwie unheimlich und gespenstisch, dachte Amy. Oder vielleicht habe ich einfach zu viele Geschichten über das Remember House gehört und fange schon wie Carrie Bell an, mir Sachen einzubilden.

Sie wollte versuchen, Mrs. Nichols das Ganze zu erklären. Sie schaute auf ihre Uhr. Es war vier. Ja, sie würde jetzt anrufen.

Mrs. Nichols war beim ersten Klingelzeichen am Apparat. Sie schien etwas atemlos zu sein. »Amy, tut mir leid, aber im Moment kann ich nicht reden. Ich will gerade zum Flugplatz, und Hannah ist schon im Auto.«

»Es ist bloß – es tut mir so leid, wenn Sie denken, daß ich über Sie rede«, stammelte Amy. »Ich wollte das ehrlich nicht. Ich meine, verstehn Sie ...« Sie versuchte die Sache mit dem Kleid zu erläutern und daß sie sicher sei, sich getäuscht zu haben. »Sie sind sofort danach aus dem Haus gekommen.«

Dann wartete sie ab. Es dauerte eine Weile, bis Mrs. Nichols sagte: »Amy, ich bin froh, daß Sie angerufen haben. Danke.«

»Ich finde es schade, daß ich nicht mehr für Sie arbeite. Es tut mir so leid.«

»Ist schon gut, Amy. Haben Sie morgen Zeit rüberzukommen? Ich muß mir wirklich das Material, das ich von Mrs. Sprague habe, vorknöpfen, und ich brauche Sie, um auf Hannah aufzupassen.«

180

Henry Sprague nahm seine Frau auf einen Spaziergang an ihrer beider Lieblingsstrand mit, den Uferstreifen, der unten beim Remember House vorbeiführte. Es war Viertel nach sechs, als sie Adam und Menley mit ihrem Baby am Wasser entdeckten. Sie blieben zu einem kurzen Plausch stehen.

»Ich bin gerade von New York zurückgekommen«, erklärte Adam, »und ich mußte gleich etwas Sand in die Schuhe kriegen. Kommt doch mit und trinkt ein Glas Wein mit uns.«

Der Tag war bisher schlecht für Phoebe gelaufen. Nach der Rückkehr von Scott Coveys Haus mit Henry und mit Jan Paley war sie schrecklich erregt gewesen. Sie war in ihr Arbeitszimmer gegangen, hatte nach ihren Unterlagen gesucht und Henry und Jan vorgeworfen, sie hätten sie ihr gestohlen. Henry hielt es für eine gute Idee, wenn sie die Papiere zu Gesicht bekam, und er erläuterte wieder einmal, weshalb Menley sie hatte. Außerdem wollte er Adam von seinem Gespräch mit Scott berichten.

Er nahm die Aufforderung an, und sie folgten den Nichols' vom Strand hinauf ins Haus. Als sie den Rasen überquerten, erklärte er Menley seine Absicht.

Menley hörte enttäuscht zu und hoffte inständig, Phoebe werde nicht darauf bestehen, ihre Papiere wieder mitzunehmen.

Doch dann in der Küche schien sich Phoebe Sprague nur über den Anblick der sauberen Stapel von Ordnern und Papieren und Büchern zu freuen. Liebevoll strich sie mit den Fingern darüber, und vor den Augen ihres Mannes, Menleys und Adams hellte sich ihre Miene auf. Der verlorene Ausdruck in ihrem Blick schwand. »Ich wollte ihre Geschichte erzählen«, murmelte sie, während sie den Aktendeckel mit den Zeichnungen aufschlug.

Menley sah, daß Phoebe vorhatte, sich alle Bilder anzuschauen. Als Phoebe auf Menleys Skizzen stieß, hielt sie sie hoch und rief aus: »Oh, Sie haben sie von dem Gemälde abgezeichnet, das ich von Mehitabel und Andrew zusammen auf dem Schiff habe. Ich konnte das Ding einfach nicht mehr finden. Ich dachte schon, ich hätt's verloren.«

Gott sei Dank, dachte Menley. Es *gibt* also ein Bild, das ich womöglich kopiert habe. Mit dieser verdammten Arznei habe ich einfach nicht meine fünf Sinne beieinander.

Phoebe stand eine Weile da und musterte Mehitabels Antlitz. Sie spürte, wie sie innerlich zurückwich, wieder in den Strudel dunkler Verwirrung gezogen wurde, sich wieder verirrte. Sie zwang ihr Gehirn dazu, weiterzumachen. Ihr Mann liebte sie, dachte sie, aber er glaubte ihr nicht. Deshalb mußte sie sterben. Ich muß Adams Frau warnen. Genau dasselbe hat man mit *ihr* vor.

Hat man vor! Hat man vor! Sie mühte sich, an dem Gedanken festzuhalten, aber er ergab keinen Sinn mehr.

Mehitabel. Andrew. Wer noch? Bevor ihr Bewußtsein sich wieder bewölkte, grau und leer wurde, schaffte sie es noch, Menley zuzuflüstern: »Mehitabel unschuldig. Tobias Knight. Antwort im Mooncussers-Ordner.«

53

Graham und Anne Carpenter erhielten den Anruf vom Bezirksstaatsanwalt am Mittwoch spätnachmittags. Sie hatten angefangen Golf zu spielen, dann aber nach dem neunten Loch aufgehört, weil Anne sich nicht wohl fühlte.

Graham erkannte, daß es möglicherweise ein Fehler gewesen war, auf die Behörden Druck auszuüben, damit sie Scott Covey die Verantwortung für Vivians Tod öffentlich anlasteten. Die Medien ergötzten sich nun an dem gefundenen Fressen und verhackstückten jede Einzelheit aus Vivians Leben, deren sie habhaft wurden.

Die Schmonzetten bezeichneten sie mittlerweile als »das arme kleine reiche Mädchen«, »die Verstoßene« oder »die grasrauchende Rebellin«. Details aus dem Privatleben der Fa-

182

milie wurden verzerrt und zum Vergnügen der Öffentlichkeit lächerlich gemacht.

Anne war am Boden zerstört, fühlte sich gedemütigt und erbittert. »Vielleicht hätten wir die Sache ruhen lassen sollen, Graham. Wir können sie ja nicht ins Leben zurückrufen, und jetzt zerstört man auch noch die Erinnerung an sie.«

Wenigstens würde die Zeugenvernehmung vor Gericht Klarheit schaffen, überlegte Graham, während er ihre 5-Uhr-Martinis herrichtete und das Tablett auf die Sonnenveranda hinaustrug, wo Anne sich ausruhte.

»Noch ein bißchen früh dafür, findest du nicht?« fragte sie.

»Ja, ein wenig«, stimmte er zu. »Das war eben der Bezirksstaatsanwalt am Telefon. Der Richter von Orleans beruft für Montag nachmittag eine Anhörung vor Gericht ein.«

Auf ihren bestürzten Gesichtsausdruck hin sagte er: »Wenigstens kommen dann die genaueren Umstände ans Licht. Es ist eine öffentliche Vernehmung, und nach der Darlegung aller Tatsachen hoffen wir vom Richter eine der drei Entscheidungen zu hören: keine ausreichenden Beweise für ein Verbrechen; keine Beweise für Fahrlässigkeit; keine Beweise für fahrlässige Tötung.«

»Ja, aber was ist, wenn der Richter beschließt, daß keine Beweise für Fahrlässigkeit oder ein Verbrechen vorliegen?« meinte Anne. »Dann haben wir uns diesen ekligen Medienrummel umsonst angetan.«

»Nicht umsonst, meine Liebe. Das weißt du doch.«

Vom Hausinneren her hörten sie es leise läuten. Einen Moment später kam die Haushälterin mit dem drahtlosen Telefon an die Tür. »Mr. Stevens ist dran, Sir. Er hat gesagt, es ist wichtig.«

»Das ist der Ermittler, den die Versicherung auf Covey angesetzt hat«, erklärte Graham. »Ich habe verlangt, daß ich umgehend informiert werde, falls er irgend etwas herausfindet.«

Anne Carpenter beobachtete ihren Mann, wie er aufmerksam zuhörte und dann ein Trommelfeuer von Fragen losließ. Als er das Gespräch beendete, wirkte seine Miene belebt.

»Stevens ist in Florida, in Boca Raton. Das ist der Ort, wo Scott letzten Winter war. Offenbar hat ihn dort mehrere Male eine auffallend herausgeputzte Brünette besucht, die Tina heißt. Das letzte Mal eine Woche, bevor er hierhergekommen ist und Vivian geheiratet hat!«

54

Gleich nachdem sie Adam am Flughafen abgeholt hatte, bekam Menley das Gefühl, daß ihn irgend etwas aus der Fassung brachte. Sie begriff die Ursache, als sie sich fürs Bett fertigmachten und er ihr die von Dr. Kaufman verschriebene Medizin gab.

»Wer von euch beiden hat wen angerufen?« fragte sie ruhig.

»Ich habe die Ärztin angerufen, die sich nicht schlüssig war, ob sie mich anrufen sollte oder nicht.«

»Ich glaub, ich rede lieber morgen früh darüber.«

»Wenn dir das lieber ist.«

Es war so, wie sie in dem Jahr nach Bobbys Tod und vor ihrer Schwangerschaft mit Hannah zumeist schlafen gegangen waren, dachte Menley. Ein unpersönlicher Kuß; beide voneinander abgerückt; unvereinbare Gefühle, die sie so effektiv trennten wie das *bundling board* der Neuengländer früher.

Menley drehte sich zu ihrer Seite hin und bettete ihr Gesicht auf die Hand. Ein *bundling board*. Komisch, daß sie diesen Vergleich zog. Sie war gerade auf diese Einrichtung aus der Kolonialzeit gestoßen: Im Winter war es häufig so kalt im Haus gewesen, daß ein junger Mann und eine junge Frau, die sich den Hof machten, gemeinsam im selben Bett liegen durften, aber nur voll bekleidet, in Decken gewickelt und mit einer langen, fest verankerten Holzbohle dazwischen.

Wieviel hat Dr. Kaufman Adam erzählt? fragte sich Menley. Empfand sie es wohl als ihre Pflicht, ihn über diese Flashbacks in Kenntnis zu setzen, als ich dachte, ich hätte den Zug und dann Bobby rufen gehört?

Dann erstarrte Menley. Hat die Therapeutin womöglich Adam weitererzählt, daß Hannahs Geschrei mich zutiefst verstört hat und ich mir nicht zugetraut habe, sie hochzunehmen? Und hat Adam der Ärztin vom Witwensteg erzählt? Von der Sache hatte ich ihr nichts gesagt.

Dr. Kaufman und Adam befürchten vielleicht, daß ich Hannah was antue. Wozu haben sie sich entschlossen? Ob sie jetzt darauf bestehen, daß rund um die Uhr jemand zum Babysitten oder eine Kinderschwester kommt, wenn Adam nicht da ist?

Nein, dachte sie, es gab noch eine andere, viel schlimmere Möglichkeit. Entmutigt hatte Menley das sichere Gefühl, auf die richtige Antwort gestoßen zu sein. Adam wird mich nach New York mitnehmen, und Dr. Kaufman weist mich dann in eine psychiatrische Abteilung ein. Das darf ich nicht zulassen. Ich kann mich nicht von Hannah trennen. Das würde mich umbringen.

Mir geht's allmählich besser, sagte sie sich. Ich habe es doch geschafft, über das Bahngleis zu fahren, als ich diese Woche Adam zum Flugplatz brachte. Und sogar neulich nacht, als ich dachte, daß Bobby ruft, habe ich mich allein wieder zurechtgefunden. Ich bin wieder zu Hannah hin. Ich habe ihr nichts angetan, und ich habe sie getröstet. Und ich will dableiben.

Vorsichtig, damit sie Adam nicht störte, zog Menley sich die Decke enger um den Hals. Zu besseren Zeiten wäre sie einfach in die Wärme von Adams Armen geflüchtet, wenn sie aufwachte und fror. Nicht jetzt. Nicht so, wie die Dinge standen.

Ich darf es einfach nicht zulassen, daß Adam irgendein Anzeichen meiner Ängste mitbekommt, nahm sie sich vor. Ich muß ihm am Morgen zuvorkommen und erklären, daß ich Amy gern den ganzen Tag da hätte, damit sie mir mit Hannah hilft. In ein oder zwei Tagen muß ich ihm dann sagen, wieviel besser ich mich schon fühle, daß die Ärztin vielleicht recht hatte und man die Dosis des Mittels nicht so schnell hätte reduzieren sollen.

Ich mag es nicht, wenn ich unehrlich zu ihm bin, aber er ist auch nicht ehrlich mit mir, überlegte sie. Elaines Anruf wegen des Abendessens neulich war schon vorher abgesprochen worden.

Es wird soviel einfacher sein, hier im Haus den ganzen Tag jemanden für Hannah zu haben. Da habe ich bestimmt nicht so wie in der Wohnung das Gefühl, daß mir jemand ständig auf die Pelle rückt. Und Hannah entwickelt sich hier prächtig.

Das neue Buch ist ein wirklich anregendes Projekt. Die Arbeit hilft mir immer, daß ich mich ausgeglichen fühle. Ein David-Band mit Andrew als dem Jungen, der heranwächst, um Kapitän seines eigenen Schiffs zu werden, könnte mein bester werden. Das spüre ich.

Ich glaube nicht an Geister, aber was Jan Paley über Leute erzählt hat, die behaupten, in ihrem alten Haus gehe ein Wesen um, fasziniert mich und würde auch die Leser faszinieren. Es gäbe bestimmt einen großartigen historischen Artikel für die *Travel Times* ab.

Und ich will Mehitabels Geschichte erzählen. Phoebe besteht darauf, daß sie unschuldig ist und der Beweis dafür in dem Ordner über die Mooncussers zu finden ist. Dieses arme Mädchen wurde als Ehebrecherin verurteilt, öffentlich ausgepeitscht, von ihrem Mann verabscheut und ihres Säuglings beraubt. Schon schlimm genug, falls sie schuldig war, aber unvorstellbar, falls sie unschuldig war. Ich will den Beweis für ihre Unschuld auftreiben, wenn er existiert.

Empfinde ich deshalb eine Seelenverwandtschaft mit ihr, weil mein Mann vielleicht mit meiner Therapeutin hinter meinem Rücken plant, mich von meinem Baby zu trennen, und weil ihr Verdacht ungerechtfertigt ist, daß ich nämlich nicht fähig sei, für die Kleine zu sorgen?

So muß es auch für Scott Covey sein, sagte sie sich. Lauter vielsagende Blicke, Getuschel und Leute, die es darauf abgesehen haben, einen hinter Gitter zu bringen. Ein Lächeln zuckte ihr über die Lippen, als ihr Scotts erhobene Augenbraue wieder einfiel, sein kaum merkliches Zwinkern, als sie beide sich gestern beim Abendessen eine von Johns endlosen Geschichten anhören mußten.

Endlich spürte Menley, wie sie sich entspannte und langsam eindöste. Mit einem Ruck wachte sie wieder auf, ohne zu wissen, wie lange sie geschlafen hatte. Sie hatte sich doch vergewissert, daß Hannah zugedeckt war. Während sie aus dem Bett schlüpfte, sprang Adam auf und fragte scharf: »Menley, wo gehst du hin?«

Sie unterdrückte eine wütende Reaktion und versuchte, beiläufig zu antworten. »Ach, ich bin nur aufgewacht, weil mir kalt war, und ich dachte, ich schau gleich mal nach dem Baby. Warst du denn schon wach, mein Schatz? Hast du vielleicht schon nachgeschaut, ob sie zugedeckt ist?«

»Nein, ich hab geschlafen.«

»Bin gleich wieder da.«

Ein muffiger Geruch war in dem Zimmer bemerkbar. Hannah hatte sich auf den Bauch gedreht und schlief jetzt mit erhobenem Po und angezogenen Beinchen. Ihre Decken waren über den Boden verstreut. Die Plüschtiere, die zuvor auf der Kommode plaziert waren, hatte jemand um Hannah herum in dem Bettchen arrangiert. Die antike Puppe steckte in sitzender Haltung in der Wiege.

Hektisch warf Menley die Spieltiere auf die Kommode zurück, hob die Bettdecken auf und schüttelte sie aus.

»Das hab ich nicht getan, Hannah«, flüsterte sie, während sie ihre Tochter zudeckte. »Das hab ich nicht getan.«

»Was hast du nicht getan, Menley?« fragte Adam von der Zimmertür her.

11. August

55

Am Donnerstag morgen war der Himmel verhangen, und eine schneidend kalte Brise veranlaßte die Bewohner von Chatham, schleunigst in ihren Schränken nach langärmligen Hemden und Jacken zu suchen. Es war ein Tag von der Art, wie er Marge, Elaines Assistentin, »in Fahrt« brachte.

Die Atkins Real Estate Agency hatte eine Reihe neuer Immobilien zu bieten, und Elaine war persönlich herumgefahren, um schmeichelhafte Schnappschüsse von den verschiedenen Häusern zu machen. Sie hatte die Fotos entwickelt und vergrößert und dann am Vortag die Bilder mit ins Büro gebracht.

Als Marge beim Aufwachen die Frische in der Luft bemerkte, hatte sie beschlossen, früh zur Arbeit zu gehen und eine ungestörte Stunde dafür auszunützen, das Schaufenster neu zu dekorieren. Sie traf um halb acht ein und machte sich daran, die bisherigen Fotos zu entfernen.

Um zehn vor neun war sie fertig und betrachtete draußen vom Gehsteig aus ihr Werk. Sehr hübsch, dachte sie, von der Wirkung höchst angetan.

Die Abbildungen waren ungewöhnlich gut und zeigten die Häuser von ihrer allerbesten Seite. Da war ein reizendes altes Cape-Haus oben an der Bucht von Cockle Cove Ridge, dann ein entzückendes *saltbox* mit seinem Steildach am Hang der Deep Water Lane, schließlich ein modernes Haus an der Sandy Shoes Lane und ein Dutzend weiterer nicht ganz so attraktiver Anwesen.

Das wichtigste Angebot war ein Herrensitz mit Seeblick am Wychmere Harbor. Elaine hatte den Spezialisten für Luftaufnahmen, der immer für sie arbeitete, beauftragt, ein Panoramabild davon zu machen. Marge hatte nun das Poster in die Mitte des Schaufensters plaziert, an Stelle der gerahmten Luftaufnahme vom Remember House.

Hinter ihrem Rücken hörte Marge jemanden klatschen. Sie drehte sich schnell um.

»Ich kauf sie alle«, sagte Elaine, während sie aus ihrem Wagen stieg.

»Abgemacht!« Marge wartete, bis Elaine herangekommen war und neben ihr stand. »Ehrlich, was halten Sie davon?«

Elaine betrachtete das Arrangement. »Ich finde, das sieht großartig aus. Wahrscheinlich war es an der Zeit, mein Lieblingsbild, das vom Remember House, rauszunehmen.«

»Ja, das finde ich wirklich, besonders, da Sie doch überzeugt sind, daß es die Nichols' kaufen werden.«

Elaine ging ihr voran in die Agentur hinein. »Ich fürchte, das müssen wir noch abwarten«, sagte sie nüchtern. »Ich hab den Eindruck, daß Menley Nichols überhaupt nicht gut beieinander ist.«

»Ich kenn sie nicht«, sagte Marge, »aber Adam Nichols ist ein wunderbarer Mann. Ich weiß noch, wie traurig er aussah, als er letztes Jahr hierherkam und Sie mit ihm auf Besichtigungstour gefahren sind. Er hat dann doch das Sparksche Landhaus bei Ihnen in der Nähe gemietet, oder?«

»Richtig.« Elaines Blick fiel auf die Aufnahme vom Remember House, die an einen Stuhl gelehnt war. »Ich hab eine Idee«, sagte sie. »Das schicken wir zu Scott Covey rüber. Sobald sich seine Situation wieder beruhigt hat, würde es mich überhaupt nicht wundern, wenn er nicht doch beschließt, hier auf dem Cape zu bleiben, und er und Vivian waren ja ganz vernarrt in dieses Haus. Wenigstens behält er es auf diese Weise im Gedächtnis. Nur für den Fall, daß die Nichols' es doch nicht nehmen.«

»Ja, aber wenn er gar kein Interesse dran hat? Falls das Objekt wieder auf den Markt kommt, wird's Ihnen leid tun, daß Sie ihm das Bild gegeben haben, Elaine.«

»Ich hab das Negativ. Ich kann noch Abzüge machen.«

Sie ging in ihr Büro. Marge begann die Fotos, die sie aus dem Schaufenster entfernt hatte, in das übergroße Album einzuordnen, das auf dem Tisch im Empfangsbereich lag. Die Glocke am Eingang kündigte ihren ersten Besuch an.

Es war der Botenjunge vom Blumengeschäft. Er brachte eine Vase mit langstieligen Rosen.

»Für Miss Atkins«, erklärte er.

»Es würde mir nicht im Traum einfallen, die könnten für mich sein«, erwiderte Marge. »Bringen Sie sie ihr doch. Sie kennen ja den Weg.«

Als er weg war, ging Marge hinüber, die Blumen zu bewundern. »Absolut herrlich. Das wird ja allmählich zur Gewohnheit. Aber was zum Teufel soll das da sein?«

In dem Strauß steckte ein Fähnchen, worauf die Zahl 106 geklebt war. »Ich weiß doch, daß Sie nicht so alt sind, Elaine.«

»John ist einfach nur lieb. So viele Tage dauert's noch, bis wir verheiratet sind.«

»Er ist ein Mann mit romantischen Gefühlen, und von der Sorte gibt's weiß Gott kaum mehr welche. Elaine, glauben Sie denn, daß Sie beide auch ein Kind bekommen wollen?«

»Er hat schon eins, und ich nehme doch an, daß Amy und ich uns allmählich näherkommen.«

»Aber Amy ist siebzehn. Sie geht zum College weg. Es wär was anderes, wenn sie noch ein Baby wäre.«

Elaine lachte. »Wenn sie noch ein Baby wäre, würde ich ihn nicht heiraten. So häuslich bin ich einfach nicht.«

Das Telefon klingelte. »Ich geh dran.« Elaine griff nach dem Hörer. »Atkins Immobilien, Elaine Atkins am Apparat.« Sie lauschte. »Adam! ... Ist das schlimm? Ich meine, eine öffentliche Anhörung, das klingt so erschreckend. Natürlich bereite ich meine Zeugenaussage vor. Lunch mit dir wäre okay. Ein Uhr? Bis dann.«

Als sie aufgelegt hatte, sagte sie zu Marge: »Es sieht nach guten Neuigkeiten aus. Sie beraumen eine Anhörung vor Gericht zu Vivian Coveys Tod ein, was bedeutet, daß auch die Presseleute Zugang haben. Das gibt uns allen doch Gelegenheit, uns für Scott ins Zeug zu legen.« Sie erhob sich. »Wo ist das Bild vom Remember House?«

»Neben meinem Schreibtisch«, erwiderte Marge.

»Schicken wir's ihm doch mit ein paar Zeilen rüber.«

Auf ihrem persönlichen Briefpapier schrieb sie rasch ein paar Sätze in ihrer sauberen, energischen Handschrift nieder.

Lieber Scott,
ich habe gerade von dem Gerichtstermin erfahren und bin froh über die Chance, die ganze Welt wissen zu lassen, wie glücklich Du und Vivian damals an dem herrlichen Nachmittag wart, als Ihr Euch das Remember House angeschaut habt. Dir hat der Ausblick dort so gut gefallen, daß ich Dir gern diese Aufnahme zur Erinnerung daran vermachen möchte.
Herzlich, Elaine

56

Um zehn Uhr vormittags am Donnerstag, als der Frühstücksbetrieb allmählich nachließ, benützte Tina Aroldi ihre Viertelstunde Pause dazu, ins Büro des *Wayside Inn* zu eilen. Die Sekretärin war alleine dort.

»Jean, was hat dieser Polizist gestern gewollt, als er unter mein Auto geschaut hat?« verlangte Tina zu wissen.

»Ich weiß nicht, was Sie meinen«, protestierte die Sekretärin.

»Sie wissen sehr genau, was ich meine. Probieren Sie gar nicht erst zu lügen. Ein paar von den Aushilfsjungen haben ihn durchs Fenster gesehen.«

»Es gibt gar nichts, weshalb ich lügen sollte«, stammelte Jean. »Der Polizist hat mich gebeten, ich soll ihm Ihr Auto zeigen, dann kam er wieder rein und wollte wissen, ob Sie je das Telefon für Reservierungen bedient haben.«

Geistesabwesend ging Tina zu ihrem Revier im Restaurant zurück. Ein paar Minuten nach eins war sie gar nicht erfreut, Scotts Anwalt, Adam Nichols, mit Elaine Atkins, der Immobilienmaklerin, die häufig Kunden mit ins Restaurant brachte, hereinkommen zu sehen.

Sie sah, daß Nichols in ihre Richtung wies. Wunderbar. Er

191

wollte sichergehen, daß sie die beiden bediente. Die Empfangsdame wies ihnen einen von Tinas Tischen zu, und widerwillig ging Tina, den Bestellblock in der Hand, hinüber, ihre Gäste zu begrüßen.

Sie war überrascht, wie freundlich Nichols sie anlächelte. Er sieht wirklich attraktiv aus, dachte Tina, nicht umwerfend gut, aber irgendwas hat er an sich. Man bekam das Gefühl, daß er ein ganz schön aufregender Typ als Freund sein könnte. Und man konnte sehen, daß er was auf dem Kasten hatte.

Nun ja, heute lächelte er ja vielleicht, aber neulich, als er mit Scott reinkam, da war von Lächeln keine Rede, ging es Tina durch den Kopf. Er war wahrscheinlich einer von diesen Kerlen, die nur nett waren, wenn sie einen brauchten.

Sie reagierte kühl auf seine Begrüßung und fragte: »Kann ich Ihnen etwas von der Bar bringen?«

Sie bestellten beide ein Glas Chardonnay. Als Tina sich entfernt hatte, sagte Elaine: »Ich frage mich, was mit Tina heute los ist.«

»Ich kann mir vorstellen, daß es sie nervös macht, zu der Zeugenaussage vor Gericht gezerrt zu werden«, antwortete Adam. »Nun ja, da muß sie einfach durch. Der Staatsanwalt wird sie garantiert vorladen, und ich will sichergehen, daß sie einen günstigen Eindruck erweckt.«

Sie bestellten jeder einen Hamburger und teilten sich eine Extraportion Zwiebelringe. »Es ist gut, daß ich nicht oft mit dir zu Mittag esse«, äußerte Elaine. »Ich würde glatt zehn Kilo zulegen. Normalerweise esse ich Salat.«

»Das ist doch wie in den guten alten Zeiten«, stellte Adam fest. »Weißt du noch, wie wir damals nach unsern Sommerjobs einen Haufen von diesem Zeug zum Essen geholt haben und uns alle in dieses Wrack von Boot mit dem Außenbordmotor gezwängt haben, das ich damals hatte, und es unsern Sonnenuntergang-Törn genannt haben?«

»Hab ich nicht vergessen.«

»Neulich abends bei dir zu Hause mit der alten Bande

hatte ich das Gefühl, als wären fünfzehn oder zwanzig Jahre wie weggewischt«, sagte Adam. »Das Cape hat immer diese Wirkung auf mich. Du übrigens auch, 'Laine. Es macht Spaß, sich manchmal wieder wie ein Teenager zu fühlen.«

»Nun, du hattest ja auch eine Menge Sorgen. Wie geht's Menley denn?«

Er zögerte. »Sie kommt schon zurecht.«

»Du kommst mir aber nicht so vor, als ob du's ehrlich meinst. He, du redest doch mit deiner alten Freundin, Adam. Weißt du nicht?«

Er nickte. »Mit dir hab ich immer reden können. Die Ärztin findet, daß es ratsam wäre, Menley wieder nach New York zu bringen und stationär einzuweisen.«

»Du meinst doch hoffentlich nicht, in eine psychiatrische Anstalt.«

»Doch, ich fürchte schon.«

»Adam, überstürz die Sache nicht. Auf der Party neulich und dann bei dem Abendessen schien sie doch bestens in Form zu sein. Außerdem hat John mir gesagt, daß Amy von jetzt ab den ganzen Tag bei euch ist.«

»Das ist der einzige Grund, weshalb ich überhaupt jetzt hiersein kann. Menley hat mir heute morgen gesagt, daß sie an ihrem Buch arbeiten will, und sie weiß, daß ich mich für die Anhörung gründlich vorbereiten muß, deshalb wollte sie Amy für eine Weile ganztägig anheuern.«

»Findest du dann nicht, daß du es damit bewenden lassen solltest? Abends bist du doch zu Hause.«

»Ja, vermutlich. Ich meine, heute früh war Menley ganz die alte. Entspannt, witzig, von ihrem Buch begeistert. Man käme nie auf die Idee, daß sie wieder unter diesem Streßsyndrom gelitten hat – genaugenommen unter Halluzinationen. Gestern hat sie der Ärztin erzählt, daß sie dachte, sie hätte Bobby rufen hören. Sie ließ Hannah einfach schreien, während sie im ganzen Haus herumgesucht hat.«

»O Adam.«

»Also muß sie zu ihrem eigenen Besten und um Hannahs

Sicherheit willen ins Krankenhaus. Solange aber Amy dasein kann und ich mich für den Gerichtstermin vorbereiten muß, warte ich noch ab. Danach allerdings werde ich Menley mit nach New York nehmen.«

»Willst du auch selber dortbleiben?«

»Ich weiß es einfach noch nicht. Soweit ich informiert bin, wäre Dr. Kaufman für etwa eine Woche lang dagegen, daß ich Menley besuche. In New York ist es verdammt heiß, und das Mädchen, das normalerweise auf Hannah aufpaßt, ist weg. Falls Amy aushilft und tagsüber Hannah übernimmt, kann ich sie ohne Probleme am Abend versorgen, also komme ich vielleicht wenigstens für die eine Woche wieder her.«

Er aß seinen Hamburger fertig auf. »Weißt du, wenn wir es wirklich wie früher hätten halten wollen, dann müßten wir jetzt aus Bierdosen trinken anstatt aus Weingläsern. Aber was soll's, ich glaub, ich bestell mir jetzt einen Kaffee.«

Er wechselte das Thema. »Da die Gerichtsvernehmung eine öffentliche Anhörung ist, kann ich eine Liste der Leute einreichen, von denen ich will, daß sie als Zeugen aufgerufen werden. Das heißt allerdings nicht, daß der Staatsanwalt seine Fragen nicht so formuliert, daß Scott in einem schlechten Licht erscheint. Laß uns eben die Sachen durchgehen, die man dich wahrscheinlich fragen wird.«

Sie tranken ihren Kaffee aus und ließen sich noch nachschenken, bis Adam zufrieden nickte. »Du bist eine gute Zeugin, Elaine. Wenn du im Zeugenstand bist, dann betone, wie einsam Vivian wirkte, als sie das Haus kaufte, wie glücklich sie auf ihrem Hochzeitsempfang war; und erzähl von damals, als sie mit Covey auf Haussuche war und von all ihren Plänen für ein Kind. Es ist okay, die Leute wissen zu lassen, daß Vivian selbst für eine Neuengländerin ungewöhnlich sparsam war. Das würde mit erklären helfen, weshalb sie sich nicht gleich eine neue Tauchausrüstung zugelegt hat.«

Als er die Rechnung bezahlte, blickte er zu der Kellnerin hoch. »Tina, Sie sind doch um halb drei mit der Arbeit fertig.

Ich möchte danach gern etwa eine Viertelstunde mit Ihnen reden.«

»Ich hab eine Verabredung.«

»Tina, Sie werden eine Vorladung erhalten, um nächste Woche vor Gericht zu erscheinen. Ich schlage vor, daß Sie Ihre Zeugenaussage mit mir besprechen. Ich kann Ihnen versichern, falls der Richter unvorteilhaft entscheidet, dann wird es daran liegen, daß er in Ihnen das Motiv für Vivians Ermordung sieht, und vielleicht wird er Sie sogar im Verdacht haben, beteiligt gewesen zu sein. Beihilfe zum Mord ist eine ziemlich ernste Angelegenheit.«

Tina wurde blaß. »Ich treff Sie dann bei der Trinkhalle neben dem Buchladen dort, dem Yellow Umbrella Bookshop.«

Adam nickte.

Er ging mit Elaine zusammen die Straße hinunter zu dem Maklerbüro. »Hör mal«, sagte er bei einem Blick in das Schaufenster, »wo ist denn das Bild von meinem Haus?«

»Von deinem Haus?«

»Na gut, vielleicht. Denk bloß dran, daß ich ein Vorkaufsrecht habe und mich möglicherweise entscheide, es wahrzunehmen.«

»Entschuldige. Ich hab das Bild zu Scott rübergeschickt. Ich muß meinen Einsatz absichern. Wenn du's nicht kaufst, dann stehen die Chancen gut, daß er vielleicht zugreift. Und Jan Paley könnte den Verkaufserlös gut gebrauchen. Sie und Tom haben eine Menge Geld in die Renovierung gesteckt. Ich laß dir einen neuen Abzug machen. Ich geb dir sogar noch einen wirklich hübschen Rahmen dazu.«

»Gut, ich verlasse mich drauf.«

Tina war sichtlich in Verteidigungsstellung, als sie mit Adam sprach. »Hör'n Sie, Mr. Nichols, ich hab einen netten Freund. Fred wird es gar nicht gefallen, wenn ich in dieser Sache aussage.«

»Fred hat dabei nichts zu melden. Aber er könnte Ihnen helfen.«

»Was meinen Sie damit?«

»Er könnte bestätigen, daß Sie beide letzten Sommer eine Weile miteinander ausgegangen sind und sich dann wegen Scott getrennt haben; daß Sie inzwischen wieder zusammen sind und jetzt heiraten werden.«

»Wir haben uns nicht sofort wieder zusammengetan. Ich bin letzten Winter mit anderen Typen ausgegangen.«

»Das macht nichts. Wichtig ist, daß ich gern mit Fred reden würde, um festzustellen, ob er einen guten Zeugen abgeben würde.«

»Ich weiß nicht . . . «

»Tina, bitte lassen Sie sich das gesagt sein: Je schneller Scotts Ruf wiederhergestellt ist, um so besser ist es auch für Sie.«

Sie saßen an einem der kleinen Tische außerhalb des Getränkeladens. Tina spielte mit dem Strohhalm in ihrem Sprudelgetränk. »Dieser Polizeityp macht mich total nervös«, brach es aus hier hervor. »Gestern hat er unter mein Auto geschaut.«

»Das ist genau so etwas, was ich wissen muß«, erwiderte Adam rasch. »Wonach hat er denn geschaut?«

Tina zuckte mit den Achseln. »Weiß ich nicht. Ich schaff den Wagen bald ab. Die verdammte Karre ist leck wie ein Sieb.«

Als sie sich verabschiedeten, ließ sich Adam Freds Telefonnummer geben, versprach aber, mit dem Anruf bis zum Abend zu warten, damit Tina vorher die Möglichkeit hatte, zu erklären, worum es ging.

Er stieg in seinen Kombiwagen und saß ein paar Minuten nachdenklich da. Dann griff er nach dem Autotelefon und wählte Scott Coveys Nummer.

Als Covey am Apparat war, sagte Adam ohne Umschweife: »Ich bin auf dem Weg zu Ihnen.«

Phoebe hatte eine unruhige Nacht gehabt. Wiederholt ließ ein Alptraum sie im Schlaf aufschreien. Einmal hatte sie laut geschrien: »Ich will nicht da rein«, ein andermal hatte sie flehentlich gejammert: »Tut mir das nicht an.«

Gegen Morgengrauen schließlich war es Henry gelungen, sie dazu zu überreden, ein starkes Schlafmittel zu nehmen, und sie war benommen eingeschlummert.

Bei seinem einsamen Frühstück versuchte Henry dahinterzukommen, was sie so erregt haben mochte. Am Tag zuvor hatte sie einen entspannten Eindruck gemacht, als sie am Strand entlangwanderten. Sie genoß offenbar auch den Besuch bei Adam und Menley im Remember House. Sie freute sich eindeutig, ihre Unterlagen dort zu sehen, und schien dann bei absolut klarem Verstand zu sein, als sie Menley sagte, die Antwort sei in dem Mooncussers-Ordner zu finden.

Welche Antwort? Was meinte sie damit? Zweifellos war ihr ein Aspekt ihrer Forschungen zu Bewußtsein gekommen, und sie hatte sich bemüht, ihn mitzuteilen. Aber sie war auch bei wachem Verstand gewesen, als sie über die Zeichnung sprach, die Menley von Kapitän Freeman und Mehitabel gemacht hatte.

Henry nahm seinen Kaffee mit in Phoebes Arbeitszimmer. Der Direktor des Pflegeheims hatte ihm geschrieben und vorgeschlagen, er möge einige Erinnerungsstücke für Phoebe zusammensuchen, damit sie sie dann bei sich im Zimmer hatte, wenn sie dort einzog. Der Direktor schrieb, daß vertraute Objekte, besonders solche, die mit dem Langzeitgedächtnis verbunden seien, eine Hilfe zur Belebung des Bewußtseins bei Alzheimer-Patienten wären. Ich sollte allmählich entscheiden, was ich für sie einpacke, dachte er. Hier ist der richtige Ort, um damit anzufangen.

Wie stets, wenn er an Phoebes Schreibtisch saß, kam ihm wieder der unglaubliche Unterschied zwischen ihrer jetzigen

Lebenslage im Vergleich zu der Wirklichkeit vor wenigen Jahren messerscharf zu Bewußtsein. Nach Phoebes Emeritierung hatte sie jeden Vormittag hier in diesem Raum verbracht, glücklich in ihre Forschungen versunken und ähnlich auf ihre Arbeit konzentriert, wie er sich auch Menley Nichols bei der Arbeit vorstellte.

Warte mal, sagte sich Henry. Das Bild des Kapitäns und seiner Frau, von dem Phoebe gestern sprach, war in dem extragroßen Ordner. Der war aber nicht bei den Sachen, die ich Menley gegeben habe. Ich wußte gar nicht, daß es noch ein Bild von den beiden gibt. Mir scheint, daß in dem großen Ordner noch eine Menge anderer Dinge über die Freemans und das Remember House waren. Wo könnte Phoebe den nur hingetan haben? fragte er sich.

Er schaute sich im Zimmer um, musterte die Regale, die vom Boden bis zur Decke reichten, und den Sofatisch. Dann fiel ihm ein: natürlich – die Anrichte in der Ecke.

Er ging hinüber. Die offenen Fächer des feinen antiken Möbelstücks enthielten seltene Exemplare alter Sandwich-Glaswaren. Er dachte daran, wie liebevoll Phoebe jedes einzelne Stück zusammengetragen hatte, und er beschloß, daß einige davon zu den Gegenständen gehören sollten, die sie mit ins Pflegeheim nahm.

Unterhalb der Fächer war die Anrichte bis oben hin mit Büchern und Papieren und Aktendeckeln vollgestopft. Ich wußte gar nicht, daß sie all das Zeug hier drin hatte, dachte Henry erstaunt.

In dem verwirrenden Durcheinander gelang es ihm tatsächlich, den Ordner aufzutreiben, nach dem er suchte, und darin fand er auch die Darstellung von Kapitän Freeman und Mehitabel. Das Wehen ihres Rocks und die geblähten Segel deuteten auf einen starken, kühlen Wind hin. Sie stand eher etwas hinter als neben ihm, so als biete er ihr Schutz. Sein Gesicht war kräftig und entschlossen, ihres dagegen sanft und freundlich; ihre Hand ruhte leicht auf seinem Arm. Der unbekannte Künstler hatte die Anziehungskraft zwischen den beiden eingefangen. Man konnte sehen, daß sie ein Liebespaar waren, dachte Henry.

Er blätterte durch den Ordner. Wiederholt stach ihm das Wort »Mooncusser« ins Auge. Das war vielleicht das Material, von dem Phoebe wollte, daß Menley es las, dachte er sich.

»Oh, hab ich hier vielleicht die Puppe gelassen?«

Phoebe stand mit zerzausten Haaren und fleckigem Nachthemd in der Tür. Henry fiel wieder ein, daß er die Flasche mit den Beruhigungstropfen auf dem Nachttisch stehengelassen hatte. »Phoebe, hast du noch mehr Medizin eingenommen?« fragte er angstvoll.

»Medizin?« Sie klang überrascht. »Ich glaube nicht.«

Sie kam zu der Anrichte getaumelt und hockte sich neben ihm hin. »Da hab ich doch die Puppe vom Remember House hingetan«, erklärte sie voller Aufregung und Freude.

Sie zog lauter Papiere aus dem tiefen untersten Fach heraus und ließ sie auf den Boden fallen. Dann langte sie ganz nach hinten und zog eine antike Puppe hervor, die ein langes vergilbtes Baumwollgewand trug. Eine spitzenbesetzte Haube mit Satinbändern rahmte das wunderschön zarte Porzellangesicht ein.

Phoebe starrte sie mit gerunzelter Stirn an. Dann reichte sie Henry die Puppe. »Die gehört ins Remember House«, sagte sie undeutlich. »Ich wollte sie zurückbringen, hab's aber vergessen.«

58

Nach dem Mittagessen saß Amy vor der Babyschaukel und spielte mit Hannah. »Händeklatschen, Händeklatschen, bis der Daddy kommt nach Haus. Daddy hat Moneten, Mommy lebt in Saus und Braus«, rezitierte sie im Singsang und ließ dabei Hannahs Händchen aneinanderklatschen.

Hannah gurgelte vor Vergnügen, und Menley lächelte. »Das ist ein ganz schön sexistischer Kindervers«, sagte sie.

199

»Ich weiß«, gab Amy zu. »Aber der geht mir nicht aus dem Kopf. Meine Mutter hat ihn mir immer vorgesungen, als ich klein war.«

Sie muß ständig an ihre Mutter denken, die Arme, dachte Menley. Amy war pünktlich um neun in der Früh gekommen, so glücklich, wieder dazusein, daß es Menley geradezu rührte. Sie wußte, daß Amys Haltung nicht nur dem Wunsch entsprach, sich Geld zu verdienen. Sie wirkte wahrhaft froh darüber, hierzusein.

»Meine Mutter behauptet, daß sie uns möglichst nichts vorgesungen hat«, sagte Menley, während sie das Spülbecken putzte. »Sie singt immer falsch und wollte meinen Bruder und mich nicht damit anstecken. Hat sie aber.« Sie spritzte Wasser über das Becken.

»Ehrlich gesagt, Hildy ist keine große Hilfe«, klagte sie. »Diese Putzfrau, die damals gerade wegfuhr, als wir hier ankamen, hat alles blitzsauber hinterlassen. Ich wünschte, sie käme wieder.«

»Elaine war sauer auf sie.«

Menley drehte sich um und schaute Amy an. »Wieso war sie sauer auf sie?«

»Ach, ich weiß nicht«, beeilte sich Amy zu antworten.

»Amy, ich glaube, das wissen Sie sehr wohl«, erwiderte Menley, da sie spürte, daß dies wichtig sein konnte.

»Also, es lag bloß daran, daß Carrie Bell damals am Vormittag, als Sie ankamen, verschreckt war. Sie hat gesagt, daß sie oben Schritte gehört hat, aber niemand da war. Dann, als sie ins Kinderzimmer ist, hat die Wiege von selber geschaukelt, oder das hat sie wenigstens behauptet. Elaine fand das einfach lächerlich, und außerdem wollte sie nicht, daß solche Märchen über das Haus verbreitet werden, weil es zum Verkauf steht.«

»Ah ja.« Menley versuchte ihre Erregung herunterzuspielen. Jetzt sind wir drei, dachte sie. Amy, Carrie Bell und ich. »Wissen Sie, wie ich Carrie erreichen kann?« fragte sie.

»O sicher. Sie macht schon seit Jahren unser Haus sauber.«

Menley griff nach einem Zettel und notierte sich die Nummer, die Amy herunterratterte. »Ich will sehen, ob sie wieder herkommen kann, und ich werde Elaine bitten, Hildy abzubestellen.«

Da es noch sehr kühl war, kamen sie überein, daß Amy Hannah warm einpacken und für eine Weile in dem Kinderwagen spazierenfahren würde. »Hannah kriegt gern mit, was alles los ist«, sagte Amy mit einem Lächeln.

Und geht es denn nicht uns allen so, dachte Menley, als sie sich an den Tisch setzte und nach dem Ordner mit der Überschrift *Mooncussers* langte. Eine Weile lang starrte sie nachdenklich in die Ferne. Heute morgen hatte Adam gar nicht erst um den heißen Brei herumgeredet. »Menley«, hatte er erklärt, »ich bin überzeugt, wenn du Dr. Kaufman anrufst, wirst du hören, daß sie meiner Meinung ist. Solange du solche niederschmetternden Angstattacken und Flashbacks hast, muß ich darauf bestehen, daß Amy hier bei dir und Hannah bleibt, wenn ich nicht da bin.«

Menley mußte an die Anstrengung denken, die es sie gekostet hatte, nicht wütend zu reagieren. Statt dessen hatte sie schlicht darauf hingewiesen, daß es ihre eigene Idee gewesen war, Amy herzuholen, also brauche er sich nicht so aufzuplustern. Trotzdem hatte Adam abgewartet, bis Amys Wagen auf der Einfahrt erschien, und war dann hingeeilt, um ein paar Worte mit ihr zu wechseln. Danach hatte er sich zur Vorbereitung für die Anhörung in die Bibliothek zurückgezogen. Um halb eins verließ er dann das Haus mit den Worten, er werde am Spätnachmittag zurück sein.

Er hat unter vier Augen mit Amy geredet, weil er mir nicht einmal zutraut, mein Wort zu halten, dachte Menley. Dann verdrängte sie diese Überlegungen aus ihrem Bewußtsein und machte sich entschlossen an die Arbeit.

Vor dem Lunch hatte sie versucht, sich ein Bild von dem Material im Mooncusser-Ordner zu machen, indem sie das, was sie aus Phoebe Spragues Datensammlung herausgefiltert hatte, in eigenen Notizen festhielt.

Jetzt las sie diese Notizen nochmals durch:

Die fünfundzwanzig Kilometer heimtückischer Strömungen, verborgener Fahrrinnen und wandernder Untiefen, die sich an der Küste von Chatham entlangzogen, waren das Verderben unzähliger Schiffe. Sie gingen in Schneestürmen und Orkanen unter und brachen auseinander oder liefen auf Sandbänken auf, so daß der Schiffsrumpf zerschellte und das Gefährt in der heftigen Brandung sank.

»Mooncussers« nannte man damals die Plünderer, die zu den Wracks zu eilen pflegten, um über die Ladung herzufallen und sich ihre Beute zu schnappen. Sie segelten mit ihren kleinen Booten zu dem sterbenden Schiff, brachten Hebeeisen, Sägen und Äxte mit und demontierten alles, was verwertbar war: Fracht und Bauteile und Inventar. Fässer und Truhen und Haushaltsgegenstände wurden über Bord auf die wartenden Fahrzeuge gehievt.

Sogar Geistliche betätigten sich als Plünderer. Menley war auf eine Niederschrift von Phoebe über einen Pfarrer gestoßen, der mitten in einer Predigt aus dem Fenster schaute, ein Schiff in Seenot entdeckte und umgehend seine Gemeinde über das »glückliche« Ereignis informierte. »Alle Mann los«, kreischte er und rannte schleunigst aus dem Versammlungsraum, dicht gefolgt von seinen Raubkumpanen.

Eine andere Geschichte, die Phoebe festgehalten hatte, handelte von dem Geistlichen, der, nachdem man ihm einen Zettel mit der Nachricht über ein sinkendes Schiff gereicht hatte, seine Pfarrkinder anwies, still mit gesenktem Kopf zu beten, indes er selbst sich auf der Suche nach Beute davonstahl. Als er fünf Stunden später zurückkehrte – sein Diebesgut sicher verstaut –, fand er seine folgsame Gemeinde erschöpft und mit steifem Nacken noch immer vor.

Wunderbare Geschichten, dachte Menley, doch was sollen die mit Tobias Knight zu tun haben? Sie las weiter; eine Stunde später entdeckte sie endlich einen Hinweis auf ihn. Es hieß von ihm, er verurteile »diese Gaunerbanden, die die gesamte Ladung Mehl und Rum aus dem gestrandeten Schoner *Red Jacket* geplündert und damit die Krone um ihr Bergungsgut gebracht« hätten.

Tobias wurde mit der Leitung jener Ermittlungen betraut. Über den Erfolg oder Fehlschlag seiner Mission war nichts erwähnt.

Aber wo ist der Zusammenhang mit Mehitabel? fragte sich Menley. Kapitän Freeman war doch ganz gewiß kein Plünderer.

Und dann stieß sie auf eine weitere Erwähnung von Tobias Knight. Im Jahr 1707 fand eine Wahl zu dem Zweck statt, ihn als Magistratsmann und Beisitzer zu ersetzen und Samuel Tucker dazu zu ernennen, das Gebäude der Schafhürde zu vollenden, das Knight begonnen hatte. Die Begründung: »Da Tobias Knight nicht mehr in unserer mitten erscheinet, zu dem großen nachtheil der gemeinde.«

Phoebe Sprague hatte angemerkt: »Der ›große nachtheil‹ war vermutlich, daß sie ihn schon für die Errichtung des Gebäudes bezahlt hatten. Aber was ist aus ihm geworden? Kein Eintrag zu seinem Tod. Ging er weg, um nicht zum Kriegsdienst eingezogen zu werden? Der ›Krieg von Königin Anna Stuart‹, der Krieg mit den Franzosen und Indianern, wurde damals ausgefochten. Oder hatte sein Verschwinden mit der königlichen Untersuchungskommission zu tun, die zwei Jahre vorher ihre Arbeit aufnahm?«

Die königliche Untersuchungskommission! dachte Menley. Das gibt der Sache eine neue Wendung. Tobias Knight muß vielleicht ein sonderbarer Kerl gewesen sein. Er überließ Mehitabel ihrem Schicksal. Er führte die Suche nach der entwendeten Ladung der *Red Jacket* an, was nichts anderes hieß, als daß er seine eigenen Mitbürger unter die Lupe nahm, und dann verduftete er und ließ den unfertigen Pferch zurück.

Sie richtete sich auf und blickte auf die Uhr. Es war halb drei. Amy war schon seit knapp zwei Stunden allein mit der Kleinen unterwegs. Besorgt sprang sie auf, lief zur Küchentür und war erleichtert festzustellen, daß der Kinderwagen soeben auf den Pfad gerollt kam, der den Anfang des Grundbesitzes markierte.

Ob ich wohl je so weit komme, daß ich mir nicht mehr übertriebene Sorgen um Hannah mache? fragte sie sich.

Hör auf, so zu denken, schärfte sie sich ein. Du hast noch nicht mal einen einzigen Blick aufs Meer geworfen, seit du heute früh aufgestanden bist, kam ihr in den Sinn. Schau es dir doch an. Das tut dir noch jedesmal gut.

Sie ging von der Küche, dem *keeping room*, zum großen Wohnzimmer, öffnete die Frontfenster und genoß in vollen Zügen die salzige Luft, die ihr entgegenschlug. Von dem schneidenden Wind aufgepeitscht, war das Wasser von Schaumkronen übersät. So kühl es jetzt auch sicher am Strand sein mußte, überkam sie doch eine große Sehnsucht, dort entlangzuwandern und das Wasser an ihren Fußknöcheln zu spüren. Was hatte wohl Mehitabel über dieses Haus empfunden? Sie sah jetzt vor sich, wie sie die Erzählung schreiben würde.

Sie kehrten von der Chinareise zurück und fanden das Haus fertig vor. Sie sahen es sich an, ein Zimmer nach dem anderen, gaben ihrer Freude über die Pfosten und Balken und die Täfelung Ausdruck, über die schöne Anordnung der Mauersteine an den offenen Kaminen – Steine, die Andrew in West Barnstable bestellt hatte –, über die Pilaster und das Schnitzwerk, womit der großartige Vordereingang mit seiner kreuzartigen Täfelung umgeben war. Sie ergötzten sich an der Lünette, dem fächerförmigen Fenster, das sie in London bewundert hatten, an der Art, wie es reizvolle Schattenmuster auf die Eingangsdiele warf. Dann liefen sie den steilen Abhang hinunter, um ihr Haus so zu betrachten, wie man es vom Strand aus sehen würde.

»Tobias Knight ist ein guter Baumeister«, stellte Andrew fest, als sie beide dastanden und hinaufschauten. Das Wasser plätscherte gegen Mehitabels Rocksaum. Sie raffte den

Rock hoch und trat auf trockenen Sand mit der Bemerkung: »Ich würde liebend gern das Wasser an meinen Fußknöcheln spüren.«

Andrew lachte. »Ein kaltes Wasser ist das, und du schwanger. Ich erachte das nicht für ratsam.«

»Mrs. Nichols, geht's Ihnen gut?«

Menley wirbelte herum. Amy stand im Türrahmen, mit Hannah auf dem Arm. »Ach ja, natürlich geht's mir gut. Amy, Sie müssen mir das nachsehen. Wenn ich schreibe oder zeichne, bin ich in einer anderen Welt.«

Amy lächelte. »Genauso hat Professor Sprague immer beschrieben, wie sie sich beim Schreiben fühlt, wenn sie meine Mutter besucht hat.«

»Ihre Mutter und Professor Sprague waren befreundet? Das wußte ich gar nicht.«

»Meine Mutter und mein Vater gehörten zu einem Fotoklub. Sie waren gute Hobbyfotografen. Mein Vater ist es natürlich noch. Sie haben Professor Sprague durch den Klub kennengelernt, und sie und meine Mutter haben sich wirklich gut verstanden.« Amys Stimme nahm einen anderen Ton an. »Da hat mein Vater auch Elaine kennengelernt. Sie ist auch Mitglied dort.«

Menley spürte, wie ihr die Kehle trocken wurde. Hannah patschte Amy ins Gesicht. Doch mit einemmal sah sie Amy ganz anders vor sich. Schmaler. Nicht so groß. Die blonden Haare dunkler, ihr Gesicht klein und herzförmig. Ihr Lächeln zärtlich und traurig, während sie das Baby oben auf den Kopf küßte und es in ihren Armen wiegte. So würde sie Mehitabel in den Wochen zwischen der Geburt des Säuglings und dem Tag, als sie ihr Kind verlor, darstellen.

Dann durchlief Amy ein Schauer. »Hier drin ist es wirklich eiskalt, finden Sie nicht? Ist es Ihnen recht, wenn ich etwas Tee mache?«

59

Als Adam bei Scotts Haus ankam, war Scott gerade damit beschäftigt, die Garage mit dem Wasserschlauch zu reinigen. Adam machte ein bedenkliches Gesicht, als er sah, daß Covey sein Augenmerk besonders auf eine ölverschmierte Stelle richtete. »Sie sind ja sehr fleißig«, bemerkte er.

»Eigentlich nicht. Ich wollte das schon lange machen. Viv hat vor ein paar Jahren einen Kurs über Autopflege mitgemacht und eine Zeitlang Spaß gehabt, den Mechaniker zu spielen. Sie hatte einen alten Caddy, und sie hat gern selbst getankt und das Öl gewechselt.«

»Verlor der Cadillac denn Öl?« fragte Adam umgehend.

»Ich weiß nicht, ob er Öl verlor oder Viv welches verschüttet hat. Sie hat den Wagen immer auf dieser Seite geparkt. Den BMW hat sie nach unsrer Hochzeit gekauft.«

»Ich verstehe. Wissen Sie zufällig, ob die Polizei auch Fotos von dem Garagenboden gemacht hat, als sie hier war?«

Scott sah erstaunt aus. »Wieso, was soll das bedeuten?«

»Detective Coogan hat gestern unter Tinas Auto geschaut. Es verliert offenbar Öl.«

Abrupt stellte Scott das Wasser ab und schmiß den Schlauch zu Boden. »Adam, können Sie sich überhaupt vorstellen, wie mir bei alldem zumute ist? Ich dreh noch durch. Ich muß Ihnen sagen, sobald die Gerichtssache vorbei ist, hau ich ab von hier. Sollen sie doch denken, was sie wollen. Das tun sie sowieso.«

Dann schüttelte er den Kopf, als versuche er dadurch seine Gedanken zu ordnen. »Entschuldigung. Ich sollte es nicht an Ihnen auslassen. Kommen Sie rein. Es ist kühl hier draußen. Ich dachte, der August soll auf dem Cape der beste Monat im ganzen Jahr sein.«

»Außer daß es heute kühl ist, fand ich bisher nichts am Wetter auszusetzen«, erwiderte Adam freundlich.

»Nochmals Entschuldigung. Adam, ich muß mit Ihnen reden.« Er drehte sich abrupt um und ging ins Haus voran.

Adam lehnte das Bier ab, das Scott ihm anbot, und während Covey ging, um sich selbst eins zu holen, nützte er die Zeit aus und schaute sich gründlich im Wohnzimmer um. Es sah so aus, als könne es durchaus vertragen, auf Vordermann gebracht zu werden, aber das mochte auch das Ergebnis der Haussuchung sein. Die Polizei war nicht berühmt dafür, die ursprüngliche Ordnung der Räume, die sie durchsucht hatte, wiederherzustellen.

Doch etwas anderes fiel Adam auf, eine gewisse Leere, die das Zimmer ausstrahlte. Nirgendwo war etwas Persönliches zu finden, es gab weder Fotos noch Bücher oder Zeitschriften. Die Möbel waren nicht schäbig, aber auch nicht attraktiv. Adam erinnerte sich, daß Elaine ihm berichtet hatte, Vivian habe das Haus möbliert gekauft. Es machte nicht den Eindruck, als habe sie irgend etwas unternommen, ihrem Heim einen persönlichen Stempel aufzudrücken, und soweit Scott Coveys Persönlichkeit sich in dem Raum widerspiegelte, konnte Adam es bestimmt nicht entdecken.

Er dachte an die Küche im Remember House. In den zwei Wochen, seit sie da waren, hatte Menley dem *keeping room* eine einladende Atmosphäre verliehen, und dies ohne jede Mühe. Geranien säumten die Fenstersimse. Die riesige Salatschüssel aus Holz war bis oben hin mit Obst gefüllt. Menley hatte einen abgenutzten alten Schaukelstuhl aus dem kleinen Salon rübergeschleift und neben dem offenen Kamin hingestellt. Ein Weidenkorb, der ehemals vermutlich der Beförderung von Holzscheiten gedient hatte, fand jetzt als Behälter für Zeitungen und Magazine Verwendung.

Menley hatte eine natürliche Begabung, ein Heim angenehm zu gestalten. Adam dachte mit Unbehagen daran, wie er am Morgen zu Amy hinausgelaufen war, um ihr einzuschärfen, bei Menley zu bleiben, bis er zurückkam. Menley hätte Amy nicht heimgeschickt, sagte er sich jetzt. Sie ist über diese Angstanfälle genauso beunruhigt wie ich. Sie hat ja gestern Dr. Kaufman selbst angerufen. Sie hatte sogar vorgeschlagen, Amy den ganzen Tag dazubehalten.

Was hielt nur Covey auf? Wie lange konnte es dauern, ein Bier einzuschenken? Und was zum Teufel treibe ich eigentlich hier? fragte sich Adam. Das ist mein Urlaub. Meine Frau braucht mich, und ich lasse mich dazu überreden, diesen Fall zu übernehmen.

Er ging in die Küche. »Gibt's Probleme?«

Scott saß mit verschränkten Armen am Tisch, das Bier vor ihm unberührt. »Adam«, sagte er ausdruckslos, »ich hab Ihnen keinen reinen Wein eingeschenkt.«

60

Nat Coogan hielt es für eine gute Idee, wenn er Fred Hendin ein zweitesmal aufsuchte. Mit den Auskünften gewappnet, die ihm der Versicherungsexperte gegeben hatte, fuhr er um halb fünf bei Hendins Haus vor.

Hendins Wagen stand auf der Einfahrt. Nat war nicht erfreut zu entdecken, daß auch Tinas grüner Toyota dahinter geparkt war. Andererseits stellte es sich vielleicht als interessant heraus, die beiden gemeinsam zu beobachten, dachte er.

Er schlenderte den Pfad hinauf und klingelte. Als Hendin an der Haustür erschien, war er unverkennbar ablehnend. »Habe ich vielleicht vergessen, daß wir einen Termin haben?« fragte er.

»Nein, wir haben keinen«, erwiderte Nat liebenswürdig, »Ist es okay, wenn ich reinkomme?«

Hendin trat zur Seite. »Es ist nicht okay, wenn Sie ständig meiner Freundin auf die Nerven gehen.«

Tina saß auf der Couch und tupfte sich die Augen mit einem Taschentuch ab. »Wieso belästigen Sie mich dauernd?« brauste sie auf.

»Ich habe nicht die Absicht, Sie zu belästigen, Tina«, sagte Nat gelassen. »Wir führen Ermittlungen in einem möglichen Mordfall durch. Wenn wir Fragen stellen, dient es dazu, Antworten zu erhalten, und nicht, um Leute zu quälen.«

»Sie reden mit Leuten über mich. Sie schauen sich mein Auto an.« Erneut stürzten ihr die Tränen aus den Augen.

Du bist eine lausige Schauspielerin, dachte Nat. Das ist doch nur Theaterdonner Fred zuliebe. Er warf einen Blick auf Hendin und sah Erregtheit und Mitgefühl in seiner Miene. Und die Show funktioniert, dachte er.

Hendin setzte sich neben Tina, und seine abgearbeitete Hand umschloß die ihre. »Was soll die Sache mit dem Auto?«

»Haben Sie nicht bemerkt, daß Tinas Auto ziemlich viel Öl verliert?«

»Ich hab's bemerkt. Ich schenke Tina ein neues Auto zum Geburtstag. Das ist in drei Wochen. Lohnt sich nicht, noch Geld in das andere reinzustecken.«

»Auf dem Boden in der Garage von Scott Covey ist ein ziemlich großer Ölfleck«, erklärte Nat. »Der stammt nicht von dem neuen BMW.«

»Und der stammt auch nicht von meinem Auto«, sagte Tina brüsk – ihre Tränen waren plötzlich versiegt.

Hendin erhob sich. »Mr. Coogan, Tina hat mir gesagt, daß die Sache vor Gericht geht. Coveys Anwalt kommt, um mit mir zu reden, und ich werde ihm genau dasselbe sagen, was ich jetzt zu Ihnen sage, also hören Sie gut zu. Tina und ich haben uns letzten Sommer getrennt, weil sie sich mit Covey traf. Sie ist den Winter über mit allen möglichen Typen ausgegangen, und das geht mich nichts an. Wir sind seit letztem April wieder zusammen, und es gab keinen einzigen Abend, an dem ich sie nicht gesehen habe, also versuchen Sie nicht, eine große Liebesaffäre draus zu machen, daß sie Covey in dieser Bar da über den Weg gelaufen ist oder bei ihm vorbeigeschaut hat, um ihm ihr Mitgefühl auszudrücken, als seine Frau vermißt war.«

Er schlang einen Arm um Tinas Schultern, und sie lächelte ihn an. »Es ist verflucht schade, daß Sie mir all meine Überraschungen verderben, aber ich hab nämlich noch eine für diese kleine Dame. Außer dem Auto hab ich ihr auch einen Verlobungsring gekauft, den ich ihr zum Geburtstag schenken wollte, aber so, wie die Dinge liegen, wird sie ihn an ihrem Finger haben, wenn wir nächste Woche vor Gericht auftauchen. Und jetzt raus mit Ihnen, Coogan. Sie und Ihre Fragen machen mich krank.«

61

Hier also bricht die Verteidigung auseinander, dachte Adam. In Vivian Carpenters Küche. »Was heißt das, Sie haben mir keinen reinen Wein eingeschenkt?« fragte er scharf.

Scott Covey musterte sein unberührtes Glas Bier. Er schaute Adam nicht in die Augen, als er sagte: »Ich hab Ihnen doch erzählt, daß ich von dem Zeitpunkt an, als Vivian und ich geheiratet haben, Tina nicht mehr gesehen habe außer damals in dem Pub und als sie zu dem Beileidsbesuch herkam. Das ist wahr. Was nicht der Wahrheit entspricht, ist der Eindruck, den ich Ihnen vermittelt habe, wir hätten letzten Sommer unsere Beziehung völlig abgeblasen.«

»Sie trafen sich weiterhin, nachdem Sie im August vor einem Jahr vom Cape weg sind?«

»Sie kam fünf- oder sechsmal nach Boca runter. Ich wollte Ihnen das eigentlich sagen; bestimmt findet's Ihr Detektiv sowieso noch raus.«

»Der Ermittler, den ich haben will, ist bis nächste Woche im Urlaub. Aber Sie haben recht. Er wäre dahintergekommen. Und die Staatsanwaltschaft wird's genauso rausfinden, falls die es nicht schon weiß.«

Scott schob seinen Stuhl zurück und stand auf. »Adam, ich komme mir lausig vor, wenn ich das sage, aber es stimmt wirklich. Ich hab mit Tina damals im August tatsächlich Schluß gemacht. Nicht bloß, weil ich inzwischen mit Viv zusammen war. Es lag auch daran, daß Tina eine feste Bindung wollte, ich aber nicht. Als ich dann nach Boca kam, merkte ich, wie sehr mir Viv fehlte. Normalerweise verlaufen diese

Sommerliebeleien ja im Sand. Das wissen Sie. Ich rief Viv an und merkte, daß sie genau dieselben Gefühle mir gegenüber hatte. Sie kam nach Boca runter, wir trafen uns ein paarmal in New York, und bis zum Frühjahr waren wir uns beide sicher, daß wir heiraten wollten.«

»Wenn Sie jetzt die Wahrheit sagen, warum haben Sie es dann nicht von Anfang an getan?« fuhr ihn Adam vorwurfsvoll an.

»Weil Fred nicht weiß, daß Tina mich noch im Winter besucht hat. Es hat ihm nichts ausgemacht, daß sie sich mit anderen Männern getroffen hat, aber mich kann er nicht ausstehen, weil sie ihn letzten Sommer wegen mir in die Wüste geschickt hat. Das war der eigentliche Grund, weshalb sie sich mit mir treffen wollte. Sie wollte mich persönlich sehen, damit ich ihr hoch und heilig verspreche, nie jemand zu erzählen, daß sie in Florida gewesen war.«

»Haben Sie sie noch mal gesehen, nachdem sie damals aus dem Pub weg ist?«

Scott zuckte mit den Achseln. »Ich hab sie angerufen und ihr erklärt, sie muß mir das, was sie zu sagen hat, schon am Telefon sagen. Als ich dann erfuhr, worum es ging, mußte ich lachen. Ich fragte sie, wem ich eigentlich ihrer Meinung nach davon erzählen sollte, daß sie in Boca war. Und für was für einen Miesling sie mich eigentlich hält.«

»Ich glaube, wir brauchen ein paar Zeugen, die vor Gericht aussagen, daß Tina hinter Ihnen hergelaufen ist, und nicht umgekehrt. Gibt es irgendwen, den Sie vorschlagen können?«

Scotts Miene hellte sich auf. »Zwei der anderen Kellnerinnen im *Daniel Webster Inn*. Tina verstand sich ursprünglich gut mit ihnen, doch dann haben sie sich über sie aufgeregt. Tina sagt, daß sie sauer waren, weil einige der Stammgäste, die mit Trinkgeld spendabel sind, darum baten, an einem ihrer Tische plaziert zu werden.«

»Tina scheint ja mit allen Wassern gewaschen zu sein«, sagte Adam. »Ich hoffe bloß, daß es ihrem Freund Fred nichts ausmacht, wenn öffentlich breitgetreten wird, daß sie ihn angelogen hat.« Warum habe ich mich nur in diese Sache reinziehen lassen? fragte er sich erneut. Er glaubte zwar weiterhin, daß Scott Coveys Frau bei einem tragischen Unfall ums Leben kam, aber er war auch der Meinung, daß Covey Tina ausgenutzt hatte, bis Vivian beschloß, ihn zu heiraten. Dieser Kerl mag zwar keinen Mord auf dem Gewissen haben, aber das bewahrt ihn noch nicht davor, ein Schleimscheißer zu sein, dachte er.

Mit einemmal schien diese eher kleine Küche Adam zu beengen. Er wollte wieder zu Menley und Hannah zurück. Sie hatten nur noch ein paar gemeinsame Tage vor sich, bis er Menley nach New York ins Krankenhaus bringen mußte. Er mußte sie jetzt allmählich darauf vorbereiten. »Geben Sie mir die Namen von diesen Kellnerinnen«, forderte er unvermittelt.

»Liz Murphy und Alice Regan.«

»Notieren Sie's mir. Hoffentlich arbeiten die noch dort.« Adam machte kehrt und verließ die Küche.

Als er am Eßzimmer vorbeikam, warf er einen Blick hinein. Ein großes gerahmtes Bild lag auf dem Tisch; es war die Luftaufnahme vom Remember House, die Elaine im Schaufenster gehabt hatte. Er ging hin, sich das Bild genauer anzusehen.

Wunderbares Foto, dachte er. Das Haus wirkte majestätisch in seiner Abgeschiedenheit. Die Farben waren spektakulär – die üppigen, grün belaubten Zweige der Bäume um das Haus herum, die lilablauen Hortensien an den Hausmauern, der heitere blaugrüne Ozean mit seiner trägen Brandung. Man konnte sogar ein paar Spaziergänger am Strand erkennen und ein kleines Boot, das knapp unterhalb des Horizonts vor Anker lag.

»Das hätte ich wirklich gern«, sagte er.

»Es ist ein Geschenk von Elaine«, erwiderte Scott rasch. »Sonst würde ich es Ihnen geben. Sie scheint zu glauben, daß ich vielleicht interessiert bin, falls Sie das Remember House nicht kaufen.«

»Wären Sie denn interessiert?«

»Wenn Viv noch am Leben wäre, ja. So, wie die Lage ist, nein.« Er zögerte. »Was ich sagen will: So, wie ich mich zur Zeit fühle, nein. Vielleicht ginge es mir ja anders, wenn mich ein Richter von allem Verdacht freispricht.«

»Dieses Bild vor Augen zu haben könnte einen wahrlich dazu motivieren, das Haus zu kaufen. Mir geht's jedenfalls so«, sagte Adam. Dann drehte er sich um. »Ich muß jetzt los. Wir sprechen uns wieder.«

Er stieg gerade in seinen Wagen, als Henry Sprague ihn zu sich herwinkte. »Ich habe noch mehr Material gefunden, von dem ich denke, daß es Menley interessiert«, erklärte er. »Komm rein, dann kann ich's dir eben geben.«

Der Ordner lag auf dem Foyertisch. »Außerdem besteht Phoebe absolut darauf, daß diese Puppe ins Remember House gehört. Ich weiß nicht, warum sie das glaubt, aber würde es dir was ausmachen, sie mitzunehmen?«

»Menley freut sich wahrscheinlich, wenn sie die sieht«, erwiderte Adam. »Das ist ja eindeutig eine echt antike Puppe. Du mußt dich nicht wundern, wenn eine Skizze davon in Menleys neuem Buch auftaucht. Danke, Henry. Wie geht's Phoebe heute?«

»Im Moment hat sie sich hingelegt. Sie hatte keine gute Nacht. Ich weiß nicht, ob ich dir das schon gesagt hab – ich bringe sie zum Monatsersten in ein Pflegeheim.«

»Das hast du mir noch nicht erzählt. Tut mir wirklich leid.«

Als Adam den Ordner unter den Arm klemmte und die Puppe nahm, ließ ihn ein Schrei zusammenfahren. »Sie hat schon wieder einen Alptraum«, sagte Henry und hastete in Richtung Schlafzimmer. »Ist schon gut, mein Liebes«, tröstete er sie.

Sie schlug die Augen auf, blickte zu ihm hoch, wandte dann den Kopf und sah Adam mit der Puppe in der Hand. »Oh, sie haben sie wirklich ertränkt«, seufzte sie. »Aber ich bin froh, daß sie wenigstens das Baby am Leben gelassen haben.«

62

Menley rief Carrie Bell um vier Uhr an. Carries zunächst vorsichtige Reaktion, als Menley ihren Namen nannte, wich dem Ausdruck echter Wärme, als sie den Grund für den Anruf erfuhr.

»Ach, das ist wunderbar«, sagte sie. »Ich kann das Geld wirklich gebrauchen. Ich hab in den letzten beiden Wochen eine Menge Arbeit verloren.«

»Eine Menge Arbeit?« hakte Menley nach. »Wieso denn?«

»Oh, das hätte ich nicht sagen sollen. Ich bin morgen früh pünktlich zur Stelle. Vielen Dank, Mrs. Nichols.«

Menley erzählte Amy von dem Gespräch. »Wissen Sie, was sie wohl damit meinte, sie hätte eine Menge Arbeit verloren?«

Amy sah verlegen aus. »Es ist bloß, daß Elaine sie an Leute weiterempfiehlt, die ihre Häuser verkaufen oder vermieten. Carrie kniet sich ein paar Tage rein und versteht wirklich was davon, ein Haus in Schuß zu bringen. Aber Elaine sagt, daß sie ihr keine neuen Jobs vermittelt, weil sie soviel herumtratscht. Elaine hat sogar versucht, meinen Vater dazu zu bringen, sie rauszuschmeißen.«

Beim Abendessen berichtete Menley Adam von dem Gespräch. »Findest du nicht, daß das boshaft war?« fragte sie, als sie ihm eine zweite Portion Chili auf den Teller austeilte. »Nach dem, was ich von Amy weiß, ist Carrie Bell eine hart arbeitende alleinerziehende Mutter, die ein dreijähriges Kind großzieht.«

»Das ist das beste Chili, das du je gemacht hast«, sagte Adam. »Und zu deiner Frage: Ich weiß, daß Carrie tüchtig ist. Sie hat das Landhaus saubergemacht, wo ich letztes Jahr war, als ich alleine herkam. Aber ich weiß auch, daß Elaine selbst hart arbeitet. Sie ist nicht einfach so zu dem Erfolg gekommen, den sie tatsächlich hat, sondern weil sie nichts dem Zufall überläßt. Wenn sie findet, daß Carrie Bells Getratsche ihre Chance, Häuser zu verkaufen, beeinträchtigt, dann ist

Carrie ihren Job los. Ach, hab ich schon erwähnt, daß ich außer dem Essen auch die Atmosphäre hier mag?«

Menley hatte das Deckenlicht ausgemacht und die Wandleuchten auf Schummerlicht gestellt. Sie saßen sich an dem großen Eßtisch gegenüber. Alle Forschungsunterlagen und Bücher von Phoebe Sprague wie auch Menleys eigene Notizen und Zeichnungen waren jetzt im Bibliothekszimmer.

»Ich fand, da wir immer hier essen, ist es schade, wenn soviel rumliegt«, erklärte sie.

Das war nur ein Teil der Wahrheit, gestand sie sich ein. Der andere Grund war, daß sie, als Adam am Spätnachmittag heimgekommen war und ihr den schweren Ordner von Henry Sprague überreicht hatte, rasch durch das neue Material geblättert hatte und völlig vor den Kopf gestoßen war, die Zeichnung von Mehitabel und Andrew auf dem Schiff zu sehen. Das Bild war ganz genauso, wie sie sich die beiden vorgestellt hatte. Es muß doch einfach eine weitere Abbildung von ihnen in all dem Zeug geben, dachte sie, und ich muß sie gesehen haben. Aber es war ein weiteres Beispiel dafür, daß sie etwas Wichtiges vergessen hatte.

Und da beschloß sie also, die Recherchen zum Remember House für ein paar Tage beiseite zu legen und erst einmal den Artikel für die *Travel Times* hinter sich zu bringen. Sie hatte Jan Paley angerufen, die ihr auch versprach, einige historische Häuser aufzulisten, damit sie sie besuchen konnte.

»Die Geschichten, die Sie mir von den Häusern erzählt haben, wo die Leute so eine Art Präsenz spüren, wären genau richtig«, hatte sie zu Jan gesagt. »Ich weiß, daß die Redakteurin davon begeistert wäre.« Und ich will wissen, was diese Menschen zu erzählen haben, hatte sie gedacht.

»Hast du heute schon viel geschrieben, oder arbeitest du dich noch durch Phoebes Material durch?« fragte Adam.

»Keines von beidem; ich hab an etwas anderem gearbeitet.« Sie erzählte ihm von ihrem Telefonat mit Jan und von dem, was sie vorhatte.

War ich übereifrig mit dieser Erklärung? fragte sich Menley. Es klang so eingeübt.

»Gespenstergeschichten?« fragte Adam lächelnd. »Du glaubst doch nicht an diesen Quatsch.«

»Ich glaube an Legenden.« Sie sah, daß sein Teller wieder leer war. »Du warst aber hungrig. Was hast du denn zum Lunch gegessen?«

»Einen Hamburger, aber das ist schon lange her. 'Laine war mit mir zusammen. Wir sind ihre Zeugenaussage für die Anhörung durchgegangen.«

Adams Tonfall hatte immer etwas Liebevolles, ja, sogar Intimes an sich, wenn er von Elaine sprach. Sie mußte das jetzt wissen. »Adam, hast du je ein Verhältnis mit Elaine gehabt, ich meine natürlich, außer daß du so was wie eine Art Ersatzbruder für sie warst?«

Er schien sich nicht wohl in seiner Haut zu fühlen. »Ach, wir sind als Teenager von Zeit zu Zeit miteinander ausgegangen, und manchmal haben wir uns getroffen, wenn ich auf dem Cape war, damals, als ich Jura studiert hab.«

»Und seither nie mehr?«

»Ach, zum Teufel, Men, du erwartest doch wohl nicht, daß ich eine Seelenbeichte ablege. Bevor ich dich traf, hab ich immer das Mädchen, mit dem ich gerade zusammen war, mit hierhergebracht, solange meine Mutter noch das große Haus hatte. Zu anderen Zeiten bin ich allein hergekommen. Wenn wir beide grade nichts zu tun hatten, haben 'Laine und ich was zusammen unternommen. Aber das ist schon Jahre her. Keine große Sache.«

»Ah ja.« Laß das sein, sagte sich Menley. Das letzte, was du brauchen kannst, ist eine Diskussion über Elaine.

Adam streckte seine Hand über den Tisch aus. »Ich bin mit dem einzigen Mädchen zusammen, das ich je wirklich geliebt habe und mit dem ich auch zusammensein wollte«, erklärte er. Er schwieg eine Weile. »Wir haben in fünf Jahren mehr Höhen und Tiefen erlebt als die meisten Menschen in ihrem ganzen Leben. Als einziges liegt mir wirklich am Her-

216

zen, daß wir gut über die Runden kommen und wieder festen Boden unter die Füße kriegen.«

Menley berührte seine Finger mit ihren Fingerspitzen. Dann zog sie die Hand zurück. »Adam, du versuchst mir doch was zu sagen, hab ich recht?«

Mit wachsendem Entsetzen lauschte sie der Darlegung seiner Absichten.

»Men, als ich mit Dr. Kaufman sprach, meinte sie, du würdest bestimmt von aggressiver Therapie profitieren. Einen Flashback zu haben, so daß dich der Unfall wieder total fertigmacht, ist eine Sache. Aber wenn du glaubst, du hättest Bobby rufen hören, und ihn dann im ganzen Haus suchst, das ist ganz was anderes. Sie will, daß du nur ganz kurz stationär behandelt wirst.«

Es war genau, was sie befürchtet hatte.

»Ich mache Fortschritte, Adam.«

»Ich weiß, wie sehr du darum kämpfst. Aber es wäre besser, wenn wir nach der Anhörung ihrem Rat folgen. Du weißt doch, daß du ihr vertrauen kannst.«

In diesem Augenblick haßte sie ihn regelrecht und wußte auch, daß es ihrem Gesicht anzumerken war. Sie wandte sich ab und sah, daß er die antike Puppe in Hannahs hohen Kinderstuhl gesetzt hatte. Sie blickte sie nun mit ihren starren kobaltblauen Augen unverwandt an, eine Parodie des Wunders, das Hannah war.

»Wir reden nicht von Vertrauen zu Dr. Kaufman, wir reden von Vertrauen zu *mir*.«

63

Jan Paley war erfreut und überrascht über den Anruf von Menley Nichols am Nachmittag gewesen. Menley hatte sich nach historischen Häusern erkundigt, über die Gerüchte und Legenden umliefen. »Mit historisch meine ich gute Beispiele alter Architektur, und mit Legenden meine ich die Geschichten von einem unerklärlichen Wesen dort, einem Geist«, hatte Menley ihr crklärt.

Jan hatte sich gern bereit erklärt, sie herumzuführen. Sie war sofort darangegangen, eine Liste der Häuser aufzustellen, die sie mit ihr besichtigen wollte.

Das alte Haus Dillingham in Brewster war zum Beispiel gut geeignet. Es war das zweitälteste Haus auf Cape Cod. Im Lauf der Jahre hatten eine Reihe von Leuten, die dort zur Miete wohnten, behauptet, sie hätten das Gefühl gehabt, eine Frau sei an der Tür eines der Schlafzimmer vorbeigegangen.

Das Dennis Inn war ein weiteres Haus, das sie Menley zeigen wollte. Die Eigentümer hatten sogar einen Kosenamen für das verspielte Geistwesen, das fortwährend die Küche verwüstete. Sie nannten es Lillian.

Sie konnten auch Sarah Nye besuchen, die Freundin, die sie Menley gegenüber erwähnt hatte, als sie auf Elaines Party miteinander sprachen. Sarah war überzeugt, daß sie das Haus gemeinsam mit der Dame bewohnte, für die es 1720 erbaut worden war.

Und wie stand es mit dem *saltbox* in Harwich, in dem jetzt im Erdgeschoß ein Innenarchitekturbüro einquartiert war? Die Besitzer vertraten die Überzeugung, daß sie einen hauseigenen Geist beherbergten und daß es sich dabei um eine Sechzehnjährige handelte, die dort im neunzehnten Jahrhundert gestorben war.

Jan machte ein paar Anrufe, verabredete Termine und rief Menley zurück. »Es kann losgehen. Ich hol Sie morgen früh ungefähr um zehn ab.«

»Das ist prima, und, Jan, wissen Sie irgendwas von einer antiken Puppe, die Phoebe Sprague bei sich zu Hause hatte? Henry hat Adam erzählt, daß sie darauf besteht, die Puppe gehöre ins Remember House.«

»Ach, sie hat sie wiedergefunden?« rief Jan aus. »Das freut mich ja so. Tom hatte sie unter der Dachtraufe auf dem Speicher entdeckt. Niemand außer Gott weiß, wie lange die da schon lag. Phoebe wollte sie einem Experten für Antiquitäten zeigen. Einige ihrer Recherchen deuten darauf hin, daß sie möglicherweise sogar Mehitabel gehörte. Mir war damals nicht bewußt, daß Phoebes Gedächtnis schon nachzulassen begann. Sie hat die Puppe irgendwohin gesteckt und konnte sie dann nicht mehr finden.«

»Wieso dachte sie, daß die Puppe Mehitabel gehört hat?« fragte Menley Jan.

»Phoebe hat mir erzählt, daß sie in einem Memoirenband erwähnt fand, man hätte Mehitabel damals, nachdem ihr Mann ihr den Säugling wegnahm, dabei beobachtet, wie sie mit einer Puppe auf dem Witwensteg stand.«

12. August

64

Scott Covey verbrachte fast den ganzen Freitag auf dem Boot. Er machte sich ein Lunchpaket zum Mitnehmen, packte seine Angelruten ein und genoß den friedlichsten Tag, den er seit Wochen erlebt hatte. Die goldene Augustwärme war mit voller Kraft zurückgekehrt und hatte die Kühle verdrängt, die den Vortag beherrscht hatte. Die Brise vom Meer her wehte wieder lind. Scotts Hummerfallen waren voll.

Nach dem Mittagessen streckte er sich auf Deck aus, verschränkte die Hände unter dem Kopf und ging in Gedanken die Aussage durch, die er vor Gericht abgeben wollte. Er versuchte sich all die negativen Dinge zu vergegenwärtigen, die ihm Adam Nichols warnend vor Augen gehalten hatte, und sich zu erinnern, wie er jeden einzelnen Punkt widerlegen konnte.

Sein Verhältnis mit Tina letzten Winter würde sein größtes Problem sein. Wie konnte er, ohne den Eindruck eines miesen und ungehobelten Kerls zu vermitteln, dem Richter begreiflich machen, daß sie diejenige war, die hinter ihm her gewesen war?

Und dann fiel ihm wieder etwas ein, was Vivian zu ihm gesagt hatte. Ende Juni, als er sie mit gutem Zureden durch einen ihrer immer wiederkehrenden Anfälle tränenreicher Verunsicherung gelotst hatte, hatte sie geseufzt: »Scott, du bist einer von diesen fantastisch aussehenden Typen, auf die Frauen von Natur aus fliegen. Ich versuche das ja zu verstehen. Ich weiß, daß auch andere Leute das instinktiv kapieren. Es ist nicht deine Schuld; du kannst nichts dran ändern.«

»Vivy«, sagte er laut, »ich werde dir noch dafür danken müssen, daß du mich heil durch diese Anhörung gebracht hast.«

Mit einem Blick zum Himmel legte er die Finger an die Lippen und warf ihr eine Kußhand zu.

65

Alle kleinen Entchen in einer Reihe, dachte Nat Coogan, als er die Liste der Zeugen durchging, an die sie eine Vorladung für die Anhörung geschickt hatten. Nat war gerade im Büro des Staatsanwalts in Barnstable.

Der Bezirksstaatsanwalt Robert Shore saß hinter seinem Schreibtisch und überprüfte seine eigenen Notizen. Er hatte für zwölf Uhr ein Treffen anberaumt, um die letzten Vorbereitungen zu koordinieren. »Also gut. Wir werden uns etwas Ärger einhandeln, weil wir die Leute, die wir vorgeladen haben, nur so kurzfristig benachrichtigt haben, aber so läuft das nun mal. Das hier ist ein aufsehenerregender Fall, und wir können ihn nicht schleifen lassen. Noch irgendwelche Probleme?«

Die Besprechung dauerte anderthalb Stunden. Gegen Ende stimmten die beiden Männer darin überein, daß sie den Fall gut für den Richter präpariert hatten. Nat sah sich jedoch veranlaßt, ein paar Worte der Warnung auszusprechen: »Hören Sie, ich hab gesehen, wie dieser Kerl agiert. Er kann auf Anhieb heulen. Er mag es ja nicht als Schauspieler auf der

Bühne geschafft haben, aber glauben Sie mir – der bringt es noch fertig, sich einen Oscar im Bezirksgericht zu holen.«

66

Am Freitag morgen verließ Adam Remember House, sobald Amy eintraf. »Ich muß die Serviererinnen befragen, die vielleicht irgendwelche Aussagen darüber kompensieren können, daß Tina Scott in Florida besucht hat«, erklärte er Menley.

»Jan holt mich um zehn ab«, sagte sie mechanisch. »Ich dürfte um zwei oder halb drei wieder zurück sein. Carrie Bell kommt heute zum Saubermachen, also sind dann sie und Amy beide mit Hannah im Haus. Ist das zufriedenstellend?«

»Menley!« Er schickte sich an, sie zu umarmen, aber sie kehrte ihm den Rücken zu und ging davon.

»Wollen Sie mir sagen, was Sie bedrückt?« fragte Jan Menley, als sie über die Brücke von Morris Island zu der Straße fuhren, die zum Leuchtturm und der Route 28 führte.

»Was mich bedrückt, ist, daß mein Mann und meine Therapeutin sich einig zu sein scheinen, daß ich in eine Gummizelle gehöre.«

»Das ist ja lächerlich.«

»Ja, ist es auch. Und ich werde nicht zulassen, daß das passiert. Doch reden wir nicht mehr darüber. Aber, Jan, ich habe das Gefühl, daß Phoebe mir etwas zu vermitteln versucht. Als sie neulich bei uns im Haus war und ihre Unterlagen sah, hat sie sich einiges angeschaut und, glaube ich, wirklich verstanden, was es war.«

»Das kann schon sein«, meinte Jan. »Es kommt manchmal vor, daß Phoebes Gedächtnis wieder zu funktionieren scheint.«

»Ihre Stimme hatte so was Dringliches. Sie sagte, daß Mehitabel unschuldig war. Und dann sagte sie so was wie: ›Tobias Knight. Antwort im Mooncusser-Ordner.‹ Sehen Sie irgendeinen Sinn darin?«

»Eigentlich nicht. Wir wissen, daß Tobias Knight das Remember House gebaut hat, und das ist so ungefähr alles. Doch als ich mir heute überlegt habe, wo ich überall mit Ihnen hingehen kann, fand ich raus, daß er auch eines der ältesten Häuser von Eastham errichtet hat. Falls Sie Zeit hätten, könnten wir einen Schlenker machen und es uns anschauen. Die Eastham Historical Society führt das Haus, und sie haben dort vielleicht ein paar Informationen über ihn in ihrer historischen Sammlung.«

67

»Tina hat Scott Covey hier kennengelernt«, erzählte Liz Murphy Adam. »Er kam mit ein paar seiner Kollegen vom Theater zum Essen hierher, und sie ist ihm wie verrückt um den Bart gegangen. Und niemand versteht sich besser drauf, einen Kerl zu umgarnen, als Tina.«

Adam befragte die junge Kellnerin im Büro des *Daniel Webster Inn* in Sandwich. »Das war im Juli letzten Jahres?«

»Anfang Juli. Tina ist damals mit Fred gegangen. Was das doch für ein netter Kerl ist. Aber, Junge, sie hat ihm den Laufpaß gegeben, sobald Scott aufgetaucht ist.«

»Hatten Sie den Eindruck, daß Scott es ernst mit Tina meinte?«

»Ach, Quatsch. Wir waren alle der Meinung, daß Scott große Dinge vorhatte. Der würde sich doch nie mit 'ner Frau begnügen, die sich ihre Brötchen verdienen muß. Wir haben ihr gesagt, daß sie verrückt sei, Fred wegen ihm in die Wüste zu schicken.«

»Hat Tina sich mit Scott den Winter über getroffen, soweit Sie im Bilde sind?«

»Sie wußte, daß er in Boca Raton war, und sie wollte sich

dort eine Stelle suchen. Aber er hat ihr wohl erzählt, daß er wieder zum Cape kommt, wenn alles klappt.«

»Und sie wußte, daß er mit Vivian Carpenter angebändelt hatte?«

»Sie hat's gewußt, und es war ihr egal.«

Genau, was Scott mir erzählt hat, dachte Adam. »Hat Vivian von Tina gewußt?«

»Wenn Scott ihr's nicht gesagt hat, wüßte ich nicht, woher sie's hätte wissen sollen.«

»Wissen Sie, weshalb Tina ihren Job hier aufgegeben hat?«

»Sie hat mir gesagt, daß Scott geheiratet hat und sie jetzt wieder mit Fred ausgeht und am Abend frei haben will, um mit ihm zusammenzusein. Sie sagte, Fred steht so früh zur Arbeit auf, daß er um zehn Uhr abends ins Bett geht. Sie wollte einen Job, wo sie zum Frühstück und mittags Dienst hat, aber das war hier nicht zu haben.«

»Liz, Sie erhalten eine Vorladung als Zeugin vor Gericht. Machen Sie sich keine Sorgen deswegen. Der Staatsanwalt wird Ihnen so ziemlich dieselben Fragen stellen, wie ich's eben getan habe.«

Die andere Kellnerin, Alice Regan, kam um elf Uhr dran, und so wartete Adam auf sie. Ihre Version erhärtete, was Liz Murphy ihm berichtet hatte. Er wußte, daß der Staatsanwalt Tina hart angehen würde, weshalb sie ihre Arbeit nach Chatham verlegt hätte, in ein Restaurant, wo ein ehemaliger Liebhaber regelmäßig hinging, aber das würde Tina und nicht Scott in ein schlechtes Licht setzen.

Adam fuhr die Route 6A hinunter und hielt am Gerichtshof an. Im Amtsbüro des Bezirksstaatsanwalts reichte er die Namen von Liz Murphy und Alice Regan zur Ergänzung der Liste von Zeugen ein, für die er eine Vorladung wünschte. »Ich habe dann vielleicht noch ein oder zwei«, ließ er einen der Beamten der Staatsanwaltschaft dort wissen.

Als nächstes fuhr er nach Orleans zu einem Gespräch mit einem Fischer, dessen Boot in demselben Unwetter gekentert war, bei dem Vivian Carpenter ums Leben kam.

223

68

Carrie Bell hantierte eifrig im Familienzimmer herum und wischte die Küchenschränke innen aus, während sie sich mit Amy unterhielt. »Das ist ein Baby zum Verlieben«, sagte sie. »Und so brav.«

Amy fütterte Hannah gerade zu Mittag.

Als hätte sie das Kompliment verstanden, lächelte Hannah Carrie strahlend an und steckte ihre kleine Faust in das Pfirsichglas.

»Hannah!« protestierte Amy lachend.

»Und sie wird ganz ähnlich wie ihr Bruder aussehen«, stellte Carrie fest.

»Das glaube ich auch«, fand Amy. »Das Bild auf der Frisierkommode von Mrs. Nichols hat wirklich große Ähnlichkeit mit ihr.«

»Man merkt das sogar noch mehr auf dem Video von Bobby, das Mr. Nichols letztes Jahr hier dabeihatte.« Carries Stimme wurde leiser. »Weißt du, ich hab doch immer in dem kleinen Landhaus saubergemacht, das er in der Nähe von Elaines Haus gemietet hatte. Also, einmal bin ich reingekommen, und da schaute Mr. Nichols grade ein Video von Bobby an, wie er zu seiner Mutter gerannt kommt. Ich schwör dir, der Ausdruck auf seinem Gesicht hat mir fast das Herz gebrochen.«

Sie griff nach der antiken Puppe. »Du willst die doch bestimmt nicht ständig in das Kinderstühlchen rein und wieder raustun, Amy. Wie wär's, wenn ich sie einfach in die alte Wiege da oben im Kinderzimmer tu? Sie kommt mir so vor, als ob sie da hingehört.«

69

Bis ein Uhr waren zehn, zwölf Seiten von Menleys Notizbuch beschrieben, und sie hatte zwei Stunden an Interviews auf ihrem Aufnahmegerät.

Als Jan die Route 6 in Richtung Eastham entlangfuhr, dachte Menley laut über die Ähnlichkeit der Erfahrungen nach, von denen sie gehört hatte. »Jeder der Leute, mit denen wir geredet haben, scheint das Gefühl zu haben, daß, falls es etwas Unerklärliches in ihrem Haus gibt, es eine wohlwollende Erscheinung ist«, sagte sie. »Aber Ihre Freundin in Brewster, Sarah, hat außer bei dem erstenmal damals nie mehr erlebt, daß es sich manifestiert hat.«

Jan blickte sie an. »Was heißen soll?«

»Sarah hat uns doch erzählt, daß sie eines Morgens, als sie und ihr Mann noch im Bett waren und schliefen, durch das Geräusch von jemand, der die Treppe hochkommt, geweckt wurde. Dann ging die Tür auf, und sie sah den Abdruck von Tritten auf dem Teppich.«

»Ja, genau.«

Menley blätterte durch ihr Notizbuch. »Sarah sagte, sie hätte ein Gefühl von Geborgenheit gehabt. Hier steht, wie sie es ausdrückte: ›Es war, wie wenn man noch ein kleines Kind ist und die Mutter reinkommt und einen zudeckt.‹«

»Ja, genauso hat sie es formuliert.«

»Und dann, sagte sie, habe sie gefühlt, wie jemand sie an der Schulter anfaßt, und es sei so gewesen, als würde jemand sprechen, aber sie hörte es in ihrer Vorstellung, nicht mit den Ohren. Sie wußte, daß es Abigail Harding war, die Dame, für die man das Haus gebaut hatte, und daß Abigail ihr mitteilte, wie froh sie darüber sei, daß das Haus in seiner ursprünglichen Schönheit wiederhergestellt sei.«

»Genauso hat Sarah immer über diese Erfahrung berichtet.«

»Worauf's mir ankommt«, fuhr Menley fort, »ist, daß es einen Grund dafür gab, weshalb Abigail sich an Sarah wandte. Sie wollte ihr etwas Bestimmtes mitteilen. Sarah sagt doch, daß sie nie mehr etwas derart Spezifisches gespürt hat und daß sie, wenn sie jetzt das Gefühl von der Nähe eines freundlichen Wesens hat, vielleicht einfach nur eine ruhige Atmosphäre im Haus wahrnimmt. Ich will damit, glaub ich, wohl sagen, daß vielleicht irgend etwas, was noch nicht ganz erledigt ist, solch ein Wesen weiterhin hier festhält.«

»Das könnte sein«, stimmte Jan zu.

Sie machten für einen raschen Lunch bei einem kleinen Restaurant am Strand in Eastham Rast und gingen sich dann das Haus anschauen, das Tobias Knight dort gebaut hatte. Es lag an der Straße, Route 6, zwischen lauter Restaurants und Läden.

»Die Lage kann man ja nicht mit der vom Remember House vergleichen«, stellte Menley fest.

»Die meisten Kapitänshäuser lagen etwas landeinwärts. Die frühen Siedler hatten Respekt vor diesen Nordoststürmen. Aber das Haus hat Ähnlichkeit mit dem Remember House, wenn es auch nicht ganz so prächtig ist. Das hier geht auf das Jahr 1699 zurück. Wie Sie sehen, gibt es kein solches fächerförmiges Fenster über dem Eingang.«

»Der Kapitän und Mehitabel haben die Lünette aus England mitgebracht«, sagte Menley.

»Das wußte ich nicht. Diese Information müssen Sie in Phoebes Unterlagen gefunden haben.«

Menley antwortete nicht. Sie gingen hinein, hielten an dem Empfangstisch an, nahmen sich die Broschüren zu dem Haus mit und schlenderten dann durch die Räume. Das wunderschön restaurierte Herrenhaus hatte einen ähnlichen Grundriß wie das Remember House. »Die Zimmer hier sind größer«, bemerkte Jan, »aber das Remember House hat schönere Details.«

Auf der Rückfahrt nach Chatham war Menley schweigsam. Irgend etwas setzte ihr zu, aber sie wußte nicht, was es war. Sie wollte jetzt nur möglichst schnell heimkommen und die Gelegenheit zu einem Gespräch mit Carrie Bell, bevor sie das Haus verließ, wahrnehmen.

70

Fred Hendin arbeitete in einer Schreinerkolonne für einen kleinen Bauunternehmer in Dennis, der auf Renovierungen spezialisiert war. Fred hatte die Arbeit gerne und genoß besonders das Gefühl von Holz in seinen Händen. Holz hatte sowohl eine Art Eigensinn wie eine naturgegebene Würde. Er hatte von sich selbst ein weitgehend ähnliches Bild.

Jetzt, da Ufergrundstücke ein Vermögen wert waren, zahlte es sich aus, die bescheidenen Häuser zu renovieren, die auf solchen Grundstücken gelegen waren. Das Haus am Strand, an dem sie gerade arbeiteten, gehörte dazu. Es war etwa vierzig Jahre alt, und sie bauten es praktisch von Grund auf um. Ein Teil des Projekts war es, die Küche auseinanderzunehmen und diese für Billigbauweise typischen Preßspanschränke durch eine eigens angefertigte Einrichtung aus Kirschholz zu ersetzen.

Fred hatte eigentlich ein Haus gegenüber von dem, in dem er gerade arbeitete, im Auge, ein wahres Schnäppchen für einen Bastler wie ihn, mit Strandprivilegien und einem großartigen Blick. Er hatte beobachtet, wie verschiedene Makler mit Kaufinteressenten zur Besichtigung kamen, aber keiner davon war lange geblieben. Die Leute blickten nicht über die Tatsache hinaus, daß das Haus in katastrophalem Zustand war. Wenn er es kaufte und sechs Monate harter Arbeit hineinsteckte, sagte sich Fred, dann würde er letzten Endes eines der schönsten Häuser, das sich irgend jemand wünschen konnte, sein eigen nennen und hätte dazu noch eine gute Investition gemacht.

Nur noch zwei Wochen bis Ende August, dachte er. Dann würde der Preis fallen. Der Immobilienmarkt kam während des Winters auf dem Cape so ziemlich zum Erliegen.

Fred saß mit seinen Arbeitskollegen zusammen und machte Mittagspause. Sie arbeiteten gut miteinander, und wenn sie eine Pause einlegten, gab es öfter was zum Lachen.

Sie fingen an, über die Anhörung zu Vivian Carpenter Co-

227

veys Tod zu sprechen. Matt, der Elektriker, hatte im Mai einige Arbeiten für Vivian verrichtet, kurz nach ihrer Hochzeit. »Keine einfache Dame«, erzählte er. »An dem Tag, als ich dort war, ging ihr Mann was besorgen und blieb eine Weile weg. Sie hat ihn total runtergeputzt, als er wiederkam, und erklärt, daß sie sich nicht von ihm zum Narren machen läßt. Hat ihm gesagt, er soll seine Koffer packen. Dann fing sie an zu heulen und hat sich an ihn rangeschmissen, als er sie daran erinnerte, daß sie doch wollte, daß er noch zur Reinigung geht, und er deswegen aufgehalten wurde. Glaubt mir, die Frau war ein schwieriger Fall.«

Sam, der erst seit kurzem zum Arbeitstrupp gehörte, fragte: »Heißt es denn nicht, daß Covey eine Freundin hat, eine Kellnerin von hier aus der Gegend, die eine wirklich scharfe Braut ist?«

»Vergiß es.« Matt machte ein finsteres Gesicht, während er von der Seite auf Fred blickte.

Fred stopfte die Serviette in seinen Lunchbehälter. »Richtig. Vergiß es«, sagte er scharf; seine ursprünglich gute Laune war im Nu verflogen. Er schubste seinen Stuhl aus dem Weg und verließ den Tisch.

Als er sich wieder an die Arbeit machte, dauerte es eine Weile, bis er sich wieder gefangen hatte. Eine Menge Dinge lagen ihm auf dem Magen. Tina hatte am Abend zuvor, nachdem der Kriminalbeamte gegangen war, zugegeben, daß sie Covey noch den ganzen Winter über gesehen hatte und mehrmals nach Florida gereist war.

Spielt es denn eine Rolle? fragte sich Fred, während er die Küchenschränke aufhängte. Wie Tina hervorgehoben hatte, war sie damals ja nicht mit Fred ausgegangen. Doch warum mußte sie mich deshalb anlügen? fragte er sich. Dann begann er zu mutmaßen, ob sie wohl auch log, was ihre Kontakte mit Covey nach seiner Heirat anging. Und wie stand es im vergangenen Monat, seit seine Frau tot war?

Am Ende des Tages, als er heimkam und Adam Nichols zu dem verabredeten Termin erwartete, quälte er sich noch immer mit der Frage ab, ob er jemals wieder dazu fähig sein würde, Tina zu vertrauen.

Coveys Anwalt würde er nichts davon sagen. Vorläufig wollte er sich hinter Tina stellen und ihr den Verlobungsring überreichen, damit sie ihn vor Gericht tragen konnte. So wie dieser Kriminaler daherredete, hätte die Polizei wohl nichts dagegen, Tina in ein Mordkomplott mit hineinzuziehen. Sie schien gar nicht zu begreifen, wie ernst das alles geworden war.

Nein, vorläufig würde er zu ihr halten, aber wenn dieses ungute Gefühl weiter zunahm, dann konnte er Tina nicht heiraten, auch wenn er noch so verrückt nach ihr war, das wußte er. Ein Mann hatte schließlich seine Würde zu wahren.

Brütend grübelte er über all die hübschen Geschenke nach, die er ihr in diesem Sommer gemacht hatte, wie zum Beispiel die goldene Uhr, die Perlen und die Anstecknadel von seiner Mutter. Tina bewahrte sie in diesem ausgehöhlten Buch auf, das eigentlich ein Schmuckkasten war, auf einem Regalbord in ihrem Wohnzimmer.

Wenn diese Anhörung vorbei war und er sich dazu durchringen sollte, Schluß mit Tina zu machen, würde er den Verlobungsring und auch diese Sachen wieder einsammeln.

71

Es war ein betriebsamer Nachmittag in der Immobilienagentur. Elaine erhielt zwei neue Angebote von Kunden, die von der Straße hereinkamen, und fuhr los, die Anwesen zu überprüfen. Das eine der beiden fotografierte sie sofort, eine ansehnliche Nachahmung eines Rahseglers am Ryders Pond. »Das sollte schnell weggehen«, versicherte sie den Eigentümern.

Das andere Haus war stets vermietet worden und bedurfte einer Überholung. Taktvoll legte sie nahe, daß sich der Gesamteindruck doch erheblich verbessern ließe, wenn man den Rasen mähte und die Hecken stutzte. Das Haus hatte auch eine gründliche Reinigung nötig. Widerstrebend schlug sie vor, Carrie Bell hinzuschicken – sie hatte ihre Schwächen, aber niemand arbeitete besser als sie.

Sie rief Marge von ihrem Mobiltelefon aus an. »Ich fahre direkt nach Hause. John und Amy kommen heute zum Abendessen, und ich möchte noch die neuen Fotos entwickeln, bevor ich mit dem Kochen anfange.«

»Sie entwickeln ja häusliche Eigenschaften«, frotzelte Marge.

»Wenn schon, denn schon.«

Als sie heimkam, erledigte Elaine noch einen weiteren Anruf, der diesmal Scott Covey galt. »Warum kommst du nicht auch zum Essen rüber?«

»Wenn ich was mitbringen kann. Ich bin gerade mit einem Eimer voll Hummer vom Boot zurückgekommen.«

»Ich wußte doch, daß es einen Grund gibt, dich anzurufen. Hast du das Bild bekommen?«

»Ja, hab ich.«

»Du hast dich nicht mal bedankt«, zog sie ihn auf. »Aber du weißt ja, weshalb ich's geschickt hab.«

»Zur Erinnerung, ich weiß schon.«

»Bis später, Scott.«

72

Carrie Bell staubsaugte gerade im Obergeschoß, als Jan Menley absetzte. Menley ging zu ihr hinauf. »Amy ist mit der Kleinen im Wagen rausgegangen, Mrs. Nichols«, erklärte sie. »Lieb wie ein Goldschatz is' die, das sag ich Ihnen.«

»Sie war nicht immer so gut zu haben.« Menley lächelte. Sie blickte sich um. »Alles glänzt ja. Danke, Carrie.«

»Nun ja, ich hab's gern, daß alles genau richtig ist, wenn ich geh. Ich bin jetzt so gut wie fertig. Wollen Sie, daß ich nächste Woche komme?«

»Ja, unbedingt.« Menley öffnete ihre Tasche, nahm die

Geldbörse heraus und begann mit einem stillen Gebet das Gespräch dorthin zu steuern, wo sie es haben wollte. »Carrie, ganz im Vertrauen, was hat Ihnen damals Angst eingejagt, als sie letztesmal hier waren?«

Carrie sah bestürzt aus. »Mrs. Nichols, ich weiß, daß ich mir das nur einbilde, und wie Miss Atkins sagt, hab ich so einen schweren Gang, daß ich wahrscheinlich auf eine lose Bohle getreten bin und dadurch die Wiege zu schaukeln anfing.«

»Vielleicht. Aber Sie dachten doch auch, Sie hätten gehört, daß oben jemand herumgeistert. Jedenfalls hat das Amy gesagt.«

Carrie beugte sich vor und dämpfte ihre Stimme: »Mrs. Nichols, Sie versprechen mir, daß Sie Miss Atkins kein Wort davon sagen?«

»Ich versprech's.«

»Mrs. Nichols, ich hab damals wirklich was gehört, und heute hab ich extra mit den Füßen aufgestampft, als ich ins Kinderzimmer bin, und die Wiege hat sich nicht vom Fleck gerührt.«

»Dann ist Ihnen heute nichts Ungewöhnliches aufgefallen?«

»Nein, nichts Komisches. Aber ich mache mir etwas Sorgen wegen Amy.«

»Wieso? Was ist passiert?«

»Ach, passiert ist eigentlich nichts. Ich meine, direkt, bevor Hannah vor 'ner kleinen Weile von ihrem Schläfchen aufgewacht ist, hat Amy in dem kleinen Salon gesessen und gelesen. Die Tür war zu. Ich dachte, ich hätte sie weinen gehört. Ich wollte nicht aufdringlich erscheinen, also bin ich nicht zu ihr reingegangen. Ich weiß, daß es sie beunruhigt, daß ihr Vater Miss Atkins heiratet. Später hab ich sie dann gefragt, ob ihr irgendwas auf der Seele liegt, und sie hat's abgestritten. Sie wissen ja, wie das junge Volk ist. Manchmal schütten sie einem ihr ganzes Herz aus. Und dann sind sie wieder verschwiegen wie die Austern.«

231

»Ja, wohl wahr.« Menley reichte Carrie die gefalteten Geldscheine. »Vielen Dank.«

»Ich danke Ihnen. Sie sind eine nette Lady. Und ich muß Ihnen sagen, ich hab ein dreijähriges Kind, und ich kann verstehen, wie entsetzlich es für Sie gewesen sein muß, diesen wunderbaren kleinen Jungen zu verlieren. Mir sind die Tränen gekommen, als ich letztes Jahr das Video von ihm gesehen hab.«

»Sie haben ein Video von Bobby gesehen?«

»Mr. Nichols hatte es dabei, als er das Häuschen gemietet hat. Wie ich schon zu Amy gesagt hab, er sah so schrecklich traurig aus, als er sich den Film anschaute. Er war mit Bobby zusammen im Schwimmbecken zu sehen, und dann hat er ihn rausgehoben, und Sie haben ihn gerufen, und er lief zu Ihnen hin.«

Menley spürte einen Kloß im Hals und schluckte mühsam. »Das Video ist erst zwei Wochen vor dem Unglück entstanden«, sagte sie so beherrscht wie möglich. »Ich konnte es nie über mich bringen, es anzuschauen. Es war ein so glücklicher Tag damals.«

Ich will es jetzt sehen, dachte sie. Jetzt bin ich soweit.

Carrie steckte das Geld in ihre Handtasche. »Miss Atkins war damals bei Mr. Nichols, und er hat ihr alles über Bobby erzählt und was für Schuldgefühle er hatte, weil er an dem Tag, als der Unfall passiert ist, mit Ihnen beiden hätte zusammensein sollen und statt dessen Golf gespielt hat.«

73

Es war schon ein gutes Tagespensum, was hinter ihm lag, dachte Adam, als er in die Privatstraße einbog, die zum Remember House führte. Dummerweise war die Arbeit noch nicht vorbei. Es war jetzt fast drei Uhr, und um fünf mußte er zu seiner Verabredung mit Fred Hendin wieder weg.

Aber wenigstens hatte er die zwei Stunden zu Hause, und

es war ein perfekter Tag für den Strand. Das hieß, wenn Menley bereit war, mit ihm zum Strand zu gehen.

Amys Wagen stand in der Einfahrt. Er war zugleich erleichtert und irritiert. Sie war ja ein nettes, verantwortungsbewußtes Mädchen, aber er wäre jetzt so gern allein mit seiner Familie zusammengewesen, ohne daß einem jemand anders auf den Leib rückte.

Wenn ich so reagiere, wie muß sich dann erst Menley fühlen, wenn fortwährend jemand um sie herum ist? fragte er sich. Ihm wurde ganz elend bei der Erkenntnis zumute, daß sie rasch wieder in den Zustand zurückfielen, wie es vor Menleys Schwangerschaft mit Hannah gewesen war. Einander entfremdet. Beide gleichermaßen reizbar.

Es war niemand im Haus. Ob Menley schon zurück war, und falls ja, ob sie wohl alle am Strand waren? Er ging zum Rand des Steilufers und blickte hinunter.

Menley saß im Schneidersitz auf der Decke, mit Hannah an sie geschmiegt. Das ideale Bild, dachte Adam. Menleys Haare wirbelten ihr um den Hinterkopf. Ihr schlanker Körper war sonnengebräunt und reizvoll. Sie und Amy schienen tief in ein Gespräch versunken zu sein.

Amy lag mit aufgestützten Ellenbogen und dem Kinn auf den Handflächen Menley gegenüber im Sand. Sie hat es bestimmt nicht leicht, dachte er. Zum College wegzugehen ist immer ein wenig beängstigend, und laut Elaine macht es ihr noch immer zu schaffen, daß ihr Vater wieder heiratet. Aber Elaine hatte ebenfalls gesagt: »Sie weiß gar nicht, was für ein Glück sie hat, daß John es sich leisten kann, sie zur Uni von Chapel Hill zu schicken.«

Elaine hatte nicht studiert. Am Sommerende vor einundzwanzig Jahren, als all die anderen aus der Gruppe zu Elitehochschulen loszogen, hatte ihre Mutter wieder einmal eine Stelle eingebüßt, woraufhin Elaine sich einen Tipp-Job in einem Maklerbüro besorgt hatte. Zweifellos hatte sie es wirklich weit gebracht, überlegte Adam. Jetzt gehörte ihr diese Agentur.

In diesem Augenblick schaute Menley hoch. Adam kletterte den steilen Pfad hinunter. Als er bei ihnen ankam, hatte er das Gefühl, ein Eindringling zu sein. »Hallo«, sagte er lahm.

Menley antwortete nicht.

Amy sprang auf. »Hallo, Mr. Nichols. Bleiben Sie jetzt daheim?«

»Ja, Adam, bleibst du jetzt daheim?« fragte Menley. »Wenn ja, dann hätte Amy bestimmt gern ein paar Stunden für sich alleine.«

Er beschloß, ihren unpersönlichen Tonfall zu ignorieren. »Gehen Sie nur, Amy. Danke.« Er ging auf der Decke in die Hocke und wartete, bis Amy sich von Hannah und Menley verabschiedet hatte.

Als sie außer Hörweite war, erklärte er: »Ich warte eben ab, damit sie sich umziehen kann, dann geh ich rauf und zieh meine Badehose an.«

»Wir gehen mit dir rauf. Wir haben schon genug vom Strand für heute.«

»Verdammt, Menley, hör auf damit.«

»Hör auf womit?«

»Men, laß das nicht wieder mit uns passieren«, flehte er sie an.

Hannah blickte ihn verunsichert an.

»Ist schon gut, mein Schätzchen«, sagte er, »ich versuche bloß deine Mommy dazu zu bringen, daß sie nicht mehr sauer auf mich ist.«

»Adam, wir können das nicht zu einer kleinen Reiberei herunterspielen. Ich habe mit Dr. Kaufman geredet. Sie wird um halb fünf zurückrufen. Ich weigere mich unter allen Umständen, eingewiesen zu werden. Ich erwarte auch einen Anruf von meiner Mutter aus Irland. Ich werde sie bitten, ihre Reise abzukürzen. Falls es eine Möglichkeit gibt, daß du und Dr. Kaufman mich gegen meinen Willen in eine Anstalt stecken könnt, dann wird sich meine Mutter, die eine ausgebildete Krankenschwester ist, um mein Baby kümmern und nicht deine Freundin 'Laine.«

»Was, verflucht noch mal, soll das wieder heißen?«

»Adam, als du letztes Jahr hier warst, wie oft hast du dich da mit Elaine getroffen?«

»Sie ist eine alte Freundin. Natürlich hab ich sie getroffen. Und das hatte nichts zu bedeuten.«

»Wie du gestern abend erklärt hast, bist du nicht jemand, der eine Seelenbeichte ablegt. Aber was gab ihr das Recht, mit dir zusammen Videos von meinem kleinen Jungen anzuschauen?«

»Mein Gott, Menley, sie kam zufällig gerade vorbei, als ich das Band laufen ließ. Ich hab mir nicht bloß Bobby in dem Film angeschaut. Ich hab mir dich angesehen.«

»Mit deiner Freundin.«

»Nein, mit einer alten Kameradin.«

»Die ihrer zukünftigen Stieftochter erzählt hat, daß du, nachdem du mich in eine psychiatrische Anstalt in New York abgeschoben hast, mit Hannah hier sein wirst?«

Adam stand auf. »Ich zieh mich jetzt um und geh schwimmen.«

»Du hast doch gewiß nicht etwa vor, Hannah hier bei mir alleine zu lassen?«

Er antwortete nicht, sondern drehte sich um und schritt davon.

Menleys Blick folgte Adam, wie er den steilen Weg erklomm. Er beugte sich mit den Händen in den Taschen nach vorn. Sie dachte an das, was Carrie Bell ihn zu Elaine hatte sagen hören, daß er sich schuldig fühlte, weil er an dem Tag des Unglücks nicht bei ihr gewesen war.

Adam hatte ihr das direkt nach Bobbys Tod gesagt, und sie hatte ihn furchtbar angefahren. »Versuch bloß nicht, mich zu trösten. Du hattest schon lange eine Golf-Verabredung. Ich wollte schließlich nicht, daß du deine Pläne wegen einer plötzlichen Einladung änderst.«

Er hatte es nie mehr ihr gegenüber erwähnt.

Als Adam zehn Minuten später zurückkam, sagte sie: »Adam, ich kenne mich. Ich werde Dr. Kaufman erklären,

235

daß ich mit diesen Angstanfällen schon zu Rande komme. Ich werde ihr ebenfalls mitteilen, daß, wenn du diese Tatsache nicht akzeptieren kannst und willst, unsere Ehe keine Chance mehr hat. In der Vorgeschichte zu diesem Haus geht es um einen Ehemann, der seiner Frau nicht vertraut hat. Mach nicht denselben Fehler.«

74

Auf der Heimfahrt zerbrach sich Amy den Kopf darüber, ob sie ihren Vater vorwarnen sollte oder lieber nicht, daß Carrie Bell ihm womöglich berichten würde, sie hätte sie weinen hören. Mrs. Nichols hatte sie danach gefragt. »Ich hab nicht geweint«, hatte sie protestiert. »Ehrlich. Carrie bildet sich das ein.«

Sie hatte das Gefühl, daß Mrs. Nichols ihr Glauben schenkte, ihr Vater dagegen würde vermutlich Carrie glauben. Ihr Vater machte sich zur Zeit ständig Sorgen um sie. Wenn er bloß aufhören würde, ihr weismachen zu wollen, wie wunderbar es sein würde, eine neue Mutter zu haben.

Nächsten Monat werde ich achtzehn, dachte Amy. Ich wünschte, Dad würde es sein lassen, mir Elaine anzupreisen. Ich bin froh, daß er wieder heiratet. Aber ich wünschte, er würde nicht gerade sie heiraten.

Heute abend wollte sie eigentlich mit ihren Freunden nach Hyannis fahren. Aber Elaine hatte den Entschluß gefaßt, selbst zu kochen, weshalb Amys Vater halb befohlen, halb gefleht hatte, sie möge doch mitkommen.

»Kränk bitte Elaine nicht«, hatte er sie bekniet.

Ich kann's gar nicht abwarten, bis ich aufs College komm, dachte Amy, während sie im Verkehrsstrom der Main Street auf den Kreisverkehr zusteuerte. Dann seufzte sie. Ach, Mom, warum hast du uns denn auch wegsterben müssen?

Vielleicht war das ja der Grund, weshalb sie sich Mrs. Nichols so nahe fühlte. Ganz genauso, wie ihr Mom fehlte,

fehlte Mrs. Nichols bestimmt auch ihr kleiner Junge. Aber jetzt hatte Mrs. Nichols ja Hannah.

Und ich habe Elaine, dachte sie bitter, während sie zu ihrem Haus einbog.

Doch später war sie froh, daß ihr Vater sie dazu gebracht hatte, ihn zu Elaine zu begleiten. Scott Covey war da, und sie half ihm dabei, die Hummer, die er mitgebracht hatte, zu kochen. Er war so nett, und obwohl er so viele Schwierigkeiten hatte, ließ er sie gewißlich an niemand anderem aus. Er sprach über Chapel Hill.

»Eines der Theaterstücke, mit dem ich auf Tour war, wurde auch ein paar Wochen lang dort am College aufgeführt«, erzählte er ihr. »Ist 'ne tolle Stadt. Sie werden eine Menge Spaß haben.«

Beim Abendessen fiel Amy auf, daß das Thema der Anhörung allgemein gemieden wurde. Elaine erkundigte sich allerdings, ob Carrie Bell denn wieder irgendwelche Schritte beim Putzen heute gehört hätte.

Amy ergriff die Gelegenheit beim Schopf, etwas von der Sache mit dem Weinen unterzubringen. »Nein, aber falls sie euch erzählt, sie hätte mich weinen gehört, dann hat sie sich getäuscht.«

»Sie hat jemand weinen gehört?« fragte Elaine. »War's vielleicht Menley?«

»Mrs. Nichols war lange mit Mrs. Paley unterwegs, und als sie wiederkam, ging's ihr gut.« Amy hatte keine Lust, mit Elaine über Mrs. Nichols zu sprechen. Sie wußte, daß Elaine der Ansicht war, Mrs. Nichols stehe wieder kurz vor einem Nervenzusammenbruch. Hätte ich doch bloß mein eigenes Auto genommen, anstatt mit Dad mitzufahren, dachte sie. Ich will nicht den ganzen Abend hier herumsitzen.

Als Scott Covey anfing von Aufbruch zu sprechen, erblickte sie ihre Chance, wegzukommen. »Scott, würde es Ihnen was ausmachen, mich abzusetzen?« fragte sie und versuchte dann, müde zu klingen, als sie sich an ihren Vater wandte. »Dad, ich hatte wirklich einen langen Tag und möchte gern heim. Außer du willst noch, daß ich dir beim Abwasch helfe, Elaine.«

»Nein, mach nur. Einen ganzen Tag lang ein Baby zu versorgen ist echte Arbeit.«

Jetzt, da sie behauptet hatte, müde zu sein, begriff Amy, daß ihr nichts für den Rest des Abends zu tun blieb. Sie konnte nicht verkünden, sie wolle sich noch mit ihren Freunden treffen. Im Fernsehen lief gerade nichts Gutes, und sie wollte Scott nicht darum bitten, sie zu einem Videoladen zu fahren, damit sie sich was ausleihen konnte. Aber, warte einen Moment, überlegte sie. Elaine hat doch eine tolle Sammlung von alten Filmen. Sie leiht doch Dad ständig welche.

»Elaine«, fragte sie, »könnte ich mir eins von deinen Videos ausleihen?«

»Was immer du willst«, erwiderte Elaine. »Nimm gleich ein paar. Vergiß nur nicht, sie wiederzubringen.«

Als ob ich das nicht wüßte, dachte Amy verärgert. Ihr Vater ließ sich gerade wieder auf eine seiner langen, witzlosen Geschichten ein, während sie ins Wohnzimmer ging.

An der längsten Wand dort reihte sich ein Bücherregal ans andere. Glatt die Hälfte davon enthielt Videotapes, mit den Titeln nach außen in alphabetischer Ordnung. Amy überflog sie und entschied sich für *The Country Girl* mit Grace Kelly und *Horse Feathers*, die Komödie von den Marx Brothers.

Sie wollte gerade gehen, als ihr ein anderer Oldie einfiel, den sie schon immer gern sehen wollte: *Birth of a Nation*. Ob der alte Film da war?

Sie ging durch die Titel mit *B* am Anfang und fand das Video. Als sie es herauszog, fielen mehrere Kassetten daneben auf den Boden. Sie ordnete sie wieder ein, und da begriff sie, weshalb sie weiter herausgestanden hatten. Es steckte ein Video dahinter, das gegen die Wand gelehnt war.

Es trug die Inschrift BOBBY – EAST HAMPTON – LETZTES TAPE. Konnte das die Kassette von dem Kleinen der Nichols' sein, die Carrie Bell letztes Jahr gesehen hatte?

Das würde ich mir wirklich gern anschauen, dachte Amy. Elaine ist sich vielleicht gar nicht bewußt, daß das Video hier ist. Ich bring's dann mit den übrigen zurück und sag einfach nichts. Sie ließ die Kassetten in ihre Hängetasche plumpsen und kehrte ins Eßzimmer zurück.

Ihr Vater beendete gerade seine Geschichte.

Scott Covey lächelte höflich. Elaine schien sich geradezu auszuschütten vor Lachen. Jedesmal, wenn sie dieses manierierte Lachen hörte, hätte Amy Elaine am liebsten erwürgt. Mom dagegen, dachte sie, hätte jetzt gesagt: »John, versprichst du mir hoch und heilig, daß du mindestens eine Woche lang keiner Menschenseele mehr diesen umständlichen Monolog zumutest?«

Und dann hätte sie *mit* Dad gelacht, nicht *über* ihn.

75

»Nein, ich habe die Dosis des Mittels nicht erhöht«, sagte Menley zu Dr. Kaufman. »Ich fand nicht, daß es nötig war.«

Sie war am Telefon in der Bibliothek und hatte Hannah auf dem Schoß. Adam war am anderen Apparat in der Küche.

»Menley, ich habe das Gefühl, als ob Sie Adam und mich als feindliches Lager ansehen«, sagte Dr. Kaufman.

»Nein, das stimmt nicht. Ich habe Ihnen einfach deswegen nichts davon erzählt, daß die Babysitterin meinte, mich auf dem Witwensteg gesehen zu haben, weil ich dachte, daß sie sich getäuscht hat. Und inzwischen ist sie zu demselben Schluß gekommen.«

»Wen hat Amy dann gesehen?«

»Meiner Vermutung nach hat sie niemanden gesehen. An dem Schornstein ist ein Metallstreifen. Wenn die Sonne drauf fällt, entsteht der Eindruck, als ob sich jemand bewegt.«

»Was ist mit diesem Flashback, als Sie meinten, den Zug und dann Bobby rufen zu hören? Sie haben mir doch gesagt, daß Sie Angst hatten, Hannah hochzuheben.«

»Ich wollte, daß sie nicht mehr schreit, aber ich hatte Angst, sie hochzunehmen, weil ich so schrecklich gezittert hab. Es tut mir leid, daß ich in dem Moment bei ihr versagt habe. Aber selbst ohne eine Mutter, die gerade eine Angstattacke hat, bleiben Babys manchmal ihrem Geschrei überlassen.«

Hannah zupfte an ihren Haaren, während sie sprach. Menley senkte den Kopf. »Au.«

»Menley!« Adams Stimme klang erschreckt.

»Die Kleine zieht mich an den Haaren, und ich habe ›Au‹ gesagt, und Dr. Kaufman, hören Sie mir jetzt bitte zu, was ich Ihnen begreiflich machen möchte. Adam ist bei dem kleinsten bißchen bereit, das Telefon fallen zu lassen und hier rüberzustürzen. Ich muß sagen, daß ich glaube, Sie behandeln den falschen Patienten.«

Sie hielt inne und biß sich auf die Lippe. »Ich geh jetzt aus der Leitung und lasse euch beide reden. Dr. Kaufman, falls Sie und Adam in der Lage sind, mich gegen meinen Willen in eine psychiatrische Abteilung einzuweisen, dann werden Sie so lange warten, bis meine Mutter von Irland zurückkommt und sich um mein Baby kümmern kann. Mittlerweile werde ich hier in diesem schönen Haus bleiben und mein Buch schreiben. Als ich zum erstenmal diese Angstanfälle bekam, haben Sie mit uns beiden darüber geredet, wie wichtig seine Unterstützung ist. Nun, ich habe nicht das Gefühl, daß Adam sie mir geboten hat, und ich brauche sie. Es wird allerdings die Zeit kommen, wo ich sie nicht mehr brauche, und zu dem Zeitpunkt werde ich auch ihn weder brauchen noch wollen.«

Sie legte leise den Hörer auf. »Siehst du, Hannah«, sagte sie, »denen hab ich's gezeigt.«

Es war genau vier Uhr vierzig. Um vier Uhr dreiundvierzig kam Adam zur Tür. »Ich habe immer gesagt, daß ich nie wollte, daß du wütend über mich wirst.« Er zögerte. »Ich muß jetzt zu dem Termin mit Fred Hendin. Ich will nicht gehen. Es tut mir leid, daß ich mich auf diesen Covey-Fall eingelassen habe. Aber da wir schon so grundehrlich sind, möchte ich dich doch daran erinnern, daß du mich schließlich dazu gedrängt hast, dem Kerl aus der Patsche zu helfen.«

»Zugegeben«, sagte Menley.

»Aber wenn ich zurückkomme, möchte ich gern mit dir zum Abendessen gehen. Du fütterst Ihre Hoheit, während ich weg bin, und dann nehmen wir sie mit. Wir haben das auch immer mit Bobby so gemacht.«

»Ja, das stimmt.«

»Und noch eins. Du erwartest doch einen Anruf von deiner Mutter. Wenn sie sich meldet, bitte Sie nicht darum, ihre Ferien zu unterbrechen. Dr. Kaufman findet, daß du gut zurechtkommst, und ich bin derselben Meinung. Laß jemand babysitten oder nicht. Das ist deine Entscheidung.«

Er war weg. Menley wartete, bis sie das Geräusch der Küchentür hörte, die hinter ihm ins Schloß fiel, und sagte dann: »Hannah, manchmal muß man den Leuten einfach die Meinung sagen. Wir kriegen das schon hin.«

Um halb sieben, als sie gerade aus der Dusche kam, rief ihre Mutter aus Wexford an.

»Menley, es hat geheißen, daß ich dich dringend anrufen soll. Was ist denn passiert?«

Menley gab sich alle Mühe, ihre Stimme fröhlich klingen zu lassen. »Nichts ist passiert, Mom. Ich wollte einfach nur hören, wie's dir geht. Hannah erzählt sich selbst Witze. Sie liegt auf meinem Bett und kichert .... Nein, ich hatte keinen speziellen Grund anzurufen ... Jack und Phyllis okay?«

Sie war noch am Apparat, als Adam ins Schlafzimmer kam. Sie winkte ihn herbei. »Mom, laß mich schnell Adam auf den neuesten Stand bringen. Das wird ihm gefallen.« Rasch erläuterte sie: »Phyl spürt jetzt die Vorfahren meines Vaters auf. Sie ist fünf Generationen zurück beim Jahr achtzehnhundertsechzig angelangt. Sie hat Adrian McCarthy, einen Gelehrten vom Trinity College, entdeckt. Die McCarthys sind in ihrer Achtung gestiegen. Die Jagd geht weiter.«

Sie reichte ihm den Hörer. »Sag doch eben deiner Schwiegermutter hallo.«

Sie musterte Adam, während er sich mit ihrer Mutter unterhielt, und sah, wie müde er aussah. Das ist bisher kaum ein erholsamer Urlaub für ihn, dachte sie.

Als er auflegte, sagte sie: »Wir müssen nicht essen gehen. Der Fischladen hat noch nicht zu. Warum gehst du nicht und besorgst was?«

»Wenn ich ehrlich bin, fände ich das schön. Danke, Menley.«

Er kam mit frischen Muscheln aus der Bucht zurück, mit frisch gepflückten kleinkörnigen Maiskolben, mit Fleischtomaten und französischem Brot.

Hannah schaute sich mit ihnen zusammen den Sonnenuntergang an. Nachdem sie die Kleine in ihrem Bettchen verstaut hatten, richteten sie gemeinsam das Essen her. In stillschweigender Übereinkunft kamen sie nicht auf das Telefonat mit Dr. Kaufman zu sprechen.

Statt dessen erzählte Adam ihr von den verschiedenen Gesprächen, die er tagsüber geführt hatte. »Diese Kellnerinnen werden gute Zeugen abgeben«, erklärte er, »und dasselbe gilt für Tinas Freund. Aber, Men, ich muß dir sagen, daß Scott Covey immer stärker als Opportunist rüberkommt.«

»Aber er ist doch bestimmt kein Mörder.«

»Nein, das nicht.«

Nach dem Essen lasen sie beide eine Weile. Sie waren noch dünnhäutig auf Grund der Dinge, die vorher gesagt worden waren, und so sprachen sie kaum.

Sie gingen um halb elf ins Bett und empfanden beide, daß sie noch etwas Distanz voneinander brauchten. Menley fühlte sich ungewöhnlich müde und schlief fast sofort ein.

»Mommy, Mommy.« Es war der Nachmittag in East Hampton zwei Wochen vor Bobbys Tod. Sie verbrachten das Wochenende mit Louis Miller, einem der Partner aus Adams Kanzlei. Lou ließ seine Videokamera laufen. Adam war mit

Bobby im Schwimmbecken. Er hatte ihn hinausgehoben.
»Geh, lauf zu Mommy«, hatte er ihn aufgefordert.

Bobby lief mit ausgestreckten Armen und einem strahlenden Lächeln auf sie zu. »Mommy, Mommy.«

Sie hob ihn schwungvoll hoch und wandte sich der Kamera zu. »Sag uns, wie du heißt«, ermunterte sie ihn.

»Wobert Adam Nikko«, hatte er stolz erklärt.

»Und wie rufen dich die Leute?«

»Bobby.«

»Und gehst du schon zur Schule?«

»Kinda Garn.«

»Kinda Garn«, hatte sie wiederholt, und mit fröhlichem Gelächter endete das Tape.

»Bobby. Bobby.«

Sie schluchzte. Adam beugte sich über sie. »Ist doch gut, Menley.«

Sie schlug die Augen auf. »Diesmal war es bloß ein Traum.«

Als Adam die Arme um sie schlang, hörten sie, daß Hannah unruhig zu werden begann. Menley rappelte sich hoch.

»Ich geh nach ihr schauen«, sagte Adam und verließ rasch das Bett.

Er brachte sie mit ins Zimmer zurück. »Hier ist sie, die Mama.«

Menley legte die Arme um die Kleine. Ein Gefühl des Friedens und der Heilung überkam sie, während Hannah sich an sie schmiegte.

»Schlaf ein, mein Schatz«, sagte Adam sanft. »Ich bring Ihre Hoheit in ein paar Minuten wieder zurück.«

Sie döste mit der Erinnerung an Bobbys glückliche, sonnige Stimme ein. »Mommy, Mommy.« Nächsten Sommer war Hannah auch soweit, daß sie nach ihr rufen konnte.

Nach einer Weile spürte sie, wie ihr Hannah aus den Armen genommen wurde. Kurz darauf zog Adam sie an sich und flüsterte: »Liebste, das eine, was du wirklich nicht tun darfst, ist zu leugnen, wenn du Flashbacks hast.«

13. August

76

Am Samstag vormittag begleitete Nat Coogan pflichtschuldig seine Frau in die Stadt. Ihr Hochzeitstag war in Sicht, und Debbie hatte in einer der Galerien ein Gemälde gesehen, das sich, wie sie fand, ideal über ihrem offenen Kamin ausnehmen würde.

»Es ist ein Panorama von der See und der Küste«, berichtete sie ihm. »Ich glaube, wenn ich es mir jeden Tag anschauen würde, dann hätte ich das Gefühl, direkt am Wasser zu wohnen.«

»Wenn du's magst, dann kauf es dir, Mäuschen.«

»Nein, du mußt es zuerst sehen.«

Nat war kein Kunstkenner, aber als er das Aquarell erblickte, fand er, daß es ein ziemlich laienhaftes Werk war und bestimmt nicht die zweihundert Dollar wert, die das Preisschild forderte.

»Es gefällt dir nicht. Das merke ich«, sagte Debbie.

»Es ist okay.«

Der Händler schaltete sich ein. »Der Künstler ist erst einundzwanzig Jahre alt und ein vielversprechendes Talent. Dieses Bild ist eines Tages vielleicht eine Menge wert.«

Darauf würde ich mich kaum verlassen, dachte Nat.

»Wir überlegen's uns noch«, erklärte Debbie. Als sie draußen waren, seufzte sie. »Heute hat's nicht so toll ausgesehen. Ach, na ja.«

Der Kunstladen lag an einem Seitenweg von der Main Street. »Wie wär's mit Lunch?« fragte Nat, als sie den Bürgersteig erreichten.

»Du willst doch wahrscheinlich mit dem Boot rausfahren.«

»Nein, das ist schon gut so. Wir gehen zum *Wayside Inn*. Tina hat heute Dienst, und ich möchte, daß sie mich dort herumhängen sieht. Eine der wenigen echten Chancen, um Covey festzunageln, ist es, sie aus der Fassung zu bringen, wenn sie dann ihre Aussage macht.«

Sie kamen an der Atkins Real Estate Agency vorbei. Debbie blieb stehen und blickte ins Schaufenster. »Ich schau immer nach, was für eine Residenz am Meer sie diese Woche ausstellen«, erklärte sie Nat. »Immerhin könnten wir ja eines Tages das große Los ziehen. Ich fand es so schade, als sie die Luftaufnahme vom Remember House rausgenommen haben. Das war mein Lieblingsbild. Ich glaube, daß ich dadurch Lust auf das Aquarell bekam.«

»Sieht ganz so aus, als ob Marge das mit dem Remember House grade wieder reinstellt«, bemerkte Nat.

In der Agentur öffnete Marge soeben das Fenster zu der Auslage und stellte vor Nats und Debbies Augen das geschmackvoll gerahmte Bild an einen freien Platz der Schaufläche. Als sie die Coogans entdeckte, winkte Marge und kam heraus, um mit ihnen zu reden. »Hallo, Detective Coogan«, sagte sie. »Gibt es irgend etwas, womit ich Ihnen helfen kann? Wir haben einige ausgesprochen attraktive Angebote.«

»Nichts Geschäftliches«, antwortete Nat. »Meine Frau hat sich in das Bild da verliebt.« Er zeigte auf die Luftaufnahme vom Remember House. »Leider liegt dieses Objekt etwas außerhalb unserer finanziellen Möglichkeiten.«

»Diese Aufnahme hat mehr Interessenten angezogen«, sagte Marge. »Genaugenommen ist das eine Kopie von der, die Sie gesehen haben. Elaine hat sie für Adam Nichols gemacht, und ich tu sie nur ins Fenster, bis er sie abholt. Das Original hat sie Scott Covey gegeben.«

»Scott Covey!« rief Nat aus. »Was könnte der denn damit wollen?«

»Elaine sagt, daß er Interesse für das Remember House gezeigt hat.«

»Ich hätte eher angenommen, daß er gar nicht schnell

genug vom Cape wegkommen kann«, sagte Nat. »Vorausgesetzt, er darf es auch.«

Marge wurde auf einmal peinlich bewußt, daß sie sich womöglich auf gefährliches Gelände begab. Sie hatte gehört, daß Nat Coogan gegen Scott Covey ermittelte. Andererseits war das sein Job, und er und seine Frau waren nette Leute und mochten zukünftig vielleicht Kunden werden. Seine Frau bewunderte noch immer das Bild vom Remember House. Marge erinnerte sich an Elaines Aussage, sie habe das Negativ und könne jederzeit Abzüge davon machen.

»Hätten Sie gern eine Kopie von dieser Aufnahme?« fragte sie.

Debbie erwiderte: »Schrecklich gerne. Ich hab genau die richtige Stelle dafür.«

»Ich weiß, daß Elaine Ihnen eine machen würde«, schlug Marge vor.

»Dann ist das geregelt«, entschied Nat.

Im *Wayside Inn* fanden sie heraus, daß Tina sich krank gemeldet hatte. »Ich geh ihr auf die Nerven«, sagte Nat. »Das ist gut.«

Gerade, als sie ihre Hummerbrötchen aufaßen, bemerkte Debbie mit einemmal: »Das ist nicht dasselbe Bild, Nat.«

»Was meinst du damit?«

»Da war irgendwas anders an dem Bild vom Remember House, das wir heute vormittag gesehen haben, und ich bin eben drauf gekommen. Das eine, das vorher im Schaufenster gewesen war, hatte ein Boot darauf. Das aber, das Marge uns gerade gezeigt hat, hatte keins. Ist das nicht seltsam?«

77

Am Samstag morgen erinnerte Adam Menley daran, Amy Bescheid zu geben, daß sie heute nicht zu kommen brauchte. Er hatte einen Termin mit dem Schiffahrtsexperten, den ihm der Hafenmeister von Chatham empfohlen hatte. »Ich brauche jemand zum Ausgleich für die Leute von Woods Hole, die die Stelle, wo die Leiche angeschwemmt wurde, als fragwürdig hinstellen werden, aber das dürfte nicht lange dauern. Ich bin bis zwölf oder eins wieder zurück.«

Schon ein halber Fortschritt, dachte Menley. Er mag mir nicht geglaubt haben, daß ich keinen Flashback hatte, als ich von Bobby träumte, aber wenigstens ist er bereit, mich mit dem Baby allein zu lassen.

»Ich will heute vormittag arbeiten«, sagte sie. »Ich lasse Amy bis zum Mittagessen kommen.«

»Deine Entscheidung, Schatz.«

Amy traf gerade ein, als er wegfuhr. Sie war entsetzt, als sie Menley fragen hörte: »Adam, wo ist denn das Videoband von Bobby in East Hampton? Ich bin jetzt soweit, daß ich's mir anschauen will.«

»Es ist in der Wohnung.«

»Wenn du nächstesmal wieder hinfährst, bringst du's dann mit?«

»Ja, klar. Wir schauen's dann zusammen an.«

Sollte ich ihnen sagen, daß ich es habe? fragte sich Amy. Es gefällt ihnen vielleicht nicht, daß ich es mir angeschaut habe. Nein, es war bestimmt besser, die Videokassette so schnell wie möglich wieder in Elaines Haus zurückzuschaffen. Vielleicht fiel es Mr. Nichols wieder ein, daß er sie auf dem Cape vergessen hatte, und er fragte dann Elaine danach.

Als Menley ins Bibliothekszimmer ging und die Tür schloß, bemerkte sie sofort, daß die Atmosphäre irgendwie anders war als sonst. Es war so frostig hier. Das mußte es sein. Der Raum hier bekam keine Morgensonne ab. Sie entschied sich trotzdem dafür, die Arbeitsmaterialien nicht wieder in die Küche hinüberzutragen. Sie vergeudete zuviel Zeit damit, die einzelnen Stapel durchzugehen. Sie würde sie auf dem Boden ausbreiten, so wie sie auch zu Hause in ihrem Arbeitszimmer immer vorging, und jeden Stapel mit einem Zettel versehen, auf dem sie in großen, deutlichen Buchstaben den Inhalt bezeichnet hatte. Auf diese Weise konnte sie das, was sie suchte, leicht finden, und wenn sie fertig war, brauchte sie einfach nur die Tür hinter dem ganzen Salat zu schließen, anstatt extra aufzuräumen.

Sie verbrachte die erste Stunde damit, die Unterlagen zu ihrer Zufriedenheit auszubreiten, schlug dann den neuen Ordner von Phoebe Sprague auf und begann den Inhalt zu sondieren.

Die Zeichnungen lagen obenauf. Erneut musterte sie die Skizze vom Kapitän und Mehitabel auf dem Schiff und klebte sie dann mit Klebstreifen an die Wand neben ihrem Schreibtisch. Daneben hängte sie ihre eigenen Zeichnungen der beiden und das Bild, das Jan aus der Brewster-Bücherei mitgebracht hatte. Beinahe austauschbar, dachte sie. Ich muß bei all den Papieren auf so etwas Ähnliches gestoßen sein.

Sie hatte schon ein Konzept parat, wie sie vorgehen würde. Als erstes durchsuchte sie sorgfältig die neuen Unterlagen nach jedem nur möglichen Hinweis auf Tobias Knight.

Das erste Mal, daß sie auf seinen Namen stieß, stand in Verbindung mit dem Vollzug von Mehitabels Züchtigung. »Bei der gemeindeversammlung in Monomoit an dem dritten mittwoch im august des jahres unseres HErrn eintausendsiebenhundertfünf ward Mehitabel, eheweib von Kapitän Andrew Freeman, vorgeführt und das urtheil des gerichts vollzogen in gegenwart ihres gemahls, ihrer ankläger, ihres reumüthigen theilhabers am ehebruch, sowie der stadtbewohner, die sich aus ihren häusern und von ihren pflichten herbeigaben, als zeugen der sühne ihrer unzucht beizuwohnen und sich davor warnen zu lassen.«

Der dritte Mittwoch im August, dachte Menley. Das wäre um diese Zeit herum. Und Andrew hatte zugesehen, wie sie gefoltert wurde. Wie brachte er das fertig?

Da war eine Notiz von Phoebes Hand: »Kapitän Freeman setzte noch am selben Abend Segel und nahm den sechs Wochen alten Säugling und eine Indianersklavin als Amme mit.«

Er ließ sie in diesem Zustand zurück und nahm ihr das Baby weg. Menley blickte zu ihrer Zeichnung von Andrew Freeman hoch. Du hast an jenem Tag hoffentlich nicht stark und souverän ausgesehen, dachte sie. Sie riß die Skizze von der Wand, griff nach einem Kohlestift, und mit raschen, gewandten Strichen änderte sie den selbstsicheren Gesichtsausdruck.

Sie hatte vorgehabt, Grausamkeit darzustellen, aber wie sehr sie sich auch bemühte: Als sie fertig war, war das Gesicht von Andrew Freeman das eines von Gram gebrochenen Mannes.

Vielleicht hattest du ja den Anstand zu bereuen, was du ihr angetan hast, dachte sie.

Amy hatte Hannah hereingebracht, damit sie ein Fläschchen Saft trinken konnte. Mit dem Baby auf dem Arm stand sie unentschlossen im *keeping room* herum. Von der Vorderseite des Hauses her meinte sie ein Geräusch zu hören, das wie ein leises Schluchzen klang. Das also hat Carrie gestern gehört, dachte sie. Vielleicht kam Mrs. Nichols ja früher zurück, als wir meinten.

Mrs. Nichols machte einen derart gefaßten Eindruck, wenn Leute in der Nähe waren, aber in Wirklichkeit hatte sie Depressionen, überlegte Amy, und flüchtig erwog sie, ob es ihre Pflicht war, mit Mr. Nichols darüber zu sprechen.

Dann lauschte sie erneut. Nein, das war nicht Mrs. Nichols, die weinte. Der Wind hatte sich wieder genauso wie am Vortag erhoben und rief jetzt das schluchzende Geräusch hervor, das im Schornstein einen Resonanzboden fand. Wieder ein Irrtum, Carrie, dachte Amy.

14. August

78

Am Sonntag morgen bestand Adam darauf, nach der Kirche zum Brunch auszugehen. »Wir haben beide gestern abend doch noch gearbeitet, wie's eigentlich nicht geplant war, und ich muß heute nachmittag mindestens eine Stunde mit Scott Covey verbringen.«

Menley konnte nicht ablehnen, obwohl sie lieber an ihrem Schreibtisch geblieben wäre. Aus Gemeindeaufzeichnungen in Phoebe Spragues letztem Ordner hatte sie die Umstände vom Tod Mehitabels erfahren.

Kapitän Andrew Freeman war zwei Jahre lang weggeblieben, nachdem er losgesegelt war und seine Tochter im Säuglingsalter mitgenommen hatte. Mehitabel hatte auf dem Witwensteg des Hauses Nickquenum, wie man es damals nannte, nach ihm Ausschau gehalten.

Als sie die Segel sichtete, war sie zum Hafen gegangen, ihn zu erwarten. »Ein erbarmenswerther anblick«, laut eines Briefes des Magistratsmitglieds Jonathan Weekes.

Deutlich qualen leidend, kniete sie demüthig vor ihm nieder und flehte um ihr kindlein. Er sagte zu ihr, seine kleine tochter werde niemals eine unzüchtige mutter zu gesicht bekommen. Er befahl Mehitabel, sein haus zu verlassen. Aber ihre hinfälligkeit und ihre erschöpfung waren für alle anwesenden zu sehen, und sie ward dorthin getragen, wo sie noch in selbiger nacht vor ihren himmlischen schöpfer gerufen ward. Es wird berichtet, dass Kapitän Freeman ihrem tod beigewohnt habe, und ihre letzten worte waren: »Andrew, hier warte ich auf mein kind, und hier sterbe ich frei von sünde, ich, der grausam unrecht widerfuhr.«

Menley besprach mit Adam, was sie herausgefunden hatte, während sie im Restaurant *Red Pheasant* in Dennis Eggs Benedict aßen.

»Mein Vater hatte dieses Lokal hier immer besonders gern«, sagte Adam, während er sich umblickte. »Es ist so schade, daß er nicht mehr lebt. Er wäre eine großartige Hilfe für dich gewesen. Er kannte sich in der Geschichte von Cape Cod so gut aus, daß er sie rückwärts wie vorwärts erzählen konnte.«

»Auch Phoebe Sprague kannte sich darin aus, bei Gott«, erwiderte Menley. »Adam, meinst du, es wäre okay, wenn wir die Spragues anrufen und fragen, ob Hannah und ich sie besuchen können, solange du bei Scott bist?«

Adam zögerte. »Phoebe sagt manchmal verrückte Sachen.«

»Nicht immer.«

Er machte den Anruf und kehrte dann mit einem Lächeln zum Tisch zurück. »Phoebe hat heute einen ziemlich guten Tag. Henry sagt, du sollst gleich rüberkommen.«

Noch achtzehn Tage, dachte Henry und schaute Phoebe zu, wie sie mit Hannah, die auf Menleys Schoß saß, »backe, backe Kuchen« spielte. Ihm grauste vor dem Morgen, wenn er ohne Phoebe an seiner Seite aufwachen würde.

Heute konnte sie besser gehen. Ihr Gang hatte weniger von dem gewohnten unsicheren Schlurfen an sich. Doch er wußte, daß es nicht von Dauer war. Es gab immer seltener Augenblicke geistiger Klarheit, doch wenigstens hatte sie, dem Himmel sei Dank, keine Alpträume mehr. Die letzten Nächte hatte sie recht gut geschlafen. »Meine Enkelin mag ›backe, backe Kuchen‹ auch so gern«, erzählte Phoebe Hannah. »Sie ist ungefähr so alt wie du.«

Laura war jetzt fünfzehn. Es war so, wie der Arzt es gesagt hatte. Das Langzeitgedächtnis ging als letztes verloren. Henry war für das Verständnis dankbar, das Adams Frau ihm mit einem Blick vermittelte. Was für ein hübsches Mädchen Menley doch ist, dachte er. In den letzten paar Wochen hatte ihr die Sonne helle Strähnen ins Haar gezaubert und die Haut leicht gebräunt. Die Verfärbung hob das intensive Blau ihrer Augen

251

noch hervor. Sie hatte ein wunderschönes Lächeln, doch heute bemerkte er einen Unterschied an ihr, eine undefinierbare Aura von Traurigkeit, die zuvor nicht dagewesen war.

Als er sie dann mit Phoebe reden hörte, fragte er sich, ob sie sich vielleicht die Nachforschungen über das Remember House zu sehr unter die Haut gehen ließ. Es war ja wahrhaftig eine tragische Geschichte.

»Ich bin auf den Bericht über Mehitabels Tod gestoßen«, erzählte sie Phoebe gerade. »Ich kann mir vorstellen, daß sie einfach aufgab, als sie wußte, daß Andrew ihr das Baby nicht geben würde.«

Da war etwas, was Phoebe sagen wollte. Es hatte mit Mehitabel zu tun und mit dem, was Adams Frau zustoßen würde. Man würde sie an diesen düsteren Ort schleppen, wo Andrew Freeman den Baumeister Tobias Knight der Verwesung überlassen hatte, und dann würde man sie ertränken. Wenn Phoebe es nur erklären könnte. Wenn bloß die Mienen und Stimmen der Leute, die Adams Frau töten würden, nicht so schattenhaft wären. Wie konnte sie sie nur warnen?

»Geht weg!« schrie sie und versuchte gleichzeitig Menley und das Baby wegzuschubsen. »Geht weg!«

»Vivians Mutter und Vater werden starke, emotionale Zeugen abgeben«, warnte Adam Scott. »Die stellen Sie bestimmt als einen Mitgiftjäger hin, der eine aufgedonnerte Freundin hatte, die ihn noch in der Woche vor seiner Hochzeit besucht hat, und der ihrer Tochter, nachdem er sie umgebracht hat, auch noch als letzten Akt der Habgier einen Ring vom Finger gerissen hat.«

Scott Covey war der Streß der bevorstehenden Vernehmung vor Gericht anzusehen. Die beiden Männer saßen sich am Eßzimmertisch gegenüber, und Adams Notizen lagen zwischen ihnen ausgebreitet.

»Ich kann bloß die Wahrheit sagen«, erwiderte er ruhig.

»*Wie* Sie die Wahrheit sagen, darauf kommt es an. Sie müssen diesen Richter unbedingt davon überzeugen, daß Sie ganz genauso ein Opfer des Unwetters damals sind, wie Vivian es war. Ich habe allerdings einen guten Zeugen auf unsrer Seite, einen Mann, der beinahe seinen Enkel verlor, als das Boot, in dem sie saßen, kenterte. Er hätte ihn verloren, wenn er den Jungen nicht noch am Fuß gepackt hätte, als er über Bord ging.«

»Hätten sie ihn wohl als Mörder des Kindes verklagt, wenn es ihm nicht gelungen wäre, den Jungen zu packen?« fragte Covey bitter.

»Das ist genau die Frage, die wir dem Richter nahelegen wollen.«

Als er eine Stunde später ging, sagte Adam noch: »Niemand kann das Ergebnis solcher Zeugenverhöre vorhersagen. Aber unsre Chancen stehen gut. Bloß nicht vergessen: Verlieren Sie nicht die Beherrschung, und kritisieren Sie nicht Vivians Eltern. Bringen Sie rüber: Ja, die beiden sind trauernde Eltern, und Sie sind ein trauernder Ehemann. Denken Sie an ›Ehemann‹, wenn die versuchen, Sie als Opportunisten und Mörder hinzustellen.«

Adam entdeckte zu seiner Überraschung, daß Menley und Hannah im Wagen auf ihn warteten. »Ich fürchte, ich habe Phoebe aufgeregt«, erzählte ihm Menley. »Ich hätte Mehitabel niemals ihr gegenüber erwähnen sollen. Aus irgendeinem Grund wurde sie schrecklich erregt.«

»Man kann einfach nicht erklären, was zu solchen Anfällen führt«, sagte Adam.

»Ich weiß nicht recht. Meine werden durch einen bestimmten Reiz ausgelöst, meinst du nicht?«

»Es ist nicht dasselbe.« Adam steckte den Schlüssel ins Zündschloß.

Mommy. Mommy. Solch ein jubelnder Klang. Neulich nachts, als sie meinte, Bobby nach ihr rufen zu hören. Hatte sie davon geträumt, wie seine Stimme damals an dem Tag in East Hampton geklungen hatte? Hatte sie eine glückliche Er-

253

innerung mit einem Flashback assoziiert? »Wann mußt du wieder nach New York?« erkundigte sie sich.

»Wir dürften die Entscheidung des Richters entweder morgen gegen Ende des Tages oder am Dienstag erfahren. Ich fahre Dienstag zum Übernachten rüber und bleibe bis Donnerstag früh. Aber ich schwöre, damit hat's sich dann auch mit Arbeit für diesen Monat, Menley.«

»Ich möchte, daß du das Video von Bobby in East Hampton mitbringst.«

»Ich hab doch gesagt, daß ich's bringe, mein Schatz.« Als Adam den Wagen vom Bordstein wegsteuerte, fragte er sich: Was hat es denn nun damit auf sich?

79

Fred Hendin ging mit Tina am Sonntag abend zum Essen aus. Als er sie in der Früh anrief, hatte sie erklärt, sie habe Kopfweh, stimmte dann aber zu, daß Fisch und Pommes frites mit ein paar Drinks am Abend im *Clancey's* sie sicher wieder auf Trab bringen würden.

Sie tranken Gin Tonic an der Bar, und Fred war überrascht, wie lebhaft und aufgedreht Tina war. Sie kannte den Barmixer und einige der Stammgäste, und sie zogen sich gegenseitig auf.

Fred fand, daß sie in ihrem roten Minirock mit dem rotweißen Oberteil phantastisch aussah, und ihm entging nicht, daß eine Reihe anderer Kerle an der Bar die Augen nicht von ihr lassen konnten. Es bestand überhaupt kein Zweifel. Tina zog Männer magnetisch an. Sie gehörte zu dieser Art Frauen, die einem Mann den Verstand rauben konnten.

Als sie letztes Jahr miteinander ausgingen, erzählte sie ihm ständig, er sei ein wahrer Kavalier. Manchmal fragte er sich, ob das ein Kompliment war. Dann ließ sie ihn wie eine heiße Kartoffel fallen, als Covey auf der Bildfläche erschien. Letzten Winter, als er versuchte wieder mit ihr zusammenzukommen, hatte sie ihm nicht gerade das Leben verschönert. Dann aber im April rief sie ihn plötzlich an. »Fred, warum kommst du nicht mal vorbei?« hatte sie erklärt, als wäre nichts geschehen.

War sie erst bereit, sich mit mir zufriedenzugeben, nachdem sie Covey nicht bekommen konnte? überlegte er, als Tina gerade in Gelächter über einen Witz ausbrach, den der Mann an der Bar erzählt hatte.

Er hatte sie schon lange nicht mehr so lachen gehört. Sie schien heute abend wirklich bester Laune zu sein.

Ja, das war es, erkannte er plötzlich. Obwohl sie nervös darüber war, daß sie vor Gericht aussagen mußte, war sie offenbar gut gelaunt.

Beim Essen fragte sie ihn nach dem Ring. »Fred, ich möchte gern den Verlobungsring tragen, wenn ich als Zeugin aussage. Hast du ihn mitgebracht?«

»Jetzt versuchst du mir noch den Rest der Überraschung zu verderben. Ich geb ihn dir, wenn wir bei dir zu Hause sind.«

Tina wohnte in einem möblierten Apartment über einer Autowerkstatt in Yarmouth. Sie war nicht sehr am Haushalt interessiert und hatte wenig getan, um die Wohnung persönlicher zu gestalten, doch sie waren kaum eingetreten, als Fred auffiel, daß mit dem kleinen Wohnzimmer irgend etwas nicht stimmte. Einige Dinge fehlten. Tina hatte eine ansehnliche Sammlung Rockmusik, aber fast alle Kassetten und CDs waren nicht mehr da. Und dasselbe traf für das Foto von ihr mit der Familie ihres Bruders beim Skifahren in Colorado zu.

Plante sie etwa eine Reise und erzählte ihm nichts davon? fragte sich Fred. Und falls ja, fuhr sie dann alleine?

15. August

80

Menley wachte im Morgengrauen von dem Geräusch eines leisen Schluchzens auf. Sie richtete sich auf einen Ellenbogen auf und lauschte angestrengt. Nein, das muß eine Seemöwe sein, dachte sie. Die Vorhänge bewegten sich flatternd, und der Wohlgeruch der frischen Meerluft erfüllte den Raum.

Sie ließ sich wieder auf ihr Kopfkissen sinken. Adam schlief ganz fest und schnarchte ein wenig. Menley fiel etwas ein, was ihre Mutter vor Jahren gesagt hatte. Sie hatte gerade eine Ratgeberspalte von irgendeiner Seelentante in der Zeitung gelesen, und eine Frau hatte sich in ihrem Leserbrief darüber beschwert, sie könne nachts nicht schlafen, weil ihr Mann schnarche. Die Antwort darauf war, daß für manche Frauen das Schnarchen eines Ehemanns das willkommenste Geräusch auf der Welt wäre. Man bräuchte nur irgendeine Witwe zu fragen.

Ihre Mutter hatte dazu bemerkt: »Ist das nicht wirklich wahr?«

Mom hat uns alleine großgezogen, dachte Menley. Ich habe nie aus eigener Erfahrung miterlebt, wie Menschen, die glücklich verheiratet sind, miteinander umgehen. Ich habe nie erlebt, wie es ist, wenn Eheleute Schwierigkeiten angehen und sie gemeinsam meistern.

Warum denke ich gerade jetzt daran? fragte sie sich. Kommt es daher, daß ich allmählich eine Verletzlichkeit in Adam erkenne, von der ich vorher gar nichts wußte? In gewisser Weise habe ich ihn immer mit Glacéhandschuhen angefaßt. Er ist der attraktive, erfolgreiche, gerngesehene Mann, der jede beliebige Frau hätte haben können, aber ich war es, die er dann bat, seine Frau zu werden.

Sie begriff, daß es sinnlos war, wenn sie versuchte, wieder einzuschlafen. Sie schlüpfte aus dem Bett, griff nach ihrem Morgenrock und den Hausschuhen und schlich auf Zehenspitzen aus dem Zimmer.

Hannah machte nicht den Eindruck, als ob sie bald aufwachen würde, und so ging Menley geräuschlos die Treppe hinunter und ins Bibliothekszimmer. Mit etwas Glück hatte sie vielleicht zwei Stunden, bevor Adam und Hannah den Tag begannen. Sie schlug einen neuen Ordner auf.

Als sie halbwegs durch war, stieß sie auf ein Bündel aneinandergehefteter Papiere, die mit Schiffsunglücken zu tun hatten. Über einige davon hatte sie schon gelesen, wie zum Beispiel den Untergang des Piratenschiffs *Whidaw* im Jahr 1717. Die Mooncussers hatten die gesamte Ladung geraubt.

Und dann entdeckte sie einen Hinweis auf Tobias Knight: »Die umfassendste Durchsuchung aller Häuser nach Diebesgut vor der *Whidaw* passierte, als die *Thankful* 1704 vor der Küste von Monomoy zu Bruch ging.« Phoebe hielt fest: »Tobias Knight wurde zum Verhör nach Boston gebracht. Sein Ansehen geriet immer mehr ins Zwielicht, und er stand im Verdacht, ein Mooncusser zu sein.«

Die nächste Seite enthielt einen Bericht über den Untergang von Kapitän Andrew Freemans *Godspeed*. Es war die Kopie eines Briefs an Gouverneur Shute aus der Hand von Jonathan Weekes, Mitglied des Magistrats. Der Brief informierte Seine Exzellenz, »am einunddreissigsten August im jahre des HErrn eintausendsiebenhundertsieben«, habe Kapitän Andrew Freeman wider alle Vernunft die Segel gehißt, obwohl »ein nordostwind blies, sonder zweifel vorbote eines näher kommenden sturms«. Der einzige Überlebende, Ezekiel Snow, ein Schiffsjunge, »berichtet uns, der Kapitän habe wild erregt und wie von sinnen geschrieen, dass er seine kleine tochter wieder in die arme ihrer mutter zurückbringen muss. Alle wussten, dass die mutter des kindleins tot war, und wurden von grösster sorge erfüllt. Die *Godspeed* ward auf die untiefen getrieben und zerschellte daselbst mit einer betrüblichen zahl an opfern.

Kapitän Freemans leiche ward bei Monomoit an land gespült, und er ward zu seiten seiner frau Mehitabel bestattet, da er nach dem zeugnisse des schiffsjungen seine liebe zu ihr herausgeschrieen, als er zu seinem schöpfer heimging.«

Irgend etwas war damals geschehen, weshalb er seine Meinung änderte, dachte Menley. Doch was nur? Er versuchte die Kleine ihrer Mutter zurückzubringen, die bereits tot war. Er schrie seine Liebe zu ihr heraus, als er zu seinem Schöpfer heimging.

81

Obwohl der Tag zweifellos heiß zu werden versprach, beschloß Scott Covey, zu der Anhörung vor Gericht einen marineblauen Sommeranzug zu tragen, dazu ein langärmliges weißes Hemd und eine gedämpft blaugraue Krawatte. Er hatte überlegt, ob er nicht sein grünes Jackett, die Khakihosen und ein Sporthemd anziehen sollte, machte sich dann aber klar, daß er damit nicht den erwünschten Eindruck auf den Richter gemacht hätte.

Er war sich unschlüssig, ob er den Ehering tragen sollte. Würde das zu sehr nach Effekthascherei aussehen? Vermutlich nicht. Er steckte sich den Ring an.

Als er fertig zum Weggehen war, betrachtete er sich im Spiegel. Vivian hatte ihm erzählt, sie beneide ihn darum, daß er so leicht braun wurde. »Ich bekomm Sonnenbrand, und die Haut schält sich, und wieder Sonnenbrand, und die Haut schält sich wieder«, hatte sie geseufzt. »Du kriegst einfach diese tolle Bräune, und deine Augen sehen noch grüner aus und deine Haare blonder, und es drehen sich noch mehr Mädchen nach dir um.«

»Und ich dreh mich nach dir um«, hatte er geflachst.

Er überprüfte sein Spiegelbild vom Scheitel bis zur Sohle und verzog das Gesicht. Er hatte neue bequeme Halbschuhe von Gucci an. Irgendwie sah er damit zu sehr wie aus dem Ei gepellt aus. Er ging zum Wandschrank und holte sein altes, blankgeputztes Paar Schuhe heraus. Schon besser, dachte er, als er wieder in den Spiegel blickte. Sein Mund fühlte sich trocken an, als er laut sagte: »Jetzt geht's zur Sache.«

Jan Paley kam, um bei Phoebe zu bleiben, während Henry zu der Anhörung aufbrach. »Gestern nachmittag war sie ziemlich aufgeregt«, warnte Henry. »Etwas, was Menley über das Remember House sagte, brachte sie durcheinander. Ich hab so ein Gefühl, daß sie versucht, uns etwas mitzuteilen, aber nicht die Worte dafür findet.«

»Vielleicht kommt es ja zum Vorschein, wenn ich einfach mit ihr über das Haus rede«, schlug Jan vor.

Amy kam um acht Uhr beim Remember House an. Es war das erstemal, daß sie Mr. Nichols in einem formellen Anzug sah, und sie warf ihm einen bewundernden Blick zu. Er hat so etwas Elegantes an sich, dachte sie. Er gibt einem das Gefühl, daß er alles, was er anpackt, auch gut zu Ende bringt. Er überprüfte gerade die Unterlagen in seiner Aktentasche und wirkte geistesabwesend, doch da schaute er zu ihr hoch und lächelte. »Hallo, Amy. Menley macht sich noch fertig, und die Kleine ist bei ihr. Warum gehen Sie nicht rauf und übernehmen Hannah? Wir sind allmählich spät dran.«

Er war so ein netter Mann, dachte Amy. Sie fühlte sich scheußlich bei dem Gedanken, daß er seine Zeit damit verschwenden würde, in New York nach dem Video von dem kleinen Bobby zu suchen, während es doch nur wenige Minuten von hier in Elaines Haus war. In einem Anfall von Vertrauensseligkeit platzte sie heraus: »Mr. Nichols, darf ich Ihnen was sagen, aber bitte nicht verraten, daß Sie's von mir wissen?«

Sie hatte den Eindruck, als sei er beunruhigt, doch dann sagte er: »Ja, natürlich.«

Sie erklärte ihm die Sache mit dem Videofilm, wie sie ihn entdeckt und mitgenommen, dann wieder zurückgestellt hatte. »Ich hab's Elaine nicht gesagt, daß ich mir das Video ausgeliehen hab, also wär sie vielleicht sauer, wenn sie's rausfindet. Ich wollte einfach nur sehen, wie Ihr kleiner Junge war«, erklärte sie beinahe zerknirscht.

»Amy, Sie haben mir eine Menge Ärger erspart. Wir besitzen keine anderen Kopien, und meine Frau hätte es wirklich aufgeregt, wenn dieses Band verschwunden wäre. Ich bin letztes Jahr überstürzt vom Cape aufgebrochen, und Elaine mußte mir ein paar Sachen nachschicken. Es ist bestimmt kein Problem, sie zu bitten, danach zu suchen, ohne Sie mit hineinzuziehen.«

Er schaute auf seine Uhr. »Ich muß unbedingt los. Ah, da kommen sie ja.«

Amy hörte Schritte auf der Treppe, dann kam Mrs. Nichols hereingeeilt, mit Hannah auf dem Arm. »Ich bin soweit, Adam, oder ich glaub's wenigstens. Diese Kleine hat sich ständig zum Bettrand vorgearbeitet. Jetzt gehört sie ganz Ihnen, Amy.«

Amy streckte die Hände nach Hannah aus, als Mrs. Nichols mit einem Lächeln hinzufügte: »Nur vorübergehend, natürlich.«

82

Um neun Uhr morgens war der Gerichtssaal in Orleans bis zum letzten Platz gefüllt. Die Medien waren in voller Stärke vertreten. Der ausgedehnte Presserummel im Zusammenhang mit Vivian Carpenter Coveys Tod hatte die Sensationslüsternen angezogen, die mit Freunden und Leuten aus der Gegend um die beschränkte Anzahl Sitzplätze wetteiferten.

»Das ist ja wie ein Tennisturnier«, hörte Nat einen Reporter zu einem Kollegen kurz vor der Mittagspause flüstern.

Es ist Mord und kein Sport, dachte Nat, aber wir haben für heute nicht genug Material, um es auch zu beweisen. Der Bezirksstaatsanwalt hatte die Beweislage geschickt präsentiert. Punkt für Punkt hatte er seinen Fall aufgebaut: Coveys Verhältnis mit Tina bis zu einer Woche vor seiner Hochzeit; der verletzte Finger und der fehlende Ring; der Verzicht auf eine Überprüfung des Wetterberichts im Radio; die Tatsache, daß Vivians Leiche dort, wo sie gefunden wurde, normalerweise nicht hätte angeschwemmt werden können.

Der Richter hatte häufig seine eigenen Fragen an die Zeugen gerichtet. Mit uneingeschränkter Aufmerksamkeit studierte er die Seekarten und Obduktionsbefunde.

Tina erwies sich als entmutigend gute Zeugin zugunsten

Coveys. Sie bekannte sich freimütig dazu, daß er sie über seine Beziehung zu Vivian aufgeklärt hatte und daß sie ihn in der Hoffnung, er werde sich wieder für sie interessieren, in Boca Raton besucht hatte. »Ich war verknallt in ihn«, sagte sie, »aber ich wußte, daß es vorbei war, als er dann Vivian geheiratet hat. Er war wirklich in sie verliebt. Ich bin jetzt mit jemand anders verlobt.« Vom Zeugenstand aus lächelte sie Fred strahlend an.

Während der Pause beobachtete Nat, wie die Blicke der Zuschauer von einem zum anderen wanderten: hier Scott Covey, der in Erscheinung und Haltung an einen Filmstar gemahnte, dort der untersetzte, schwerfällige Fred Hendin mit seinem Haarschwund und dem ihm deutlich ins Gesicht geschriebenen tiefen Unbehagen. Die Gedanken der Leute waren unschwer zu erraten. Sie hatte sich mit Fred Hendin begnügt, nachdem sie Covey Vivian nicht wegschnappen konnte.

Die Zeugenaussage von Conner Marcus, dem fünfundsechzig Jahre alten Mann aus Eastham, der in dem Unwetter beinahe seinen Enkel verloren hätte, wäre vielleicht auch schon ohne Coveys Aussage zum Zünglein an der Waage geworden. »Keiner, der nicht da draußen war, kann sich auch nur eine Vorstellung davon machen, wie plötzlich der Wetterumschwung war«, sagte er mit bewegter Stimme. »Eben noch haben Terry, mein kleiner Enkel, und ich miteinander geangelt. Dann wurde die See stürmisch. Nicht mal zehn Minuten später stürzten die Wellen übers Boot, und Terry wurde fast ins Wasser gerissen. Ich falle jeden Abend auf die Knie und danke Gott, daß ich nicht in den Schuhen dieses jungen Burschen hier stecke.« Mit Tränen in den Augen deutete er auf Covey.

Ruhig und mit Nachdruck beschrieb Elaine Atkins die Wandlung, die mit Vivian Carpenter vor sich gegangen war, nachdem sie Scott Covey kennengelernt hatte, und das Eheglück der beiden, so wie sie es mitbekommen hatte. »An dem Tag, als sie sich das Remember House anschauten, sagten sie, sie wären an einem Kauf interessiert. Sie wollten eine große Familie. Aber Vivian sagte, sie müßte erst das andere Haus verkaufen.«

Davon hatte Nat noch nie etwas gehört. Und es machte Coveys Geschichte glaubwürdig, daß er über das wahre Ausmaß von Vivians Erbe im dunkeln gelassen worden sei.

Das Gericht zog sich zur Mittagspause zurück. Am Nachmittag wurde Vivians Anwalt aus Hyannis in den Zeugenstand gerufen, und er erwies sich in seiner trockenen Art als glaubhafter Zeuge für Covey. Henry Sprague vermittelte auf zuverlässige Weise den Eindruck eines direkten Nachbarn, der die tiefe Liebe der frischgebackenen Eheleute füreinander bezeugte. Der Versicherungsermittler konnte nur bestätigen, was Tina bereits zugegeben hatte: Sie hatte Covey in Boca Raton besucht.

Beide Carpenters sagten aus. Sie bekannten, ihre Tochter habe schon immer emotionale Probleme gehabt und es sei ihr sehr schwergefallen, Freundschaften aufrechtzuerhalten. Die beiden führten aus, Vivian habe schon auf eine eingebildete Kränkung hin eine Beziehung abgebrochen, und sie brachten die Möglichkeit ins Spiel, daß etwas vorgefallen sei, was Vivian gegen Scott aufbrachte und zu der Drohung veranlaßte, sie werde ihn enterben.

Anne Carpenter sprach über den Smaragdring. »Er war nie zu eng«, sagte sie entschieden. »Außerdem war Vivy abergläubisch, was den Ring anging. Sie hatte ihrer Großmutter geschworen, ihn niemals abzunehmen. Sie hielt ihn gern ans Licht und bewunderte den Stein.« Auf die Aufforderung hin, den Ring zu beschreiben, erklärte sie: »Es war ein wunderschöner kolumbianischer Stein von fünfeinhalb Karat mit einem großen Diamanten auf jeder Seite, und er war in Platin gefaßt.«

Und dann kam Covey in den Zeugenstand. Seine Stimme klang gefaßt, als er auszusagen begann. Er lächelte, als er über seine ersten Verabredungen mit Vivian sprach. »*Getting to Know You* war unser Lieblingssong«, sagte er.

Er sprach über den Smaragdring. »Sie hatte Ärger damit.

Damals am letzten Morgen hat sie immer dran gezogen. Aber ich bin mir absolut sicher, daß sie ihn auf dem Boot anhatte. Sie muß ihn sich an die linke Hand gesteckt haben.«

Und schließlich folgte die Beschreibung, wie er sie in dem Unwetter verlor. Tränen stiegen ihm in die Augen, und seine Stimme versagte, und als er den Kopf schüttelte und erklärte: »Ich kann die Vorstellung einfach nicht ertragen, was für schreckliche Angst sie gehabt haben muß«, da gab es viele feuchte Augen im Gerichtssaal.

»Ich habe Alpträume, wo ich im Wasser nach ihr suche und sie nicht finden kann«, sagte er. »Ich wache auf und merke, daß ich nach ihr rufe.« Dann begann er zu schluchzen.

Das Urteil des Richters, es gebe keine Beweise für fahrlässige Tötung und keine Beweise für ein Verbrechen, war kaum noch eine Sensation.

Verschiedene Reporter baten Adam um einen Kommentar.

»Diese Angelegenheit war eine fürchterliche Zerreißprobe für Scott Covey«, stellte einer von ihnen fest. »Nicht allein, daß er seine junge Frau verloren hat, er war obendrein verleumderischen Gerüchten und Vorwürfen ausgesetzt. Ich hoffe, daß diese Darlegung in der Öffentlichkeit nicht nur dazu gedient hat, die wahren Umstände im Kontext dieser Tragödie ans Licht zu bringen, sondern daß sie diesem jungen Mann auch endlich den Frieden und die Privatsphäre wiedergibt, die er verzweifelt braucht.«

Scott wurde zu seinen Plänen befragt. »Meinem Vater geht es nicht gut, weshalb er und meine Stiefmutter auch heute nicht kommen konnten. Ich habe vor, quer durchs Land nach Kalifornien zu fahren und sie zu besuchen. Unterwegs will ich in einigen der Städte haltmachen, wo ich auf Schauspieltournee war und Freunde habe, aber vor allem brauche ich einfach Zeit für mich selbst, um zu entscheiden, was ich mit dem Rest meines Lebens anfange.«

»Werden Sie auf dem Cape bleiben?« fragte eine Reporterin.

»Ich weiß nicht«, antwortete er schlicht. »Die Gegend hier hat viele schmerzliche Erinnerungen für mich.«

Menley stand auf der Seite und hörte zu. Du hast es wieder einmal geschafft, Adam, dachte sie voller Stolz. Du bist wunderbar.

Sie spürte eine leichte Berührung an ihrem Arm. Eine Frau von Ende Sechzig sagte: »Ich wollte mich Ihnen vorstellen. Ich bin Norma Chambers. Meine Enkelkinder lieben Ihre Bücher und waren so enttäuscht, als Sie mein Haus dann doch nicht für den August gemietet haben.«

»Ihr Haus gemietet? Ach so, natürlich, Sie meinen das erste Haus, das Elaine uns besorgt hatte. Aber als es dann Schwierigkeiten mit der Installation gab, hat sie uns für das Remember House eingeplant«, sagte Menley.

Mrs. Chambers machte ein erstauntes Gesicht. »Es gab gar keine Schwierigkeiten. Ich hab das Haus gleich nach Ihrer Absage am Tag drauf vermietet. Wer hat Ihnen denn den Bären aufgebunden?«

83

Nach seiner Zeugenaussage rief Henry Sprague zu Hause an, um sich nach Phoebes Befinden zu erkundigen. Jan redete ihm gut zu, doch bis zum Ende des Verfahrens zu bleiben. »Wir kommen gut zurecht hier«, sagte sie nachdrücklich.

Es war jedoch kein einfacher Tag gewesen. Phoebe geriet aus dem Gleichgewicht, als sie die zwei Stufen am Hintereingang zum Garten hinunterging, und Jan gelang es nur mit knapper Mühe, sie vor einem Sturz zu bewahren. Beim Lunch griff Phoebe nach einem Messer und versuchte damit die Suppe zu essen.

Jan legte ihr den Löffel in die Hand und dachte dabei traurig an die vielen Gelegenheiten früher, als sie und Tom hier mit den Spragues zusammen gegessen hatten. Damals war

Phoebe eine anmutige, geistreiche Gastgeberin gewesen, die einer heiter geschmückten Tafel vorstand, mit Sets und dazu passenden Kerzen und mit einem Gesteck in der Mitte, das sie aus Blumen aus ihrem Garten geformt hatte.

Es brach einem das Herz, wenn man sich klarmachte, daß dies ein und dieselbe Person war: diese Frau, die ihr jetzt einen rührend überschwenglichen Blick zuwarf, so dankbar war sie Jan für ihr Verständnis, daß sie sich mit dem Besteck vertan hatte.

Phoebe legte sich nach dem Essen hin, und als sie Stunden später erwachte, wirkte ihr Geist reger. Jan beschloß es nun zu versuchen, ob sie herausfinden konnte, was Phoebe möglicherweise über das Remember House mitteilen wollte.

»Neulich habe ich mit Adams Frau verschiedene Leute besucht, die alte Häuser haben«, sagte sie zum Auftakt. »Adams Frau schreibt einen Artikel über Häuser, mit denen Legenden verbunden sind. Ich finde, das Remember House ist von allen am interessantesten. Danach sind wir nach Eastham gefahren und haben uns noch ein Haus angeschaut, das Tobias Knight erbaut hat. Es ist dem Remember House sehr ähnlich, aber nicht so prächtig, und die Räume sind größer.«

Die Räume. Remember House. Ein Modergeruch füllte Phoebes Nasenflügel. Es roch wie in einer Gruft. Es war eine Gruft. Sie stand oben auf einer schmalen Leiter. Überall lagen Haufen von Plunder herum. Sie fing an die Sachen zu durchstöbern, und ihre Hand berührte den Schädel. Und von unten kamen die Stimmen, die über Adams Frau redeten.

»Im Haus drinnen«, vermochte sie zu sagen.

»Ist irgendwas im Remember House drinnen, Liebe?«

»Tobias Knight«, nuschelte sie.

84

Scott Covey bat Elaine, Adam und Menley sowie Henry inständig, doch zu ihm nach Hause auf ein Glas Wein zu kommen. »Ich halte euch nicht lange auf, aber ich möchte wirklich die Gelegenheit haben, euch allen zu danken.«

Adam schaute Menley an, und sie nickte. »Gut, ganz kurz«, stimmte er zu.

Henry lehnte es ab, auch nur für ein paar Minuten bei Covey hereinzuschauen. »Jan ist schon den ganzen Tag bei Phoebe«, erklärte er.

Menley hatte das Bedürfnis, möglichst rasch zu Hannah heimzukehren, wollte aber eine Chance haben, Elaine nach dem Grund zu fragen, weshalb sie ihr ursprüngliches Mietangebot, das Haus von Mrs. Chambers, wieder rückgängig gemacht hatte. Der kurze Besuch in Scott Coveys Haus würde ihr diese Gelegenheit geben.

Auf dem Weg dorthin unterhielt sie sich mit Adam über die Anhörung vor Gericht. »Ich möchte nicht Fred Hendin sein, mit all den Leuten, die meine Verlobte erzählen hören, wie sie sich an einen andern Mann rangeschmissen hat«, bemerkte sie, »aber er hat wahrlich zu ihr gestanden, als er seine Aussage machte.«

»Wenn er Grips hat, schickt er sie in die Wüste«, sagte Adam, »aber ich hoffe, daß er's nicht tut. Scott hat Glück, daß sie seine Geschichte untermauert hat, aber die Vernehmung heute schließt nicht aus, daß man doch noch das Geschworenengericht einberuft, sollten neue Beweise auftauchen. Scott muß auf der Hut sein.«

Scott entkorkte eine Flasche erlesenen Bordeaux. »Ich hatte schon gehofft, daß ich ihn zu diesem Anlaß aufmache«, erklärte er. Als er eingeschenkt hatte, hielt er sein Glas hoch. »Dies ist keine festliche Feier«, sagte er. »Das könnte es nur sein, wenn Vivian jetzt unter uns wäre. Aber ich möchte wirklich auf euch, meine Freunde, mein Glas erheben, als

Dank für alles, was ihr für mich getan habt. Adam, Sie sind der Beste. Menley, ich weiß, daß Sie Adam dazu gedrängt haben, mir zu helfen. Elaine, was kann ich sagen außer: danke.«

Er nahm einen Schluck und fuhr dann fort: »Und jetzt will ich euch in meine Zukunftspläne einweihen, und zwar nur euch. Ich gehe gleich morgen früh von hier weg, und ich komme nicht wieder. Ihr könnt das sicher verstehen. Ich könnte hier bestimmt nie mehr über eine Straße gehen, ohne daß die Leute auf mich zeigen und über mich tuscheln. Ich glaube, daß es den Carpenters besser gelingt, mit ihrem Leben weiterzumachen, wenn sie nicht dem Risiko ausgesetzt sind, mir über den Weg zu laufen. Also, Elaine, ich möchte gern, daß dieses Haus sofort auf den Markt kommt.«

»Mir soll's recht sein«, murmelte Elaine.

»Ich kann Ihrer Logik nicht widersprechen«, war Adams Reaktion.

»Adam, ich werde eine Weile unterwegs sein. Nächste Woche rufe ich bei Ihnen in der Kanzlei an, und wenn Sie die Rechnung fertig haben, schicke ich Ihnen dann einen Scheck.« Er lächelte. »Wieviel es auch ist, Sie waren jeden Pfennig wert.«

Kurz darauf sagte Adam: »Scott, wenn Sie morgen früh aufbrechen, möchten Sie jetzt sicher packen.«

Menley und Adam verabschiedeten sich, und Elaine blieb zurück, um noch die Einzelheiten für die Vermietung des Hauses zu erörtern.

Als sie den Weg hinunter zu ihrem Wagen gingen, fragte sich Adam, warum er kein stärkeres Triumphgefühl empfand. Weshalb sagte ihm sein Instinkt, daß er reingelegt worden war?

85

Nat Coogan feierte nach dem Gerichtsverfahren nicht mit einem Glas Wein. Er saß vielmehr im Wohnzimmer, gönnte sich ein Glas kaltes Bier und ließ den Tag in Gedanken noch einmal an sich vorüberziehen. »So läuft das Spiel eben«, sagte er zu Debbie. »Mörder kommen ungestraft davon. Ich könnte die nächsten zwei Tage damit verbringen, dir lauter Fälle aufzuzählen, bei denen alle wissen, daß der Ehemann oder der Nachbar oder der Geschäftspartner das Verbrechen begangen hat, aber einfach nicht genügend Beweismaterial vorliegt, um den Täter zu überführen.«

»Wirst du an dem Fall weiterarbeiten?« fragte Debbie.

Nat zuckte mit den Achseln. »Das Problem ist bloß, daß es keine heiße Spur gibt.«

»Wenn das so ist, dann laß uns doch unsern Hochzeitstag planen. Sollen wir eine Party machen?«

Nat sah bestürzt aus. »Ich hab gedacht, ich lade dich allein zu einem schicken Abendessen ein, und dann gehen wir vielleicht in ein Motel.« Er zwinkerte ihr zu.

»Ins No-Tell Motel?« Das war ein alter Witz zwischen ihnen: ihr »Sag's-keinem-weiter-Motel«.

Nat trank sein Bier aus. »Verdammt, Deb«, sagte er. »Es *gibt* eine heiße Spur. Und sie liegt direkt vor meiner Nase. Ich weiß es. Ich kann sie bloß nicht finden!«

86

Als er Tina vom Gerichtshof nach Hause fuhr, hatte Fred Hendin das widerwärtige Gefühl, er könne vielleicht nie mehr mit erhobenem Kopf auftreten. Ihm war die Tatsache nicht entgangen, daß die Zuschauer ihn mit diesem Gigolo da, Scott Covey, verglichen. Fred wußte, daß Covey ein Wolf im Schafspelz war, der zudem noch Kreide gefressen hatte, aber das machte es auch nicht erträglicher, daß Tina offen bekundet hatte, sie sei ihm den ganzen Winter über nachgelaufen.

Als Fred im Zeugenstand war, hatte er alles darangesetzt, sie zu decken, und die Entscheidung des Richters sprach dafür, daß er nicht das Gefühl hatte, Tinas Affäre mit Covey habe irgend etwas mit Vivian Carpenters Tod zu tun.

Fred kannte Tina besser, als sie sich selbst kannte. Während der Pause hatte sie einige Male im Korridor einen Blick auf Covey geworfen. Da war ein Ausdruck in ihren Augen gewesen, der alles besagte. Selbst ein Blinder konnte sehen, daß sie noch immer verrückt nach dem Kerl war.

»Du bist sehr still, Freddie«, sagte Tina und schlang einen Arm um seinen.

»Wohl wahr.«

»Ich bin so froh, daß es vorbei ist.«

»Ich auch.«

»Ich will mal sehen, ob ich mir ein bißchen freinehmen und meinen Bruder besuchen kann. Ich hab's satt, daß die Leute ständig über mich tuscheln.«

»Kann ich dir nicht verdenken, aber Colorado ist ganz schön weit, nur um wegzukommen.«

»So weit auch wieder nicht. Ungefähr fünf Stunden vom Flugplatz Logan aus.«

Sie legte den Kopf auf seine Schulter. »Freddie, ich will jetzt einfach nur heim und alle viere von mir strecken. Macht's dir was aus?«

»Nein.«

»Aber morgen abend essen wir schön zusammen. Ich koch dann sogar.«

Fred war sich schmerzlich bewußt, wie groß sein Verlangen war, ihr über das glänzende dunkle Haar zu streichen, das auf seinen Ärmel fiel. Ich bin verrückt nach dir, Tina, dachte er. Das wird sich nicht ändern. »Mach dir keine Mühe mit der Kocherei. Aber du kannst einen Drink für mich bereitstellen. Bis sechs bin ich da.«

87

»Wieso hast du eigentlich 'Laine über das Haus in Eastham ausgefragt?« erkundigte sich Adam, als sie von ihrem Besuch bei Scott Covey nach Hause fuhren.

»Weil sie über den Grund gelogen hat, weshalb sie uns statt dessen ans Remember House verwiesen hat. Es gab überhaupt keine Installationsprobleme bei dem andern Haus.«

»Nach dem, was sie gesagt hat, gibt diese Chambers, die Besitzerin, nie zu, daß sie ständig Ärger mit den Abflußrohren hat.«

»Warum hat Elaine dann das Haus an jemand anders vermietet?«

Adam schmunzelte. »Ich kann's mir, glaub ich, vorstellen. 'Laine hat wahrscheinlich kapiert, daß wir gute Kandidaten als Käufer für das Remember House sein könnten. Ich wette, daß sie uns deshalb umquartiert hat. Sie hat schon immer ein Händchen dafür, das Beste aus einer Sache zu machen.«

»Einschließlich lügen? Adam, du bist ein grandioser Anwalt, aber manchmal geben mir deine blinden Flecke zu denken.«

»Du wirst allmählich bissig mit dem Alter, Men.«

»Nein, ich werde ehrlich.«

Sie fuhren auf Morris Island hinüber und die Quitnesset Lane entlang. Jetzt am Spätnachmittag wurde es kühler. Die Blätter an den Robinien raschelten, und einige waren schon abgefallen. »Hier muß es auch zu anderen Jahreszeiten schön sein«, stellte Menley fest.

»Nun, in zwei Wochen müssen wir uns entscheiden, ob wir das selbst herausfinden wollen.«

Amy war gerade fertig damit, Hannah zu füttern. Die Kleine hob freudestrahlend die Arme, als Menley sich über sie beugte.

»Sie ist klebrig«, warnte Amy, als Menley sie aus dem Babystuhl herausnahm.

»Das ist mir nur recht. Du hast mir gefehlt«, sagte sie zu Hannah.

»Mir hat sie auch gefehlt«, erklärte Adam, »aber deine Bluse kann man waschen, diesen Anzug dagegen nicht. Hallo, Spatz.« Er warf Hannah eine Kußhand zu, hielt sich aber außer Reichweite.

Menley sagte: »Ich nehme sie mit rauf. Danke, Amy. Ist morgen nachmittag gegen zwei in Ordnung für Sie? Ich möchte ungefähr vier Stunden Arbeit schaffen, nachdem ich unsern Brötchenverdiener am Flugplatz abgeliefert hab.«

Amy nickte und fragte dann, als Menley ein gutes Stück entfernt war: »Haben Sie mit Elaine wegen der Videokassette geredet, Mr. Nichols?«

»Ja. Sie war überzeugt davon, daß sie mir das Video zurückgegeben hat. Sind Sie absolut sicher, daß Sie das richtige gesehen haben?«

»Sie waren alle drauf. Sie haben Bobby aus dem Schwimmbecken gehoben und ihm gesagt, er soll zu seiner Mutter laufen. Er rief ›Mommy, Mommy‹, und Mrs. Nichols hat ihn dann gefragt, wie er heißt und wo er zur Schule geht.«

»Kinda Garn«, sagte Adam.

Amy sah Tränen in seinen Augen glitzern. »Ich bin so froh, daß Sie Hannah haben«, sagte sie leise. »Aber das ist doch der Film, nach dem Sie suchen, oder?«

»Ja, das stimmt. Amy, Elaine gibt nicht gerne zu, wenn sie einen Fehler gemacht hat. Vielleicht sollten Sie das Video einfach für mich holen, wenn Sie das nächstemal wieder bei ihr im Haus sind. Es klingt nach einem Tatbestand von Kleindiebstahl, aber es gehört uns, und ich kann nicht darauf bestehen, daß sie es hat, ohne Ihnen möglicherweise Ärger zu verursachen.«

»Ich würd's lieber so machen. Danke, Mr. Nichols.«

16. August

88

Scott Covey lud am Dienstag um sechs Uhr morgens den Rest seines Reisegepäcks in den BMW und machte einen letzten Rundgang durchs Haus. Elaine würde jemanden für eine gründliche Reinigung herschicken, also brauchte er sich darum nicht zu kümmern. Er überprüfte noch einmal die Schubladen im Schlafzimmer und die Wandschränke, ob er irgend etwas übersehen hatte.

Einen Moment mal, dachte er. Er hatte die acht oder zehn Flaschen guten Wein vergessen, die noch in ihrer Verpackung im Keller standen. Wäre ja unsinnig, sie der Putzfrau dazulassen.

Eines allerdings machte ihm zu schaffen – die Bilder von Vivy. Er wollte sich zwar von allem, was im Sommer geschehen war, befreien, aber es wirkte sicher gefühllos, wenn er sie einfach zurückließ. Er brachte sie ebenfalls zum Wagen.

Er hatte den Müll und den wiederverwertbaren Abfall hinausbefördert. Er überlegte, ob er die Aufnahme vom Remember House aus dem Rahmen nehmen und in Stücke reißen sollte. Dann zuckte er mit den Achseln. Vergiß es. Die Müllabfuhr war in einer Stunde fällig.

Im Gericht gestern hatte er Vivians Anwalt Leonard Wells aufgefordert, ihr Vermögen zu verwalten und das Testament rechtswirksam zu machen. Jetzt, da der Richter seinen Ruf wiederhergestellt hatte, konnte die Familie die Überschreibung der Vermögenswerte nicht länger hinauszögern. Wells teilte ihm mit, er werde ein Bündel Wertpapiere für die Steuern verkaufen müssen. Der Staat verlangte wahrhaftig einen großen Happen von dem Geld anderer Leute.

Wahrscheinlich kommt einem das immer so vor, egal wieviel man erbt, dachte Scott.

Er fuhr den Wagen aus der Garage hinaus und um das Haus herum. Er hielt einen Moment an; dann trat er auf das Gaspedal.

»Leb wohl, Vivy«, sagte er laut.

89

Sie verbrachten den Dienstag vormittag am Strand, nur sie drei. Sie hatten das Ställchen für Hannah mitgenommen und im Schatten des Sonnenschirms aufgestellt. Adam lag in der Sonne und las Zeitung. Menley hatte Zeitschriften in ihrer Badetasche dabei, aber sie hatte sich auch einen Stapel von Phoebes Unterlagen mitgebracht.

Die Papiere waren mit einem Gummiband zusammengefaßt und schienen nicht nach irgendeinem Prinzip geordnet zu sein. Menley hatte den Eindruck, daß Phoebes Recherchen mit der fortschreitenden Invasion der Alzheimerschen Krankheit zunehmend unsystematischer wurden. Es wirkte so, als habe sie immer mehr Material gesammelt und einfach in ihre Ordner gesteckt. Da waren sogar Kochrezepte darunter, die sie ein paar Jahre zuvor aus der *Cape Cod Times* ausgeschnitten und an Berichte über die frühen Siedler geheftet hatte.

»Ganz schön mühsam«, murmelte sie.

Adam blickte auf. »Was denn?«

»Die letzten Notizen von Phoebe. Sie sind etwa vor vier Jahren entstanden, glaub ich. Es ist offensichtlich, daß sie sich da schon ernsthaft schwertat. Wirklich traurig ist, daß sie offenbar die Einbuße ihrer Fähigkeiten bemerkt hat. Viele von den Anhaltspunkten, die sie zur eigenen Erinnerung notiert hat, sind so furchtbar verschwommen.«

»Zeig mal her.« Adam überflog die Seiten. »Das ist ja interessant.«

»Was denn?«

»Da ist ein Hinweis auf das Haus hier. 'Laine hat mir erzählt, daß es bestimmt deswegen Remember House heißt, weil das Haus bei einem Sturm wie ein Blasebalg funktioniert. Wenn der Wind so dagegen anbraust, dann entsteht ein Geräusch, als würde jemand ›Remmmmbaaa‹ rufen.«

»Dasselbe hat mir Jan Paley erzählt.«

»Dann haben sich beide getäuscht nach dem, was hier steht. Hier ist die Kopie einer Aufzeichnung aus dem Stadt-

273

register von siebzehnhundertfünf. Sie bestätigt die Geburt eines Kindes von Kapitän Andrew Freeman und seiner Frau Mehitabel, einer Tochter namens Remember.«

»Das Baby hieß Remember?«

»Und schau mal da – das ist eine Urkunde aus dem Stadtarchiv von siebzehnhundertzwölf: ›Besagtes eigenthum, Nickquenum geheissen, ein wohnhaus mit hab und gut und gehöfft, gen osten begrenzt von der sandbank oder klippe zum salzwasser hin, gen süden vom lande des Leutnants zur See William Sears, gen südwesten vom lande des Jonathan Crowell und gen norden vom lande des Amos Nickerson, ward nach dem willen von Kapitän Andrew Freeman an sein eheweib und im falle ihres hinscheidens an seine nachkommen vermacht. Sintemal sein weib Mehitabel schon vor ihm verschied, ist die einzige erbin eine tochter Remember, wie verzeichnet auf der geburtsurkunde im jahre des Herrn eintausendsiebenhundertfünf. Sintemal der verbleib besagten kindes unbekannt, soll der wohnsitz, welchselbiger als Remember House bekannt geworden, für steuern veräußert werden.‹«

Menley durchlief ein Schauer.

»Men, was ist los?« fragte Adam scharf.

»Es ist nur, daß es da eine Geschichte aus der Kolonialzeit Ende des siebzehnten Jahrhunderts gibt, von einer Frau, die bei der Geburt ihres Babys wußte, daß sie sterben mußte, und deshalb verfügte, daß das Neugeborene Remember heißen soll, damit es immer an sie denkt. Ich frage mich, ob Mehitabel davon wußte. Vielleicht hat sie schon geahnt, daß sie ihr Kind verlieren würde.«

»Dann sollten wir das Haus, falls wir es tatsächlich kaufen, wieder umbenennen, wie es ursprünglich hieß. Hast du eine Ahnung, was Nickquenum bedeutet?«

»Es ist ein indianisches Wort, das ›Ich bin auf dem Heimweg‹ bedeutet. Zur Zeit der ersten Siedler brauchte ein Reisender, wenn er durch feindliches Gebiet kam, nur dieses Wort auszusprechen, und niemand legte ihm einen Stein in den Weg.«

»Das hast du sicher bei deinen Recherchen rausgefunden.«

Hab ich das? fragte sich Menley.

»Ich geh eben kurz schwimmen«, sagte sie. »Und ich versprech dir, daß ich nicht zu weit rausschwimme.«

»Wenn du's tust, rette ich dich.«

»Hoffentlich.«

Um halb zwei setzte sie Adam am Flughafen von Barnstable ab. »Das alte Lied«, sagte er. »Aber wenn ich am Donnerstag zurück bin, fangen wir wirklich an, Urlaub zu machen. Keine Arbeit mehr für mich. Und wenn ich mich vormittags um Ihre Hoheit kümmere, bist du dann bereit, nachmittags am Strand rumzulungern oder irgendwas anzustellen?«

»Da kannst du drauf zählen.«

»Und wir heben uns Amy für ein paar Abende zum Essengehen auf.«

»Alleine hoffentlich.«

Auf dem Rückweg vom Flugplatz beschloß Menley, rasch einen Umweg über Eastham zu machen und sich dort erneut das Haus von Tobias Knight anzusehen. »So, Hannah«, wies sie die Kleine an, »versprich mir, bestimmt brav zu sein. Ich muß mir dieses Haus noch mal anschauen. Da gibt es was, was ich nicht verstehe.«

Diesmal saß eine andere ehrenamtliche Helferin, Letitia Raleigh, am Empfang des alten Hauses. Der Nachmittag sei bisher ruhig, erzählte sie Menley, und sie habe Zeit, sich etwas zu unterhalten.

Menley bot Hannah einen Keks an. »Das Ding ist so hart wie ein Hundekuchen«, erklärte sie, »aber das tut ihr gut, weil sie Zähne bekommt. Ich achte bestimmt darauf, daß sie keine Brösel fallen läßt.«

Hannah gab sich zufrieden, und Menley kam auf das Thema Tobias Knight zu sprechen. »Ich kann kaum etwas über ihn finden«, erläuterte sie.

»Er war ein ziemlich mysteriöser Geselle«, bestätigte Raleigh. »Zweifellos ein wunderbarer Baumeister und seiner Zeit voraus. Das Haus hier ist hübsch, aber soweit ich weiß, war das, das er in Chatham gebaut hat, eine exemplarische Sehenswürdigkeit für die Zeit damals.«

»Ich wohne dort zur Zeit«, sagte Menley. »Es ist wunderschön, aber die Zimmer sind kleiner als die hier im Haus.«

»Das versteh ich nicht. Die Maße sollen doch dieselben sein.« Raleigh wühlte in ihrem Schreibtisch. »Hier ist irgendwo eine Vita, die wir normalerweise nicht rausgeben. Sie schmeichelt ihm nicht gerade. Da ist sein Bild. Ansehnlich, wenn auch großspurig, finden Sie nicht? Und eine Art Dandy für die damalige Zeit.«

Die Zeichnung zeigte einen Mann von etwa Dreißig mit ebenmäßigen Gesichtszügen, einem Vollbart und längerem Haar. Er trug Reithosen, dazu ein Wams, ein Cape und ein Rüschenhemd mit hohem Kragen, und seine Schuhe hatten Silberschnallen.

Sie dämpfte jetzt ihre Stimme. »Laut dieser Biographie ging Tobias in Ungnaden aus Eastham weg. Er bekam Ärger, als er sich mit einigen der Bürgersfrauen einließ, und eine Menge Leute waren überzeugt davon, daß er Schiffswracks plünderte und mit der Beute Handel trieb ... also ein Mooncusser war, wissen Sie.«

Sie überflog die Broschüre und reichte sie dann Menley. »Anscheinend wurde Tobias siebzehnhundertvier, ein paar Jahre, nachdem er sich in Chatham niedergelassen hatte, von Vertretern der Krone verhört, als die gesamte Ladung der *Thankful* fehlte. Alle wußten, daß er schuldig war, aber er muß irgendein gutes Versteck für seine Beute gehabt haben. Zwei Jahre darauf ist er dann verschwunden. Man nimmt an, daß es ihm in der Gegend von Chatham zu riskant wurde und er abgehauen ist, um woanders neu anzufangen.«

»Was für eine Ladung war das?« fragte Menley.

»Kleidung, Decken, Haushaltswaren, Kaffee, Rum – der Grund, weshalb das Ganze solch einen Wirbel verursachte, war, daß es alles für den Gouverneurssitz in Boston bestimmt war.«

»Wo haben denn die Leute normalerweise all die Beute versteckt?«

»In Schuppen, am Ufer vergraben, und einige von ihnen hatten sogar Geheimräume in ihren Häusern. Diese Räume lagen meistens hinter dem Kamin.«

90

Am Dienstag morgen ging Nat Coogan früher als gewöhnlich zur Arbeit. Aus reiner Neugier fuhr er an Scott Coveys Haus vorbei, um nachzusehen, ob es irgendwelche Anzeichen dafür gab, daß Covey drauf und dran war, sich aus dem Staub zu machen. Denn daß er jetzt, da die Anhörung vorüber und die Entscheidung zu seinen Gunsten ausgefallen war, dem Cape endgültig den Rücken zudrehen würde, daran zweifelte Nat nicht.

Doch obwohl er so früh dran war, mußte er feststellen, daß Covey schon weg war. Die Rollos waren heruntergelassen, und seitlich vom Haus standen ein paar Müllsäcke zur Abfuhr bereit. Man braucht keinen Haussuchungsbefehl, um Zeug zu durchstöbern, das für die Müllabfuhr bestimmt ist, dachte Nat, während er seinen Wagen parkte.

Ein Müllbehälter enthielt neben Dosen und Flaschen zur Wiederverwertung einige spitze Glasscherben. In dem anderen Müllsack steckte normaler Abfall verschiedenster Art, darunter auch ein Rahmen, in dem noch Reste des zerbrochenen Glases und ein Bild, das kreuz und quer zerkratzt war, steckten. Na, sieh mal einer an, dachte Nat. Da war also die Originalluftaufnahme vom Remember House, die Version, die ursprünglich in der Auslage der Immobilienagentur gewesen war. Selbst noch in ihrem verstümmelten Zustand war die Aufnahme schärfer als die Kopie, die Marge ihm dort im Büro gezeigt hatte. Aber der Abschnitt mit dem Boot war herausgerissen worden. Warum nur? rätselte Nat. Warum hat er versucht, das Bild zu zerstören? Warum nicht einfach dalassen, wenn er keine Lust hatte, sich weiter damit zu belasten? Und weshalb hat er das Boot rausgerissen? Und warum hat es auch in der anderen Kopie der Aufnahme gefehlt?

Er legte das entstellte Bild in den Kofferraum seines Wagens und fuhr zur Main Street. Elaine Atkins schloß gerade die Tür zu ihrer Agentur auf. Sie begrüßte ihn freundlich. »Ich hab das Bild, das Sie wollten. Ich kann es rahmen lassen, wenn Sie möchten.«

»Nein, das ist nicht nötig«, erwiderte Nat rasch. »Ich nehm's gleich mit. Deb möchte sich gern selbst um den Rahmen kümmern.« Er griff nach der Aufnahme. Er betrachtete sie. »Großartig! Das nenne ich eine hervorragende Fotografie!«

»Finde ich auch. Ein Foto aus der Vogelperspektive kann ein echtes Verkaufsargument sein, aber das hier ist schon für sich genommen wunderbar.«

»In unserer Behörde benötigen wir manchmal Luftaufnahmen. Haben Sie jemand aus der Gegend hier dafür?«

»Ja, Walter Orr aus Orleans.«

Nat musterte weiterhin die Aufnahme. Es war die gleiche Version wie die, welche Marge drei Tage zuvor in das Schaufenster gestellt hatte. Nat sagte: »Täusche ich mich, oder war auf dem Bild nicht, als es in der Auslage war, auch ein Boot drauf?«

»Das Negativ wurde beschädigt«, erwiderte Elaine rasch. »Ich mußte es ein bißchen retuschieren.«

Er bemerkte, daß sie ein wenig rot wurde. Und warum bist du so nervös? überlegte er.

»Was schulde ich Ihnen?« erkundigte er sich.

»Nichts. Ich entwickle meine Bilder selbst.«

»Das ist sehr liebenswürdig von Ihnen, Miss Atkins.«

91

Der Dienstag war kein leichter Tag für Fred Hendin. Die Erkenntnis, daß er im Begriff war, Tina für immer aufzugeben, brachte ihn völlig aus der Fassung. Er war jetzt achtunddreißig Jahre alt und hatte im Lauf der Zeit eine ganze Reihe junger Frauen ausgeführt. Mindestens die Hälfte davon hätte ihn wahrscheinlich geheiratet.

Fred wußte, daß er in verschiedener Hinsicht eine gute Partie war. Er arbeitete tüchtig und verdiente genug für ein angenehmes Leben. Er war ein treuer Sohn gewesen, und er würde auch ein treu ergebener Ehemann und Vater sein. Die Leute wären sicher verblüfft gewesen, hätten sie genau gewußt, wie gut gepolstert sein Bankkonto war, obwohl er schon immer das Gefühl hatte, daß Tina es riechen konnte.

Würde er jetzt auf der Stelle Jean oder Lillian oder Marcia anrufen, so hätte er mit Sicherheit heute abend eine Verabredung zum Essen.

Das Dumme war nur, daß er sich ernsthaft in Tina verliebt hatte. Ihm war von Anfang an klar gewesen, daß sie launisch und anspruchsvoll sein konnte, doch wenn er mit ihr am Arm ausging, fühlte er sich wie ein König. Und es war oft so amüsant mit ihr.

Er mußte sie sich aus dem Kopf schlagen. Den ganzen Tag schon war er ganz zerstreut, weil er ständig an sie und die Notwendigkeit, sie aufzugeben, denken mußte. Der Boß hatte ihn sogar ein paarmal deswegen angeraunzt. »He, Fred, hör auf rumzuträumen. Wir haben einen Job, der erledigt werden muß.«

Er blickte wieder einmal auf das Haus gegenüber; irgendwie war es heute nicht so reizvoll wie sonst. Ach, sicher, er würde es wohl schon kaufen, aber das war dann nicht dasselbe. Er hatte sich Tina darin zusammen mit ihm vorgestellt.

Aber ein Mann hatte schließlich seine Würde, seinen Stolz. Er mußte der Sache mit Tina ein Ende machen. Die Tageszeitungen heute walzten die Anhörung vor Gericht in allen Einzelheiten aus. Nichts war übersehen worden: der Zustand von Vivians rechter Hand; der fehlende Smaragdring; Tinas Besuche bei Scott Covey in Florida. Fred war bei der Erwähnung seines eigenen Namens als fallengelassener und wiedererwählter Freund und nun Verlobter zusammengezuckt. Der Bericht stellte ihn als Idioten hin.

Ja, er mußte ein Ende machen. Morgen, wenn er sie zum Flugplatz fuhr, würde er ihr Bescheid sagen. Eines allerdings beschäftigte ihn noch. Es würde Tina nur zu ähnlich sehen, wenn sie sich weigerte, ihm den Schmuck seiner Mutter zurückzugeben.

Als er um sechs Uhr bei Tina ankam und feststellte, daß sie wie gewöhnlich noch nicht fertig war, hatte er den Fernsehapparat angestellt und dann den Schmuckkasten aufgemacht.

Die Perlenkette, Uhr und Anstecknadel seiner Mutter waren da, ebenso wie der Verlobungsring, den er Tina gerade erst überreicht hatte. Er hatte seinen Zweck für sie erfüllt, und sie konnte es vermutlich kaum erwarten, ihn vom Finger zu streifen, dachte er. Er steckte die Schmuckstücke in die Hosentasche.

Und dann riß er die Augen auf. Unter Tinas billigen Ketten und Armbändern begraben, blitzte ein Ring hervor. Es war ein großer grüner Edelstein mit rechts und links einem Diamanten in einer Platinfassung.

Er griff nach dem Schmuckstück und betrachtete es genau. Selbst ein Einfaltspinsel hätte die Reinheit und Tiefe dieses Smaragds wahrgenommen. Fred begriff, daß er das Familienkleinod in der Hand hielt, das man Vivian Carpenter vom Finger gerissen hatte.

Als Menley von dem Besuch im Haus des Baumeisters Tobias Knight heimkehrte, saß Amy auf den Eingangsstufen. »Sie haben bestimmt schon gedacht, ich hätte Sie ganz vergessen«, entschuldigte sich Menley.

»Nein, ich weiß, daß Sie das nicht tun.« Amy befreite Hannah aus dem Kindersitz im Wagen.

»Amy, ich hab gestern mitgekriegt, daß Sie mit meinem Mann über das Video von Bobby geredet haben. Erzählen Sie mir davon.«

Widerstrebend berichtete Amy, wie es dazu gekommen war, daß es in ihre Hände geriet.

»Wo ist es jetzt?«

»Daheim. Ich hab's gestern abend aus Elaines Haus mitgenommen, als ich mir noch mehr Filme ausgeliehen hab. Ich wollte es Mr. Nichols geben, wenn er am Donnerstag zurückkommt.«

»Geben Sie's mir morgen früh.«

»Selbstverständlich.«

92

Am Tag nach der Anhörung beschlossen Graham und Anne Carpenter, auf eine Kreuzfahrt zu gehen. »Wir brauchen eine Ortsveränderung«, bestimmte Graham.

Die jüngsten Ereignisse hatte eine tiefe Depression in Anne ausgelöst, und sie gab teilnahmslos ihr Einverständnis. Ihre anderen beiden Töchter waren zu dem Gerichtsverfahren angereist, und Emily, die ältere, erklärte jetzt unumwunden: »Mutter, du mußt aufhören, dir Vorwürfe zu machen. Auf ihre Weise hat die arme Vivy dich und Dad sehr geliebt, und ich glaube nicht, daß sie dich gern so sehen würde. Mach eine Reise. Geh weg von alldem. Mach dir eine tolle Zeit mit Daddy, und kümmert ihr beiden euch umeinander.«

Nachdem Emily und Barbara mit ihren Ehemännern abgereist waren, saßen Anne und Graham am Dienstag abend auf der überdachten Veranda vorne und schmiedeten Reisepläne. Annes Stimme klang frischer, und sie lachte, als sie sich einige der anderen Kreuzfahrten wieder ins Gedächtnis riefen, die sie schon mitgemacht hatten.

Graham mußte es in Worte fassen, wie er sich fühlte: »Es war für keinen von uns beiden angenehm, in den Boulevardblättern als Rabeneltern dargestellt zu werden, und die stürzen sich auch bestimmt mit größter Freude auf die Anhörung. Aber wir haben getan, was wir tun mußten, und irgendwo, glaube ich, weiß Vivian auch, daß wir versucht haben, dafür zu sorgen, daß ihr Gerechtigkeit widerfährt.«

»Und ich hoffe inständig, daß sie genauso weiß, daß wir darüber hinaus nichts tun können.«

»Ach, sieh mal, da ist Pres Crenshaw mit Brutus.«

Sie schauten zu, wie ihr hochbetagter Nachbar mit seinem Schäferhund an der Leine langsam an ihrem Tor vorbei die Straße hinunterging.

»Kannst deine Uhr danach stellen«, sagte Graham. »Punkt zehn.«

Einen Augenblick später fuhr ein Wagen an ihrem Tor vorbei. »Pres sollte sich in acht nehmen, diese Straße ist dunkel«, sagte Anne.

Sie drehten sich um und gingen ins Haus.

93

Menley lud Amy ein, zum Abendessen dazubleiben. Sie spürte, daß das junge Mädchen sich irgendwie verloren vorkam. »Ich mach bloß einen Salat und Linguine mit Muschelsoße«, erklärte sie, »aber Sie können gerne mitessen.«

»Würd ich liebend gern.«

Sie ist wirklich ein nettes Kind, dachte Menley, und genaugenommen ist sie kaum mehr ein Kind. Sie ist fast achtzehn und hat eine ruhige Art, sich zu geben, die ausgesprochen attraktiv ist. Obendrein hat sie mehr Verantwortungsbewußtsein als die meisten Erwachsenen. Aber die Vor-

282

stellung, daß ihr Vater Elaine heiratet, schätzt sie offenbar überhaupt nicht.

Das war jedoch ein Thema, das Menley nicht anschneiden wollte. Sie sprach vielmehr die Frage an, wie sich Amy auf das College vorbereitete.

Bei der Erörterung ihrer Pläne wurde Amy lebhaft. »Ich hab am Telefon mit meiner Zimmerkameradin geredet. Sie klingt nett. Wir haben uns entschieden, was für Bettüberdecken und Vorhänge wir nehmen. Ihre Mutter will ihr beim Besorgen helfen, und ich zahl dann meinen Anteil.«

»Was haben Sie in Sachen Kleidung unternommen?«

»Elaine sagt, daß sie mich irgendwann nach Boston mitnehmen will und wir uns dann einen – Moment, wie hat sie's noch genannt? – ›vergnügten Tag, nur wir Mädchen unter uns‹ machen. Ist das nicht gräßlich?«

»Amy, kämpfen Sie nicht gegen sie an«, sagte Menley. »Sie heiratet nun mal Ihren Vater.«

»Warum? Sie liebt ihn überhaupt nicht.«

»Natürlich tut sie das.«

»Menley, ich meine, Mrs. Nichols, mein Vater ist ein schrecklich langweiliger Mann.«

»Amy!« protestierte Menley.

»Nein, ich mein's ernst. Er ist nett und lieb und gut und erfolgreich, aber davon reden wir nicht. Elaine liebt ihn nicht. Er macht ihr sentimentale Geschenke, zumindest gibt er sie ihr auf eine sentimentale Art, und sie zieht die große Show ab. Sie wird ihn total unglücklich machen, und sie weiß, daß ich das weiß, und deshalb kann sie mich nicht leiden.«

»Amy, ich hoffe, daß Hannah nicht eines Tages so über ihren Vater redet«, erwiderte Menley mit einem Kopfschütteln, obwohl sie sich gleichzeitig eingestand, daß Amy ins Schwarze getroffen hatte.

»Machen Sie Witze? Mr. Nichols ist die Art Mann, wie ihn Frauen wollen. Und wenn Sie's genau wissen wollen, die Liste fängt mit Elaine an.«

283

Als Amy weg war, ging Menley durchs Haus und sperrte zu. Sie hörte sich den Lokalsender mit dem Wetterbericht an und erfuhr, daß ein Sturm im Anzug war, der am nächsten Tag spätnachmittags oder am frühen Abend das Cape heimsuchen würde. Ich vergewissere mich mal lieber, daß wir eine Taschenlampe und Kerzen vorrätig haben, im Falle eines Falles, dachte sie.

Das Telefon läutete, als sie sich gerade an ihren Schreibtisch in der Bibliothek setzte. Es war Jan Paley.

»Ich hab Sie gestern verpaßt, als Sie bei Scott Covey waren«, sagte Jan. »Ich wollte Sie wissen lassen, daß Phoebe wieder über Tobias Knight geredet hat. Menley, ich glaube, Sie haben recht. Sie versucht wirklich, uns etwas über ihn mitzuteilen.«

»Ich hab heute bei dem Haus von ihm in Eastham vorbeigeschaut, nachdem ich Adam am Flugplatz abgesetzt habe«, berichtete Menley. »Die Dame am Empfang hat mir sein Porträt gezeigt. Jan, Tobias sah wie ein Kriecher und Dandy aus. Ich kann mir nicht vorstellen, was Mehitabel sich je aus ihm hätte machen sollen. Ein weiterer interessanter Gesichtspunkt ist die Tatsache, daß sie nach den vorliegenden Informationen schon mindestens drei Monate mit dem Kind von Andrew Freeman schwanger war, als man sie denunzierte.«

Sie schwieg eine Weile. »Wahrscheinlich denke ich jetzt laut. Ich war zweimal schwanger, und das allerletzte, was mir beide Male in den ersten drei Monaten eingefallen wäre, waren irgendwelche Gelüste auf eine Liebesaffäre.«

»Und was glauben Sie also?« fragte Jan.

»Tobias Knight war ein Mooncusser. Er wurde wegen der Fracht der *Thankful* durch den Kronanwalt verhört, und zwar um die Zeit herum, als er Mehitabel zu unziemlichen Stunden besuchte. Nehmen wir mal an, sie wußte überhaupt nicht, daß er bei ihr herumlungerte? Hätte er nicht sein angebliches Verhältnis mit Mehitabel gestanden, dann hätte man nach einem anderen Grund gesucht, weshalb er dort war. Und was ist, wenn er einen Teil der *Thankful*-Ladung

284

hier auf diesem Grundstück oder vielleicht sogar hier im Haus versteckt hat?«

»Aber doch wohl nicht im Haus«, begehrte Jan auf.

»Die inneren Maße der Zimmer im Erdgeschoß hier sind kleiner als in dem Haus von Eastham. Aber von außen hat das Haus dieselbe Größe. Ich werd mal ein bißchen herumschnüffeln.«

»Ich glaube nicht, daß das viel bringt. Falls dort je ein Lagerraum war, dann ist er vermutlich schon seit zweihundert Jahren zugemauert. Aber es ist schon möglich, daß irgendwann mal einer existiert hat.«

»Hat schon mal jemand die Vermutung angestellt, daß dieses Haus ein Geheimzimmer haben könnte?«

»Nicht, daß ich wüßte. Und der letzte Bauunternehmer hat wirklich eine Menge dran renoviert. Es ist Nick Bean aus Orleans.«

»Macht es Ihnen was aus, wenn ich morgen mit ihm spreche?«

»Durchaus nicht. Und schnüffeln Sie unbesorgt herum. Gute Nacht, Menley.«

Nachdem sie den Hörer aufgelegt hatte, lehnte sich Menley in ihren Stuhl zurück und musterte die Zeichnungen von Mehitabel und Andrew. Auf dem Schiff hatten sie so glücklich miteinander ausgesehen.

Mehitabel hatte auf dem Sterbebett ihre Unschuld beteuert, und eine Woche später war Andrew, wie wild darauf bedacht, sein kleines Kind zurückzuholen, in einen aufkommenden Sturm hineingesegelt und hatte seine Liebe zu seiner Frau herausgeschrien. War es möglich, daß er sich von Mehitabels Unschuld überzeugt hatte und vor Kummer den Verstand verlor?

Instinktiv war sich Menley sicher, daß sie auf der richtigen Spur war.

Sie beugte sich wieder über den Schreibtisch, hatte jetzt aber nichts dafür übrig, die Unterlagen zu sondieren. Etwas, was Amy beim Abendessen gesagt hatte, drängte sich ihr ins

Bewußtsein. Elaine mochte wohl mit einem anderen Mann verlobt sein, aber sie war in Adam verliebt. Ich habe es doch neulich abends bei dem Essen gespürt, dachte Menley. Elaine hatte nicht vergessen, daß sie das Video hatte. Sie hielt es absichtlich zurück, obwohl sie wußte, daß es unersetzlich für uns war. Was hatte sie davon, außer daß sie sich Adam darauf anschauen konnte?

Oder hat sie eine andere Verwendung dafür gefunden?

Um zehn Uhr ging Menley nach oben, schlüpfte in ihr Nachthemd und den Morgenrock und rief dann Adam in der New Yorker Wohnung an.

»Ich wollte dich gerade anrufen, um dir gute Nacht zu sagen«, erklärte er. »Wie geht's meinen Mädchen?«

»Uns geht's gut.« Menley zögerte, wußte aber, daß sie die Frage aussprechen mußte, die sie beschäftigte. »Amy blieb zum Abendessen da, und sie hat eine interessante Bemerkung gemacht. Sie glaubt, daß Elaine in dich verliebt ist, und ich muß sagen, daß ich ihr recht gebe.«

»Das ist doch lächerlich.«

»Findest du? Adam, versteh doch bitte, nach Bobbys Tod war ich ein Jahr lang als Frau nicht viel wert für dich. Letzten Sommer bat ich dich dann um eine Trennung, und wir wären inzwischen wahrscheinlich geschieden, wenn ich nicht erfahren hätte, daß Hannah unterwegs war. Du bist doch Elaine in der Zeit, als wir auseinander waren, ziemlich nahegekommen, stimmt's?«

»Das kommt drauf an, was du damit meinst. Wir sind schon immer füreinander da, seit wir halbe Kinder waren.«

»Adam, vergiß mal diese Masche mit eurer alten Vertrautheit. Hast du ihr das nicht schon mal vorher zugemutet? Du hast doch gesagt, daß sie toll zu dir gehalten hat, als dein Vater starb. Und im Lauf der Jahre hast du sie immer angerufen, wenn du gerade keine andere enge Freundin hattest. War das nicht das Muster, das ablief?«

»Menley, du glaubst doch wohl nicht, daß ich letztes Jahr ein Verhältnis mit Elaine hatte.«

»Hast du jetzt eins mit ihr?«

»Mein Gott, Menley, nein!«

»Ich mußte einfach fragen. Gute Nacht, Adam.«

Adam hörte es nur noch klicken. Als er in der Wohnung angekommen war, war ihm klargeworden, was an ihm genagt hatte. Letzten Winter hatte er eines Tages, als Menley nicht da war, den Film mit Bobby angeschaut. Das Video war dort, wo er es gelassen hatte, in seinem Schreibtisch. Er hatte es also *doch* letzten Sommer mit nach Hause genommen. Warum nur hatte sich Elaine eine Kopie davon machen lassen und ihm nichts davon erzählt?

17. August

94

Am Mittwoch morgen nahm Nat seine zweite Tasse Kaffee ins Wohnzimmer mit und verglich die beiden Aufnahmen vom Remember House. Er hatte die verstümmelte Version mit größter Sorgfalt aus dem Rahmen gelöst, und jetzt stand sie neben der Kopie, die Elaine ihm gegeben hatte, auf dem Kaminsims.

Wie schlimm das Foto zugerichtet war, das er aus Scott Coveys Müll gefischt hatte, kam jetzt ohne den Rahmen noch deutlicher zum Vorschein. Es sah so aus, als rührten die langen diagonalen Kratzer von einem scharfen Messer oder sogar von einer Glasscherbe her. Und wo das Boot gewesen war, klaffte jetzt ein gähnendes Loch.

Die andere Vergrößerung war an der Stelle, wo das Boot gewesen war, leicht verschmiert, so, als habe Elaine sich um eine Retusche des Negativs bemüht, die Sache aber nicht ganz durchgezogen.

»Tschüß, Dad.«

Seine beiden Söhne, Kevin und Danny, sechzehn und achtzehn Jahre alt, standen in der Tür und grinsten ihn an.

»Falls du dich zu entscheiden versuchst, welches von den beiden du kaufen willst, Dad, dann würde ich für das auf der rechten Seite stimmen«, erklärte Kevin.

»Das andere hat einer wohl überhaupt nicht ausstehen können«, bemerkte Danny.

»Finde ich auch«, sagte Nat. »Die Frage ist bloß, *weshalb* konnte er's nicht ausstehen? Bis heute abend dann, Jungs.«

Debbie kam kurz darauf ins Zimmer. »Immer noch nicht dahintergekommen?« fragte sie.

»Nichts ergibt einen Sinn. Zuallererst kann ich nicht glauben, daß Elaine Atkins ernsthaft annahm, Scott Covey könnte an diesem Haus interessiert sein. Dann, als er abgehauen ist, warum hat er's nicht einfach im Haus gelassen? Warum sich die ganze Mühe machen, das Ding zu ruinieren und das Boot rauszuschneiden? Und warum hat Elaine das Boot in der anderen Kopie entfernt? Es muß doch einen Grund dafür geben.«

Debbie nahm die beschädigte Aufnahme in die Hand und drehte sie um. »Vielleicht solltest du mal mit dem Fotografen reden, wer immer das ist. Schau mal, sein Name ist hinten draufgestempelt. Walter Orr. Seine Telefonnummer und Adresse sind auch angegeben.«

»Ich weiß, wie er heißt«, sagte Nat. »Elaine hat's mir gesagt.«

Debbie drehte das Bild erneut um und glättete den verbogenen Rand. »Sieh mal. Da unten stehen Datum und Uhrzeit, wann es entstanden ist.« Sie überprüfte das andere Bild. »Auf der Kopie von Elaine steht nichts.«

Nat schaute sich das Datum an. »Fünfzehnter Juli, fünfzehn Uhr dreißig!« rief er aus.

»Hat es mit dem Datum irgendwas Besonderes auf sich?«

»Und wie!« erwiderte Nat. »Der fünfzehnte Juli war der Tag, an dem Vivian Carpenter ertränkt wurde. Covey rief um sechzehn Uhr dreißig am selben Nachmittag bei der Küstenwache an.« In zwei Sätzen war er am Telefonapparat.

Enttäuschung machte sich auf seinem Gesicht breit, während er einem Anrufbeantworter lauschte. Dann nannte er seinen Namen und die Telefonnummer beim Polizeirevier und schloß mit den Worten: »Mr. Orr, es ist äußerst wichtig, daß ich sofort mit Ihnen spreche.«

Als er auflegte, sagte er: »Orr ist zu einem Auftrag unterwegs und kommt um vier Uhr wieder. Die Sache muß also bis dahin warten. Aber, Deb, mir ist gerade eingefallen, daß Marge doch sagte, als sie uns diese Kopie anbot, Elaine hätte das Negativ. Und das hat sie ja offenbar schon verändert. Wenn also etwas an dieser Sache dran ist, finden wir vielleicht nie heraus, was es ist. Verflucht!«

95

Ein Gefühl von Ruhelosigkeit lag in der Atmosphäre, als Menley am Mittwoch früh um sieben Uhr aufwachte. Die Luft war feucht, und der Raum noch dämmrig. Das Licht, das am Rand der Rollos eindrang, war gedämpft, und auf den Fenstersimsen tanzten keine Sonnenstrahlen.

Sie hatte gut geschlafen. Obwohl Hannahs Zimmer gleich nebenan lag und sie beide Türen offen gelassen hatte, hatte sie auch das Babyphon neben sich auf den Nachttisch gelegt. Um zwei hatte sie dann gehört, daß die Kleine sich regte, und nach ihr geschaut, aber Hannah wachte nicht auf.

Und Gott sei Dank keine Träume, keine Flashbacks, dachte Menley, als sie nach ihrem Morgenrock griff. Sie ging hinüber zu den Fenstern, die zum Meer hin gelegen waren, und zog die Rollos hoch. Die See war grau, und noch plätscherten die Wellen ganz sanft gegen das Ufer. Eine blasse Sonne spähte hinter den schweren Wolken hervor, die über das Wasser dahintrieben.

Meer und Himmel, Sand und Weite, dachte sie. Dieses wunderschöne Haus, dieser außerordentliche Blick. Sie gewöhnte sich allmählich voller Freude daran, so viel Platz

289

zu haben. Nach dem Tod ihres Vaters hatte ihre Mutter das kleinere Schlafzimmer ihrem Bruder gegeben und Menleys Bett in ihr eigenes Zimmer verlegt. Als Jack dann zum College ging, kam Menley an die Reihe und erhielt ihr eigenes Zimmer, und danach schlief Jack dann, wenn er nach Hause kam, auf der Ausziehcouch im Wohnzimmer.

Ich weiß noch, wie ich damals, als ich klein war, lauter hübsche Häuser mit hübschen Zimmern gezeichnet habe, dachte Menley, während sie auf das Meer hinausschaute. Aber ein Heim wie das hier, eine Lage wie die hier habe ich mir niemals ausgemalt. Vielleicht ist mir ja deshalb das Haus in Rye, das Adam und ich hatten, nie so ans Herz gewachsen wie das hier.

Das Remember House wäre wirklich ein Zuhause nach Wunsch, dachte sie. Ich kann mir vorstellen, wie wir zu Thanksgiving und zu Weihnachten hierherkommen und für solche Sommerferien, wie Adam sie damals, als er heranwuchs, erlebte, und für lange Wochenenden zu anderen Jahreszeiten. Das ist eine ideale Ergänzung zu all den Vorteilen von Manhattan als Wohnort, wo Adams Kanzlei nur Minuten entfernt liegt.

Was waren wohl Mehitabels Pläne für ihr Leben gewesen? fragte sich Menley. Viele Kapitänsfrauen fuhren mit ihren Männern überall in der Welt hin und nahmen ihre kleinen Kinder mit. Mehitabel hatte Andrew nach ihrer Hochzeit zur See begleitet. Freute sie sich wohl auf weitere Seereisen, bevor alles diese schlimme Wendung nahm?

Es wäre logisch, wenn Tobias Knight tatsächlich irgendeine Art Vorratsraum auf dem Grundstück oder im Haus angelegt hat und die Leute ihn deshalb hier auf dem Gelände gesehen haben. So werde ich die Geschichte für das Buch schreiben, beschloß sie.

Wieso muß ich eigentlich heute morgen so intensiv an sie denken? fragte sie sich. Und dann wurde ihr der Grund klar. Am dritten Mittwoch im August vor all diesen vielen Jahren war Mehitabel als Ehebrecherin an den Pranger gestellt und ausgepeitscht worden und dann hierher zurückgekehrt, nur um festzustellen, daß ihr Mann ihr den Säugling weggenommen hatte. Heute war der dritte Mittwoch im August.

Einen Augenblick später benötigte Menley nicht erst das Babyphon, um zu wissen, daß Hannah wach und hungrig war. »Ich komm schon, Quengelchen«, rief sie, während sie ins Kinderzimmer eilte.

Amy traf um neun Uhr ein. Es bestand kein Zweifel, daß sie verstört war. Es dauerte auch nicht lange, bis die Ursache erkennbar wurde. »Elaine war bei uns zu Hause, als ich gestern abend heimkam«, sagte sie. »Mr. Nichols hatte sie nach dem Video von Bobby gefragt, und ich nehme an, daß sie erraten hat, daß ich es mir ausgeliehen hab. Sie wollte, daß ich's ihr gebe. Ich hab mich aber geweigert, es rauszurücken. Ich hab gesagt, daß es Ihnen gehört und daß ich versprochen habe, es Ihnen zurückzugeben. Sie hat gesagt, es wär eine Reservekopie, die sie machen ließ, weil Mr. Nichols letztes Jahr so schlimm beieinander war, daß sie Angst hatte, er könnte das Video verlieren, und sie wußte, daß Sie das Video noch nicht gesehen haben.« Tränen glänzten in Amys Augen. »Mein Dad hat Elaines Partei ergriffen. Er ist auch sauer auf mich.«

»Amy, es tut mir leid, daß Sie wegen dieser Sache Ärger gekriegt haben. Aber ich glaube nicht, daß Elaine aus Rücksicht auf mich eine Kopie anfertigen ließ. Und ich bin froh, daß Sie's ihr nicht gegeben haben. Wo ist es jetzt?«

Amy langte in ihre Tasche. »Hier ist es.«

Menley hielt die Kassette eine Weile in der Hand und legte sie dann auf den großen Eßtisch im *keeping room*. »Ich schau's mir später an. Ich glaube, es wäre eine gute Idee, wenn Sie jetzt Hannah in den Kinderwagen setzen und ein bißchen spazierengehen. Wenn der Sturm losgeht, soll er angeblich bis irgendwann morgen nachmittag anhalten.«

Adam rief eine Stunde später an. »Wie geht's denn so, mein Schatz?«

»Gut«, antwortete sie, »aber das Wetter schlägt um. Die Wettervorhersage hat einen Sturm angekündigt.«

»Hat Amy das Video von Bobby mitgebracht?«

»Ja.«

»Hast du's schon angeschaut?«

»Nein. Adam, vertrau mir. Ich schau's mir heute nachmittag an, während Amy bei Hannah ist, aber ich weiß, daß ich das packen kann.«

Als sie auflegte, blickte sie auf den Computerbildschirm. Der letzte Satz, den sie geschrieben hatte, bevor das Telefon zu klingeln begann, lautete: »Man sollte glauben, daß Mehitabel ihren Mann anflehte, ihr zu vertrauen.«

Um elf Uhr erreichte sie den Bauunternehmer Nick Bean, der das Haus renoviert hatte. Er erwies sich als leutseliger, offener Mensch, der ihr bereitwillig Auskunft über das Remember House erteilte. »Unschätzbare Qualitätsarbeit«, sagte er. »Kein einziger Nagel im gesamten ursprünglichen Bau. Alles Nut-und-Zapfen-Verbindungen.«

Sie fragte ihn, was er über Geheimkammern in den Häusern der frühen Siedler wisse.

»Bei einigen dieser alten Gebäude bin ich auf welche gestoßen«, erklärte er. »Die Leute machen 'ne große Sache draus. Ursprünglich nannte man sie die ›Indianerzimmer‹, was heißen soll, daß sich dort die Familien bei einem Überfall vor den Indianern versteckten.«

Menley hörte die Belustigung aus seiner Stimme heraus, als er fortfuhr: »Die Sache hat nur einen Haken. Die Indianer auf dem Cape waren nicht feindselig. Diese Räume dienten dazu, das geklaute Schiffsgut zu verbergen, oder die Leute haben dort, wenn sie verreisten, ihre Wertsachen versteckt. Ihre Art von Banksafe könnte man's wohl nennen.«

»Halten Sie's für möglich, daß es im Remember House einen geheimen Lagerraum gibt?« fragte Menley.

»Ist schon möglich«, bestätigte Bean. »Ich meine mich zu erinnern, daß mein letzter Mann, der dort gearbeitet hat, so was Ähnliches erwähnt hat. Da ist ziemlich viel Platz zwischen den Zimmern und der Hausmitte, wo man damals immer den Kamin hingebaut hat. Aber das heißt noch nicht, daß wir je auf ein Versteck stoßen, falls es existiert. Es könnte so gut verschalt sein, daß es höchstens ein Genie finden könnte. Eine Stelle, um mit der Suche anzufangen, ist das Pfarrersschränkchen in der guten Stube. Manchmal führte eine bewegliche Wand dahinter zu einem Vorratsraum.«

Eine bewegliche Wand. Sobald Menley das Gespräch beendet hatte, beeilte sie sich, das Pfarrersschränkchen im größeren der beiden Empfangszimmer zu überprüfen. Die eingebaute Vitrine lag links vom offenen Kamin. Menley öffnete sie, und ein modriger Mief attackierte ihre Nasenlöcher. Ich sollte die Tür offen lassen, damit es auslüftet, dachte sie. Aber die Rückwand des Einbauschränkchens wies keinerlei Fugen oder Spuren auf, die einen Zugang zu einem Vorratsraum dahinter vermuten ließen.

Vielleicht können wir das gründlicher auskundschaften, wenn uns das Haus einmal gehört, überlegte sie. Ich kann ja schlecht herumlaufen und Wände einreißen. Sie ging zu ihrem Schreibtisch zurück, war sich aber bewußt, daß sie zunehmend zerstreuter wurde. Sie wollte den Film von Bobby sehen.

Sie wartete bis nach dem Mittagessen, als Amy Hannah für ihr Mittagsschläfchen nach oben brachte. Dann griff Menley nach der Videokassette und nahm sie mit ins Bibliothekszimmer. Schon als sie das Tape in den Videorecorder steckte und auf den Startknopf drückte, spürte sie einen Kloß im Hals.

Sie hatten damals an dem Wochenende einen der Partner von Adam in East Hampton besucht. Lou Miller besaß eine Videokamera und hatte sie nach dem Brunch am Sonntag mit nach draußen gebracht. Adam war mit Bobby im Schwimmbecken. Sie selbst hatte an dem Tisch mit dem Sonnenschirm gesessen und sich mit Lous Frau Sherry unterhalten.

Lou filmte Adam, wie er Bobby Schwimmunterricht gab. Bobby sah Adam so ausgesprochen ähnlich, dachte Menley. Sie hatten soviel Spaß miteinander. Dann hob Adam Bobby auf den Beckenrand. Sie wußte noch, wie Lou damals die Kamera abstellte und sagte: »Okay, genug mit dem Wasserspektakel. Laßt mich jetzt mal Bobby mit Menley aufnehmen. Adam, stell ihn doch raus. Menley, du rufst ihn.«

Als nächstes hörte sie ihre eigene Stimme. »Bobby, komm mal hierher. Ich will dich.«

Ich will dich, Bobby.

Menley betupfte sich die Augen, während sie zuschaute, wie ihr Zweijähriger mit ausgestreckten Armen auf sie zugelaufen kam, und sie ihn rufen hörte: »*Mommy, Mommy.*« Sie zog frappiert die Luft ein. Es war dieselbe jubelnde Stimme, die sie gehört hatte, als sie letzte Woche dachte, daß Bobby sie rief. Er hatte so sprühend, so lebendig geklungen. Was ihr jetzt besonders auffiel, war die Art, wie er gerade angefangen hatte, »Mommy« zu sagen. Sie und Adam hatten sich darüber amüsiert. Adam hatte gesagt: »Klingt eher wie *Mom-me*, mit der Betonung auf *me*.« Ja, »*Mom-me*« hatte er gerufen – es klang wie »Mam-*mi*« –, als wollte er sagen: *Mom, you come to me!* – Mom, komm du zu *mir*!

Und ganz genauso hatte er auch neulich nachts nach ihr gerufen, als sie im ganzen Haus nach ihm gesucht hatte. War das einfach ein intensiver Wachtraum gewesen und gar kein Flashback? Dr. Kaufman hatte ihr gesagt, daß allmählich glückliche Erinnerungen die traumatischen ersetzen würden. Aber das Pfeifen des Zuges war ganz bestimmt ein Flashback gewesen.

Der Film lief weiter: Bobby, wie er sich ihr in die Arme warf; die Wendung zur Kamera hin. »Sag uns, wie du heißt.«

Sie begann zu schluchzen, als er stolz erklärte: »Wobert Adam Nikko.«

Sie würgte vor Tränen, und als das Video zu Ende war, saß sie einige Minuten lang da und vergrub das Gesicht in den Händen. Doch dann linderte ein tröstlicher Gedanke den Schmerz: In zwei Jahren würde Hannah auf die gleiche Aufforderung hin antworten. Wie sie dann wohl Menley Hannah Nichols aussprach?

294

Sie hörte Amy die Treppe herunterkommen und rief nach ihr. Amy kam herein und machte ein besorgtes Gesicht. »Sind Sie okay, Mrs. Nichols?«

Menley begriff, daß ihr noch immer die Tränen kamen. »Ja, ganz bestimmt«, erwiderte sie, »aber ich hätte gern, daß Sie das mit mir anschauen.«

Amy stand neben ihr, während sie das Band zurückspulte und dann wieder laufen ließ. Als es zu Ende war, fragte Menley: »Amy, haben Sie bei der Stelle, wo Bobby nach mir ruft, irgendwas Besonderes an seiner Stimme bemerkt?«

Amy lächelte. »Sie meinen ›Mammi‹? Es klang so, als hätte er gesagt: ›He, Mom, komm du zu mir!‹«

»Genauso kam's mir vor. Ich wollte mich einfach nur vergewissern, daß ich mir das nicht bloß eingebildet habe.«

»Mrs. Nichols, kommt man überhaupt je darüber weg, wenn man jemand verloren hat, den man liebt?« fragte Amy.

Menley war klar, daß Amy an ihre eigene Mutter dachte. »Nein«, sagte sie, »aber man lernt es, dankbar dafür zu sein, daß man den Menschen überhaupt hatte, auch wenn es nicht lang genug war. Und um meine eigene Mutter zu zitieren – sie hat immer zu meinem Bruder und mir gesagt, daß ihr die zwölf Jahre mit meinem Vater allemal lieber gewesen wären als siebzig mit irgendwem sonst.«

Sie legte einen Arm um Amy. »Sie werden Ihre Mutter bestimmt immer vermissen, so wie ich Bobby immer vermissen werde, aber wir müssen beide einfach diesen Gedanken im Gedächtnis behalten. Ich will es zumindest versuchen.«

Noch während sie von Amys dankbarem Lächeln belohnt wurde, fiel Menley plötzlich wieder der Umstand ein, daß beide Male, als sie von dem pfeifenden Zug aufgewacht war, auch Hannah das Geräusch gehört hatte.

Das Rufen, der Zug. Was, wenn sie sich das gar nicht eingebildet hatte?

96

Graham und Anne Carpenter waren fast den ganzen Mittwoch mit Packen beschäftigt. Um zwei Uhr sah Graham das Postauto vorbeifahren, und er ging zum Briefkasten am Straßenrand vor.

Als er die Post herausholte, warf er noch einen prüfenden Blick in den Kasten und entdeckte zu seiner Überraschung ganz hinten in der Ecke ein kleines Päckchen. Es war in braunes Papier eingewickelt und mit Garn verschnürt, woraus er schloß, daß es keine dieser Seifenproben war, die regelmäßig im Briefkasten auftauchten.

Das Päckchen war an Anne adressiert, war aber nicht abgestempelt und enthielt keinen Absender. Graham nahm es mit ins Haus hinein und brachte es in die Küche, wo Anne gerade mit der Haushälterin sprach. Als er ihnen von dem Fund berichtete, sah er einen Ausdruck von Betroffenheit über die Miene seiner Frau huschen.

»Willst du, daß ich es für dich aufmache?« fragte er.

Anne nickte.

Er bemerkte ihren gespannten Gesichtsausdruck, als er die Schnur durchtrennte. Er fragte sich, ob sie wohl das gleiche dachte wie er selbst. Das sauber beschriftete, sorgsam verschlossene Päckchen hatte etwas ausgesprochen Merkwürdiges an sich.

Als er es öffnete, riß er schockiert die Augen auf. Das edle tiefe Grün des altererbten Smaragdrings leuchtete durch einen Frühstücksbeutel aus Plastik hindurch.

Die Haushälterin rang nach Luft: »Ist das nicht ... ?«

Anne packte den Beutel, zog den Ring heraus und schloß ihre Hand darüber. Ihre Stimme wurde schrill und überschlug sich vor lauter Aufregung, als sie rief: »Graham, wo kommt das her? Wer hat das hierhergebracht? Weißt du noch, wie ich dir erzählt hab, daß ein Smaragd immer wieder den Weg nach Hause findet?«

97

Nat Coogan war in seinem Wagen nach Orleans unterwegs, als er um drei Uhr fünfzehn einen Anruf vom Büro des Bezirksstaatsanwalts erhielt. Einer der Beamten dort teilte ihm mit, am Vorabend habe jemand den Smaragdring zum Haus der Carpenters zurückgebracht, und um genau zehn Uhr abends habe ein älterer Herr aus der Nachbarschaft, Preston Crenshaw, beobachtet, wie ein fremder Wagen beim Briefkasten der Carpenters seine Fahrt verlangsamt habe.

»Wir können nicht mit Sicherheit davon ausgehen, daß der Fahrer des Wagens auch den Ring deponiert hat, aber es gibt uns einen Anhaltspunkt«, erklärte der Beamte. »Mr. Crenshaws Beschreibung des Fahrzeugs ist ziemlich genau. Ein dunkelgrüner oder schwarzer Plymouth, in Massachusetts zugelassen, mit einer Sieben und einer Drei oder Acht unter den Ziffern. Wir überprüfen das.«

Plymouth, überlegte Nat. Dunkelgrün oder schwarz. Wo hatte er neulich einen gesehen? Dann fiel es ihm wieder ein. Auf der Einfahrt zu Fred Hendins Haus war einer gestanden, und dann hatte er nach der Gerichtsverhandlung Fred und Tina darin gesehen. »Tina Arcolis Freund, Fred Hendin, hat einen dunkelgrünen Plymouth«, erklärte er. »Überprüfen Sie doch sein Nummernschild.«

Er wartete. Der Beamte kam wieder an den Apparat, Triumph in der Stimme. »Hendins Nummernschild hat sowohl eine Sieben wie eine Drei. Der Chef sagt, er möchte, daß Sie mitgehen, wenn wir ihn zum Verhör abholen.«

»Gut, treffen wir uns doch um fünf bei Hendins Haus. Ich bin gerade zu einer Sache unterwegs, die uns vielleicht weitere Hinweise gibt.«

Der Fotograf Walter Orr hatte seine Anrufe abgehört und Nat zurückgerufen. Nat solle ihn um vier Uhr in seinem Studio aufsuchen.

Das Rätsel beginnt sich zu lösen, dachte Nat frohlockend, als er das Mobiltelefon aufs Armaturenbrett zurücksteckte.

Zehn Minuten später bog er von der Route 6 in die Ausfahrt nach Orleans ein. Weitere fünf Minuten später war er im zentral gelegenen Studio von Orr.

Orr war etwa dreißig, ein muskulöser Mann, der eher einem Hafenarbeiter als einem Fotografen glich. Er machte gerade Kaffee. »Langer Tag«, sagte er zu Nat. »Ich hab in New London Aufnahmen gemacht. Glauben Sie mir, ich bin froh, daß ich wieder da bin. Dieser Sturm ist in ein paar Stunden fällig, und ich hätte keine Lust, da noch zu fliegen.«

Er bot einen Becher an. »Kaffee?«

Nat schüttelte den Kopf. »Nein, danke.« Er zog die lädierte Luftaufnahme hervor. »Das haben Sie gemacht?«

Orr betrachtete kurz das Bild. »Ja, stimmt. Wer hat es zerkratzt?«

»Das gehört zu den Dingen, die wir herauszukriegen versuchen. Nach meinen Informationen hat Elaine Atkins Ihnen den Auftrag zu diesem Bild gegeben, und sie hat auch das Negativ.«

»Das ist richtig. Sie legte besonderen Wert auf das Negativ und bezahlte extra dafür.«

»Gut, nun schauen Sie mal diese Kopie an.« Nat rollte das Foto auf, das Elaine ihm gegeben hatte. »Sie sehen den Unterschied?«

»Klar doch. Das Boot hat jemand weggemacht. Wer war das? Elaine?«

»Ja, soviel ich weiß.«

»Nun, ist wohl ihr gutes Recht, daran herumzupfuschen.«

»Am Telefon sagten Sie mir, wenn Sie Luftbilder machen, werden die genaue Zeit und das Datum auf dem Film festgehalten.«

»Richtig.«

Nat deutete auf die Ecke unten rechts auf dem Originalfoto. »Hier steht Freitag, fünfzehnter Juli, fünfzehn Uhr dreißig.«

»Und das Jahr ist darüber.«

»Das sehe ich. Entscheidend ist, daß dies exakt der genaue Zeitpunkt ist, als das Foto entstand. Ist das richtig?«

»Ganz genau.«

»Ich brauche eine Vergrößerung von diesem fehlenden Boot. Wie viele Aufnahmen haben Sie gemacht, und gibt es noch eine, die der hier ähnlich ist?«

Orr zögerte. »Hören Sie mal, ist das wichtig für Sie? Glauben Sie, daß das Boot Drogen an Bord hat oder so was?«

»Es könnte für eine Menge Leute wichtig sein«, erwiderte Nat.

Orr kniff die Lippen zusammen. »Ich weiß, daß Sie nicht hier sind, um meine Fotoarbeiten zu bewundern. Ganz im Vertrauen gesagt – ich hab Elaine zwar die ganze Filmrolle verkauft, hab mir aber ein zweites Negativ von dieser Aufnahme für mich selbst gemacht. Ich hätte es niemand anders verkauft, aber das ist ein verdammt gutes Bild. Ich wollte es als Muster für meine Mappe haben.«

»Das ist eine wirklich gute Nachricht«, erklärte Nat. »Können Sie ganz schnell einen neuen Abzug machen?«

»Aber klar. Genauso wie das hier?«

»Ja, genauso wie das Original, aber im Grunde genommen bin ich an dem Boot interessiert.«

»Was wollen Sie denn darüber wissen?«

»Alles, was Sie mit Ihren Fähigkeiten für mich rauskriegen können.« Er kritzelte die Nummer seines Mobiltelefons auf die Rückseite seiner Visitenkarte und gab sie Orr. »So bald wie möglich. Ich warte auf Ihren Anruf.«

98

Kurz nach fünf Uhr wurde Fred Hendin abgeholt und zum Amt des Bezirksstaatsanwalts im Gerichtsgebäude gebracht. Ruhig und höflich beantwortete er die Fragen, die auf ihn einprasselten. Nein, Vivian Carpenter habe er nie getroffen. Nein, Scott Covey habe er ebenfalls nicht kennengelernt, wohl habe er ihn aber letztes Jahr im *Daniel Webster Inn* herumhängen sehen. Ja, er sei mit Tina Arcoli verlobt.

Den Ring? Er habe keine Ahnung, worüber sie da redeten. Nein, gestern abend sei er nicht in Osterville gewesen. Er sei vielmehr mit Tina ausgegangen und dann direkt nach Hause und zu Bett gegangen.

Ja, bei der Verhandlung habe er eine Menge über den fehlenden Ring gehört. Die *Cape Cod Times* habe ja gestern eine Beschreibung veröffentlicht. Fast eine Viertelmillion Dollar sei eine Menge Ring. Wer immer ihn zurückgegeben habe, sei auf jeden Fall ehrlich.

»Ich muß unbedingt jetzt gleich weg«, informierte Fred die Ermittler. »Ich bringe meine Verlobte zum Logan Airport. Sie muß um neun Uhr eine Maschine nach Denver kriegen.«

»Ich fürchte, Tina wird ihren Flug verpassen, Fred«, erklärte Nat. »Wir bringen sie jetzt hierher.«

Er sah, wie auf Freds Hals eine verräterische Röte auftauchte und sich dann bis in sein Gesicht hinauf vorarbeitete. Sie rückten ihm also auf die Pelle.

»Tina will ihren Bruder und seine Familie besuchen«, sagte Fred wütend. »Diese ganze Geschichte hat ihr zugesetzt.«

»Sie hat einer Menge Leuten zugesetzt«, erwiderte Nat mit milder Stimme. »Wenn Sie für irgendwen Mitleid empfinden, dann würde ich vorschlagen, sollten Sie mit den Carpenters beginnen. Verschwenden sie es nicht an Tina.«

Nat fuhr mit Bill Walsh, einem Ermittler von der Staatsanwaltschaft, zu Tinas Wohnung. Zunächst weigerte sie sich, die beiden hereinzulassen, doch schließlich öffnete sie die Tür.

Sie fanden sie von Reisegepäck umgeben vor. Aus dem Wohnzimmer waren offensichtlich alle persönlichen Dinge entfernt worden. Sie hatte nicht die Absicht, zurückzukommen, dachte Nat.

»Ich habe keine Zeit für Sie«, erklärte Tina scharf. »Ich muß meine Maschine kriegen. Ich warte nur auf Fred.«

»Fred ist im Büro des Staatsanwalts, Tina«, teilte Nat ihr

mit. »Wir müssen mit ihm reden, und es ist äußerst wichtig, daß wir auch mit Ihnen reden. Wenn sich alles rasch aufklärt, können Sie Ihre Maschine noch erwischen.«

Tina sah verblüfft aus. »Ich habe keine Ahnung, wieso Sie mit Fred oder mir reden wollen. Dann erledigen wir das eben schleunigst.«

99

Menley brachte Amy zur Tür. »Dad und ich gehen heute abend zu Elaine zum Essen«, erzählte sie. »Wir sollen uns über mein Verhältnis zu ihr aussprechen.«

»Sie meinen, Sie wollen versuchen, daß Sie sich besser miteinander vertragen?« fragte Menley.

»Gestern abend hat sie was davon gesagt, daß sie sich nicht auf so eine feindselige Atmosphäre einlassen will.« Amy zuckte mit den Achseln. »Ich werde ihr erklären, daß ich in ein paar Wochen eh im College bin, und falls sie Probleme damit hat, wenn ich in den Semesterferien komme, dann bleib ich eben weg. Meine Großmutter lebt noch in Pennsylvania; die freut sich, wenn ich komme. Wenigstens muß ich dann nicht mit ansehen, wie Elaine einen Hanswurst aus Dad macht.«

»Manchmal wird's erst schlimmer, bevor es besser wird«, sagte Menley, als sie die Tür aufmachte. Ein Windstoß fegte durch den Raum. »Ich bin froh, daß Adam heute nicht fliegt«, bemerkte sie.

Als Amy weg war, fütterte Menley Hannah, badete sie und schaute sich dann mit der Kleinen auf dem Schoß die Sechs-Uhr-Nachrichten aus Boston an. Um Viertel nach sechs lief eine Mitteilung unten über den Bildschirm. Der Sturm werde gegen sieben ausbrechen, und eine besondere Vorwarnung wurde an die Bewohner von Cape Cod und den umliegenden Inseln gerichtet.

»Wir legen mal lieber die Kerzen und die Taschenlampe

bereit«, sagte Menley zu Hannah. Der Himmel hatte sich ganz bezogen. Das Wasser war jetzt dunkelgrau und turbulent und krachte ans Ufer. Die ersten Regentropfen begannen ans Fenster zu schlagen. Sie ging von Zimmer zu Zimmer und machte die Lichter an.

Hannah fing an, quengelig zu werden, und Menley brachte sie in ihr Bettchen und ging dann wieder nach unten. Draußen nahm der Wind an Geschwindigkeit zu, und Menley hörte den leisen Ruf, den er erzeugte, als er um das Haus herumbrauste: *Remmmmbaaa ...*

Adam rief um Viertel vor sieben an.

»Men, das Abendessen, für das ich noch bleiben wollte, ist in letzter Minute abgesagt worden. Ich hab ein Taxi zum Flugplatz genommen, damit ich den Direktflug noch schaffe. Wir waren schon auf der Startbahn, als bekanntgegeben wurde, daß der Fluplatz von Barnstable dicht ist. Ich nehm den Pendelflug nach Boston und miete mir dort ein Auto. Mit ein bißchen Glück bin ich zwischen halb zehn und zehn zu Hause.«

Adam kam heute noch heim! »Das ist ja toll«, sagte Menley. »Dann trotzen wir gemeinsam dem Sturm.«

»Immer.«

»Du hast doch noch keine Gelegenheit zum Essen gehabt, oder?« fragte sie.

»Nein.«

»Ich hab das Essen fertig, wenn du kommst. Es wird wahrscheinlich bei Kerzenschein stattfinden, und nicht bloß wegen der Wirkung.«

»Men ...« Er zögerte.

»Hab keine Angst, mich zu fragen, wie's mir geht. Ja, mir geht's gut.«

»Hast du das Video mit Bobby angeschaut?«

»Zweimal. Amy hat es das zweitemal mit mir angesehen. Adam, weißt du noch, wie Bobby gerade anfing, Mam-mi zu sagen?«

»Ja, sicher. Warum, Men?«

»Ich weiß es selber nicht genau.«

»Men, die rufen die Passagiere auf. Ich muß gehen. Also bis bald dann.«

Adam legte auf und rannte zum Abflugschalter. Er hatte sich das Video angeschaut, das er im Bibliothekszimmer in der Wohnung gefunden hatte. »Mam-*mi*.« Es klang fast so, als würde Bobby Menley zu sich rufen. Ach, Herrgott noch mal, dachte Adam, warum bin ich nicht zum Cape zurück, bevor sie den Flugplatz gesperrt haben.

100

Nat und Bill Walsh, der Ermittler, beförderten Tinas Reisegepäck in einen der Verhandlungsräume. Sie setzte sich ihnen gegenüber an den Tisch und blickte demonstrativ auf ihre Uhr. »Wenn ich nicht in einer halben Stunde hier raus bin, verpasse ich meinen Flug«, sagte sie. »Wo ist Fred?«

»Er ist ein Stück weiter den Gang runter«, sagte Nat.

»Was hat er denn angestellt?«

»Vielleicht nichts, außer daß er etwas abgeliefert hat. Tina, wir sollten jetzt mal über den fehlenden Smaragdring von Vivian Carpenter reden.«

Ihre Augen wurden schmal. »Wieso, was ist damit?«

»Dann wissen Sie also was davon?«

»Jeder, der Zeitung liest, weiß Bescheid darüber, ganz zu schweigen von all dem Gerede bei der Anhörung.«

»Dann wissen Sie ja, daß das kein Ring ist, den man so leicht mit einem anderen verwechseln würde. Hier, lassen Sie mich vorlesen, wie die Versicherungsgesellschaft den Ring beschreibt.« Nat griff nach einem Zettel. »Kolumbianischer Smaragd, fünfeinhalb Karat, edles Dunkelgrün ohne sichtbare Einschlüsse, zu beiden Seiten zwei edle Diamanten mit Smaragd-Schliff zu je eineinhalb Karat, Platinfassung, Wert eine Viertelmillion Dollar.«

Er legte das Papier hin und schüttelte den Kopf. »Sie verstehen sicher, weshalb die Carpenters ihn zurückhaben wollen, oder nicht?«

»Ich weiß nicht, wovon Sie reden.«

»Eine Menge Leute scheinen der Ansicht zu sein, daß jemand den Ring Vivian vom Finger gezerrt hat, als sie schon tot war, Tina. Falls das zutrifft, so würde es denjenigen, der ihn jetzt hat, in riesengroße Schwierigkeiten bringen. Warum denken Sie nicht darüber nach? Mr. Walsh wird bei Ihnen bleiben. Ich gehe jetzt zu Fred rein, um mit ihm zu reden.«

Er tauschte einen Blick mit dem Ermittler aus. Walsh konnte es nun auf die väterliche Tour mit Tina versuchen, vornehmlich aber würde er Tina nicht aus den Augen lassen, damit sie etwa ihr Gepäck durchsuchen konnte. Nat waren die flüchtigen, nervösen Seitenblicke Tinas nicht entgangen, als er den Ring erwähnte. Sie denkt, daß er in ihrem Koffer ist, dachte er.

Fred Hendin schaute auf, als Nat ins Zimmer kam. »Ist Tina da?« fragte er leise.

»Ja«, informierte ihn Nat.

Sie hatten Fred absichtlich fast eine Stunde lang allein gelassen. »Kaffee?« fragte Nat.

»Ja.«

»Ich auch. Ganz schön langer Tag.«

Der Anflug eines Lächelns kam über Fred Hendins Lippen. »Ja, das kann man wohl sagen.«

Nat wartete ab, bis der Kaffee gebracht wurde, und beugte sich dann zu einem Gespräch von Mann zu Mann nach vorne. »Fred, Sie gehören nicht zu den Menschen, die sich um Fingerabdrücke kümmern. Ich vermute mal, daß einige Ihrer Abdrücke auf diesem Päckchen sind, das jemand – und ich betone *jemand* – in einem dunkelgrünen Plymouth mit den Ziffern Sieben und Drei oder Acht auf seinem Massachusetts-Nummernschild gestern abend in den Briefkasten der Carpenters gesteckt hat.«

Hendins Gesichtsausdruck blieb unverändert.

»So, wie ich die Sache sehe«, sagte Nat, »hat wahrscheinlich eine Person, die Sie kennen, den Ring gehabt. Und Ihnen ist wieder eingefallen, daß Sie gesehen haben, wie sie ihn getragen hat, oder vielleicht haben Sie ihn auf ihrer Frisierkommode oder in ihrem Schmuckkasten gesehen, und nach der Anhörung und nachdem Sie all die Zeitungsartikel gelesen hatten, fingen Sie an, sich Sorgen zu machen. Vielleicht wollten Sie nicht, daß diese Person mit etwas in Verbindung gebracht wird, was sich als Verbrechen herausstellen könnte, also haben Sie ihr damit geholfen, daß Sie *den Ring aus ihrem Besitz entfernt haben.* Helfen Sie mir mal auf die Sprünge, Fred. Ist es denn nicht auf diese Weise vor sich gegangen?«

Als Hendin schwieg, erklärte Nat: »Fred, wenn Tina den Ring hatte, hat sie bei der Anhörung einen Meineid geleistet. Das bedeutet, daß sie ins Gefängnis muß, es sei denn, sie läßt sich auf einen Handel ein, was genau sie auch tun sollte. Falls sie nicht in ein Komplott verwickelt war, Vivian Carpenter umzubringen, ist sie nur ein kleiner Fisch. Wenn Sie ihr helfen wollen, dann kooperieren Sie jetzt mit uns, denn wenn Sie das tun, bleibt Tina nichts anderes übrig, als Ihrem wirklich guten Beispiel zu folgen.«

Fred Hendin hatte seine Hände gefaltet. Er schien sie aufmerksam zu mustern. Nat wußte, was er jetzt bestimmt dachte. Fred ist ein ehrlicher Mensch. Und stolz. Jeder Dollar, den er verdient, ist ehrlich verdient. Nat folgerte auch, daß Fred genügend über die Rechtslage informiert war, um sich klar darüber zu sein, daß Tina womöglich böse in der Klemme steckte, da sie unter Eid behauptet hatte, nichts von einem Smaragdring zu wissen. Deshalb hatte Nat ja auch darauf hingewiesen, sie könne sich aus der Klemme befreien, wenn sie kooperierte.

Nat war ebenfalls der Meinung, daß er eine ziemlich gute Vorstellung von Tinas Denkweise hatte. Sie würde jede Finte ausprobieren, bis sie endgültig in der Falle saß. Hoffentlich kriegten sie das noch heute abend hin. Zwar würden sie Covey über kurz oder lang bestimmt aufspüren, aber er wollte nicht zu lange abwarten.

»Ich will nicht, daß Tina Ärger kriegt«, sagte Fred, als er endlich sein Schweigen brach. »Auf so eine Schlange wie Covey hereinzufallen, sollte niemand in Schwierigkeiten bringen.«

Es hatte Vivian Carpenter aber verflucht noch mal in Schwierigkeiten gebracht, dachte Nat.

Dann stellte Fred Hendin fest: »Ich hab den Smaragdring gestern abend aus Tinas Schmuckkasten genommen.«

Der Ermittler Bill Walsh behielt seine teilnahmsvolle Miene bei, als Tina aufbrauste: »Das ist ja, als lebten wir in Nazi-Deutschland.«

»Manchmal müssen wir unschuldige Leute bei unseren Ermittlungen um Hilfe bitten«, erklärte Walsh besänftigend. »Tina, Sie schauen ständig zu Ihrem Gepäck rüber. Gibt es da etwas, was ich Ihnen holen kann?«

»Nein. Hören Sie, wenn Fred mich nicht nach Logan fahren kann, dann muß ich mir ein Taxi bestellen, und das kostet mich ein Vermögen.«

»Bei diesem lausigen Wetter hat Ihr Flug ganz bestimmt Verspätung. Soll ich mal nachfragen?« Walsh griff nach dem Telefon. »Welche Luftlinie, und wann ist der Abflug?« Tina hörte ihn die Buchung bestätigen. Als er auflegte, lächelte er gewinnend. »Mindestens eine Stunde Verspätung, Tina. Wir haben reichlich Zeit.«

Wenige Minuten später kam Nat wieder zu ihnen zurück. »Tina«, sagte er, »ich verlese Ihnen jetzt Ihre Rechte.«

Tina war sichtlich wie vor den Kopf geschlagen und verwirrt, als sie ungläubig zuhörte, dann das Dokument, das Nat ihr reichte, las und unterschrieb und auf ihr Recht verzichtete, einen Anwalt hinzuzuziehen. »Ich brauche keinen. Ich hab nichts getan. Ich rede selbst mit Ihnen.«

»Tina, ist Ihnen das Strafmaß für Beihilfe zum Mord in diesem Staat ein Begriff?«

»Wieso sollte mich das was angehn?«

»Sie haben zumindest einen wertvollen Ring angenommen, der vermutlich einem Opfer vom Finger gerissen wurde.«

»Das ist eine Lüge.«

»Sie hatten den Ring. Fred hat ihn gesehen und den Carpenters zurückgegeben.«

»*Was* hat er?« Sie stürzte zu dem Haufen Gepäck in der Ecke hinüber und griff nach der Tasche, die sie als Handgepäck mitnehmen wollte. In einer einzigen schnellen Bewegung öffnete sie den Reißverschluß und zog ein Buch hervor.

Einer von diesen Pseudo-Schmuckkästen, dachte Nat, während er zuschaute, wie Tina die Buchattrappe aufschlug, so daß der Inhalt zum Vorschein kam. Er sah, wie ihr die Farbe aus dem Gesicht wich. »Der elende Hund«, murmelte sie.

»Wer, Tina?«

»Fred weiß, wo ich meinen Schmuck aufhebe«, erwiderte sie aufgebracht. »Er muß einfach ... « Sie stockte.

»Muß einfach was, Tina?«

Nach einer langen Pause erklärte sie: »Er muß einfach die Perlenkette und die Anstecknadel, die Uhr und den Verlobungsring rausgenommen haben, die er mir geschenkt hat.«

»Ist das alles? Tina, wenn Sie nicht mit uns zusammenarbeiten, kriegen wir Sie wegen Meineids dran.«

Sie starrte Nat schier endlos lange an. Dann setzte sie sich hin und schlug die Hände vors Gesicht.

Der Gerichtsschreiber nahm Tinas Geschichte zu Protokoll. Nach dem tragischen Tod seiner Frau habe Scott Covey bei ihr Trost gesucht und sie hätten sich wieder ineinander verliebt. Den Smaragdring habe er im Schmuckkasten seiner Frau gefunden und Tina zum Zeichen ihrer gemeinsamen Zukunft gegeben. Als dann aber diese häßlichen Gerüchte aufkamen, erzählte sie weiter, hätten sie beide gefunden, es würde gar nicht gut aussehen, wenn er zugab, daß er den Ring hatte. Sie hätten sich auch darauf geeinigt, daß sie weiterhin mit Fred ausgehen sollte, bis alles ausgestanden war.

307

»Haben Sie die Absicht, sich mit Scott zu treffen?« fragte Nat.

Sie nickte. »Wir lieben uns wirklich ganz ungeheuer. Und als er Trost brauchte ...«

»Ich weiß«, warf Nat ein. »Da hat er sich an Sie gewandt.« Er schwieg eine Weile. »Nur so aus Neugierde: Sie haben ihn doch gelegentlich spät abends in seinem Haus besucht und Ihren Wagen in seiner Garage geparkt, richtig?«

»Fred ist immer früh am Abend gegangen. Manchmal hab ich dann bei Scott vorbeigeschaut.«

Tina weinte jetzt. Nat war sich nicht sicher, ob es daran lag, daß sie allmählich die mit dieser Befragung verknüpften ernsten Folgen begriff, oder daran, daß sie nicht entwischt war.

»Wo ist Scott jetzt?«

»Auf dem Weg nach Colorado. Er trifft mich dann dort bei meinem Bruder zu Hause.«

»Erwarten Sie, daß er sich noch vorher meldet?«

»Nein. Er fand es besser abzuwarten. Er hat gesagt, die Carpenters könnten so viele Drähte ziehen, daß sie vielleicht sein Autotelefon abhören lassen.«

Nat erörterte mit einigen Beamten der Staatsanwaltschaft sachlich Tinas Aussage. »Sicher, für ein großes Geschworenengericht haben wir genug an der Hand, aber wenn sie bei dieser Version bleibt, wie Covey ihr angeblich den Ring gab, nachdem er ihn fand – und vielleicht glaubt sie ja wirklich, daß es stimmt –, dann haben wir nichts Konkretes, nichts, was schwerer wiegen würde, als daß er gelogen hat mit seiner Behauptung, der Ring sei verloren«, sagte einer der Staatsanwälte. »Nach dem Tod seiner Frau war es Coveys gutes Recht, den Ring zu verschenken.«

Das Mobiltelefon in Nats Brusttasche fing an zu klingeln. Walter Orr war am Apparat. »Was wollen Sie also alles über das Boot wissen?« Seine Stimme klang triumphierend.

Bloß keine Spielchen jetzt, dachte Nat. Er gab sich Mühe,

seine Verärgerung aus seiner Stimme herauszuhalten, als er fragte: »Was können Sie mir sagen?«

»Innen- und Außenbordmotor, ungefähr sechs, sieben Meter lang. Auf Deck ist ein Kerl, der sich sonnt.«

»Allein?« erkundigte sich Nat.

»Ja. Sieht wie Überbleibsel vom Lunch neben ihm aus.«

»Steht auf dem Boot ein Name?«

Die Antwort entsprach genau dem, was Nat zu hören gehofft hatte.

»*Viv's Toy*«, teilte Orr ihm mit.

101

Das Flugzeug kreiste zehn Minuten lang über dem Flughafen Logan, bis es endlich zur Landung aufsetzte. Adam stürzte aus dem Flugzeug hinaus und raste den Gang zum Terminal hinunter. Eine lange Schlange wartete bereits am Schalter für Autoverleih. Es dauerte weitere zehn Minuten, bis er die nötigen Unterlagen beieinander hatte und einen Zubringerkleinbus zur Abholstelle für Mietwagen heranwinken konnte. Er rief Menley nochmals an, um ihr zu sagen, daß er jetzt losfuhr.

Sie war nicht ganz bei der Sache. »Ich hab eine Taschenlampe in der Hand und versuche Kerzen anzuzünden«, erklärte sie ihm. »Hier ist grade der Strom ausgefallen. Nein, ist schon gut. Ist grade wieder angegangen.«

Endlich schob er sich im Schrittempo in dem dichten Verkehrsstrom voran, der auf den Sumner Tunnel zusteuerte. Es war Viertel vor neun, als er schließlich auf der Route 3 war, der Straße, die direkt nach Cape Cod führte.

Menley wirkte völlig gelassen am Telefon, dachte Adam und versuchte sich zu beruhigen. Aber sollte ich nicht Elaine anrufen und sie und John bitten, rüberzuschauen und bei Menley zu bleiben, bis ich nach Hause komme?

Nein. Er wußte, Menley würde es ihm niemals verzeihen, wenn er das täte.

Aber weshalb nur habe ich dieses deutliche Gefühl im Bauch, daß etwas nicht stimmt? fragte er sich.

Es war das gleiche üble Gefühl, wie er es am Tag des Unfalls gehabt hatte. Damals hatte er am Nachmittag Golf gespielt und war gerade rechtzeitig zu Hause angekommen, um den Hörer abzunehmen, als die Polizei anrief.

Er hatte immer noch die beherrschte, anteilnehmende Stimme im Ohr: »Mr. Nichols, ich fürchte, ich muß Ihnen etwas Unangenehmes mitteilen.«

102

Nach Adams Anruf vom Flughafen ging Menley die Treppe hinauf und schaute nach Hannah. Das Baby war unruhig, wachte jedoch nicht auf. Die ersten Zähnchen oder bloß der Lärm, den der Wind macht? überlegte Menley, während sie die Bettdecken glattstrich und um ihre Tochter herum feststeckte. Sie hörte das laute klagende Pfeifen des Sturms, wie er sich um das Haus wand und jetzt immer stärker einer Stimme glich, die ausrief: »*Rememmmmmmmberrrr ...*« Aber das war natürlich bloß ihre Phantasie, die Kraft der Suggestion, redete sie sich entschieden ins Gewissen.

Unten im Erdgeschoß hörte sie einen Fensterladen klappern. Sie gab der Kleinen noch einen letzten sanften Klaps auf den Rücken und hastete dann hinunter, um den losen Laden zu verriegeln. Es war eines der Fenster in der Bibliothek. Sie machte das Fenster auf, und ein Regenschwall ergoß sich über sie, als sie hinauslangte und beide Läden hinter den Scheiben heranzog und miteinander verriegelte.

Jetzt Auto zu fahren muß ja schrecklich sein. Adam, sei bloß vorsichtig. Hatte sie das zu ihm gesagt? Ihr wurde plötzlich bewußt, daß sie so damit beschäftigt gewesen war, sich über seine Besorgnis ihr gegenüber aufzuregen, daß sie ganz vergessen hatte, sich um ihn Sorgen zu machen.

Sie versuchte zur Ruhe zu kommen, war aber zu rastlos, um fernzusehen. Adam würde frühestens um halb zehn dasein, also erst in anderthalb Stunden. Sie beschloß, den Versuch zu machen, die Bücher in der Bibliothek in irgendeiner Weise zu ordnen.

Carrie Bell hatte sie offenbar abgestaubt, seit Menley sie ein paar Wochen zuvor durchgesehen hatte. Aber bei vielen der ältesten Bände waren die Seiten aufgequollen und beschädigt. Einer unter den ehemaligen Besitzern des Hauses hatte sich offenbar gerne antiquarische Bücher angeschafft. Die mit Bleistift innen auf dem Buchdeckel verzeichneten Preise betrugen in vielen Fällen nur zehn Cents.

Sie blätterte durch einige der Bücher, während sie sie ordnete. Die sporadische Lektüre half ihr, dem Wetter keine Beachtung zu schenken. Endlich war es neun Uhr und damit Zeit, das Abendessen vorzubereiten. Das Buch, das sie gerade in der Hand hielt, war 1911 veröffentlicht worden und stellte eine trockene Abhandlung über Segelschiffe mit Zeichnungen als Illustrationen dar. Ihr war bewußt, daß sie ein paar Tage nach ihrer Ankunft hier im Haus einen Blick darauf geworfen hatte. Und dann, just als sie den Band zuklappen wollte, sah sie die vertraute Zeichnung von Andrew und Mehitabel auf dem Schiff. Die Bildlegende lautete: »Ein Schiffskapitän mit Frau zu Anfang des achtzehnten Jahrhunderts, von einem unbekannten Künstler.«

Menley spürte, wie ihr eine große Last von der Seele fiel. Ich habe also doch das Bild gesehen und unbewußt abgezeichnet, dachte sie. Sie legte den aufgeschlagenen Band auf ihren Schreibtisch unter die Abbildungen, die sie an der Wand befestigt hatte. Die Lichter flackerten erneut und wurden für eine Weile ganz schwach. In der schattigen Düsternis des Raums hatte sie das bestürzende Gefühl, daß die Zeichnung, die sie von Andrew mit seiner gramzerfurchten, von

Trauer übermannten Miene gemacht hatte, in dieser Beleuchtung irgendwie Adam ähnelte.

So wie Adam sehr bald aussehen wird, zuckte es ihr durch den Sinn.

Lächerlich, sagte sich Menley und ging in die Küche. Dort zündete sie als Vorsichtsmaßnahme alle Kerzen an, falls der Strom auf Dauer ausfallen sollte.

103

Adam bog von der Route 6 auf die Route 137 ab. Noch elf Kilometer, sagte er sich. Höchstens zwanzig Minuten. Vorausgesetzt, du gibst mal Gas, erregte er sich über den Fahrer einige Wagen weiter vorn, der im Schneckentempo dahinkroch. Er wagte es jedoch nicht zu überholen. Aus der Gegenrichtung kam ebenfalls starker Verkehr, und die Straßen waren so naß, daß er höchstwahrscheinlich einen Frontalzusammenstoß verursacht hätte.

Nur noch knapp zehn Kilometer, beschwichtigte er sich wenige Minuten später, doch sein Gefühl von Dringlichkeit nahm fortwährend zu. Inzwischen fuhr er streckenweise durch Gebiete, die vollkommen im Dunkeln lagen.

104

Menley machte das Radio an, suchte einen Sender und fand die Station von Chatham, die gerade Musik aus den vierziger Jahren brachte. Sie hob erstaunt eine Augenbraue, als das Benny Goodman Orchester den Auftakt von *Remember* zu spielen begann. Ein besonders passender Song, dachte sie. Sie griff nach einem gezackten Messer und fing an, Tomaten für einen Salat in Scheiben zu schneiden. »*But you forgot to remember* – Du hast vergessen, dran zu denken«, trällerte der Sänger.

Das rauschende Singen des Windes nahm wieder an Kraft zu. »*Reeememmmmmberrrrr*«.

Menley durchlief ein Schauer, als sie nach dem Staudensellerie griff. Adam wird bald hier sein, hielt sie sich vor Augen.

Plötzlich war ein Geräusch zu hören. Was war das? War eine Tür aufgeschlagen? Oder ein Fenster? Da stimmte etwas nicht.

Sie stellte energisch das Radio aus. Das Baby! Schrie die Kleine? War das ein Aufschrei oder ein unterdrücktes, würgendes Geräusch? Menley rannte zur Anrichte, packte das Babyphon und hielt es sich ans Ohr. Wieder ein gedrosseltes Luftholen – und dann nichts. Das Baby war im Begriff zu ersticken!

Sie hastete aus der Küche in die Eingangshalle und auf die Treppe zu. Ihre Füße berührten kaum die Stufen, als sie nach oben in den ersten Stock raste, und unmittelbar darauf war sie an der Tür zum Kinderzimmer angelangt. Vom Babybett her war kein Ton zu hören. »Hannah, Hannah«, rief sie.

Hannah lag mit ausgestreckten Armen auf dem Bauch und rührte sich nicht. Voller Panik beugte sich Menley hinunter, hob das Baby auf und drehte es gleichzeitig herum. Vor Entsetzen weiteten sich ihre Augen.

Der Porzellankopf der antiken Puppe lag an ihre Hand gelehnt da. Ein aufgemaltes Gesicht starrte ihr entgegen.

Menley versuchte zu schreien, aber sie brachte keinen Ton heraus. Und dann hörte sie hinter ihrem Rücken eine Stimme flüstern: »Tut mir leid, Menley. Es ist alles vorbei.«

Sie wirbelte herum. Scott Covey stand neben der Wiege, eine Pistole in der Hand.

Die Wiege. Hannah lag darin. Da regte sich Hannah und begann zu wimmern. Eine Flut der Erleichterung durchströmte Menley, sofort gefolgt von einem Ansturm des Entsetzens. Sie fühlte sich plötzlich ganz benommen, überwältigt von einem Gefühl von Unwirklichkeit. Scott Covey? Warum? »Was machen Sie hier?« vermochte sie zu fragen, obwohl ihre Lippen so trocken waren, daß sie beinahe nicht die Worte herausbekam. »Das versteh ich nicht. Wie sind Sie reingekommen?«

Coveys Gesichtsausdruck war genauso wie sonst auch immer: höflich, aufmerksam. Er trug einen Trainingsanzug und Sportschuhe. Aber sie waren trocken. Wieso war er nicht vollkommen durchnäßt? fragte sich Menley.

»Es spielt keine Rolle, wie ich reingekommen bin, Menley«, stellte er in freundlichem Tonfall fest. »Das Problem ist, daß ich länger, als ich dachte, gebraucht habe, um herzukommen, aber da Adam ja in New York ist, macht es nichts aus.«

Adam? Hatte er mit Adam gesprochen?

Es war, als könnte er ihre Gedanken lesen. »Elaine hat's mir gesagt, Menley.«

»Elaine? Das versteh ich nicht.« Ihre Gedanken überschlugen sich. Was geht hier vor sich? Das kann doch nicht wahr sein. Das ist ein Alptraum! Scott Covey? Warum? Sie und Adam hatten sich mit ihm mehr oder weniger angefreundet. Sie hatte Adam bedrängt, ihn zu verteidigen. Adam hatte ihn vor einer Mordanklage bewahrt. Und Elaine? Was hatte Scott mit Elaine zu tun? Es erschien alles so unwirklich.

Aber die Pistole in seiner Hand war Wirklichkeit.

Hannah wimmerte lauter und fing an aufzuwachen. Menley sah den verärgerten Ausdruck in Coveys Miene. Er warf einen Blick auf das Baby hinunter, und die Hand mit der Pistole bewegte sich.

»Nein!« schrie sie auf. Sie beugte sich rasch zu der Wiege vor und packte Hannah. Gerade als sie die Kleine an sich drückte, gingen die Lichter aus, und sie rannte aus dem Zimmer.

Im Dunkeln stürzte sie zur Treppe. Sie mußte sich konzentrieren. Sie kannte jeden Winkel des Hauses. Scott dagegen nicht. Wenn es ihr doch nur gelang, den Küchenausgang zu erreichen, bevor er sie fand. Der Zündschlüssel hing an dem Haken daneben. Der Kombiwagen stand gleich draußen. Sie brauchte nur eine Minute dazu. Sie rannte seitlich die

314

Stufen hinunter und betete im stillen darum, daß sie nicht knarren würden.

Er war ihr nicht auf den Fersen. Er mußte in die andere Richtung gelaufen sein; vielleicht schaute er in den anderen Schlafzimmern nach ihr. Bitte, Gott, bitte, Gott, schenk mir bloß diese eine Minute, betete sie.

Ein Donnerschlag entlud sich über dem Haus, und Hannah begann laut zu schreien.

Der heranrasende Zug, Bobbys Aufschrei, ihre eigene gellende Stimme. Menley verdrängte die Erinnerung. Sie hörte über sich eilige Schritte. Er kam hinter ihr her. Während sie Hannah ganz fest an sich schmiegte, stürzte sie durch die Eingangshalle und zur Küche. Sie raste durch den Raum, von dem verzweifelten Wunsch beseelt, sie hätte nicht die Kerzen angezündet. Sie brannten jetzt nur allzu hell. Bei einem Blick über die Schulter sah sie Covey im Eingang vom Foyer stehen. Sein Gesichtsausdruck hatte sich gewandelt. Jetzt waren seine Augen schmale Schlitze, seine Lippen ein messerscharfer Strich.

Ihre Hand umfaßte gerade den Autoschlüssel, als Covey sie abfing und grob an sich riß. »Menley, entweder du – oder du und das Baby. Du hast die Wahl. Tu das Baby in die Wiege zurück, und komm mit. Denn wenn du's nicht zurücktust, verliert Adam euch beide.«

Seine Stimme war ruhig und ausgeglichen, beinahe nüchtern. Es wäre einfacher gewesen, wenn er wenigstens nervös gewesen wäre, wenn sich ein Zögern bemerkbar gemacht hätte. Dann hätte sie vielleicht die Chance gehabt, vernünftig mit ihm zu reden. Warum machte er das nur? Sie versuchte wieder und wieder, der Sache einen Sinn abzugewinnen. Doch er meinte es ganz eindeutig ernst. Sie mußte ihn von Hannah wegsteuern.

»Ich leg sie schon zurück«, versprach sie verzweifelt. »Ich geh mit Ihnen mit.«

Er griff nach einer der Kerzen. Menley spürte den Druck der Pistolenmündung in ihrem Rücken, während sie zum

Kinderzimmer vorausging und das verängstigte, schreiende Baby in sein Bettchen legte.

»In die Wiege«, forderte er. »Tu's in die Wiege. Und tu die Puppe ins Kinderbett zurück.«

»Weshalb?« Mach langsam, dachte sie. Versuch Zeit rauszuschinden. Bring ihn dazu, weiterzureden. Adam kann nicht mehr weit weg sein. *Adam, beeil dich. Bitte mach schnell.*

»Weil du verrückt bist, Menley, deshalb. Verrückt und deprimiert, und weil du Halluzinationen hast. Alle werden so dankbar sein, sogar Adam, daß du das Baby nicht mitgenommen hast, als du Selbstmord begangen hast.«

»Nein. Nein. Das tu ich nicht.«

»Entweder du tust das Baby in die Wiege, oder du nimmst es mit. Du hast die Wahl, Menley. So oder so gehen wir jetzt.«

Sie mußte ihn von Hannah wegbekommen. Solange sie alleine war, konnte sie, falls er sie in einem Auto mitnahm, vielleicht rausspringen, konnte sie vielleicht um ihr Leben rennen. Irgendwie gelang es ihr vielleicht doch, sich zu retten, nur nicht hier – nicht, solange Hannah in Gefahr war. Sie mußte Hannah dalassen.

Menley legte die Kleine hin, was zu erneutem Wehgeschrei des erschreckten Säuglings führte. »Schhh ...« Sie gab der Wiege einen leichten Schubs, damit sie hin und her schwang, und blickte dann auf. »Ich komme jetzt mit«, sagte sie und zwang sich zur Ruhe. Dann mußte sie plötzlich einen Aufschrei unterdrücken.

Ein Abschnitt der Wand hinter Scott Covey öffnete sich. Ein modriger, schaler Geruch strömte aus dem Raum dahinter ins Zimmer. Covey gab ihr ein Zeichen, näher zu kommen. »Hier entlang, Menley.«

105

Der Regen stob gegen die Windschutzscheibe, als Adam die jetzt finsteren Straßen von Chatham entlangfuhr. Er konnte kaum einen Meter vor sich ausmachen und zwang sich, nicht zu rasen. Die Straße machte eine Rechtskurve. Jetzt führte sie am Meer entlang.

Er kam am Leuchtturm vorbei. In fünf Minuten würde er zu Hause sein. Morris Island lag direkt vor ihm. Und dann erreichte er die Senke, wo die beiden Straßen von Little Beach und Morris Island ineinander mündeten. Die Stelle war überflutet, und die Straße war gesperrt.

Ohne zu zögern, fuhr Adam durch die Sperre. Er spürte deutlich, ganz so, als säße Menley neben ihm im Wagen, daß sie nach ihm rief.

106

Die Öffnung in der Wand des Kinderzimmers war höchstens einen knappen halben Meter breit, bemerkte Menley, als Scott Covey sie hindurchdirigierte.

»Geh vor, Menley«, sagte er.

Sie hörte einen leisen Schlag, als die Tür sich hinter ihr schloß und Hannahs Schreien praktisch verschluckte. Das flackernde Kerzenlicht warf bizarre Schatten über den engen Raum. Scott blies die Kerze aus und griff nach einer Taschenlampe, die er auf einem Haufen Schutt deponiert hatte; ihr Lichtkegel durchdrang die dunklen Winkel einer kleinen Kammer, die mit vermodernden Kleidungsstücken und zerbrochenen Möbeln vollgestopft war.

Der muffige Gestank war unerträglich. Es war derselbe Geruch, den sie mehrere Male in Hannahs Zimmer und in dem Pfarrersschränkchen unten bemerkt hatte. »Sie sind schon vorher hiergewesen«, rief sie aus. »Sie waren schon früher im Kinderzimmer.«

»Ich war so wenig wie möglich hier, Menley«, erklärte Covey. »Da ist eine Leiter in der Ecke. Ich steig hinter dir nach unten. Mach keine Sperenzchen.«

»Mach ich nicht«, sagte sie rasch, verzweifelt bemüht, einen klaren Gedanken zu fassen und dieses Gefühl von Unwirklichkeit zu überwinden. Er weiß nicht, daß Adam kommt. Vielleicht kann ich ihn in ein längeres Gespräch verwickeln. Ihn irgendwie ablenken. Zum Stolpern bringen. Ich bin stärker, als er denkt, dachte sie. Ich schaffe es vielleicht, ihn zu überrumpeln, ihm die Pistole zu entreißen.

Aber konnte sie auch damit schießen? Ja. Ich will nicht sterben, dachte sie. Ich will leben und mit Adam und Hannah zusammensein. Ich will mein weiteres Leben haben. Sie spürte, wie Zorn in ihr aufstieg.

Sie blickte um sich und musterte alles, was sie in diesem Dämmerlicht erkennen konnte. Dieser Platz. Er war genau das, was sie vermutet hatte. Da *war* also ein Geheimraum hier im Haus. Ja, mehr als nur ein Raum. Der gesamte Kern des Hauses zwischen den Kaminen war ein einziger Lagerraum. Gehörten diese Haufen vermodernder Fetzen zu der Ladung der *Thankful*? fragte sie sich.

Gewinn irgendwie Zeit, gebot sie sich. Obwohl sie wußte, daß Hannah bestimmt noch schrie, konnte sie das Baby nicht hören. Diese Wände waren so dick, daß sie nie ein Mensch finden würde, wenn sie hier drin starb.

Wenn sie hier drin starb.

War es das, was Covey vorhatte? fragte sie sich.

»Ich komme hier nicht lebend raus, oder?« sagte sie.

»Ach nein?« Er lächelte. »Wie kommst du denn auf die Idee?«

Menley empfand eine Aufwallung von blankem Haß. Jetzt spielte er auch noch mit ihr.

Doch dann sagte er: »Menley, diese Sache tut mir ehrlich leid. Ich tu nur, was ich tun muß.« Seine Stimme klang völlig aufrichtig.

»Warum? Ich möchte wenigstens wissen, *warum*?«

»Ob du's glaubst oder nicht«, erklärte er, »ich wollte Vivian wirklich nicht umbringen. Sie war verrückt nach mir und hat mir immer Geschenke mitgebracht, wenn sie nach Florida kam, aber dann nach der Hochzeit keinen einzigen Heller mehr gegeben. Kein gemeinsames Konto, kein Guthaben auf meinen Namen, kein Bargeld. Zwar hat sie mir alles, was ich wollte, gekauft, aber ist das etwa zu fassen, daß ich um jeden Pfennig betteln mußte, den ich ausgegeben hab?« Er schüttelte verständnislos den Kopf. »Und dann wollte sie, daß ich meine Unterschrift unter einen Schrieb setze, mit dem ich auf jeden Anteil an ihrem Vermögen verzichten sollte, falls die Ehe nicht mindestens zehn Jahre halten würde. Sie hat behauptet, das wäre ein Beweis, daß ich sie liebe, und sie hätte Leute im Schönheitssalon munkeln hören, ich hätte sie bloß wegen ihres Geldes geheiratet.«

»Und da haben Sie sie getötet?«

»Ja. Wenn auch ungern. Ich meine, sie war kein schlechter Mensch, aber sie hat mich zum Narren gemacht.«

»Aber was hat das mit *mir* zu tun? Ich habe Ihnen geholfen. Sie haben mir leid getan. Ich hab Adam gedrängt, er soll Sie verteidigen.«

»Dafür kannst du Adam danken, daß du jetzt hier bist.«

»Adam! Weiß Adam etwa, daß Sie hier sind?« Noch während sie die Frage aussprach, wußte sie schon, daß das unmöglich war.

»Wir müssen uns auf den Weg machen. Menley, ich werd's kurz machen. Elaine war schon immer verrückt auf Adam. Ein paarmal im Lauf der Jahre dachte sie schon, daß er sich in sie verknallt, aber es ist nie was draus geworden. Letztes Jahr dann, als sie dachte, daß ihr beide euch trennt, war sie sich sicher, daß er zu ihr gelaufen kommt. Aber dann ist er zu dir zurückgerannt, und da hat sie aufgegeben. Sie fand danach, daß es einfach zwecklos war. Als Adam sie dann aber anrief, wegen dieses Hauses in Eastham, das er mieten wollte, und sie erfuhr, wie seelisch durcheinander du bist, da hat sie diese Idee gekriegt.«

»Wollen Sie damit sagen, daß Sie das für Elaine machen? Warum, Scott? Ich kapier das nicht.«

»Nein, ich mach das für mich selber. Elaine hat mein Boot auf diesem Luftbild von dem Haus hier erkannt. Sie ist dahintergekommen, daß ich um halb vier allein auf Deck war, und das hätte meine Geschichte über das, was mit Vivian passiert ist, auffliegen lassen. Sie war bereit, dieses Wissen zu benützen. Also haben wir einen Pakt geschlossen: Sie wird meine Hauptentlastungszeugin. Und ich helf ihr dabei, dich zum Wahnsinn zu treiben. Adam hatte ihr von deinen Flashbacks und Depressionen erzählt, und ihre Kalkulation war, daß dieses alte Haus mit seinen Geschichten und Geheimräumen – das hatte sie von irgendwelchen Bauarbeitern erfahren –, also, daß das Haus hier ideal dazu geeignet ist, dafür zu sorgen, daß du endgültig ausrastest. Sie hat sich alles ausgedacht; ich hab ihr bloß bei der Durchführung geholfen.

Sie hat mich hierhergebracht und rumgeführt und hat mir erklärt, was ich für sie tun soll. Das war an dem Tag neulich, als diese Frau, bei der's nicht richtig tickt, angewandert kam und uns nachgelaufen ist. Sie kann von Glück reden, daß ihr Mann daherkam, als ich sie gerade zu einem Spaziergang ins Meer mitgenommen hab.«

Menley durchlief es kalt. Es war, als hätte er von einem simplen Strandspaziergang geredet. Das war's also, woran Phoebe sich zu erinnern versucht hatte, um mich zu warnen, dachte sie.

Mach, daß er weiterredet. Mach, daß er weiterredet. »Der Ring. Was ist mit dem Smaragdring? Wo steckt der?«

Er lächelte. »Tina. Die ist vielleicht ein Früchtchen. Und es war ein genialer Einfall, ihr den Ring zu geben. Falls die es doch irgendwann versuchen, mich zu verklagen, dann ist sie wegen Beihilfe dran. Sie muß also die Klappe halten. Elaine und ich hätten wirklich ein gutes Team abgegeben. Wir haben dieselbe Art zu denken. Sie hat hier nachts ihre Stippvisiten gemacht. Sie hat wohl einige Dinger abgezogen, die dir ordentlich unter die Haut gegangen sind, wie zum Beispiel das mit der Stimme von deinem Sohn, die sie von der Kassette kopiert und dann mit dem Zuggeräusch für dich in der Nacht abgespielt hat. Es hat ja wirklich funktioniert. In Chatham heißt es überall, daß du kurz vor einem Nervenzusammenbruch stehst.«

Wo blieb nur Adam? dachte Menley voller Panik. Würde sie ihn überhaupt hören, wenn er kam? Hier drin bestimmt nicht. Sie sah, daß Covey zur Leiter hinüberblickte. »Komm schon, Menley. Jetzt weißt du ja alles.«

Er gestikulierte mit der Pistole. Sie versuchte dem Lichtstrahl der Taschenlampe zu folgen und suchte sich über den groben, unebenen Boden hinweg einen Weg. Sie stolperte, als sie zu dem gähnenden Loch kam, wo sie die oberste Querleiste der Leiter erkennen konnte. Covey fing sie auf, bevor sie stürzte.

»Wir wollen doch nicht, daß du irgendwelche Prellungen abkriegst«, erklärte er. »War schon schwierig genug, die Verletzung an Vivians Finger zu erklären.«

Das Holz der Leiter war rauh, und ein Splitter bohrte sich in Menleys Hand. Sie fühlte mit den Füßen nach den Leitersprossen, während sie vorsichtig hinabkletterte. Konnte sie sich einen Stock tiefer fallen lassen und ihm irgendwie entkommen? Nein. Wenn sie sich einen Knöchel verrenkte, dann war sie wirklich hilflos. Warte, mahnte sie sich zur Vorsicht, warte lieber.

Schließlich kam sie im Erdgeschoß an. Der Raum war hier größer als die Geheimkammer oben; doch überall lag Gerümpel herum. Covey war direkt hinter ihr. Er trat von der letzten Sprosse herunter. »Schau dir das mal an«, sagte er und richtete die Taschenlampe auf etwas, was wie ein Haufen Lumpen aussah. Dann versetzte er dem Haufen einen Fußtritt. »Da stecken Knochen drunter. Elaine hat sie damals entdeckt, als sie mich hier im Haus herumgeführt hat. Hier drin liegt einer schon lange begraben. Wir haben drüber geredet, was für ein guter Plan das wäre, Menley, dich einfach hier zu lassen. Doch Elaine meinte, wenn du dann verschwunden wärst, dann würde Adam für den Rest seines Lebens drauf hoffen, daß du irgendwann wiederkommst.«

Sie schöpfte kurz frische Hoffnung. Hier drin also würde er sie nicht töten. Draußen hatte sie vielleicht eine Chance. Während er sie vor sich her stieß, blickte sie auf die Knochen zurück. Phoebe hatte gesagt, Tobias Knight sei hier im Haus. War es das, was sie gemeint hatte?

»Hier rüber.« Mit der Taschenlampe winkte Covey in Richtung einer Öffnung im Fußboden. Sie konnte riechen, daß feuchte Luft von weiter unten heraufströmte.

»Laß dich langsam runter. Da ist keine Leiter.« Er wartete, bis sie unten ankam. Dann ließ er sich vorsichtig neben ihr hinunter, zog die schwere Falltür hinter sich zu und verschloß damit wieder die Öffnung. »Stell dich da hin.«

Menley begriff, daß sie jetzt in einem schmalen Vorratsraum im Keller waren. Covey wedelte mit der Taschenlampe hin und her. Ein weiter gelber Regenmantel lag dort, wo sie durch das Loch heruntergekommen waren, auf dem Boden ausgebreitet, und daneben stand ein Paar Stiefel. Deshalb also war seine Kleidung nicht naß, wurde ihr klar. Hier war er hereingekommen.

Mit einer behenden Bewegung griff Covey nach dem Regenmantel, rollte die Stiefel hinein und steckte sich das Bündel unter den Arm.

Menley spürte, daß eine Veränderung in ihm vor sich ging. Jetzt wollte er es nur noch hinter sich bringen. Er trieb sie mit Stößen auf die breite Kellertür zu und stieß die Tür auf. »Die denken dann, daß du hier raus bist«, erklärte er. »Dadurch wirkst du noch ein bißchen verrückter.«

Die würden dann annehmen, sie hätte das Baby im Stich gelassen und wäre allein in das Unwetter hinausgelaufen. Wo wohl Coveys Auto war? Vielleicht fuhr er sie irgendwohin. Im Wagen hatte sie vielleicht die Chance, rauszuspringen oder ihn zu zwingen, einen Unfall zu bauen. Sie wandte sich in Richtung der Auffahrt, aber er packte sie am Arm. »Hier entlang, Menley.«

322

Sie steuerten auf den Strand zu. Er wollte sie ertränken, wurde ihr mit einemmal klar.

»Wart mal, Menley«, sagte er. »Gib mir deinen Pullover. Falls deine Leiche nie auftaucht, wissen sie dann wenigstens, was passiert ist.«

Der Regen prasselte herab, und der Wind zerrte an ihren Kleidern. Ihr Haar war klatschnaß und fiel ihr ins Gesicht und vor die Augen. Sie versuchte es zurückzuschütteln. Scott blieb stehen und ließ ihre rechte Hand los. »Halt deine Arme hoch, Menley.«

Benommen gehorchte sie. Mit einer schnellen Bewegung riß er ihr den Pullover über den Kopf hoch und zog ihn erst über ihre linke, dann über ihre rechte Hand. Er warf den Pulli auf den Boden, packte sie sofort wieder am Arm und zwang sie, den Pfad entlangzugehen, der zur Klippe und dann hinunter zum Meer führte. Bei diesem strömenden Regen würde morgen keine Spur von seinen Fußabdrücken mehr zu sehen sein.

Die werden meinen Pullover finden, dachte Menley, und glauben, daß ich mich umgebracht habe. Ob ihre Leiche an Land treiben würde? Vivians war angeschwemmt worden. Vielleicht rechneten sie damit. Adam. Adam, ich brauche dich.

Die Wellen schlugen heftig gegen das Ufer. Der Rücksog würde sie hinunterziehen und in die offene See hinaustragen, und sie hatte garantiert keine Chance, dagegen anzukommen. Sie strauchelte, als er sie den steilen Weg hinuntertrieb. Sosehr sie sich auch bemühte, gelang es ihr nicht, sich seinem Zugriff zu entziehen; er hielt sie wie in einem Schraubstock fest.

Der Sturm traf sie mit seiner vollen Wucht, als sie zu der Stelle kamen, wo sie erst gestern mit Adam und Hannah entspannt auf der Decke gelegen hatte. Jetzt gab es keinen Strand mehr, nur noch Wellen, die sich über das Land ergossen und es abtrugen, voller Begierde, es sich wieder einzuverleiben.

»Tut mir wirklich leid, Menley«, sagte Scott Covey. »Aber Ertrinken ist gar nicht so schlimm. Viv hat bloß eine Minute oder so dazu gebraucht. Einfach entspannen. Wird gleich vorbei sein.«

Er schubste sie in das Wasser hinein, kauerte sich hin und hielt sie unter die tosende Brandung gedrückt.

107

Adam sah das flackernde Kerzenlicht in der Küche, als er ins Haus gestürzt kam. Da er niemanden vorfand, packte er eine Taschenlampe und raste die Treppe hinauf.

»Menley«, brüllte er auf dem Weg ins Kinderzimmer. »Menley!«

Er richtete den Lichtstrahl in alle Winkel des Raums.

»O mein Gott«, schrie Adam, als der Strahl auf das Porzellangesicht der antiken Puppe fiel.

Und dann ertönte ein Wimmern hinter ihm. Er drehte sich um und suchte wieder mit der Taschenlampe den Raum ab, bis er die sanft schwingende Wiege entdeckte. Hannah war da! Gott sei Dank! dachte er. Hannah ging es gut!

Aber Menley –

Adam machte kehrt und rannte in das große Schlafzimmer. Es war leer. Er raste die Stufen hinunter und lief gehetzt durch alle Zimmer.

Menley war weg!

Es sah Menley einfach nicht ähnlich, die Kleine alleine zu lassen. Das würde sie nie und nimmer tun – aber sie war nicht im Haus!

Was war passiert? Hatte sie wieder Bobbys Stimme gehört? Er hätte es eben doch nicht zulassen dürfen, daß sie sich das Video mit Bobby anschaute. Er hätte sie nicht allein lassen dürfen.

Draußen! Sie muß rausgegangen sein! Voller Panik eilte Adam zur vorderen Haustür und machte sie auf. Der Regen durchnäßte ihn sofort, als er hinaustrat und anfing,

324

nach ihr zu rufen. »Menley!« schrie er. »Menley, wo bist
du?«

Er lief über den Rasen vor dem Haus, dann auf den Pfad
zu, der zum Strand führte. Da rutschte er in dem schweren,
nassen Gras aus und fiel hin. Die Taschenlampe flog ihm aus
der Hand und verschwand hinter der Klippe.

Der Strand! Da konnte sie doch nicht runtergegangen
sein, überlegte er hektisch. Aber er mußte trotzdem nachschauen. Irgendwo mußte sie doch sein.

»Menley«, schrie er von neuem. »Menley, wo bist du?«

Er erreichte den Pfad und kletterte und rutschte hinunter.
Unter ihm tobte die Brandung, während ringsum Finsternis
herrschte. Und dann erhellte ein gleißender Blitz die aufge-
wühlte See.

Plötzlich sah er sie, sah, wie ihr Körper auf dem Kamm einer riesigen Woge auftauchte.

108

Menley mußte sich mit all ihrer Willenskraft dazu bringen,
nicht in Panik zu geraten. Sie hielt die ganze Zeit die Luft an,
bis ihr fast die Lunge barst, zwang ihre Glieder, schlaff nach-
zugeben, obwohl sie sich wie wild zur Wehr setzen wollte.
Sie spürte, wie das Wasser um sie und Covey herumwogte,
wie seine kräftigen Hände sie festhielten und nach unten
drückten. Und dann ließ er sie los. Schnell drehte sie den
Kopf nach oben und schnappte nach Luft. Weshalb hatte er
sie losgelassen? Dachte er, sie sei tot? War er noch da?

Dann ging ihr ein Licht auf. Adam! Sie hörte Adam nach
ihr rufen. Er rief ihren Namen!

Sie fing gerade an zu schwimmen, als eine Welle sie
überrollte. Noch bevor sie recht zu sich kam, spürte sie die
mächtige Unterströmung, die sie ins Meer hinauszog.

O Gott, dachte sie, laß mich nicht ertrinken. Sie spuckte,

rang keuchend nach Luft, versuchte Wasser zu treten. Die berghohen Wellen waren überall, rissen sie mit, saugten sie nach unten und warfen sie vor sich her. Sie zwang sich, die Luft anzuhalten, wenn das Wasser über ihr zusammenschlug, und dann sich wieder zur Oberfläche zu kämpfen. Ihre einzige Hoffnung war es, auf einen Wellenkamm zu gelangen, der sie wieder an Land zurücktrug.

Erneut schluckte sie Wasser, schlug dann mit Armen und Beinen um sich. Bloß keine Panik, dachte sie. Reit auf einer Welle!

Sie spürte, wie das Wasser hinter ihr Schubkraft entwickelte und ihren Körper an die Wasseroberfläche beförderte.

Jetzt! dachte sie. Jetzt! Schwimm! Kämpfe! Laß nicht zu, daß es dich zurückzieht.

Plötzlich beleuchtete ein kurzer Blitz alles um sie herum – das Meer, die Klippe. Adam! Da war Adam und rutschte den steilen Pfad hinunter auf sie zu.

Als der Donner um sie herum krachte, warf sie ihren Körper in die Woge hinein und trieb auf ihrem Kamm zum Ufer, auf Adam zu.

Er war nur noch ein, zwei Meter von ihr entfernt, als sie spürte, wie der starke Rücksog der Brandung sie wieder erfaßte und mit sich zog.

Dann war er bei ihr, legte fest den Arm um sie und zog sie ans Ufer zurück.

109

Um elf Uhr sagten Amy und ihr Vater Elaine gute Nacht. Der Abend war nicht gerade erfolgreich verlaufen. Elaine hatte Amy wieder einmal ins Gebet genommen, wie wichtig es doch sei, nie etwas ohne Erlaubnis zu nehmen und erst recht nicht diesen Gegenstand einer anderen Person zu geben. Amys Vater hatte Elaine beigepflichtet, aber sie wollte nicht davon ablassen, bis sogar er fand: »Ich glaube, dieses Thema haben wir nun wirklich totgeredet, Elaine.«

Sie waren erst spät zum Essen gekommen, weil der Strom über eine Stunde lang ausfiel und der Braten noch nicht gar war. Als sie endlich mit dem Nachtisch fertig waren, fing Elaine wieder an, von Menley Nichols zu reden.

»Ihr müßt verstehen, daß Adam sich große Sorgen um Menley macht. Sie ist in einem Zustand ernsthafter Depression, und wenn sie sich den Film von ihrem kleinen Jungen anschaut, regt sie das vielleicht fürchterlich auf, außerdem ist sie auch noch zwei Nächte lang allein. Das ist eine große Sorge für Adam.«

»Ich glaube nicht, daß sie Depressionen hat«, sagte Amy. »Sie war traurig, als sie sich das Video angeschaut hat, aber wir haben darüber gesprochen, und Mrs. Nichols hat gesagt, daß man dankbar dafür sein sollte, wenn man die Chance hatte, einen wunderbaren Menschen zu lieben, auch wenn man ihn nicht lange gehabt hat. Sie hat mir erzählt, daß ihre Mutter immer gesagt hat, es wäre ihr lieber, daß sie mit ihrem Vater zwölf Jahre verheiratet war, als wenn sie mit irgendwem sonst siebzig Jahre gehabt hätte.«

Dann schaute Amy ihren Vater an und fügte hinzu: »Ich finde, sie hat absolut recht.« Mit einiger Befriedigung sah sie, daß er deutlich rot wurde. Sie war gekränkt und verärgert darüber, daß er wegen der Videokassette so heftig Elaines Partei ergriffen hatte. Aber, was soll's, überlegte sie, so wird es wohl von jetzt an immer sein.

Die Unterhaltung war während des gesamten Essens angespannt gewesen. Darüber hinaus wirkte Elaine schrecklich nervös. Sogar Amys Vater hatte es bemerkt. Schließlich fragte er sie, ob irgend etwas nicht in Ordnung sei.

Und da ließ Elaine die Bombe platzen. »John, ich hab nachgedacht«, erklärte sie. »Ich finde, wir sollten die Hochzeit für eine Weile aufschieben. Ich will, daß alles perfekt für uns läuft, und das ist ganz einfach nicht möglich, solange Amy so eindeutig unglücklich ist.«

327

Das ist dir doch total egal, ob ich unglücklich bin oder nicht, dachte Amy. Ich wette, daß es um was ganz anderes geht. »Elaine, wie du schon den ganzen Sommer über gesagt hast, geh ich in ein paar Wochen zum College weg und fange mein eigenes Leben an. Du heiratest meinen Vater, nicht mich. Wirklich wichtig ist mir nur, daß mein Vater glücklich wird, und das sollte dir genauso wichtig sein.«

Elaines Bombe detonierte, als sie gerade aufbrechen wollten. Amy gefiel die würdevolle Art, wie ihr Vater sagte: »Ich finde, das ist etwas, was du und ich zu einem anderen Zeitpunkt besprechen sollten, Elaine. Ich rufe dich morgen an.«

Als Elaine die Haustür aufmachte, sahen sie einen Streifenwagen mit rotierendem Blaulicht in der Einfahrt vorfahren. »Was ist denn da los?« wunderte sich Elaine.

Amy spürte etwas Seltsames aus Elaines Stimme heraus. Sie klang angespannt, so, als habe sie Angst.

Nat Coogan stieg aus dem Polizeiauto und hielt eine Weile inne, den Blick auf Elaine Atkins gerichtet, die dort im Türrahmen stand. Er war gerade nach Hause gekommen, als die Meldung vom Revier kam. Scott Covey sei auf Morris Island aufgetaucht und habe versucht, die Frau von Adam Nichols zu ermorden. Er war dann weggerannt, hieß es, als Nichols erschien, und bei einer Straßensperre auf der Route 6 hatte man ihn geschnappt.

Nun aber hatte Nat Coogan das außerordentliche Vergnügen, höchstpersönlich Elaine Atkins festnehmen zu dürfen. Ohne auf den niederprasselnden Regen zu achten, ging er den Weg entlang und betrat die überdachte Vorhalle. »Miss Atkins«, erklärte er. »Ich habe einen Haftbefehl für Sie. Ich verlese Ihnen jetzt Ihre Rechte, und dann muß ich Sie bitten, mitzukommen.«

Amy und ihr Vater blickten Elaine fassungslos an, während sie leichenblaß wurde. »Das ist ja lächerlich«, sagte sie, außer sich vor Schock und Empörung.

Nat zeigte auf die Einfahrt. »Scott Covey ist dort im

Wagen. Wir bringen ihn gerade zur Wache. Er war sich seiner Sache so sicher, daß er Menley Nichols die ganze Geschichte von Ihrer interessanten Abmachung mit ihm erzählt hat und alles darüber, daß Sie sie aus dem Weg räumen wollten, damit Sie Adam Nichols für sich alleine haben. Sie haben noch Glück gehabt, daß Covey es nicht geschafft hat, sie zu ertränken. Auf diese Weise müssen Sie bloß mit einer Anklage wegen Mordversuchs rechnen. Aber Sie werden einen guten Anwalt brauchen, und Sie sollten wohl lieber nicht darauf bauen, daß Adam Nichols Sie verteidigt.«

John Nelson stockte der Atem. »Elaine, was soll denn das? Wovon redet er eigentlich? Nat, Sie glauben doch nicht –«

»Ach, halt's Maul!« brauste Elaine auf. Sie blickte ihn voller Verachtung an.

Es blieb lange still, während sich die beiden anstierten. Dann merkte Amy, wie ihr Vater sie beim Arm nahm. »Komm mit, mein Engel«, sagte er, »wir waren schon lange genug hier. Laß uns heimgehen.«

110

Als Menley am Donnerstag morgen aufwachte, tanzten Sonnenstrahlen auf der Fensterbank und flitzten über den Boden mit seinen breiten Dielen. All die Erinnerungen an den vergangenen Abend bestürmten Menleys Bewußtsein, doch rasch hatte sie wieder den Augenblick vor sich, als sie wußte, daß sie in Sicherheit war, den Moment, als sie das Haus erreichten und Adam die Polizei anrief, während sie zu Hannah hinaufrannte.

Nachdem die Polizei endlich wieder gegangen war und sie unter sich waren, hielten sie abwechselnd einander und dann wieder Hannah im Arm. Da sie viel zu erschöpft waren, auch nur an Essen zu denken, holten sie dann die Wiege zu sich ins

Zimmer, denn der Gedanke wäre ihnen unerträglich gewesen, Hannah allein im Kinderzimmer zu lassen, solange die geheimen Lagerräume nicht gereinigt und auf Dauer versiegelt waren.

Menley schaute sich um. Adam und Hannah schliefen noch. Ihr Blick wanderte von ihm zu ihr, und sie staunte über das Wunder, wieder mit ihnen zusammenzusein und zu wissen, daß sie stark und unversehrt war.

Ich kann mit meinem Leben weitermachen, dachte sie. Mehitabel und Andrew bekamen nie die Chance dazu.

Die Polizei hatte am Abend zuvor den Lagerbereich besichtigt und erklärt, sie würden wiederkommen, um Fotos zu Beweiszwecken für die bevorstehenden Prozesse zu machen. Sie hatten auch das Skelett untersucht. Die Silberschnallen, die bei den Fußknochen lagen, trugen die Initialen T.K. – Tobias Knight.

Der Schädel war an der Seite eingedrückt, so wie von einem schweren Schlag. Ich vermute ja, daß Kapitän Freeman dort Tobias ertappt hat, überlegte Menley, und als er dann den wahren Grund für seine nächtlichen Besuche im Haus erfuhr – oder erriet –, hat er ihn niedergeschlagen, weil Knight die Lüge genährt hatte, die Mehitabel vernichtete. Dann ließ er die Leiche hier mit dem gestohlenen Frachtgut zurück. Er muß erkannt haben, daß seine Frau in Wahrheit unschuldig war. Wir wissen, daß er vor Gram außer sich war, als er direkt in den Sturm segelte.

Phoebe und ich hatten recht. Mehitabel war unschuldig. Sie starb mit Unschuldsbeteuerungen auf den Lippen und voller Sehnsucht nach ihrem Kind. Wenn ich ihre Geschichte schreibe, werde ich Phoebes Namen ebenfalls darübersetzen. Es war die Geschichte, die sie unbedingt erzählen wollte.

Sie spürte, wie Adams Arm sich um sie legte.

Er drehte sie zu sich herum. »Hab ich gestern abend überhaupt erwähnt, daß du phantastisch schwimmen kannst?« fragte er. Dann schwand der lockere Ton aus seiner Stimme. »Men, wenn ich daran denke, wie blind und blauäugig ich in dieser ganzen Angelegenheit war und daß du beinahe wegen mir gestorben bist, könnte ich mich umbringen.«

Sie legte ihm einen Finger auf die Lippen. »Sag das bloß nie. Als du mir gesagt hast, daß in dem Video mit Bobby kein pfeifender Zug vorkommt, hatte ich zum erstenmal den Verdacht, daß irgendwas nicht stimmt. Aber du hast ja nicht gewußt, was ich gehört hab, also mache ich dir auch keinen Vorwurf, daß du gedacht hast, ich bin verrückt.«

Hannah begann sich zu regen. Menley beugte sich hinunter und hob sie hoch und legte sie zu sich und Adam ins Bett. »Das war vielleicht 'ne Nacht, was, mein Spatz?«

Nat Coogan rief an, als sie gerade mit dem Frühstück fertig waren. »Ich störe Sie beide äußerst ungern, aber wir können uns kaum die Presse vom Leib halten. Wären Sie vielleicht bereit, mit den Reportern zu reden, nachdem unsre Leute mit ihren Ermittlungen fertig sind?«

»Sollten wir wohl«, antwortete Adam. »Sagen Sie ihnen, wir brauchen noch ein bißchen Zeit für uns alleine, aber um zwei Uhr können sie dann kommen.«

Doch schon Minuten später klingelte das Telefon erneut – ein Fernsehsender wollte einen Termin für ein Interview. Weitere Anrufe folgten, so viele, daß sie schließlich das Telefon ausstöpselten und nur lange genug wieder in Betrieb nahmen, damit Menley Jan Paley, die Spragues und Amy anrufen konnte.

Als sie ihr letztes Telefonat beendet hatte, lächelte sie. »Amy scheint wie verwandelt zu sein«, berichtete sie. »Ihr Dad erzählt ihr ständig, er wünschte, er hätte nur halb soviel gesunden Menschenverstand wie sie. Ich hab ihr gesagt, daß es mir genauso geht. Sie hat schon immer gewußt, daß Elaine eine falsche Nuß ist.«

»Eine sehr gefährliche falsche Nuß«, sagte Adam verhalten.

»Amy will morgen abend Hannah für uns übernehmen – gratis! Ihr Dad bezahlt ihr das ganze Auto.«

»Den Vorschlag greifen wir auf. Wie geht's denn Phoebe?«

»Henry hat ihr erzählt, daß wir in Sicherheit sind und daß er stolz auf sie ist, weil sie uns zu warnen versucht hat. Er ist überzeugt, daß sie wenigstens ein bißchen von dem, was er gesagt hat, verstanden hat.« Menley schwieg eine Weile. »Es tut mir so leid um die beiden.«

»Ich weiß.« Adam legte den Arm um sie.

»Und Jan kommt später rüber. Sie hat gesagt, sie will was zum Lunch mitbringen, und bot an, die Post mit raufzubringen, also bin ich drauf eingegangen.«

Als die Polizei eintraf, um das Versteck zu fotografieren, nahmen Adam und Menley Stühle und Hannahs Wagen mit zur Klippe hinüber. Das Wasser war jetzt ruhig und einladend; sanft brachen sich die Wellen an einem Ufer, das erstaunlich wenig Schaden genommen hatte, wenn man die Wucht des Sturms am Vorabend bedachte. Menley wußte, wenn sie in Zukunft von dieser Nacht träumen würde, dann würde der Traum stets damit enden, daß Adams Hand sich um ihre schloß.

Sie blickte auf das Haus zurück und nach oben auf den Witwensteg. Das Metall auf dem Schornstein glänzte, als die Sonnenstrahlen sich durch die treibenden Schatten der zerstreuten Wolken hindurch darauf brachen. Hat das wirklich eine optische Täuschung hervorgerufen an dem Tag neulich, als Amy mich zu sehen meinte? fragte sie sich.

»Woran denkst du gerade?« erkundigte sich Adam.

»Ich denke an Mehitabels Geschichte und daß ich darin schreiben will, daß ihr Geist in dem Haus verweilte und auf den Beweis ihrer Unschuld und die Rückkehr ihres Kindes wartete.«

»Und wenn sie noch immer hier im Geist verweilte, würdest du dann in diesem Haus leben wollen?« fragte Adam sie leicht spöttisch.

»Ich wünschte mir fast, sie wäre noch da«, sagte Menley. »Wir kaufen es doch, oder? Hannah findet es bestimmt herr-

332

lich, im Sommer so wie du auf dem Cape aufzuwachsen. Und ich liebe dieses Haus. Es ist der erste Ort, wo ich mich je wirklich daheim gefühlt habe.«

»Natürlich kaufen wir's.«

Am Mittag, kurz nachdem die Fotografen von der Kriminalabteilung wieder abgezogen waren, erschien Jan. Ihre stille Umarmung sprach Bände. »Die einzige Post für Sie war ein Brief aus Irland.« Menley riß ihn sofort auf. »Er ist von Phyllis«, erklärte sie. »Ach, schau mal her, sie hat ja wirklich allerhand über die McCarthys zutage gefördert.«

Da war ein Bündel Papiere mit Stammbäumen, Geburts- und Todesurkunden, Kopien von Zeitungsausschnitten und ein paar verblichenen Fotos.

»Ihr Brief ist dir runtergefallen«, sagte Adam. Er hob ihn auf und reichte ihn ihr.

Er lautete:

Liebe Menley,

ich bin ganz aufgeregt. Ich wollte, daß Du das unbedingt gleich zu sehen kriegst. Ich habe Deine Familie bis zur ersten Menley zurückverfolgt, und es ist eine wunderbare Geschichte. Sie wurde fast von Geburt an in Connemara von Verwandten ihres Vaters, den Longfords, aufgezogen. Es gibt keine Unterlagen über ihren Geburtsort, aber als Datum ist 1705 festgehalten. Mit siebzehn heiratete sie den Landjunker Adrian McCarthy von Galway, und sie hatten vier Kinder. Ein Teil des Fundaments von ihrem Herrensitz ist noch zu sehen. Es liegt hoch über dem Meer.

Sie muß eine beachtliche Schönheit gewesen sein (siehe den beiliegenden Schnappschuß von ihrem Porträt), und ich sehe eine deutliche Familienähnlichkeit zwischen Dir und ihr.

Aber, Menley, das ist das Allerbeste, und es ist etwas, woran Hannah vielleicht denken sollte, wenn sie findet, daß

333

sie Deinen Namen lieber als ihren mag, aber nicht »die junge Menley« oder »die kleine Menley« genannt werden will.

Der Grund für Deinen ungewöhnlichen Namen ist nämlich, daß Deine Vorfahrin, als sie klein war, ihren eigentlichen Namen nicht richtig aussprechen konnte und sich deshalb Menley nannte.

Der Name, den sie bei der Geburt erhielt, lautete Remember ...

DANKSAGUNG

Vor zwanzig Jahren fiel mir ein Buch von Elizabeth Reynard in die Hände: *The Narrow Land*. Die Mythen, Legenden und Überlieferungen, die ich dort fand, sind der Grund, daß dieses Buch existiert. Meine Dankbarkeit für Quellenmaterial gilt auch folgenden Schriftstellern aus der Vergangenheit: Henry C. Kittredge für sein *Cape Codders: People and Their History* und *Mooncussers of Cape Cod*; Doris Doane für *A Book of Cape Cod Houses* mit Zeichnungen von Howard L. Rich; Frederick Freeman für *The History of Cape Cod*; und William C. Smith für seine *History of Chatham.*

Zutiefst und von ganzem Herzen danke ich Michael V. Korda, meinem langjährigen Lektor, und seinem Kollegen, Cheflektor Chuck Adams. Wie immer, Freunde: Sine qua non.

Blumen an Frank und Eve Metz für den wie stets großartigen Entwurf von Schutzumschlag und Layout. Heiligsprechung an Gypsy da Silva für ihre hervorragende Satzbearbeitung.

Meinen Segensspruch an Eugene H. Winick, meinen Agenten, und Lisl Cade, meine Pressereferentin, geschätzte Gefährten auf dieser Reise, die man »ein Buch schreiben« nennt.

Lobpreis an Ina Winick für ihre professionelle Beratung zum Verständnis des posttraumatischen Streßsyndroms. Meinen besonderen Dank an die Eldredge Library, Sam Pinkus, Dr. Marina Stajic, die Coast Guard Group in Woods Hole, das Chatham Police Department, das Barnstable County District Attorney's Office, Ron Aires von Aires Jewelers. Falls ich einige der technischen Details nicht ganz korrekt getroffen habe, lag es bestimmt nicht an ihnen.

Einen Dankesgruß an meine Tochter Carol Higgins Clark für ihre Anteilnahme und Vorschläge.

Und jetzt, meine lieben Verwandten und Freunde: *Remember* – denkt daran, ich bin wieder für ein gemeinsames Essen zu haben.

Mary Higgins Clark

»*Mary Higgins Clark gehört zum kleinen Kreis der großen Namen in der Spannungsliteratur.*«

The New York Times

Eine Auswahl:

Daß du ewig denkst an mich
3-453-07548-X

Das fremde Gesicht
3-453-09199-X

Das Haus auf den Klippen
3-453-10836-1

Sechs Richtige
3-453-11697-6

Ein Gesicht so schön und kalt
3-453-12468-5

Stille Nacht
3-453-13052-9

Mondlicht steht dir gut
3-453-13643-8

Sieh dich nicht um
3-453-14710-3

Und tot bist du
3-453-14762-6

Nimm dich in acht
3-453-16079-7

Wenn wir uns wiedersehen
3-453-17791-6

In einer Winternacht
3-453-17960-9

Vergiss die Toten nicht
3-453-19601-5

Du entkommst mir nicht
3-453-86509-X

Denn vergeben wird dir nie
3-453-87324-6